Im Unterricht Politische Bildung wendet ihr **empirische und simulative Methoden** an um euch Inhalte zu erschließen. **Empirische Methoden** stützen sich auf die Auswertung von Datenmaterial und die daraus gewonnenen Erkenntnisse. Ihr werdet euch **kriterienorientiert zu Text, Audio-, Video- und Bildmaterial positionieren** um Intentionen, Aussagen und Adressaten zu ermitteln. Ihr werdet auch zunehmend **Arbeitsprozesse gestalten**, um **selbstständig** mündig handeln, analysieren und urteilen zu können.

Mündiges Handeln im Unterricht Politische Bildung bedeutet, dass ihr eure **eigenen und auch fremde Interessen und Positionen begründen, erklären und abwägen** könnt. Dabei ist es wichtig eure Erläuterungen auch auf Konzepte und Theorien, die ihr im Unterricht kennengelernt habt, zu beziehen.
Das **Aushandeln von (politischen) Kompromissen** (z. B. in Rollenspielen) und das **Wissen über Vor- und Nachteile von Formen der Entscheidungsfindung** (z. B. demokratisch) sind weitere Fähigkeiten, die ihr erlernen sollt.

Das **Analysieren** ist im Unterricht Politische Bildung die Grundlage für alle Entscheidungsprozesse und Beurteilungen. Ihr werdet im Unterricht anhand von **Schrittfolgen** und mit Hilfe von **fachlichen Kriterien** verschiedene **(politische) Probleme und Situationen genau beschreiben und aufschlüsseln.** Das Ziel einer Analyse ist, mit den gewonnenen Einblicken eine **fachlich fundierte Auswertung** und Bewertung eines Sachverhaltes zu ermöglichen. Ihr werdet lernen, verschiedene Quellen (z. B. Statistiken, Zeitungsartikel oder Videos) zu analysieren.

Das Bilden und Analysieren von **Urteilen** ist eine weitere Fertigkeit, die im Fach Politische Bildung gefördert werden soll. Ihr werdet für die **Bewertung von (politischen) Sachverhalten verschiedene Kriterien heranziehen** und deren **Bedeutung für die Urteilsbildung hinterfragen.** Dabei werdet ihr die politischen Interessen, Hintergründe, Auswirkungen sowie Tragweite von Urteilen analysieren. Die **Umsetzung und Nachhaltigkeit von Entscheidungen** werdet ihr ebenfalls im Unterricht bewerten und diskutieren.

Im Unterricht Politische Bildung werdet ihr auch eure **sprachlichen Fähigkeiten und Fertigkeiten** stärken. Die Grundlage für die Darstellung von Inhalten und Positionen im Unterricht wird eine sprachlich angemessene Ausdrucksweise im schriftlichen wie im mündlichen Bereich sein. Ihr werdet im Politikunterricht besonders Lesestrategien (z. B. selektives Lesen), Schreibstrategien (z. B. Verwendung von Textbausteinen zur Strukturierung) und Strategien für das freie Sprechen (z. B. Modulieren von Betonung und Sprechtempo) anwenden, um erfolgreich die verschiedenen Aufgabenformate zu bewältigen.
Die verschiedenen Aufgabenformate werden auch eure **Medienkompetenz** schulen. Ihr werdet lernen, Medien und deren Inhalte kritisch zu hinterfragen, versuchen deren Intentionen offenzulegen und verantwortungsvoll mit den Medien umzugehen.

Die verschiedenen Aufgabenformate (Operatoren) findet ihr am Ende des Buches erläutert. Beispiele für die Aufgabenformate findet ihr auch in den einzelnen Kapiteln des Buches.

westermann

Politische Bildung
Berlin/Brandenburg

Mensch & Politik

Sekundarstufe I
9./10. Schuljahr

Erarbeitet von
Martin Erdmann
Pierre Oliver Kabisch
Stefan Menzel
Albrecht Simon

Update-Service

Für ausgewählte Diagramme und Schaubilder in diesem Band überprüfen wir regelmäßig, ob es neue Daten gibt, und aktualisieren diese entsprechend. Die aktuellen Grafiken findet man mit dem Webcode **WES-116803-001** unter https://www.westermann.de/webcode.

Mensch & Politik

Sekundarstufe I

9./10. Schuljahr

Erarbeitet von Martin Erdmann
Pierre Oliver Kabisch
Stefan Menzel
Albrecht Simon

Mit Beiträgen von Jennifer Besinger, Uwe Brandt, Dr. Slobodan Comagic, Uta Dalljo, Prof. Dr. Joachim Detjen, Anton Egner, Carsten Frigger, Florian Grosch, Dr. Magdalena Heider, Dr. Dietrich Heither, Angela Hitzschke, Egbert Klöckner, Werner Launhardt, Karl-Heinz Meyer, Georg Mohr, Ursula Müller, Ulrike Simon, Christian Störzer, Dr. Veit Straßner, Martin Vöhringer, Friedrich-Wilhelm Wedemeyer, Jürgen Westphal, Dr. Hartmann Wunderer

westermann GRUPPE

Druck A[1]/Jahr 2023
Alle Drucke der Serie A sind im Unterricht parallel verwendbar.

Redaktion: René Betker, Berlin
Umschlaggestaltung: LIO Design, Braunschweig
Layout: Typo Concept GmbH, Hannover
Druck und Bindung: Westermann Druck GmbH, Georg-Westermann-Allee 66, 38104 Braunschweig

ISBN 978-3-14-**116803**-7

Inhaltsverzeichnis

3. Soziale Marktwirtschaft in Deutschland 96

4. Europa in der Welt 140

Anhang

Liebe Schülerinnen und Schüler,

mit „Mensch & Politik" haltet ihr ein modernes Schulbuch für den Politische Bildung-Unterricht in euren Händen. Es bietet zuverlässige Informationen, verschafft Grundwissen und hilft, Zusammenhänge zu verstehen. „Mensch & Politik" orientiert sich an den Vorgaben des Rahmenlehrplans und ist darauf angelegt, die geforderten Kompetenzen im Fach Politische Bildung für das 9./10. Schuljahr zu gewährleisten.
Wir möchten euch auf einige Besonderheiten von „Mensch & Politik" hinweisen:

- Unsere Kapitel beginnen immer mit einer **Doppelseite (Auftaktseiten)**. Auf dieser wird – durch Bilder, Karikaturen und Zitate – der Einstieg in das Kapitel, in Kernthemen und -probleme ermöglicht.
- In der Regel gehen die Kapitel von **Fällen** und **Problemen** aus. Sie enthalten dabei alle nötigen Sachinformationen. Dabei werden die Themen oft durch einen kurzen **Infotext** anmoderiert.
- Umfangreiche **Materialien** und konkrete **Aufgabenstellungen** ermöglichen ein selbstständiges Arbeiten.
- In den Aufgabenstellungen haben wir die **Operatoren** (Aufforderungsverben) farblich hervorgehoben, damit ihr genau wisst, wie ihr die jeweilige Aufgabe bearbeiten sollt. Auf den Umschlagseiten am Ende des Buches findet ihr eine Übersicht hierzu, die euch erläutert, wie bei den einzelnen Operatoren vorzugehen ist bzw. was hier von euch erwartet wird. Außerdem sind die Operatoren drei **Anforderungsbereichen** zugeordnet.
- Am Rand stehen unter **INFO** wichtige Informationen, Hinweise und Tipps. Der Glossarverweis teilt euch mit, welche Begriffe im Anhang zu finden sind und dort ausführlich erklärt werden.
- Seitenverweise **(QUERVERWEISE)** helfen euch dabei, thematische und methodische Bezüge innerhalb des Buches zu erkennen und zu finden.
- „Mensch & Politik" legt einen Schwerpunkt auf **methodenorientiertes Lernen**. Auf farbig unterlegten **METHODE-Seiten** werden spezielle Arbeitsweisen beispielhaft vorgestellt. Auf den Umschlagseiten am Anfang des Buches findet ihr eine Übersicht, die euch methodische Fähigkeiten und Fertigkeiten erklärt.
- Auf den farbig unterlegten **BLICKWECHSEL-Seiten** sollt ihr Gelerntes auf andere Sachverhalte anwenden und so eure **Analysefähigkeit** schulen.
- Auf einigen Seiten findet ihr **Web- und QR-Codes**, über die verständliche Filme zu wichtigen Themen und Grundbegriffen sowie interessante Internetlinks direkt abgerufen werden können. Den **Webcode** bitte einfach ins Suchfeld von **www.westermann.de/webcode** eingeben.
- Zum Abschluss jedes Kapitels könnt ihr auf den **KOMPAKT – BIST DU FIT?-Seiten** euer durch die Arbeit mit den Materialien erworbenes Wissen und Können überprüfen.
- Am Ende des Buches gibt es ein detailliertes **Stichwortverzeichnis** mit Seitenverweisen (S. 190/191), ein ausführliches Glossar mit Begriffserklärungen (S. 186–189) sowie einen Methodenüberblick (S. 182–185).

Wir, die Autorinnen und Autoren von „Mensch & Politik", hoffen, dass dieses Buch euer Interesse an Gesellschaft und Politik bestärken wird. Wir sind dankbar für Rückmeldungen und Kritik. Richtet diese bitte an die Westermanngruppe in Braunschweig. Der Verlag leitet beides an uns weiter.

DEM DEUTSCHEN VOLKE

1.

HOUSE IS ON FIRE
SUMMER IS COMING
KEINE KOHLE FÜR DIE KOHLE
Es gibt keinen Planet B
Help! Too Hot

WAHLLOKAL

Demokratie in Deutschland

Demokratie lebt von Streit, von der Diskussion um den richtigen Weg. Deshalb gehört zu ihr der Respekt vor der Meinung des anderen.

Richard von Weizsäcker (1920–2015), Bundespräsident

Demokratie ist mehr als eine parlamentarische Regierungsform, sie ist eine Weltanschauung, die wurzelt in der Auffassung von der Würde, dem Wert und den unveräußerlichen Rechten eines jeden einzelnen Menschen.

Konrad Adenauer (1876–1967), Bundeskanzler

Wer Urteile im Namen des Volkes spricht, muss keine Angst haben, wenn das Volk dabei zuschaut.

Heiko Maas (* 1966), ehemaliger deutscher Außenminister

Zeichnung: Gerhard Mester

1.1 Das Grundproblem: Machtbeschränkung

M1 „Wenn du das Spiel der Throne spielst, gewinnst du oder stirbst du, dazwischen gibt es nichts“

GLOSSAR

Gesellschaft

Der Philosoph und Schriftsteller Jean-Jacques Rousseau (1712–1778) war einer der berühmtesten Vertreter der Aufklärung in Frankreich.

Das Zitat von Cersei Lennister, der Mutter von Joffrey Baratheon, dürfte allen Zuschauern, die die mittelalterliche Fantasy-Serie „Game of Thrones“ kennen, in Erinnerung geblieben sein. Denn schnell stellt man fest, dass die Teilnahme am politischen Ringen im Spiel der Throne äußerst gefährlich ist. Kaum eine Adelsfamilie, die nicht im Verlauf der Handlung regelrecht halbiert wird. Kaum ein König oder eine „Hand des Königs“ (eine Art Kanzler), der lange auf seinem Stuhl bleibt. Politik beschränkt sich hier auf Machterhalt und Machterringen, ein Erbfolgekrieg folgt dem nächsten. Ein politisches Gestalten zum Wohle der Bevölkerung ist kaum möglich und von den Protagonisten größtenteils auch überhaupt nicht gewollt.

Der Kreislauf der Gewalt wird u. a. dadurch am Laufen gehalten, dass Personen in Machtpositionen gelangen, die dafür charakterlich nicht geeignet sind. Das beste Beispiel dafür ist Joffrey Baratheon. Der sadistisch-narzisstische, spätpubertierende Jugendliche wird König und missbraucht seine Macht brutal und schamlos, er hat keinerlei Geschick beim Regieren und verhält sich durchweg unklug. Dies veranlasst Tyrion Lennister, seinen Onkel und zugleich die „Hand des Königs“, zu folgender Einschätzung gegenüber Joffrey, dem König: „Wir hatten grausame Könige und hatten irre Könige, aber mit dir sind wir mit einem grausamen-irren gestraft.“ (Staffel 2, Episode 6: „Alte und neue Götter“)

In der Ideengeschichte und Staatsphilosophie stellt sich daher von jeher die Frage nach der Sicherstellung eines guten Regierens. Der Aufklärer Jean-Jacques Rousseau formuliert die Aufgabe in seinem epochalen Werk „Vom Gesellschaftsvertrag“ wie folgt: „Finde eine Form des Zusammenschlusses, die mit ihrer ganzen gemeinsamen Kraft die Person und das Vermögen jedes einzelnen Mitglieds verteidigt und schützt und durch die doch jeder, indem er sich mit allen vereinigt, nur sich selbst gehorcht und genauso frei bleibt wie zuvor.“

Um als Gesellschaft diesem wechselvollen Schicksal zwischen Krieg und Tyrannei zu entgehen, hat die politische Ideengeschichte sowie die historisch-politische Praxis eine Reihe von Möglichkeiten entwickelt, dem entgegenzuwirken, beispielsweise die Gewaltenteilung.

Autorentext

INFO

Diktator

Ursprünglich ein außerordentliches Amt in der Römischen Republik für die Überwindung von Krisenzeiten, welches mit vielen Vollmachten, insbesondere dem Recht zur Kriegsführung, ausgestattet war. Man erwartete, dass dieses Amt direkt nach Vollendung der Aufgaben niedergelegt wurde. Heute bezeichnet dieser Begriff einen Alleinherrscher, der mit Gewalt und Unterdrückung regiert.

M2 Die Ermordung des Diktators: Julius Cäsar

Nach einer anfänglichen Königszeit (753 v. Chr. bis 509 v. Chr.) in der ein König Rom als Alleinherrscher regierte, hatte sich Rom in eine Republik gewandelt. Diese verband Elemente der Alleinherrschaft (Konsul) mit Eliten- bzw. Adelsherrschaft (Senatoren) und Volksherrschaft (Volkstribun) zu einer sogenannten Mischverfassung. In dieser Zeit der Römischen Republik von 509 v. Chr. bis 27 v. Chr. bestand ein ausgeklügeltes Geflecht von Institutionen und Ämtern, welches Elemente eines modernen Verfassungsstaates aufwies und den Machtgebrauch und -missbrauch beschränkte.

Dieses gewachsene politische System wurde von dem römischen Feldherrn und Politiker Julius Cäsar in mehreren Schritten ab etwa 46 v. Chr. außer Kraft gesetzt. Nachdem er zuvor bereits eine beachtliche Karriere durchlaufen hatte, ging er als Sieger aus blutig ausgetragenen Machtkämpfen hervor. Ein grausamer Bürgerkrieg erschütterte die Römische Republik. Nach seiner Rückkehr aus Ägypten ließ er sich zum Diktator auf zehn Jahre, später zum Diktator auf Lebenszeit ernennen. Während das republikanische Amt des Diktators ausschließlich als Alleinherrschaft auf Zeit in Krisenzeiten gedacht war, weitete Cäsar es unbegrenzt aus und läutete damit die Kaiserzeit ein, die bis zum Untergang des Römischen Reiches bestand haben sollte. Cäsar selbst sollte es indessen nicht gelingen, seine Macht geregelt auf einen etwaigen eigenen Nachkommen zu übertragen, um damit eine Dynastie zu errichten. Er fiel einer Verschwörung von etwa 60 Personen, darunter vielen Senatoren, die die Republik erhalten wollten, zum Opfer und wurde am 14. März 44 v. Chr. im Theater des Pompeius mit 23 Messerstichen ermordet. Das auf seinen Tod, der vielfach auch als Tyrannenmord bezeichnet wird, folgende Machtvakuum löste einen weiteren Bürgerkrieg aus, in dem sich am Ende Cäsars Großneffe Octavian durchsetzte – der spätere römische Kaiser Augustus.

Autorentext

INFO

Dynastie
Herrscherhaus; über Erbfolge gesicherte langjährige Herrschaft einer Familie

Tyrannenmord
gewaltsame Beseitigung eines Alleinherrschers (Diktator); Schon die Philosophen der griechischen Antike diskutierten, ob der Tyrannenmord ein legitimes Mittel zur Rückerlangung der Freiheit eines unterdrückten Volkes darstellt.
Im Grundgesetz heißt es in Art. 20 Abs. 4, dass „gegen jeden, der es unternimmt" die demokratische Ordnung der Bundesrepublik zu beseitigen, „alle Deutschen das Recht zum Widerstand" haben, „wenn andere Abhilfe nicht möglich ist".

Das Gemälde zeigt die Ermordung von Julius Cäsar in Rom 44 v. Chr.

M3 Die Magna Carta – der große Freiheitsbrief

Im Jahr 1215 war König Johann von England durch einen verlorenen Krieg mit Frankreich politisch geschwächt und zugleich in prekärer Geldnot. So sah sich der König gezwungen, am 15. Juni 1215 eine Vereinbarung zu unterschreiben und anzuerkennen, welche die Rechte der Adligen gegenüber dem König in 63 Artikeln festschrieb. Deren grundlegendes Anliegen wird im Artikel 46 zusammengefasst: „Kein freier Mann soll verhaftet, gefangen gesetzt, seiner Güter beraubt, geächtet, verbannt oder sonst angegriffen werden; noch werden wir ihm etwas zufügen oder ihn ins Gefängnis werfen lassen, als durch das gesetzliche Urteil von Seinesgleichen oder durch das Landesgesetz."

Freilich waren einfache Leute noch lange rechtlos, aber eine vollkommende Willkürherrschaft eines Einzelnen war durch diesen Gesetzestext ausgeschlossen. Die Magna Carta gilt deshalb als ein Meilenstein auf dem Weg zur Rechtsstaatlichkeit und hatte z. B. maßgeblichen Einfluss auf die politische Entwicklung in den später gegründeten USA.

Autorentext

1 **Erläutert** die Bedeutung von Machtbeschränkung in einem Staat (M 1).

2 **Arbeitet** aus M 2 und M 3 grundsätzliche Möglichkeiten, politische Macht zu beschränken, **heraus**.

3 **Recherchiert** die Geschichte der Magna Carta und **beurteilt** die Folgen, welche die Anerkennung der Magna Carta auf die Herrschaft des Königs hatte.

1.2 Demokratie als Prinzip und seine Formen

M1 Was bedeutet Demokratie?

INFO

Demokratie
Der Begriff der Demokratie wird von dem griechischen Philosophen Aristoteles (4. Jh. v. Chr.) zunächst negativ verwendet und meinte eine Herrschaft besitzloser Menschen, die nicht zum Wohle der Allgemeinheit, sondern nur zu ihrem eigenen Vorteil regieren würden („Herrschaft des Pöbels"). Aristoteles verwendete den Begriff Politie, um eine Gemeinschaft freier und selbstbestimmter, politisch interessierter und aktiver Bürger zu charakterisieren. Erst später verwendete man den Begriff Demokratie positiv und führte die Bezeichnung Anarchie als negativen Gegenbegriff für diese Herrschaftsform ein.

GLOSSAR

Bürger
Demokratie
Plebiszit
Staat
Wahlen

Der Begriff Demokratie wird häufig ungenau verwendet und mit Erwartungen überfrachtet. Oft bezieht man sich mit dem Ausdruck Demokratie auf einen demokratisch organisierten Staat. Besser wäre es eigentlich von einem freiheitlich-demokratischen Verfassungsstaat zu sprechen, denn Demokratie allein ist für ein friedliches Zusammenleben nur die halbe Miete.

Das **Demokratieprinzip** im Allgemeinen ist zuallererst ein Machtbeschränkungsmechanismus. Dies sagt noch nichts über die Qualität der Entscheidungen aus. Im Kern kann das Demokratieprinzip zunächst wie folgt formuliert werden: Die Regierung eines Staates kann sich nicht allzu lang, allzu weit von der Meinung der Bevölkerung entfernen. Tut sie es doch, ist die Ablösung der Regierung beispielsweise nach Wahlen durch alternatives Personal mit alternativem politischem Programm möglich. Bereits die häufige Übersetzung des Begriffs Demokratie mit „Volksherrschaft" ist problematisch. Sie legt nahe, dass sich das Volk selbst regiert, dass also die Regierten mit den Regierenden identisch sind (**identitäre Demokratietheorie**). In Dörfern, kleinen Städten und Betrieben wäre dies durchaus möglich. In einem ganzen Staat mit vielen Millionen Bürgern ist dies jedoch kaum realisierbar, da eine beratende Vollversammlung der Bürger an einem Ort, um gemeinsame Regeln bzw. Gesetze festzulegen, praktisch nicht durchführbar wäre. Das Grundgesetz verlegt sich daher beispielsweise auf die Formulierung: „Alle Staatsgewalt geht vom Volke aus." (Art. 20 Abs. 2 GG) Und in der Tat: In der Bundesrepublik gibt es keine Entscheidung und keine personelle Besetzung auf politischer Ebene, die nicht letztlich, wenn auch indirekt, auf den Wählerwillen zurückzuführen wäre.

Wenn nicht jeder Einzelne unmittelbar mitregieren kann, dann muss er seine Interessen eben vertreten lassen (**repräsentative Demokratietheorie**). Diese Vertreter (die Repräsentanten) werden durch allgemeine, unmittelbare, freie, gleiche und geheime Wahlen bestimmt. Sie bekleiden ihr Amt auf Zeit und sind der Wahlbevölkerung rechenschaftspflichtig, sie müssen sich also für die Folgen ihrer Entscheidungen verantworten. Wenn ein Amts- oder Mandatsträger (z. B. ein Bundestagsabgeordneter) wiedergewählt werden möchte, dann muss er sich so verhalten, dass ihn bei der nächsten Wahl noch genügend Bürger wählen (**Wiederwahlmechanismus**).

Einen Mittelweg zwischen beiden Demokratietheorien beschreitet man mit sogenannten **plebiszitären Instrumenten**. Umgangssprachlich wird in diesem Zusammenhang oft der Begriff direkte Demokratie verwendet. Bei dieser Form der politischen Systemgestaltung wird eine repräsentative Demokratie durch die Möglichkeit sachunmittelbarer Einflussnahme auf Entscheidungen ergänzt. So kann beispielsweise durch genügend gesammelte Unterschriften eine Gesetzesvorlage ins Parlament eingebracht werden (Volksinitiative). Bei Ablehnung dieser Vorlage kann mit noch mehr gesammelten Unterschriften ein Volksbegehren erzwungen werden, welches in einen Volksentscheid mündet (unmittelbare Abstimmung zu einer Sachfrage). Diese Möglichkeit besteht z. B. in allen Bundesländern der Bundesrepublik Deutschland, sie besteht jedoch nicht auf Bundesebene.

Autorentext

Stimmzettel zur Bundestagswahl (Ausriss)

M2 Wer soll entscheiden?

Wir befinden uns in **Deutschland**. Der Bundestag hat sich versammelt, um über einen Gesetzesvorschlag der Bundesregierung abzustimmen. Der Vorschlag lautet, die Mineralölsteuer zu erhöhen, weil die Staatsverschuldung abgebaut werden soll. Umfragen haben ergeben, dass die Mehrheit der Bevölkerung die Steuererhöhung ablehnt. Die Regierungsfraktionen sind dennoch dafür, weil sie die Regierung unterstützen wollen und an die Finanzlage des Staates denken. Die Abgeordneten der Opposition enthalten sich oder stimmen dagegen. Ergebnis: Die Steuer wird erhöht. Die Staatsverschuldung sinkt. Die Abgeordneten der Regierungsfraktionen erhalten böse Briefe aus ihren Wahlkreisen.

Wir sind in der **Schweiz**. Auch hier will die Regierung (Bundesrat) die Mineralölsteuer erhöhen und damit die Staatsverschuldung abbauen. Das Parlament (Bundesversammlung) stimmt dem Gesetz mit großer Mehrheit zu. Doch im Volk regt sich Widerstand gegen die zusätzliche Steuerbelastung. Eine Gruppe von Gegnern sammelt mehr als 50 000 Unterschriften für eine abschließende Entscheidung durch das Volk (Volksinitiative). Damit ist die Voraussetzung für eine Volksabstimmung erfüllt. Ergebnis: Das Gesetz wird abgelehnt. Die Staatsverschuldung bleibt hoch.

Wir befinden uns in der **Computerdemokratie des Jahres 2040**. Wenn ein neues Gesetz gemacht wird, gibt jeder Bürger seine Stimme an seinem Computer ab. Heute soll für den Abbau der Staatsverschuldung die Mineralölsteuer erhöht werden. In der via Livestream ausgestrahlten „Stunde des Bürgers“ erklärt der Moderator: „Sie werden nochmals eine Stellungnahme dafür und eine dagegen hören. Klicken Sie dann auf das grüne Feld, falls Sie zustimmen, auf Rot, falls sie ablehnen, und auf Gelb, wenn Sie sich enthalten wollen.“ Zur selben Zeit läuft im Privatfernsehen ein spannender Krimi. Hinzu kommt, dass bereits gestern und vorgestern die Bürger zu mehreren Stimmabgaben aufgefordert wurden. Ergebnis: Die Beteiligung an der Abstimmung ist gering (30 Prozent der Abstimmungsberechtigten). Diese Minderheit lehnt die Steuererhöhung ab.

Bald möglich? Abstimmen über das Internet

Autorentext

M3 Grenzen der Demokratie

Was ist, wenn eine demokratisch gewählte Führung, die Demokratie abschaffen will, indem sie keine weiteren Wahlen mehr zulässt oder behindert?

Wer repräsentiert die Interessen der Ungeborenen?

Wer über alles abstimmen lässt, riskiert die Tyrannei der Mehrheit. Dagegen bilden nur unverhandelbare Grundrechte einen wirksamen Schutz.

Freie Wahlen allein lösen keine Probleme.

Als wie legitim kann die Entscheidung eines Politikers betrachtet werden, der in einer Wahl gewählt wurde, deren Wahlbeteiligung unter 50 Prozent liegt?

1. **Erklärt** den Unterschied zwischen repräsentativer und identitärer Demokratie (M 1).
2. **Vergleicht** die drei Formen der Entscheidungsfindung (M 2) und **beurteilt** diese.
3. **Diskutiert**, welche Form am ehesten das Gemeinwohl verwirklicht und ob man eine Form als die „demokratischste“ bezeichnen kann. Nutzt auch M 1.
4. **Setzt** euch bezogen auf M 2 mit der Aussage **auseinander**: „Es gibt Entscheidungen, die wären zwar richtig, aber nicht mehrheitsfähig.“
5. **Erörtert** die Aussagen und Fragen zu den Grenzen des Demokratieprinzips in der Klasse (M 3).

1.3 Prinzipien eines freiheitlichen Staates

M1 Gemessene Demokratie

INFO

Demokratieindex
Faktoren bei der Erstellung sind u. a. die Bewertung von Wahlprozess und Pluralismus (Beispiel: „Sind die Wahlen frei und gerecht?"), der Funktionsweise der Regierung (Beispiel: „Bestimmen frei gewählte Abgeordnete über die Politik der Regierung?") sowie der politischen Kultur (Beispiel: „Gibt es einen ausreichenden gesellschaftlichen Konsens, der eine stabile und funktionierende Demokratie stützt?").

GLOSSAR

Liberalismus

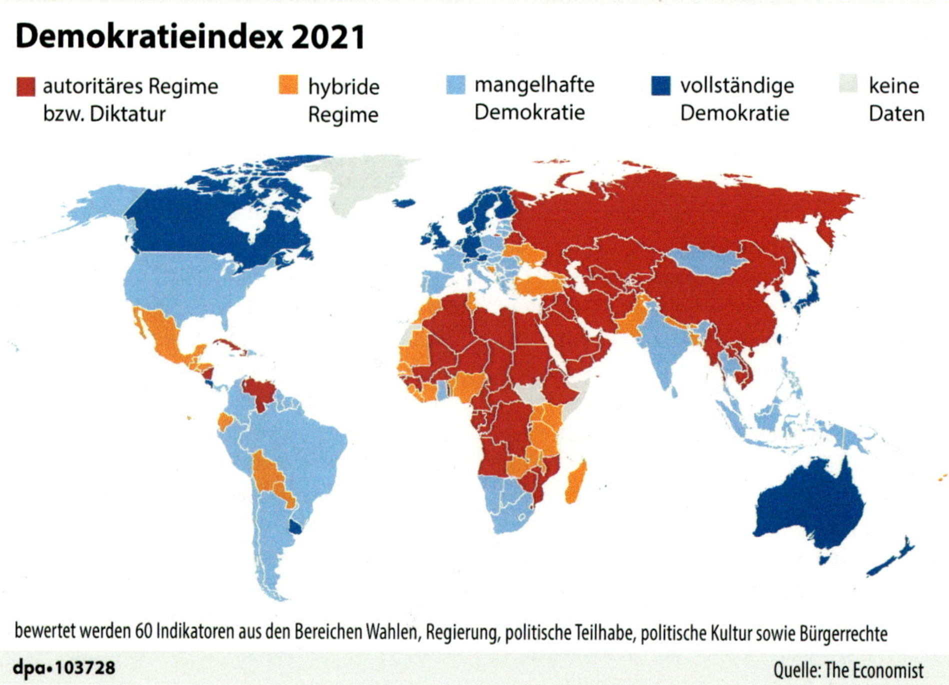

M2 Freiheit als Prinzip – der politische Liberalismus

John Stuart Mill (1806–1873), englischer Philosoph: „Der einzige Grund, aus dem die Menschheit […] sich in die Handlungsfreiheit eines ihrer Mitglieder einzumischen befugt ist: sich selbst zu schützen."

Der politische Liberalismus zielt auf die Förderung der Freiheit des Individuums (z. B. Glaubensfreiheit, Meinungsfreiheit) und auf die Beschränkung politischer Herrschaft (J. Locke) nach der Maxime, dass die Reichweite staatlicher Gewalt durch die Freiheit des Individuums begrenzt wird, dessen Freiheit aber dort endet, wo die Freiheit eines anderen Individuums beeinträchtigt wird. Aus der Sicht des Liberalismus wird daher keineswegs die Notwendigkeit des Staates bestritten, vielmehr sollen die Ziele des Liberalismus durch die Institutionen des Rechtsstaats (z. B. Grundrechte, Verfassung) sowie durch staatlich garantierte Rechtssicherheit (zu der auch das staatliche Gewaltmonopol zählt) erreicht werden. Die wichtigsten politischen Etappen der Entwicklung des Liberalismus waren: der Erlass der Bill of Rights in England (1689) und der Bill of Rights von Virginia (1776), die Verkündung der Verfassung der USA (1787) und schließlich die Erklärung der Menschenrechte während der Französischen Revolution (1789). In Europa setzten sich seitdem (unterschiedlich rasch) die Individualrechte durch, und es etablierte sich das gesetzte Recht als Basis politisch-staatlichen Handelns. In den USA führte die Verfassungsentwicklung dazu, dass ein (im europäischen Sinne) ausgebautes Staatswesen bis heute verhindert wurde. Das Prinzip der Gewaltenteilung (Montesquieu) wurde zum zentralen Element moderner Staatsverfassungen und Regierungsformen.

Liberalismus, in: Klaus Schubert/Martina Klein, Das Politiklexikon, BpB: Bonn [7]2020, https://www.bpb.de/kurz-knapp/lexika/politiklexikon/17794/liberalismus/

M3 Die Staatsstrukturprinzipien der Bundesrepublik Deutschland

In Artikel 20 des Grundgesetzes findet sich dessen Quintessenz. Aus ihm lassen sich die folgenden Staatsstrukturprinzipien ableiten.
Das **republikanische Prinzip** besagt, dass das Staatsoberhaupt (auf begrenzte Zeit) gewählt wird und daher ein Staatsoberhaupt in Form einer Erbdynastie (Monarchie) ausgeschlossen ist.
Durch das **Demokratieprinzip** wird sichergestellt, dass die wahlberechtigte Bevölkerung wirkungsvoll Einfluss auf das politische Geschehen im Staat ausüben kann. So wird zum einen die Zusammensetzung des Parlaments mit entsprechenden Abgeordneten durch immer wiederkehrende Wahlen stets neu bestimmt, zum anderen ist es möglich, Sachentscheide per Abstimmung herbeizuführen. Dies ist in Deutschland bislang nur auf Landes- und Kommunalebene möglich (Volksentscheide).
Hinzu tritt das **Sozialstaatsprinzip** als eine grundlegende Staatszielbestimmung. Es verpflichtet den Staat zur gesetzmäßigen Ausgestaltung einer sozial- und wirtschaftspolitischen Ordnung, die im Einklang steht mit menschenwürdigen Mindestvoraussetzungen für ein Leben der Bürger in gesellschaftlicher Teilhabe. Um diese Ansprüche einlösen zu können, muss der Staat zu Umverteilungsmaßnahmen greifen.
Das Prinzip der **Bundesstaatlichkeit** (Föderalismus) gliedert den Bund in Gliedstaaten mit eigenen Gesetzgebungskompetenzen und eigens dafür vorgesehene Gliedstaatsorganen. Durch die Existenz einer Länderkammer in Form des Bundesrates sind die Landesregierungen auch direkt an der Bundesgesetzgebung beteiligt. In vielen Fällen bedarf ein Gesetzesvorhaben ihrer Zustimmung.
Das **Rechtsstaatsprinzip** beinhaltet, dass es für jedes staatliche Handeln einer Rechtsgrundlage bedarf (formale Rechtsstaatlichkeit), um über verbindliche Regeln Rechtsicherheit (Erwartungssicherheit darüber, was gesetzlich gerade gilt) für alle herzustellen. Darüber hinaus wird ein Grundrechtskatalog aufgestellt (Art. 1 bis 19 GG), an den sich insbesondere die Akteure in den Staatsorganen (Parlament und Regierung) zu halten haben. Dies schützt Minderheiten und den Einzelnen vor ungerechtfertigten Eingriffen des Staates in private Lebensbereiche (materielle Rechtsstaatlichkeit).
In der Idee der **Rechtsstaatlichkeit** enthalten ist das Konzept der Gewaltenteilung. Im engen Sinne ist hier die Aufteilung der Staatsmacht in Legislative (die Gesetzgebung, also die Parlamente), Exekutive (die ausführende Gewalt, also die Regierung) und Judikative (die richterliche Gewalt, also die Gerichte, insbesondere das Verfassungsgericht) gemeint. Dieser Mechanismus zur Machthemmung soll durch gegenseitige Kontrolle etwaigem Machtmissbrauch vorbeugen.
Eine Änderung dieser Staatstrukturprinzipien wird durch die Ewigkeitsklausel in Art. 79 GG untersagt. Konflikte zwischen ihnen sind unvermeidlich und müssen (ggf. immer wieder neu) ausbalanciert werden.

Autorentext

INFO

autoritäre Regime
Regierungsformen mit verschieden stark ausgeprägter Unterdrückung der Bevölkerung

Hybridregime
politische Systeme, die sowohl Elemente von Verfassungsstaaten als auch repressive Züge aufweisen

GLOSSAR

Föderalismus
Gesetz
Gewaltenteilung
Grundgesetz
Parlament
Rechtsstaat
Sozialstaat

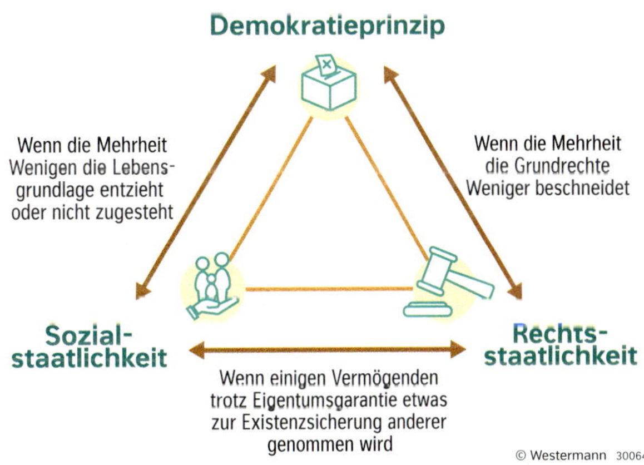

© Westermann 30064EX

1 **Wertet** M 1 **aus**.
2 **Arbeitet** aus M 2 und der Ansicht von John Stuart Mill das Grundprinzip des Liberalismus **heraus**.
3 **Diskutiert**, inwieweit der Staat in die Freiheitsrechte seiner Bürger eingreifen darf, ja ggf. muss.
4 **Erklärt** die Strukturprinzipien der Bundesrepublik Deutschland und das Konzept der Gewaltenteilung (M 3).
5 **Erläutert** die möglichen Konflikte zwischen den Staatsstrukturprinzipien anhand eigener Beispiele (M 3).
6 **Erörtert**, wie sich das Leben in Deutschland ändern würde, wenn eines der Strukturprinzipien oder die Gewaltenteilung wegfallen würden (M 3).

1.4 Formen politischer Partizipation

Mit politischer Partizipation ist die Teilhabe der Bürgerinnen und Bürger am politischen Meinungsbildungs- und Entscheidungsprozess gemeint. Das allgemeine Recht auf politische Partizipation unabhängig von Geschlecht, sozio-ökonomischem Status (Vermögen, soziale Herkunft), Ethnie oder Religionszugehörigkeit gilt dabei als wichtige Errungenschaft – denn sie ist die zentrale Grundvoraussetzung für Demokratie.

M 1 Wer entscheidet, wer entscheidet?

Zeichnung: Gerhard Mester

M 2 Meinungen zum Anklicken?

Zeichnung: Roger Schmidt

M 3 Funktionen von Wahlen

Wahlen sind ein klassisches Beispiel für konventionelle und indirekte Partizipation – sie verfolgen dabei im Wesentlichen vier Funktionen:

Legitimation: Wenn ein Großteil der Wahlberechtigten von ihrem Recht zu wählen Gebrauch macht, dann impliziert dies auch eine Zustimmung zur Demokratie und zum politischen System. Bei klarem Wahlausgang für eine politische Richtung verstärkt dies zusätzlich die Anerkennungswürdigkeit des darauffolgenden politischen Handelns.

Partizipation: Wahlen bilden eine vergleichsweise einfache Möglichkeit allen Bürgern die Chance zu geben ihre politische Präferenz zum Ausdruck zu bringen und sich damit an politischen Entscheidungen zu beteiligen.

Kontrolle: In einer freiheitlichen demokratischen Grundordnung gilt: Nach der Wahl ist vor der Wahl. Dies sorgt dafür, dass sich die Entscheidungsträger nicht allzu oft und allzu weit von der Meinungsmehrheit der Bürger entfernen dürfen, da sie sonst bei der nächsten Wahl ggf. deutlich weniger Stimmen erhalten werden.

Selektion: Nach Wahlen steht fest, wer genau ein Amt (z. B. Präsident) oder ein Mandat (Sitz in einem Parlament) bekommen wird. Es hat also eine Personalauswahl stattgefunden. Idealerweise hat dies in einem zuvor durchgeführten Wahlkampf unter fairen Bedingungen auch dazu geführt, dass sich besonders geeignete Personen durchgesetzt haben.

Autorentext

1 **Interpretiert** die Karikaturen M 1 und M 2 und **vergleicht** ihre Kernaussagen bezüglich politischer Partizipation.

2 **Erläutert** die Funktionen von Wahlen (M 3).

3 **Diskutiert** die Frage, ob direkte Partizipation (z. B. Bürgerinitiativen) der indirekten Partizipation (z. B. Wahlen) vorzuziehen sind, z. B. weil sie effektiver wäre (M 4, M 5).

M4 Partizipation durch Bürgerinitiativen

Bürgerinitiativen sind spontane, zeitlich meist begrenzte, organisatorisch eher lockere Zusammenschlüsse einzelner Bürger, die sich außerhalb der etablierten Beteiligungsformen der repräsentativen Parteiendemokratie, zumeist aus einem konkreten Anlass, häufig auch als unmittelbar Betroffene zu Wort melden und sich, sei es „indirekt" im Wege der öffentlichen Meinungswerbung und der Ausübung politischen Drucks, um Abhilfe im Sinne ihres Anliegens bemühen. Der vorstehende Satz ist nicht als „fertige" Definitionsformel zu verstehen. Das Charakteristische an Bürgerinitiativen sind gerade ihre amöbenhafte Unabgeschlossenheit, ihre organisatorische Vielgestalt sowie die Vielfalt möglicher Zielsetzungen: Bürgerinitiativen kommen und gehen, sie haben in der Regel einen konkreten, eng begrenzten Aktionsanlass, und sie lösen sich oft auch wieder auf, wenn ihre Bemühungen scheitern oder wenn sie erfolgreich sind [...].

Ihre Attraktivität beruht nicht zuletzt darauf, dass jeder sie „machen" kann und dass nahezu jedes denkbare Anliegen zum Gegenstand einer Initiative werden kann. Sie sind meist lockere Interessenkoalitionen und partielle Aktionsgemeinschaften, deren Zusammenhalt zunächst eher negativ begründet ist durch Gefahr und Missstand, die man gemeinsam wahrnimmt und bekämpft: die geplante Flughafenerweiterung, die achtspurige Autobahn, [...] fehlende Sport- und Freizeitmöglichkeiten, [...] umweltbelastende Großtechnologie, kinderfeindliche Schulwege, die unbefriedigende Wohnsituation u. v. a. m.

Bernd Guggenberger, Bürgerinitiativen, in: Uwe Andersen/Wichard Woyke (Hg.), Handwörterbuch des politischen Systems der Bundesrepublik Deutschland, Leske + Budrich: Opladen [4]2000, S. 42 f.

GLOSSAR

Bürgerrechte
Partizipation

M5 Was hat „Fridays for Future" bislang erreicht?

Im Sommer 2018 saß Greta Thunberg noch einsam vor dem schwedischen Reichstag in Stockholm und hielt ein handgemaltes Schild mit der Aufschrift „Skolstrejk för Klimatet", also „Schulstreik fürs Klima", in ihren Händen. Ein gutes halbes Jahr später – genau am 19. März 2019 – folgte dann der erste globale Klimastreik. Etwa 1,8 Millionen Menschen sollen an der ersten weltweiten Demonstration aufgrund der von der jungen Schwedin ins Leben gerufenen Initiative „Fridays for Future" [...] damals teilgenommen haben. Doch was hat die Klimaschutzbewegung bisher erreicht?

Dass Schülerinnen und Schüler immer freitags ausgerechnet während der Unterrichtszeit auf die Straße gingen, um für ein besseres Klima zu demonstrieren, war anfangs vor allem vielen Lehrern und Eltern, aber auch manchen Politikern ein Dorn im Auge. Von „ahnungslosen Schulschwänzern" war oft die Rede, die die Politik lieber den „Profis" überlassen sollten, wie FDP-Chef Christian Lindner seine Einstellung gegenüber den jungen Demonstranten ausdrückte und nicht nur bei diesen damit heftige Kritik auslöste.

Doch bald schon verschwand der Spott über die jungen Klimaschützer und die Bewegung wurde von Medien und Politikern ernst genommen. „Wir alle haben den Weckruf der Jugend gehört", sagte zum Beispiel [die damalige Bundeskanzlerin] Angela Merkel im September 2019 auf dem Klimagipfel der Vereinten Nationen in New York, auf dem auch Greta Thunberg ihre vielbeachtete emotionale Rede an die angereisten Staats- und Regierungschefs hielt.

Mittlerweile sind die Klimaschutz-Aktivisten gern gesehene Gäste in Talk-Shows über den Klimaschutz. Medial gelingt es ihnen bis heute, sich Gehör zu verschaffen.

Bei der tatsächlichen Umsetzung ihrer Forderungen sieht es allerdings noch nicht so gut aus.

Was hat die Klimaschutzbewegung bisher erreicht?, in: https://www.ardalpha.de/wissen/umwelt/klima/klima-fridays-for-future-planetb-bilanz-100.html, 21.03.2021

Die Initiatorin von „Fridays for Future", Greta Thunberg (* 2003), im Jahr 2018 vor dem schwedischen Parlamentsgebäude.

4 **Recherchiert** anhand von drei zentralen Zielen von „Fridays for Future", was die Klimaschutzbewegung bislang erreicht hat (M 5).

1.5 Der Bundestag – dem Gewissen oder der Partei folgen?

Der Deutsche Bundestag ist das einzige Verfassungsorgan, welches direkt durch die Wahlentscheidung der Bürgerinnen und Bürger besetzt wird. Er ist das Herzstück der deutschen Demokratie – keine Vorlage, die Gesetz werden will, kommt an ihm vorbei.

M1 Die Hauptaufgaben des Bundestages

WEBCODE
WES-116803-101
Deutscher Bundestag

Der Deutsche Bundestag ist das Parlament der Bundesrepublik Deutschland. Seine Abgeordneten werden auf jeweils vier Jahre vom Volk als dessen Repräsentanten [Repräsentationsfunktion] in allgemeinen Wahlen [Bundestagswahl] bestimmt [...]. Dort erfüllen sie vier Hauptaufgaben (Funktionen):

- Sie wählen den Regierungschef (Wahlfunktion). Das geschieht in der Regel nur einmal, immer dann, wenn ein neuer Bundestag zusammentritt. [Zudem ist der Bundestag u. a. an der Wahl der Bundespräsidenten und der Bundesverfassungsrichter beteiligt].
- Sie beraten und beschließen neue Gesetze, nach denen alle Bürgerinnen und Bürger sich zu richten haben (Gesetzgebungsfunktion). [...]
- Sie kontrollieren die laufende Arbeit der Regierung (Kontrollfunktion). Dazu lassen sie sich mündlich und schriftlich Anfragen von der Regierung beantworten, nehmen in den Bundestagsausschüssen bei der Beratung über neue Gesetze gleichzeitig die Regierungsarbeit genauer unter die Lupe, setzen – wenn nötig – einen Untersuchungsausschuss ein und – ganz wichtig: Sie teilen der Regierung jährlich in einem Gesetz über den Haushaltsplan das Geld zu, das diese zum Regieren braucht. Vorher lassen sie sich natürlich genau erklären, wofür das im Einzelnen ausgegeben werden soll.
- Schließlich verstehen sie sich als das Forum [lat.: Marktplatz] der Nation, auf dem fortlaufend alle mit allen diskutieren und dabei die aktuellen politischen Probleme zur Sprache gebracht (artikuliert) werden (Artikulationsfunktion).

GLOSSAR
Abgeordnete
Bundestag

Eckart Thurich, pocket politik. Demokratie in Deutschland, BpB: Bonn 2011, S. 69 f.

M2 Die Gremien im Bundestag

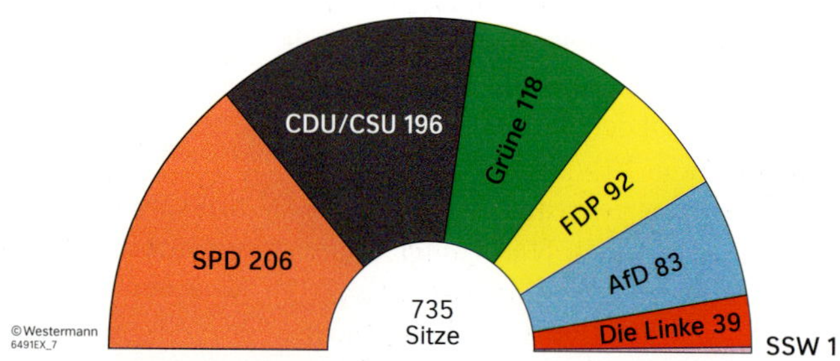

Sitzverteilung im 20. Deutschen Bundestag

Fraktionen

Die Abgeordneten einer Partei im Parlament bilden eine Fraktion. Zur Bildung einer Fraktion ist eine Mindestzahl von Abgeordneten nötig. Im Bundestag sind es fünf Prozent [...]. Die Fraktionen organisieren und steuern die Arbeit im Parlament. Sie besetzen entsprechend ihrer Stärke das Präsidium, den Ältestenrat und die Ausschüsse. Nur Fraktionen oder so viele Abgeordnete, wie es der Mindeststärke einer Fraktion entspricht, sind zu Initiativen berechtigt. [...] Diese Bestimmung verhindert, dass einzelne Abgeordnete mit einer Vielzahl von Anträgen oder Anfragen die Arbeit des Parlaments lahmlegen. [...] Die Fülle der Politikbereiche erfordert eine Arbeitsteilung in der Fraktion. Der einzelne Abgeordnete spezialisiert sich auf bestimmte Sachgebiete. In Arbeitskreisen und Arbeitsgruppen beraten diese Sachverständigen Gesetzesentwürfe und andere Anträge und bereiten die Entscheidungen vor. Die Fraktion folgt in der Regel den Vorschlägen ihrer Sachverständigen. [...]

Ausschüsse

Für den Bundestag als Ganzes gilt wie für die Fraktionen das Prinzip der Arbeitsteilung. Die eigentliche parlamentarische Arbeit wird in den Ausschüssen geleistet. Die Ausschüsse entsprechen den Arbeitskreisen und Arbeitsgruppen der Fraktionen. Deren Mitglieder sind meist zugleich die Vertreter ihrer Fraktionen in entsprechenden Fachausschüssen. In den Ausschüssen werden die Gesetzesentwürfe und sonstige Initiativen diskutiert und formuliert, um dann dem Plenum zur Beschlussfassung vorgelegt zu werden. Die Ausschüsse tagen in der Regel nicht öffentlich. [...] Die Arbeitsgebiete der meisten Ausschüsse entsprechen denen der Bundesministerien. Jedem Ministerium ist in der Regel ein Fachausschuss zugeordnet, z. B. der Auswärtige Ausschuss dem Auswärtigen Amt und der Rechtsausschuss dem Bundesministerium der Justiz. [...]

Plenum

Das Plenum ist die „Vollversammlung“, eigentlich der Bundestag schlechthin. Nur das Bundestagsplenum kann rechtswirksame Beschlüsse fassen. Der Bundestag ist beschlussfähig, wenn mindestens die Hälfte seiner Mitglieder anwesend ist. Viele Beschlüsse kommen allerdings zustande, wenn weit weniger Abgeordnete anwesend sind. In den Fraktionen und Ausschüssen ist nämlich vorabgeklärt, ob einer Vorlage alle Fraktionen zustimmen oder ob sie zwischen Regierungsmehrheit und Opposition strittig ist. Im ersten Fall spielt es keine Rolle, wie viele Abgeordnete anwesend sind, im letzten genügt es, wenn mehr Abgeordnete der Regierungsmehrheit als der Opposition an der Abstimmung teilnehmen.

Horst Pötzsch, Dossier: Deutsche Demokratie, BpB: Bonn 2010, S. 60 ff.

M3 Gewissen oder Fraktionsdisziplin?

Es gibt in Deutschland keinen Fraktionszwang. Artikel 38, Absatz 1 des Grundgesetzes hält das klar fest [...]. Und doch gibt es ihn – das beweist ein Blick in die Koalitionsverträge der [...] letzten Regierungskoalitionen auf Bundesebene. [...] Aber was bringt Abgeordnete dazu, den Koalitionsvertrag in fast allen Abstimmungen für wichtiger zu halten als das Grundgesetz? [...] Die Fraktionsdisziplin [, die] nicht zuletzt ein Ergebnis des deutschen Parteiensystems ist. Es macht die weitere Karriere eines Abgeordneten in hohem Maß vom Gutdünken seiner Partei abhängig. Anders als politische Systeme beispielsweise in den USA oder Großbritannien verpflichtet die deutsche Verhältniswahl den Abgeordneten nur nachrangig den Wählern und Lobbygruppen seines Wahlkreises, zuvörderst aber der Partei, die ihn aufgestellt hat. Die muss ihn – sei es auf der Landesliste, sei es als Direktkandidat – überhaupt erst einmal wieder nominieren. Wer es sich da verscherzt, steht schnell im politischen Abseits. Das wird dort noch einmal verschärft, wo – wie in den deutschen Volksparteien üblich – die wichtigsten Akteure und Funktionsträger innerhalb einer Partei zugleich Mitglieder der zu stützenden Regierung sind. Doch auch darüber hinaus gibt es zahlreiche Argumente für die Unterordnung des Einzelnen unter die Abstimmungsführung einer Fraktion. Dazu gehört nicht zuletzt, dass eine allzu deutliche Destabilisierung dem großen Ganzen der Partei und damit auch der eigenen politischen Karriere und dem Durchsetzen eigener Ideen schadet. Zerstrittene Fraktionen geben nur allzu oft ein schlechtes Bild nach außen ab, und destabilisierte Parteien verlieren an Macht- und Handlungsfähigkeit. Vorstöße gegen die Linie wollen daher wohlüberlegt sein.

INFO

Art. 38 Abs. 1 GG
„Die Abgeordneten des Deutschen Bundestages werden in allgemeiner, unmittelbarer, freier, gleicher und geheimer Wahl gewählt. Sie sind Vertreter des ganzen Volkes, an Aufträge und Weisungen nicht gebunden und nur ihrem Gewissen unterworfen.“

nominieren
jemanden benennen, bestimmten; hier: als Kandidaten einer Wahl

Johannes Schneider, Wie funktioniert Fraktionsdisziplin?, in: https://www.tagesspiegel.de/politik/wie-funktioniert-fraktionsdisziplin-1978051.html, 03.10.2011

1 **Beschreibt** die Funktionen des Bundestages (M 1).
2 **Erklärt** die Aufgaben der in M 2 genannten Gremien im Bundestag.
3 **Ermittelt** die Argumente, die in M 3 für und gegen Fraktionsdisziplin genannt werden.
4 **Diskutiert** das Für und Wider der Fraktionsdisziplin (M 3).

1.6 Wie wird der Bundestag gewählt?

INFO

Wahlrechtsgrundsätze
allgemein: Alle volljährigen Bürger eines Staates sind wahlberechtigt unabhängig von Geschlecht, Ethnie, Einkommen, Bildung oder Glauben.
unmittelbar: Die Repräsentanten werden direkt ohne Zwischeninstanz gewählt
frei: Es wird kein Zwang bei der Wahl und im Meinungsbildungsprozess ausgeübt. Es besteht eine Auswahl zwischen mehreren Kandidaten oder Parteien.
gleich: Jeder Wähler hat die gleiche Anzahl an Stimmen mit jeweils gleichem Stimmgewicht.
geheim: Die Stimmabgabe findet verdeckt statt, um sozialen Rechtfertigungsdruck oder Sanktionen zu umgehen.

Bundestag
Nach dem Bundeswahlgesetz beträgt die Zahl der Abgeordneten 598. Nachdem seit 2013 Überhangmandate durch Ausgleichsmandate ausgeglichen werden, hat sich die Zahl der Abgeordneten jedoch stetig vergrößert, von 622 (2009) auf 736 (2021).

WEBCODE

WES-116803-102
Einfach erklärt: Bundestagswahl

In „allgemeinen, unmittelbaren, freien, gleichen und geheimen Wahlen“ (Wahlrechtsgrundsätze in Art. 28 Abs. 1 GG) bestimmen die Bürgerinnen und Bürger die Abgeordneten, die für sie im Bundestag für vier Jahre politische Entscheidungen treffen. Das Bundestagswahlrecht ist ein personalisiertes Verhältniswahlrecht. Andere demokratische Staaten haben sich für andere Wahlsysteme wie das Mehrheitswahlrecht entschieden.

M 1 Mehrheitswahlrecht und Verhältniswahlrecht

Beim **Mehrheitswahlrecht** wird das Land in Wahlkreise aufgeteilt. In jedem Wahlkreis kandidieren verschiedene Bewerberinnen und Bewerber aus unterschiedlichen Parteien. Die Wählerinnen und Wähler können jeweils einen Kandidaten wählen. Gewählt ist in jedem Wahlkreis die Kandidatin bzw. der Kandidat, die bzw. der die meisten Stimmen erhalten hat. Die Stimmen der übrigen Kandidaten werden nicht berücksichtigt.

Beim **Verhältniswahlrecht** ist eine Einteilung des Landes in Wahlkreise nicht nötig. Vor der Wahl muss nur feststehen, wie viele Sitze im Parlament insgesamt zu vergeben sind. Jede teilnehmende Partei stellt eine Liste mit Kandidaten auf. Die Wählerinnen und Wähler geben ihre Stimme für eine der Listen ab. Nach der Wahl wird errechnet, wie viel Prozent der abgegebenen Stimmen auf die jeweiligen Listen entfallen. Die Parteien erhalten dann entsprechende Anteile der Sitze im Parlament. Welche Kandidaten der Parteien einen Sitz erhalten, wird über ihren Platz auf den jeweiligen Wahllisten entschieden.

Autorentext

Beispiel für eine **Mehrheitswahl** in einem Wahlkreis

Kandidat A	1 456 Stimmen
Kandidat B	1 011 Stimmen
Kandidat C	753 Stimmen
Kandidat D	123 Stimmen

Gewählt ist in diesem Wahlkreis Kandidat A.

Beispiel für eine **Verhältniswahl** bei einem Parlament mit 300 Sitzen

Partei A	40 % der Stimmen
Partei B	30 % der Stimmen
Partei C	20 % der Stimmen
Partei D	10 % der Stimmen

Partei A erhält 120 Sitze, Partei B 90, Partei C 60 und Partei D 30 Sitze.

M 2 Vor- und Nachteile der Wahlsysteme

- Die kleineren Parteien haben kaum Chancen, im Parlament vertreten zu werden.
- Die Wahl ist unpersönlicher, denn man entscheidet sich nicht für eine Person, sondern für eine Partei.
- Extreme Parteien haben nur geringe Chancen, ins Parlament einzuziehen.
- Es kann schwierig werden, im Parlament Mehrheiten zu finden, da viele kleine Parteien vertreten sind.
- Das Wahlverfahren ist ungerecht, weil die Stimmen für alle unterlegenen Parteien nicht gezählt werden.

1. **Ordnet** die Aussagen in M 2 dem Mehrheitswahlrecht oder dem Verhältniswahlrecht **zu** (M 1).
2. **Erörtert**, welches Wahlverfahren ihr für besser haltet (M 1, M 2).
3. **Erläutert** anhand von M 3, was „personalisierte Verhältniswahl“ bedeutet.
4. **Recherchiert** Kritik am aktuellen bundesdeutschen Wahlsystem und **erarbeitet** Reformvorschläge (M 1–M 3).

M3 Das personalisierte Verhältniswahlrecht in Deutschland

Das Bundesgebiet ist in **299 Wahlkreise** eingeteilt. Jeder Bürger geht im Wahlkreis seines Wohnortes wählen.

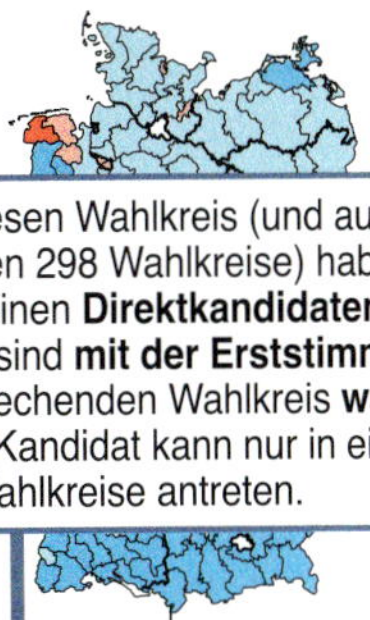

Für diesen Wahlkreis (und auch für alle anderen 298 Wahlkreise) haben die Parteien einen **Direktkandidaten** aufgestellt. Diese sind **mit der Erststimme** nun im entsprechenden Wahlkreis **wählbar**. Jeder Kandidat kann nur in einem der 299 Wahlkreise antreten.

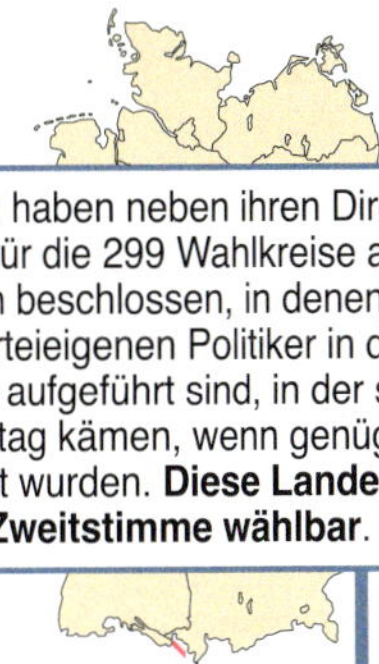

Die Parteien haben neben ihren Direktkandidaten für die 299 Wahlkreise auch Landeslisten beschlossen, in denen jeweils die parteieigenen Politiker in der Reihenfolge aufgeführt sind, in der sie in den Bundestag kämen, wenn genügend Sitze erobert wurden. **Diese Landesliste ist mit der Zweitstimme wählbar**.

Stimmzettel

für die Wahl zum Deutschen Bundestag im Wahlkreis 93 Köln I

am 26. September 2021

Sie haben 2 Stimmen

hier 1 Stimme für die Wahl **eines/einer Wahlkreisabgeordneten**

hier 1 Stimme für die Wahl **einer Landesliste (Partei)** – maßgebende Stimme für die Verteilung der Sitze insgesamt auf die einzelnen Parteien –

Erststimme

1	**Möring,** Karsten Oberstudiendirektor i. R. Köln	**CDU** Christlich Demokratische Union Deutschlands	◯
2	**Abdi,** Sanae Vertrags- und Finanzmanagerin Köln	**SPD** Sozialdemokratische Partei Deutschlands	◯
3	**Houben,** Reinhard Unternehmer Köln	**FDP** Freie Demokratische Partei	◯
4	**Jacobi,** Fabian Rechtsanwalt und Mitglied des Bundestags Köln	**AfD** Alternative für Deutschland	◯
5	**Friede,** Lisa-Marie Wissenschaftliche Mitarbeiterin Bildungsforschung Köln	**GRÜNE** BÜNDNIS 90/DIE GRÜNEN	◯
6	**Eisfeld,** Madeleine		◯

Zweitstimme

◯	**CDU**	**Christlich Demokratische Union Deutschlands** Armin Laschet, Anja Karliczek, Ralph Brinkhaus, Jens Spahn, Elisabeth Winkelmeier-Becker	1
◯	**SPD**	**Sozialdemokratische Partei Deutschlands** Dr. Rolf Mützenich, Svenja Schulze, Sebastian Hartmann, Kerstin Griese, Dirk Wiese	2
◯	**FDP**	**Freie Demokratische Partei** Christian Lindner, Dr. Marie-Agnes Strack-Zimmermann, Alexander Graf Lambsdorff, Dr. Marco Buschmann, Johannes Vogel	3
◯	**AfD**	**Alternative für Deutschland** Rüdiger Lucassen, Kay Gottschalk, Fabian Jacobi, Martin Erwin Renner, Jörg Schneider	4
◯	**GRÜNE**	**BÜNDNIS 90/DIE GRÜNEN** Britta Haßelmann, Oliver Krischer, Dr. Irene Mihalic, Sven Lehmann, Katharina Dröge	5
◯	**DIE LINKE**	**DIE LINKE**	6

Der Stimmzettel weist dazu konkrete Personen (mit Parteizugehörigkeit) aus. Es kann auch vereinzelt parteilose Kandidaten geben

Der Stimmzettel weist dazu jeweils die ersten Positionen dieser Landesliste aus.

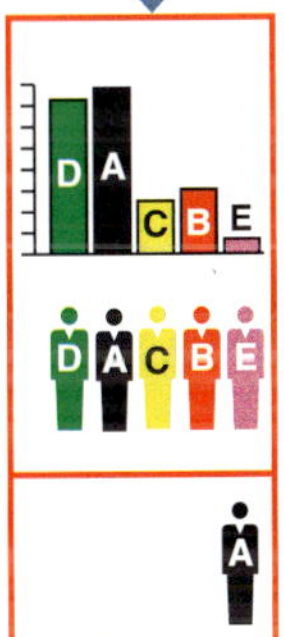

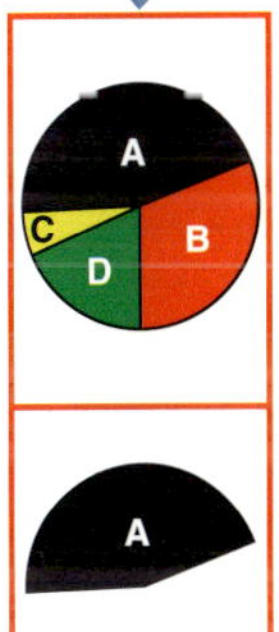

Ein Direktmandat bekommt, wer mehr gültige Stimmen in einem Wahlkreis auf sich vereint als alle anderen **(relative Mehrheitswahl)**. Unabhängig vom Wahlergebnis seiner Partei im Ganzen zieht der gewählte Kandidat definitiv in den Bundestag ein.

Mandate von Partei A

Alle Parteien, die mindestens 5 % der gültigen Stimmen oder drei Direktmandate durch die Erststimme erhalten haben (Grundmandate) ziehen entsprechend ihres Stammanteils in den Bundestag ein **(Verhältniswahl)**.

Zunächst werden die von einer Partei mit der Zweitstimme errungenen Sitzanteile mit den Direktmandaten aus der Erststimme besetzt, sind dann noch Sitze übrig, werden sie aus den Landeslisten besetzt.

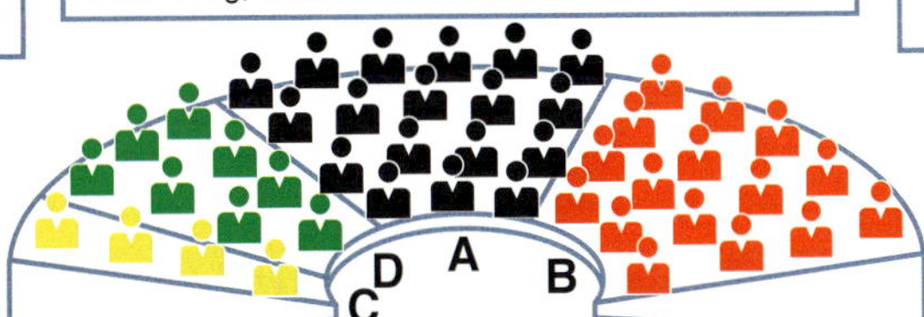

L & P / 6367

30073EX

Wenn eine Partei mehr Direktmandate mit der Erststimme erhalten hat als ihr Sitze laut Zweitstimme zustehen, dann werden zusätzliche Stühle für die Mandatsträger in den Bundestag gestellt (Überhangmandate). Da dies nun aber die Verhältnisse aus dem Zweitstimmenergebnis verschieben würde, bekommen auch die anderen Parteien zusätzlich Sitze um dies auszugleichen (Ausgleichsmandate).

1.7 Die Bundesregierung

M1 Die Wahl des Bundeskanzlers als Grundlage jeder Bundesregierung

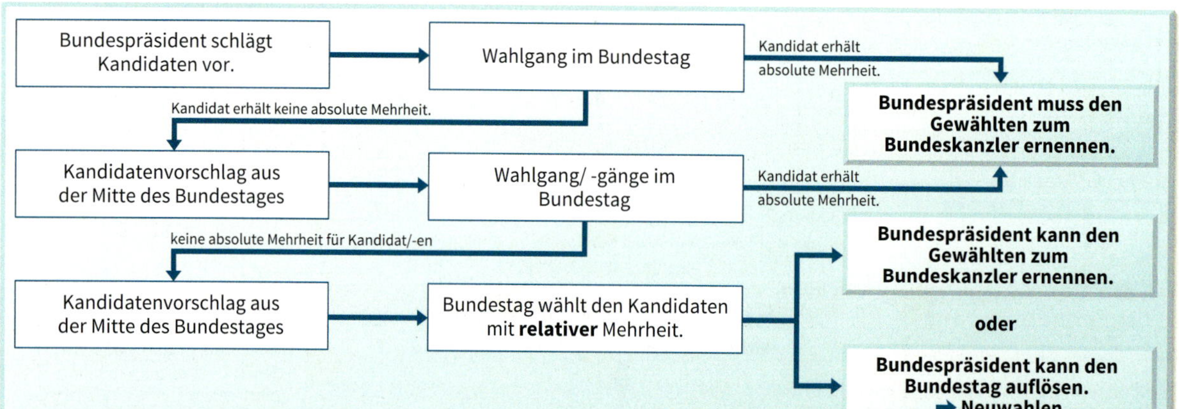

Quelle: Stefan Marschall, Das politische System Deutschlands, Bonn 2015, S. 141

GLOSSAR

Bundeskanzler

WEBCODE

WES-116803-103
Einfach erklärt: Regierungsbildung

WEBCODE

WES-116803-104
Bundesregierung

M2 Zusammensetzung, Aufgaben und Arbeitsprinzipien der Bundesregierung

Nach der **Wahl des Bundeskanzlers** durch die in aller Regel absolute Mehrheit des Bundestages macht sich dieser an die Auswahl seiner künftigen Minister. Theoretisch ist er darin frei, praktisch muss er der inneren machtpolitischen Gemengelage seiner Partei und seiner Koalitionspartner entsprechen. Der Zuschnitt und die Verteilung der jeweiligen Ressorts auf die Fraktionen ist bereits in den einer Regierungsbildung vorgelagerten Koalitionsverhandlungen besprochen worden und im Koalitionsvertrag festgelegt.

Die Bundesregierung besteht also aus dem Bundeskanzler und den Bundesministern, gemeinsam werden sie auch als **Bundeskabinett** bezeichnet. Die Bundesminister werden auf Vorschlag des Bundeskanzlers vom Bundespräsidenten vereidigt. Seine Auswahl muss nicht vom Bundestag bestätigt werden.

Die Aufgabe der Bundesregierung liegt nun darin alle Bereiche der Innen- und Außenpolitik zu steuern. Dabei setzt sie bestehende Gesetze durch ihre Ministerialbürokratie um und nutzt diese gleichsam, um neue Vorlagen für Gesetze in ihrem Sinne erstellen zu lassen. Etwa 80 Prozent aller Gesetzesentwürfe, die in den Bundestag eingebracht werden, entstammen der Bundesregierung.

Dabei bestimmt der Bundeskanzler nach Artikel 65 des Grundgesetzes die Richtlinien der Politik. Er legt also die grundlegende politische Ausrichtung fest und kann in Streitfragen ein „Machtwort“ sprechen (**Kanzlerprinzip**). Im Regelfall gilt aber, dass die Arbeit der gesamten Bundesregierung untereinander abgestimmt und gegenseitiges Einvernehmen hergestellt wird. Regierungsbeschlüsse werden in der Regel laut Koalitionsvertrag einstimmig gefasst, keine Seite wird einfach überstimmt (**Kollegialprinzip**). Zusätzlich gilt, dass jedes Kabinettsmitglied sein Ministerium an den Richtlinien entlang eigenständig und eigenverantwortlich leitet. Der Bundeskanzler kann daher nicht ohne Weiteres in den Bereich eines Ministers „hineinregieren“ (**Ressortprinzip**).

Autorentext

M3 Konstruktives Misstrauensvotum und Vertrauensfrage

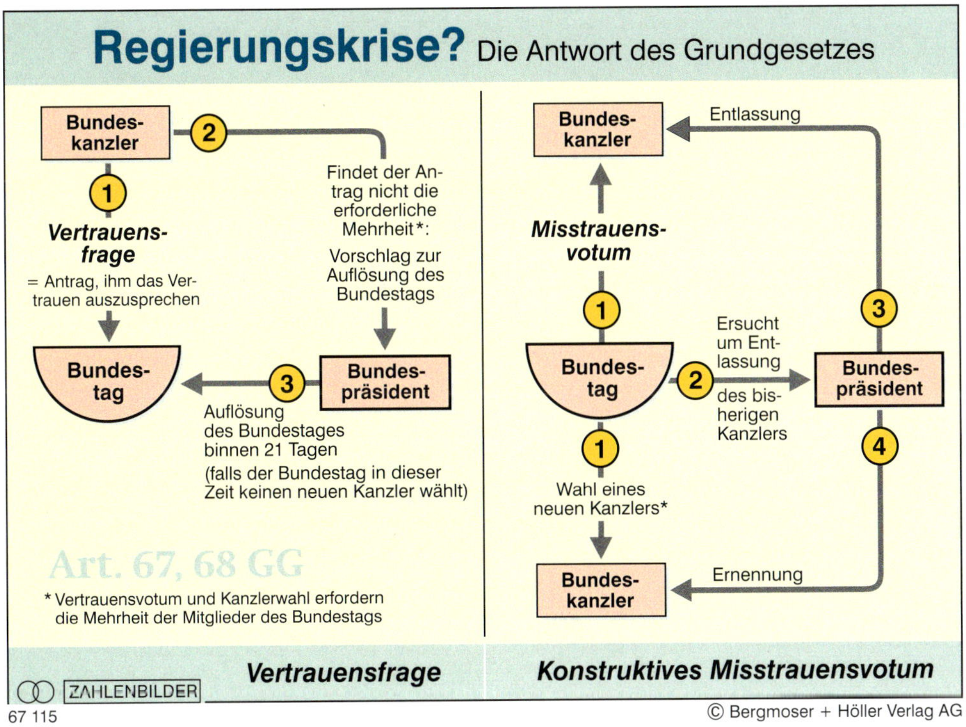

„Das sitze ich aus!"
Helmut Kohl
(1982–1998)

„Basta!"
Gerhard Schröder
(1998–2005)

M4 Der Bundeskanzler im System der Macht(-begrenzung)

„Da mische ich mich nicht ein!"
Angela Merkel
(2005–2021)

Zeichnung:
Heiko Sakurai

1 **Beschreibt** den Ablauf der Kanzlerwahl. **Erklärt**, was es für einen Bundeskanzler und die anstehende Regierungsarbeit bedeuten würde erst im dritten Wahlgang mit relativer Mehrheit gewählt zu werden (M 1).

2 **Erklärt** Zusammensetzung, Aufgaben und Arbeitsprinzipien der Bundesregierung (M 2).

3 **Erläutert** die Funktion des konstruktiven Misstrauensvotums und der Vertrauensfrage (M 3).

4 **Analysiert** die Karikaturen zu den einzelnen Regierungsstilen der drei Bundeskanzler.

5 **Diskutiert**, ob die Bezeichnung „Kanzlerdemokratie" gerechtfertigt ist (M 1–M 4).

QUERVERWEIS

METHODE Karikaturenanalyse
S. 183

1.8 Wie wird die Bundesregierung kontrolliert?

Während autokratische Systeme eine Opposition eher als eine Gruppe betrachten, die man am besten unterdrückt oder „kleinhält", spielt die Opposition in parlamentarischen Demokratien eine zentrale Rolle. Sie ist Teil der verfassungsmäßigen Ordnung und hat entsprechende Rechte. Sie setzt dem Handeln der Regierung klare Grenzen und entwickelt alternative Modelle zum Regierungshandeln, denn der politische Meinungsstreit gehört zum Wesen der Demokratie.

Die Oppositionsführung wird daher regelmäßig auch in vertrauliche Maßnahmen der Regierung eingeweiht, denn schließlich könnte sie der künftige Bundeskanzler bzw. die künftige Bundeskanzlerin sein.

M1 Die Opposition in der parlamentarischen Demokratie

GLOSSAR
Opposition

Die Opposition wird im Grundgesetz nicht wörtlich erwähnt. Das Bundesverfassungsgericht hat aber bei seiner Klärung, welche Elemente zu einer freiheitlichen demokratischen Grundordnung (FDGO) gehören, das Recht auf Bildung und Ausübung einer Opposition zu einem unverzichtbaren Kern der Demokratie erklärt. Eine Opposition ist also kein lästiges Übel, sondern sie ist ein zentraler Bestandteil jeder Demokratie.

Als der französische Philosoph und Staatstheoretiker Montesquieu (1689-1755) die Idee der funktionalen Gewaltenteilung entwickelte, ging er davon aus, dass das Parlament die Regierung kontrolliert, also ein Gegengewicht zur Regierung bildet. Dieses Modell wird eher in einer präsidialen Demokratie verwirklicht, etwa in den USA. In diesem System der „checks and balances" stehen das Repräsentantenhaus und der Senat (die Legislative) einem mächtigen Präsidenten bzw. einer mächtigen Präsidentin (der Exekutive) gegenüber. In unserer parlamentarischen Demokratie hingegen geht die Regierung aus der Parlamentsmehrheit hervor und wird von dieser gestützt. Die Parlamentsminderheit bildet demgegenüber die Opposition, die über besondere Rechte verfügt.

Daneben gibt es auch die außerparlamentarische Opposition, die beispielsweise mittels Demonstrationen Kritik an der Regierungspolitik übt und die von Medien, Bürgerinitiativen oder auch von Vereinen gebildet wird. Ihre Aktivitäten sind durch das Versammlungsrecht sowie die Meinungs- und Pressefreiheit gewährleistet.

Autorentext

M2 Vertrauen ist gut – Kontrolle ist besser

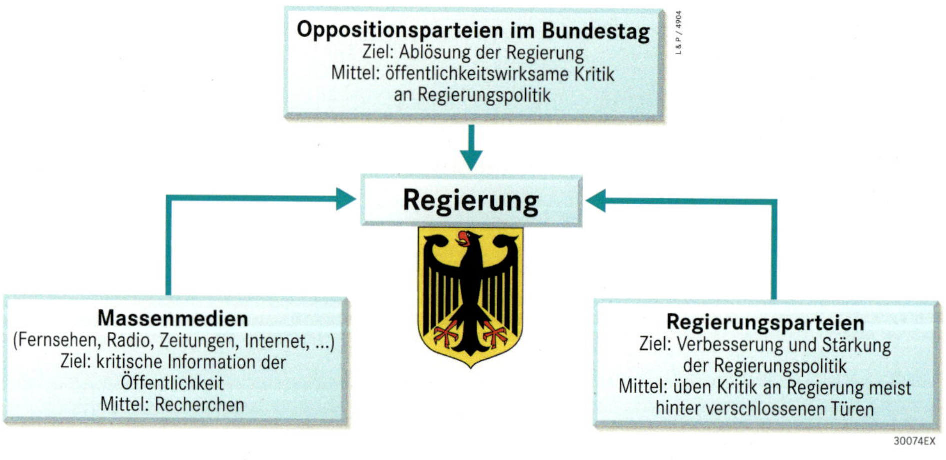

M3 Kontrollinstrumente des Bundestages

- Abwahl des Bundeskanzlers: konstruktives Misstrauensvotum (Art. 67 GG), Vertrauensfrage (Art. 68 GG)
- Haushalts- und Budgetrecht (Art. 110 GG, Art. 114 GG)
- Informations- und Interpellationsrechte (Art. 43 GG)
- Große Anfrage durch eine Bundestagsfraktion oder mindestens fünf Prozent der Abgeordneten zu einem wichtigen politischen Thema; schriftliche Stellungnahme der Bundesregierung und öffentliche Debatte im Bundestag darüber
- Kleine Anfrage durch eine Bundestagsfraktion oder mindestens fünf Prozent der Abgeordneten zu einem konkreten politischen Einzelthema; schriftliche Antwort des fachlich zuständigen Bundesministeriums
- Fragestunde in jeder Sitzungswoche; einzelne Fragen von Abgeordneten, auf die mündlich oder schriftlich von Seiten der Bundesregierung geantwortet wird
- Regierungsbefragungen in jeder Sitzungswoche
- Aktuelle Stunde auf Antrag einer Bundestagsfraktion oder mindestens fünf Prozent der Abgeordneten; Fragen und Stellungnahmen zu aktuellen politischen Themen
- öffentliche Debatten im Plenum des Bundestages zu Regierungserklärungen oder Gesetzesentwürfen
- Einsetzung von Untersuchungsausschüssen durch mindestens ein Viertel aller Abgeordneten (Art. 44 GG)

Autorentext

M4 Untersuchungsausschüsse

Nach Artikel 44 des Grundgesetzes kann und muss der Deutsche Bundestag auf Antrag eines Viertels seiner Mitglieder einen Untersuchungsausschuss einsetzen. Dieser prüft hauptsächlich mögliche Missstände in Regierung und Verwaltung und mögliches Fehlverhalten von Politikern. Untersuchungsausschüsse können Zeugen und Sachverständige vernehmen und sonstige Ermittlungen durch Gerichte und Verwaltungsbehörden vornehmen lassen. Das Ergebnis fasst der Untersuchungsausschuss in einem Bericht an das Plenum zusammen.

Untersuchungsausschüsse der 20. Wahlperiode, in: https://www.bundestag.de/ausschuesse/untersuchungsausschuesse/untersuchungsausschuesse-inhalt-901978, 15.11.2022

INFO

Untersuchungsausschuss
16. Legislaturperiode (2005-2009): 3
17. Legislaturperiode (2009-2013): 4
18. Legislaturperiode (2013-2017): 5
19. Legislaturperiode (2017-2021): 3
20. Legislaturperiode (seit 2021): bisher 1

Legislaturperiode
Amtsdauer des Bundestages

M5 Große und Kleine Anfragen

	Große Anfragen		**Kleine Anfragen**	
	Regierungsfraktionen	Oppositionsfraktionen	Regierungsfraktionen	Oppositionsfraktionen
17. Bundestag	2	52	39	3590
18. Bundestag	0	15	43	3910
19. Bundestag	0	35	0	11677

1 **Erklärt** die Aufgaben und Möglichkeiten der Opposition in der parlamentarischen Demokratie (M 1, M 2).
2 **Recherchiert** aktuelle Beispiele zu den Kontrollinstrumenten des Bundestages (M 3).
3 **Beschreibt** Aufgaben und Zielsetzung eines Untersuchungsausschusses (M 4).
4 **Wertet** M 5 **aus.**

QUERVERWEIS

METHODE Internetrecherche
S. 182

1.9 Der Bundesrat – die Länder regieren mit

M 1 Interessenvertretung der Bundesländer

GLOSSAR

Bundesrat

INFO

degressive Proportionalität
Bevölkerungsärmere Bundesländer haben weniger Stimmgewicht im Bundesrat als Bundesländer mit vielen Einwohnern, jedoch nicht in dem Ausmaß, wie es mathematisch geboten erscheint. So hat Nordrhein-Westfalen ca. 18 Mio. Einwohner und das Saarland nur ca. 1 Mio. Dennoch beträgt ihr Stimmgewicht nicht 1:18, sondern 1:2 (3:6). Damit wird sichergestellt, das bevölkerungsärmere Länder überhaupt Einfluss auf die Entscheidungen des Bundesrats nehmen können und nicht die vier bevölkerungsreichsten Bundesländer alles unter sich ausmachen.

Der Bundesrat wirkt bei der Gesetzgebung des Bundes mit. Er besteht aus Mitgliedern der Regierungen der 16 Bundesländer und verfügt über insgesamt 69 Stimmen, von denen allerdings einwohnerstarken Ländern mehr Stimmen zustehen als denen mit geringerer Bevölkerungszahl (degressive Proportionalität).
Zunächst einmal hat der Bundesrat in der Gesetzgebung selbst ein Initiativrecht, kann also selbst Gesetzesvorschläge einbringen. Außerdem muss ein Gesetz im Bundesrat mindestens 35 Stimmen bekommen, damit es angenommen werden kann. Zu beachten ist dabei, dass ein Land seine Stimmen einheitlich abgeben muss; es kann also entweder dafür bzw. dagegen votieren oder sich auch enthalten. Wenn der Bundesrat ein Gesetz zurückweist, das vom Bundestag beschlossen wurde, muss es der Bundestag noch einmal beraten. Um bei Meinungsunterschieden zwischen Bundestag und Bundesrat leichter einen Kompromiss zu finden, gibt es den Vermittlungsausschuss. Er besteht aus je 16 Mitgliedern von Bundestag und Bundesrat. Seine Aufgabe ist es, vom Bundesrat abgelehnte Gesetze so abzuändern, dass sie bei erneuter Beratung im Bundestag und Bundesrat angenommen werden können.
Bei den Gesetzen müssen zwei Arten unterschieden werden: Allen Gesetzen, die von den Ländern ausgeführt werden sollen oder ihre Finanzen berühren, sowie allen Grundgesetzänderungen, muss der Bundesrat zustimmen. Sie werden deshalb **Zustimmungsgesetze** genannt. Gegen alle anderen Gesetze, etwa wenn es um auswärtige Angelegenheiten oder Verteidigung geht, kann er Einspruch einlegen, der jedoch vom Bundestag zurückgewiesen werden kann **(Einspruchsgesetze)**. Hat der Bundesrat mit der Mehrheit seiner Stimmen ein Gesetz abgelehnt, genügt für die Zurückweisung die Mehrheit des Bundestages. Geschieht der Einspruch des Bundesrates jedoch mit Zwei-Drittel-Mehrheit, benötigt es auch eine Zwei-Drittel-Mehrheit im Bundestag, um diesen zurückzuweisen.
Der Bundesrat kann der Bundestagsmehrheit und damit der Bundesregierung also schwer zu schaffen machen. Dies ist vor allem dann der Fall, wenn die Parteien im Bundesrat die meisten Vertreter stellen, die nicht an der Bundesregierung beteiligt sind. Zuweilen schließen sich aber auch Vertreter der Länder – unabhängig von Parteizugehörigkeit – zusammen, um Länder- gegen Bundesinteressen durchzusetzen. Auf diese Weise hat der Bundesrat in der Vergangenheit immer wieder Vorhaben der Bundesregierung erschwert oder blockiert.

Autorentext

QUERVERWEIS

Wie entsteht ein Gesetz?
S. 34 f.

Zeichnung: Gerhard Mester

M2 Aufgaben und Zusammensetzung des Bunderates

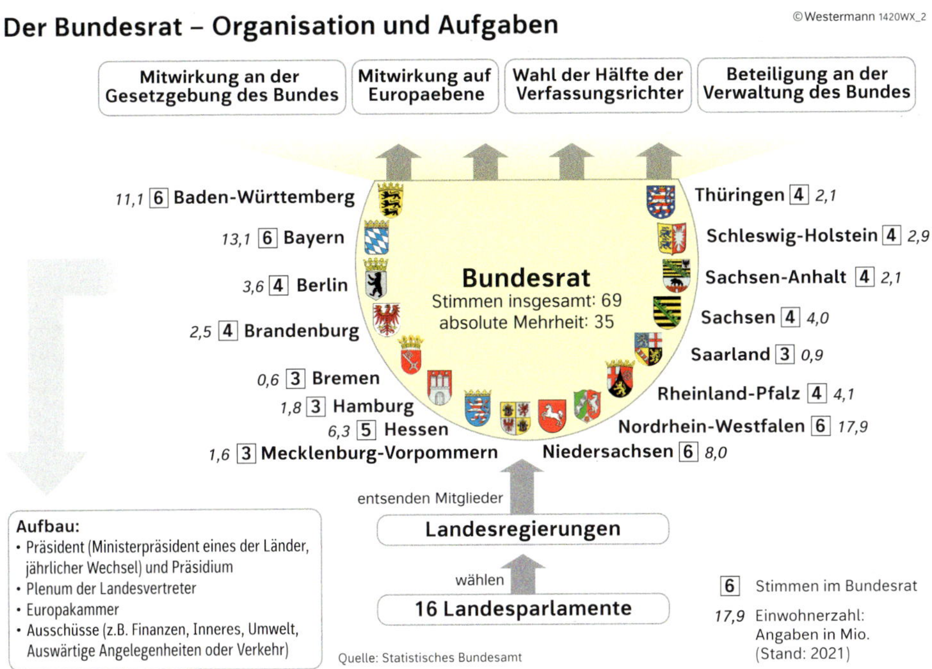

M3 Oppostionspolitik durch die Hintertür?

Bereits in der Entstehungsphase von Gesetzen gibt es wechselseitige Informationen zwischen Bundestag und Bundesrat. Der Bundesrat kann so bereits früh auf die Gesetzgebung Einfluss nehmen – etwa indem er durchblicken lässt, dass er Gesetze blockieren wird, wenn sie nicht im Sinne der Bundesratsmehrheit sind. Dies kommt gerade dann zum Tragen, wenn die Mehrheitsverhältnisse im Bundesrat andere sind als im Bundestag. Dann haben die Landesregierungen nämlich die Gelegenheit, jene Gesetzesvorhaben zu blockieren, die ihre Parteifreunde im Bundestag nicht in ihrem Sinne gestalten konnten. Wenn hier vor allem parteipolitische Interessen ausschlaggebend sind, kann man fragen, ob der Bundesrat die demokratisch legitimierte Gesetzgebung aushebelt. Statt der legitimen Interessendurchsetzung der Länder im föderalen System dient er dann den parteipolitischen Interessen der Bundestagsopposition.

Autorentext

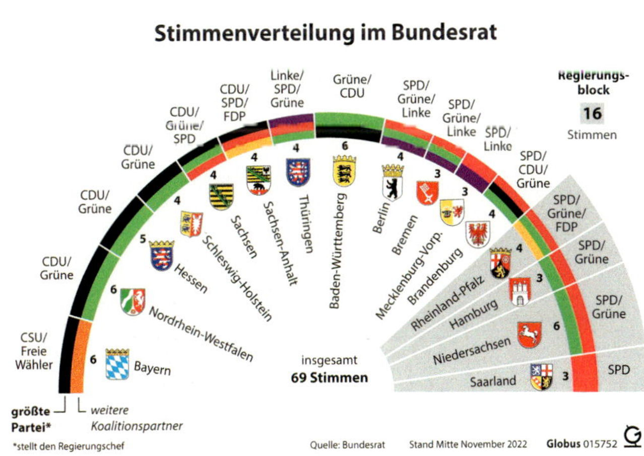

1 **Beschreibt** Aufbau, Funktion und Handlungsspielräume des Bundesrates (M 1, M 2).

2 **Analysiert** die Karikatur (M 1).

3 **Nehmt** unter Einbezug von M 1–M 3 **Stellung** zu der These: „Der Bundesrat ist ein Blockadeinstrument der Opposition."

1.10 Föderalismus – Vielfalt oder Uneinheitlichkeit?

Der Staatsname „Bundesrepublik Deutschland“ bringt die Absicht der Schöpfer des Grundgesetzes zum Ausdruck, dass das neue Deutschland ein Bundesstaat werden sollte. In Art. 79 Abs. 3 GG legten sie im Parlamentarischen Rat fest, dass die „Gliederung des Bundes in Länder“ und die „Mitwirkung der Länder bei der Gesetzgebung“ des Bundes zum unveränderlichen Kern der Verfassung gehört und daher niemals abgeschafft werden darf.

Föderale Strukturen und die Pflege regionaler Vielfalt waren in Deutschland stets wichtig. Erst der Nationalsozialismus schuf einen zentralistischen Einheitsstaat. Danach wurden im Interesse der Freiheitssicherung die politischen Zuständigkeiten zwischen dem Gesamtstaat (Bund) und den Einzelstaaten (Länder) aufgeteilt. Starke Länder sollten ein Gegengewicht zum Bund bilden. Das Verhältnis zwischen Bund und Ländern ist komplex.

Es gibt einerseits Aufgaben, die reine Ländersache sind (Schulwesen, Universitäten, Polizei). Es gibt andererseits Aufgaben, die allein Angelegenheit des Bundes sind (Außenpolitik, Verteidigung).

Daneben gibt es Aufgaben, die nur so lange von den Ländern geregelt werden, wie der Bund von seiner Zuständigkeit keinen Gebrauch macht.

In vielen Angelegenheiten erfolgt die Gesetzgebung auf Bundesebene, während die Ausführung der Gesetze den Ländern obliegt.

INFO

Parlamentarischer Rat
erarbeitete zwischen September 1948 und Mai 1949 das Grundgesetz der Bundesrepublik Deutschland

M 1 Föderalismus in der (Corona-)Krise?

Mit dem Ausbruch der Corona-Pandemie in Deutschland Anfang 2020 ist auch der deutsche Föderalismus wieder einmal verstärkt in die öffentliche Kritik geraten. Besonders augenfällig erschien die Hinderlichkeit der föderalen Staatsorganisation im Krisenalltag im Nebeneinander von 16 Corona-Verordnungen der Länder. Vom „Flickenteppich“ war allenthalben die Rede, und in der Polit-Satire „Heute Show“ wurde fröhlich das deutsche „Föderallala“ beschworen. Durfte man im baden-württembergischen Teil des Allgäus auch zu Hochzeiten des Lockdowns legal mit den eigenen Familienmitgliedern wandern und picknicken, riskierte man, beim unsichtbaren Grenzübertritt ins benachbarte Bayern, mit dem gleichen Freizeitverhalten eine bußgeldpflichtige Ordnungswidrigkeit zu begehen. Für Fernbusse galten, als sie wieder fahren durften, in den Ländern jeweils unterschiedliche Hygieneregeln, sodass gegebenenfalls Passagiere an der Ländergrenze hätten ausgeladen werden müssen. Diese und andere Kuriositäten wurden von den Medien dankbar aufgegriffen und vielfältig bei der Frage nach der Krisentauglichkeit des Föderalismus thematisiert. Andererseits bescheinigte insbesondere die ausländische Presse Deutschland ein vorbildliches Pandemie-Management, nachdem relativ schnell die Zahl der täglichen Neuerkrankungen auf unter 1000 und die Reproduktionszahl, also die Anzahl der Menschen, an die eine mit dem neuartigen Corona-Virus infizierte Person dieses weitergibt, mit wenigen Ausnahmen auf unter 1.0 gesenkt werden konnten. Tatsächlich zahlen wir im Alltag manchmal einen Preis der Unbequemlichkeit für unser föderales System. Unübersichtlichkeit, uneinheitliche Lebensverhältnisse, Unvergleichbarkeit oder auch Ungerechtigkeit für Lebenschancen lauten die Vorwürfe der Kritikerinnen und Kritiker, insbesondere mit Blick auf den Bildungsföderalismus. Andererseits gibt es gute Argumente dafür, dass Deutschland gerade wegen seiner föderalen Staatsorganisation besser durch die Krise gekommen ist als andere Staaten. Die freiheitssichernden, demokratie- und effizienzsteigernden Vorteile föderaler Koordinations- und Entscheidungsprozesse werden in der öffentlichen wie in der wissenschaftlichen Diskussion gerne übersehen.

Nathalie Behnke, Föderalismus in der (Corona-)Krise?, in: Aus Politik und Zeitgeschichte, Heft 35-37/2020, S. 9

GLOSSAR

Föderalismus

WEBCODE

WES-116803-106
Einfach erklärt: Föderalismus

1 **Erklärt** das Konzept des Föderalismus und **stellt** die Situation in der Bundesrepublik Deutschland während der Corona-Krise **dar** (M 1).

M2 Föderalismus und Bildungspolitik

Besonders deutlich wird das Unbehagen, wenn […] nach der Vergleichbarkeit der Leistungen der Schülerinnen und Schüler […] [gefragt wird]. 88 Prozent plädieren für gleiche Lehrpläne in der Oberstufe. 84 Prozent befürworten ein einheitliches Kernabitur, damit alle die gleichen Voraussetzungen haben, wenn sie sich um einen Studienplatz bewerben. Die Diskussion um die Vergleichbarkeit wird seit Jahrzehnten geführt. Die wenigen Änderungen, die es gab, wie z. B. ein gemeinsamer Aufgabenpool für das Abitur, bewirken noch zu wenig. Denn noch kann jedes Land damit verfahren, wie es will. […]

Der Föderalismus soll außerdem den Wettbewerb um die besten Ideen und Leistungen fördern. Auch die Befragten hätten nichts dagegen, ihn in Gang zu bringen: Dass die Leistungen der Schülerinnen und Schüler häufiger in Ländervergleichen getestet werden, befürworteten fast 80 Prozent. Fast 70 Prozent stimmen sogar zu, wenn bundesweite Leistungstests in die Schulnoten einfließen sollen.

Ein weiteres Argument für den Bildungsföderalismus ist, dass der Bund zu weit weg ist von den wirklichen Herausforderungen der Schulen. So zeigt sich in der Corona-Krise, dass Länder unterschiedlich reagieren. […]

Allerdings sind die meisten Bundesländer ebenfalls zu groß, um auf die konkreten Bedingungen in jeder einzelnen Schule reagieren zu können. Egal, ob es ein landes- oder bundesweites Konzept für die Inklusion gibt – in jeder Schule müsste zusätzlich selbstständig entschieden werden, welche spezielle Förderung für die Herausforderungen ihrer Schüler und Schülerinnen gebraucht wird. Die Mehrheit der Befragten befürwortet in der […] Umfrage, dass die Schulen selbst entscheiden dürfen, wofür sie ihr Budget ausgeben und welche Pädagogen sie einstellen wollen (mehr als 60 Prozent).

Parvin Sadigh, Der Bund soll's richten, in: https://www.zeit.de/gesellschaft/schule/2020-09/bildungspolitik-umfrage-schule-bundesregierung-finanzierung-chancengleichheit, 02.09.2020

M3 Föderalismus im Streit der Meinungen

Im Föderalismus ist die Politik schwerfällig. Denn die verschiedenen Regierungen, Parlamente und Verwaltungen müssen ständig aufeinander Rücksicht nehmen, Entscheidungen abwarten und langwierige Verhandlungen miteinander führen.

Irgendwo ist immer Wahlkampf. Das blockiert politische Entscheidungen.

Im Verhältnis zum Einheitsstaat ist das kulturelle und gesellschaftliche Leben bunter.

Der Föderalismus führt zu unterschiedlichen Lebensbedingungen. Das erschwert den Umzug von einem Bundesland in ein anderes.

Ein Einheitsstaat ist billiger. Denn es gibt nur eine Regierung und ein Parlament.

Der Föderalismus ist experimentierfreudig. Wenn ein Experiment klappt, werden andere Länder schnell nachziehen. Bei Misserfolg bleibt der Schaden auf ein Land begrenzt.

Vieles wird in den Ländern entschieden und ist damit näher an den Bürgern.

2 **Erörtert**, welche Gründe es für die Unterschiedlichkeit der Schulsysteme in den Bundesländern geben mag (M 2).

3 **Verfasst** einen Kommentar zu Relevanz und Funktion des Föderalismus heute (M 1, M 2).

4 **Recherchiert** aktuelle Beispiele für die Meinungen, die in M 3 genannt werden. **Führt** auf Grundlage eurer Recherchen und von M 3 eine Pro- und Kontra-Diskussion zum Thema „Föderalismus – ein Segen für das Land?“ **durch**.

1.11 Landespolitik: Berlin

M1 Das politische System des Landes Berlin

Verfassung

Am 22. Juni 1995 wurde eine neue Verfassung für Berlin vom Abgeordnetenhaus beschlossen. Sie löste die Verfassung vom 1. September 1950 ab. Die neue Verfassung wurde am 22. Oktober 1995 durch Volksabstimmung in Kraft gesetzt. Sie enthält einen erweiterten Katalog von Grundrechten und Staatszielen. Die Ergänzung des parlamentarisch-repräsentativen Systems durch eine Volksgesetzgebung (Volksinitiative, Volksbegehren und Volksentscheid) ist ein wesentlicher Bestandteil der neuen Verfassung. An der Volksinitiative dürfen sich auch in Berlin lebende Ausländer beteiligen. Die neue Verfassung stärkt auch die Rechte des Landesparlamentes. Das Abgeordnetenhaus muss frühzeitig über Gesetzesinitiativen der Landesregierung, über Staatsverträge sowie über Initiativen des Senats auf Bundes- und europäischer Ebene informiert werden. Das Recht, Enquete-Kommissionen einzusetzen, ist verfassungsrechtlich verankert.

Das Abgeordnetenhaus

Das gesetzgebende Organ in Berlin ist das Abgeordnetenhaus. Es besteht aus mindestens 130 Abgeordneten und die Legislaturperiode dauert fünf Jahre. Das Abgeordnetenhaus kann sich mit einer Mehrheit von zwei Dritteln seiner Mitglieder selbst aufzulösen. Die Wahlperiode kann auch durch Volksentscheid vorzeitig beendet werden. Zu den Aufgaben des Abgeordnetenhauses gehört in erster Linie die Gesetzgebung für das Land Berlin. Weitere wesentliche Aufgaben des Abgeordnetenhauses sind die Wahl der Landesregierung und des Senats sowie die parlamentarische Kontrolle des Senats und der von ihm geleiteten Verwaltung. Zur Erfüllung seiner Aufgaben bildet das Abgeordnetenhaus aus seinen Mitgliedern Ausschüsse. Für jeden von einem Senatsmitglied verwalteten Geschäftsbereich wird mindestens ein ständiger Ausschuss gebildet. Im Jahre 1977 hat sich das Abgeordnetenhaus grundsätzlich für den „Teilzeitparlamentarier" entschieden.

Der Senat

Der Senat von Berlin besteht aus der Regierenden Bürgermeisterin und zehn Senatoren. Die Regierende Bürgermeisterin wird mit der Mehrheit der abgegebenen Stimmen vom Abgeordnetenhaus gewählt und kann durch ein Misstrauensvotum vom Parlament auch wieder abgewählt werden. Die Regierende Bürgermeisterin legt die Zuschnitte der Ressorts fest, bestimmt die Richtlinien der Politik und vertritt Berlin nach außen. Außerdem ernennt und erlässt sie die Senatoren. Diese führen ihre jeweilige Senatsverwaltung selbstständig (Ressortprinzip). Zwei Senatoren werden zu Bürgermeistern ernannt und sind die Stellvertreter der Regierenden Bürgermeisterin.

Verfassung und Abgeordnetenhaus: Peter Massing, Land Berlin, in: https://www.bpb.de/kurz-knapp/lexika/handwoerterbuch-politisches-system/202052/land-berlin/, 15.11.2022; Senat: Autorentext

M2 Wahlergebnisse in Berlin seit 1990

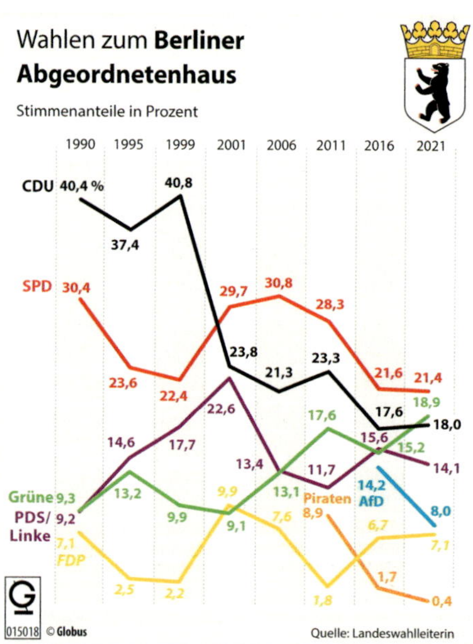

INFO

Volksgesetzgebung
Die Art. 61, 62 und 63 der Berliner Verfassung enthalten die Vorgaben für Volksinitiative, Volksbegehren und Volksentscheid.

WEBCODE

WES-116803-107
Abgeordnetenhaus und Senat von Berlin

INFO

Wahl zum Berliner Abgeordnetenhaus 2023
CDU: 28,2; SPD: 18,4; Grüne: 18,4; Linke: 12,2; AfD: 9,1; FDP: 4,6; Sonstige: 9,0 (Angaben in Prozent)

M3 Volksentscheid: Enteignung großer Wohnungskonzerne

In Berlin haben sich mehr als 200 Mieterinnen- und Mieter-Initiativen zusammengeschlossen und mit etwa 350 000 Unterschriften einen Volksentscheid erzwungen: Alle Unternehmen, die mehr als 3000 Wohnungen in Berlin besitzen, sollen gegen Entschädigung enteignet werden. Am 26. September [2021] wurde in Berlin [...] über den Volksentscheid „Deutsche Wohnen und Co. enteignen" abgestimmt.

Die Mehrheit der Berlinerinnen und Berliner unterstützt die Forderungen der Enteignungsinitiative: 56,4 Prozent sprachen sich für die Vergesellschaftung großer Immobilienkonzerne wie Deutsche Wohnen, Vonovia, Akelius und anderen aus, 39 Prozent dagegen. [...]

Dass der Volksentscheid eins zu eins vom [...] Berliner Senat umgesetzt wird, ist eher unwahrscheinlich, denn er ist rechtlich nicht bindend. Er fordert aber den Senat auf, alle Maßnahmen einzuleiten, um Immobilienunternehmen mit mehr als 3 000 Wohnungen gegen Entschädigung zu vergesellschaften. Es geht um etwa 240 000 Immobilien. Der Senat soll nun, so der Wille der Berliner, ein entsprechendes Gesetz erarbeiten. [...]

Von allen Parteien, die im neuen Abgeordnetenhaus vertreten sein werden, hat sich allein die Linke klar für Enteignungen ausgesprochen. Für die Grünen sind sie nur die letzte Lösung. Sie wollen einen Kompromiss und gemeinsam mit den Konzernen dafür sorgen, dass mehr bezahlbarer Wohnraum entsteht. Klar gegen die Enteignung haben sich CDU und FDP positioniert – ebenso die SPD, die mit Franziska Giffey [...] die [...] Regierende Bürgermeisterin [...] [stellt]. Giffey sagte, man müsse den Willen der Wähler respektieren. „Fakt ist, wir müssen mit diesem Volksentscheid verantwortungsvoll und respektvoll umgehen. Wir müssen aber auch die rechtlichen Rahmenbedingungen prüfen, die Verfassungsgemäßheit prüfen, die Finanzierbarkeit, die Folgenabschätzung für das Land Berlin – und dann verantwortlich handeln." [...]

Die [Berliner Immobilienwirtschaft] ist klar gegen die Vergesellschaftung. Kai Warnecke, Präsident des Eigentümerverbandes Haus und Grund, sagte, man werde durch die Entscheidung nicht mehr Wohnraum bekommen: „Es wird nicht altersgerechteren Wohnraum geben, auch keinen günstigeren Wohnraum."

Auch wenn der Volksentscheid nicht eins zu eins umgesetzt wird, wie es die politischen Mehrheiten vermuten lassen, dürfte das klare Ergebnis das Klima für Investoren verändern, sagt Warnecke. „Ich sehe ein gesellschaftspolitisches Signal, das sich gegen Eigentum wendet. Eigentum und Freiheit sind zwei Grundrechte, die elementar zueinander gehören. Ab sofort muss sich jeder überlegen, der Geld spart, der für die Altersvorsorge vorbeugen möchte. Ob er das in Berlin machen möchte oder doch lieber woanders."

Berlin stimmt für Enteignung großer Wohnungskonzerne, in: https://www.deutschlandfunk.de/volksentscheid-berlin-stimmt-fuer-enteignung-grosser-100.html, 28.09.2021

GLOSSAR

Plebiszit

1 **Erstellt** auf Grundlage von M 1 ein Schaubild zum politischen System des Landes Berlin.

2 **Vergleicht** das politische System des Landes Berlin mit dem politischen System der Bundesrepublik Deutschland (M 1).

3 **Wertet** M 2 **aus**.

4 Ein Volksentscheid gilt laut Berliner Verfassung (Art. 63 Abs. 1) als angenommen, wenn „eine Mehrheit der Teilnehmer und zugleich mindestens ein Viertel der zum Abgeordnetenhaus Wahlberechtigten zustimmt". **Nehmt Stellung** zur Notwendigkeit eines Quorums bei Volksentscheiden (M 3).

5 **Diskutiert**, ausgehend von M 3, ob Volksentscheide zwingend bindend für die Parlamente sein sollten.

INFO

Quorum
notwendige Anzahl von gültigen Stimmen

1.12 Landespolitik: Brandenburg

M1 Das politische System des Landes Brandenburg

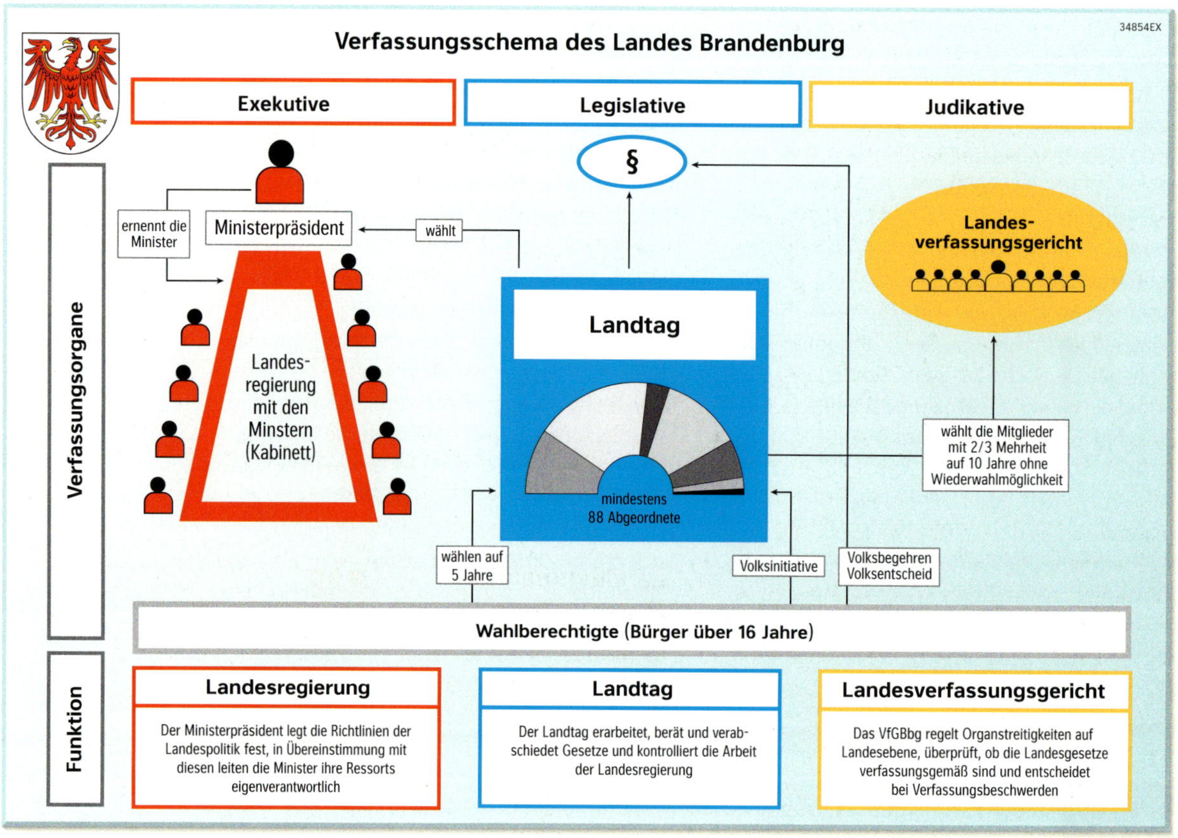

M2 Strukturwandel – auf ein Neues

ANGELAS INFRASTRÜKTÜR-JÜMPING

Zeichnung: Jürgen Janson

Bis zum Ende der DDR war die zentrale Funktion der Lausitz der Abbau und die Verstromung der Braunkohle für das halbe Deutschland Ost. Mit zuletzt 80 000 direkt Beschäftigten setzte die Kohle den ökonomischen, sozialen und sogar kulturellen Rahmen über mehrere Generationen hinweg. Als in Folge des Zusammenbrechens der DDR und ihrer Volkswirtschaft über 90 Prozent der Arbeiter*innen in der Kohle entlassen und zahlreiche Kraftwerke und Tagebaue geschlossen wurden, zerbrachen Gewohnheiten und Sicherheiten. Nicht nur in der Kohle gingen Arbeitsplätze verloren. Zwischen 1995 und 2015 zog knapp jede*r fünfte Bewohner*in aus der Lausitz weg. Mit der Einführung des bundesdeutschen Rechts-, Wirtschafts- und Sozialsystems vollzog sich der Strukturwandel unsanft und rasch.

Die verbliebenen Kraftwerke und Tagebaue befeuern den Konflikt um die ökologische Verträglichkeit und die Folgen für Menschen und Landschaft. Unter den zehn emissionsintensivsten Industrieanlagen Europas finden sich alle drei Lausitzer Braunkohlekraftwerke. Die Reste der Kohleindustrie sollen nun stillgelegt werden, damit Deutschland seine Emissionsziele erreicht. [...] Immer deutlicher zeichnete sich ab, dass sowohl nationale als auch internationale Ziele zur Emissionsminderung nicht einzuhalten sind, solange die Kohlekraftwerke weiterlaufen. In den vergangenen Jahren verschob sich die Debatte vom Ob zum Wann des Kohleausstiegs. Die Große Koalition setzte im Juni 2018 die Kommission „Wachstum, Strukturwandel und Beschäftigung" (KWSB, auch Kohlekommission genannt) ein, deren [...] Kompromiss den Kohleausstieg bis spätestens 2038 vorsieht. [...] Aus Sicht vieler Lausitzer*innen ist der beschleunigte Kohleausstieg mit hohen sozioökonomischen Lasten verbunden. Viele sorgen sich nicht nur um die Arbeitsplätze im Bergbau, sondern auch darum, dass die Region weiter an Bedeutung verlieren könnte.

Während der Kohleausstieg deutschlandweit großen Zuspruch erfährt, sind in der Lausitz weniger Menschen davon überzeugt als im Rest des Landes. Bemerkenswert ist jedoch, dass die Debatten der vergangenen zwei Jahre auch die Einstellungen in der Region verändert haben. Während Lausitzer Kohlebefürworter*innen den Ausstieg noch vor wenigen Jahren grundsätzlich ablehnten oder einen späteren Ausstieg verlangten, fordern sie nun, das verabredete Ausstiegsdatum 2038 einzuhalten. Die Möglichkeit, dass der Ausstieg auch noch früher kommen könnte – nicht zuletzt aufgrund übergeordneter energiewirtschaftlicher Dynamiken –, sorgt für Beunruhigung in der Region.

Sollten die finanziellen Zusagen eingehalten werden, werden in der Lausitz in den kommenden zwei Jahrzehnten etwa 17 Milliarden Euro Strukturwandelförderungen zu investieren sein. [...] Die Mittel sollen in der Lausitz zur Ansiedlung von wissenschaftlichen Instituten sowie zum Ausbau von Straßennetz, Bahnverbindungen und digitaler Infrastruktur verwendet werden. Hinzu kommen Pläne in den Bereichen Energiewirtschaft (unter anderem Wasserstofftechnologien), Gesundheit und Tourismus. [...]

Angesichts der teilweise traumatischen Erfahrungen im Strukturbruch der 1990er-Jahre hat das Vertrauen in die etablierten politischen Akteur*innen abgenommen. Viele Bürger*innen fühlen sich und ihre Themen nicht mehr repräsentiert. Rechtspopulistische Strömungen katalysieren diese politische Entfremdung in der Region und nutzen sie zur „populistischen Mobilisierung" [...]. [Die AfD] hatte sich im Wahlkampf [...] nicht nur als Anti-Establishment-Partei artikuliert, sondern sich auch klar für die Braunkohle ausgesprochen. Damit ist es ihr besonders in der Lausitz gelungen, Wähler*innen für sich zu mobilisieren.

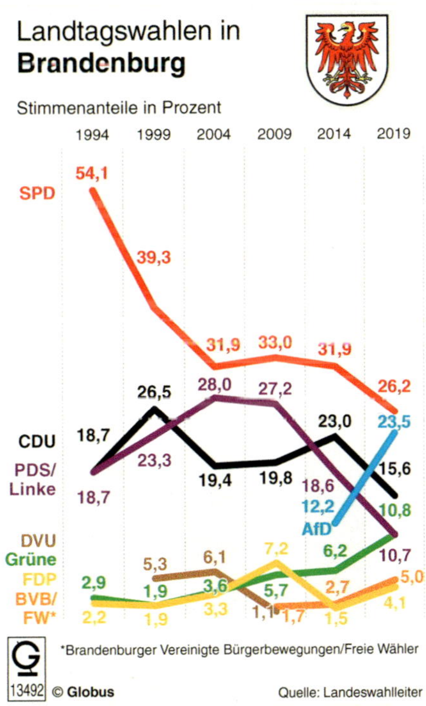

Konrad Gürtler/Victoria Luh/Johannes Staemmler, Strukturwandel als Gelegenheit für die Lausitz, in: Aus Politik und Zeitgeschichte, Heft 6-7/2020, S. 32 ff.

GLOSSAR

Plebiszit

INFO

Verfassung des Landes Brandenburg
Die Artikel 76, 77 und 78 regeln die Vorgaben und Möglichkeiten von Volksinitiative, Volksbegehren und Volksentscheid. Hierüber können die Bürgerinnen und Bürger Brandenburgs direkt über Politik mitbestimmen.
Die brandenburgische Verfassung sieht in Art. 25 auch einen besonderen Minderheitenschutz für Sorben/Wenden vor. Außerdem wird die enge Zusammenarbeit Brandenburgs mit dem Nachbarn Polen als Verfassungsgrundsatz (Art. 2 Abs. 1) festgelegt.

Volksentscheid
In Art. 2 Abs. 4 stellt die Verfassung des Landes Brandenburg fest, dass die Gesetzgebung „durch Volksentscheid und durch den Landtag ausgeübt" wird. Der direkten politischen Mitwirkung der Bürgerinnen und Bürger wird also gleich am Anfang der Verfassung ein hoher Stellenwert eingeräumt. Nicht nur Gesetze können so beschlossen werden, sondern auch Verfassungsänderungen und die Auflösung des Landtags.

1 **Beschreibt** das politische System des Landes Brandenburg (M 1).
2 **Analysiert** die Karikatur (M 2).
3 **Wertet** die Ergebnisse der Landtagswahlen in Brandenburg **aus** (M 2).
4 **Erörtert** die Folgen des Strukturwandels nach 1990 sowie die Chancen des neuerlichen Strukturwandels (M 2).

1.13 Der Bundespräsident – ein überflüssiges Amt?

M1 Aus Reden von Bundespräsidenten

GLOSSAR

Bundespräsident

WEBCODE

WES-116803-108
Bundespräsident

Joachim Gauck am 23. März 2012:
Wir stehen zu diesem Land, nicht weil es so vollkommen ist, sondern weil wir nie zuvor ein besseres gesehen haben. Speziell zu den rechtsextremen Verächtern unserer Demokratie sagen wir mit aller Deutlichkeit: Euer Hass ist unser Ansporn. [...] Die Extremisten anderer politischer Richtungen werden unserer Entschlossenheit in gleicher Weise begegnen. Und auch denjenigen, die unter dem Deckmantel der Religion Fanatismus und Terror ins Land tragen [...], werden wir Einhalt gebieten.

Zitiert nach: Das Parlament vom 26.03.2012, S. 2

Frank-Walter Steinmeier am 14. Mai 2019:
Denn tatsächlich geht es bei dieser kommenden Europawahl um viel. Es geht um unseren Wohlstand, um Wirtschaft und Arbeit, um unser Sozialmodell im globalen Wettbewerb, um gemeinsame Antworten auf Klimawandel, Digitalisierung und Migration und nicht zuletzt um unsere Grundrechte, um Freiheit und Gleichberechtigung als Erbe der europäischen Aufklärung. Und schließlich steht die Europäische Union auch für das Modell der liberalen Demokratie, das eng mit der europäischen Geschichte verbunden ist.

Frank-Walter Steinmeier, „Die Europäische Union: Was auf dem Spiel steht“, in: https://www.bundespraesident.de/SharedDocs/Reden/DE/Frank-Walter-Steinmeier/Reden/2019/05/190514-Forum-Bellevue.html, 14.05.2019

M2 Welche Macht hat der Bundespräsident?

Zeichnung: Heiko Sakurai

QUERVERWEIS

Warum Bonn nicht Weimar wurde
S. 56 f.

Aus der Erfahrung um den vielschichtigen Zusammenbruch der Weimarer Republik, bei dem im Nachhinein erkannte Konstruktionsfehler der Verfassung eine nicht unerhebliche Rolle gespielt haben, entschieden sich die Mütter und Väter des Grundgesetzes dafür, das Amt des Bundespräsidenten im Vergleich zum Weimarer Reichspräsidenten, der als eine Art „Ersatzkaiser“ konzipiert war, stark zu entmachten. So hat der Bundespräsident nicht den Oberbefehl über die Bundeswehr, wird nicht direkt vom Volk gewählt und die Bundesregierung ist nach der Wahl des Bundeskanzlers völlig unabhängig von ihm. Somit hat der Bundespräsident kein inhaltliches Mitspracherecht und damit keinerlei politische Gestaltungsmacht.
Stattdessen gilt er als oberster Staatsnotar, als Reservegewalt, als Repräsentant der Bundesrepublik Deutschland als Ganzes in einer Person. In dieser Funktion steht er protokollarisch als Staatsoberhaupt an erster Stelle.
Diese notarielle „Beurkundungsfunktion“ tritt vor allem bei der formalen Ernennung und Entlassung von Regierungsmitgliedern (Bundeskanzler und Bundesminister) aber auch bei der Ernennung von Bundesrichtern, Beamten und Offizieren sowie der Unterzeichnung von Gesetzen zu Tage.
Das Vorschlagsrecht zur Kanzlerwahl durch den Bundestag liegt zwar nach Art. 63 GG beim Bundespräsidenten. Erfahrungsgemäß schlägt er aber stets den Mehrheitsführer vor, denn

ein anderer Kandidat würde im ersten Wahlgang im Bundestag womöglich keine Mehrheit finden und für den zweiten Wahlgang kann der Bundestag aus seiner Mitte einen neuen Kandidaten bestimmen.
Letztlich kann der Bundespräsident nur dort seine Unterschrift und damit das Inkrafttreten einer Gesetzgebung oder Amtsbesetzung verweigern, wenn diese offensichtlich auf verfassungswidrige Weise zu Stande gekommen sind bzw. mutmaßlich grundgesetzwidrige Regelungen beinhalten würden. In solchen Fällen kann der Bundespräsident blockieren und ggf. eine Entscheidung des Bundesverfassungsgerichts darüber abwarten.
Einzig im Falle einer gescheiterten Vertrauensfrage und stockender Regierungsbildung in Ermanglung klarer Mehrheiten liegt die Entscheidung über Neuwahlen des Bundestages tatsächlich alleinig beim Bundespräsidenten (Art. 68 GG).
Im Alltag jedoch liegt seine Autorität in der Macht einer visionären Rede, im mahnenden Wort als überparteiliche, intellektuelle und moralische Instanz.

Autorentext

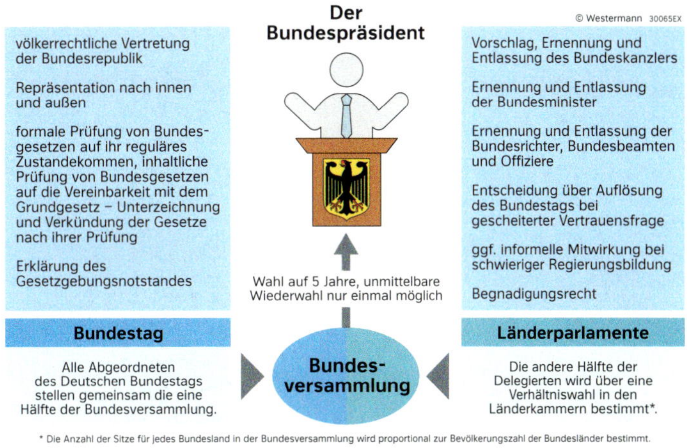

M3 Sollte das Amt des Bundespräsidenten abgeschafft werden?

Den Bundespräsidenten könne man ruhig abschaffen, Gesetze könne auch der Bundestagspräsident ausfertigen, Staatsbesuche unternehme die Kanzlerin ohnedies, und zweifelhafte Gesetze landeten sowie in Karlsruhe – dieses Plädoyer erinnert in seinem Funktionen-Positivismus zunächst an die Parodie einer als McKinsey-Gutachten aufgezogenen Evaluierung der Berliner Philharmoniker. Wozu brauche man einen gesonderten teuren Musiker für den Triangel? [...]
Das Amt des Bundespräsidenten fügt in der Staatsleitung dem Amt des Kanzlers Dimensionen hinzu, die von den Letzteren gerade nicht elementar aufzubringen sind: gegen den überaus legitimen Pluralismus der kämpfenden Parteien die ebenso notwendige Einheit des Gemeinwesens; gegenüber der dynamischen Auseinandersetzung die Statik des konstitutionellen Rahmens; gegenüber der antagonistischen Natur der Politik das integrative Wesen des wohlgeordneten Staates. [...]
Pflicht und Recht zur Konsultation des Präsidenten kommen übrigens in der öffentlichen Bewertung zu Unrecht regelmäßig zu kurz [...]. Der Bundespräsident ist, zumal in allen Krisennormen des Grundgesetzes, in der Tat „nur“ eine Reserveautorität – Neuwahlen, Gesetzgebungsnotstand, Einberufung des Bundestages. Aber auch den Feuerlöscher wirft man nicht aus dem Haus, nur weil es [...] [jahrzehntelang] nicht gebrannt hat.

Robert Leicht, Die Unverzichtbaren, in: https://www.zeit.de/2008/18/Pro-Bundespraesident, 24.04.2008

INFO
McKinsey
Unternehmensberatung

1 **Beschreibt** die Aufgaben des Bundespräsidenten mithilfe des Schaubildes in M 2.
2 **Recherchiert**, wie die Aufgaben des Bundespräsidenten im Grundgesetz geregelt sind: Art. 60 Abs. 1 und 2 sowie Art. 63, 64, 67 und 68, jeweils Abs. 1.
3 „Sein wichtigstes Machtinstrument ist das Wort“ (M 2). **Überprüft** anhand der Redenauszüge in M 1, ob diese Aussage über den Bundespräsidenten zutreffend ist.
4 **Analysiert** die Karikatur (M 2).
5 **Diskutiert** die Frage, ob das Amt des Bundespräsidenten abgeschafft werden sollte (M 1–M 3).

1.14 Wie entsteht ein Gesetz?

M1 Gesetzgebung in Deutschland

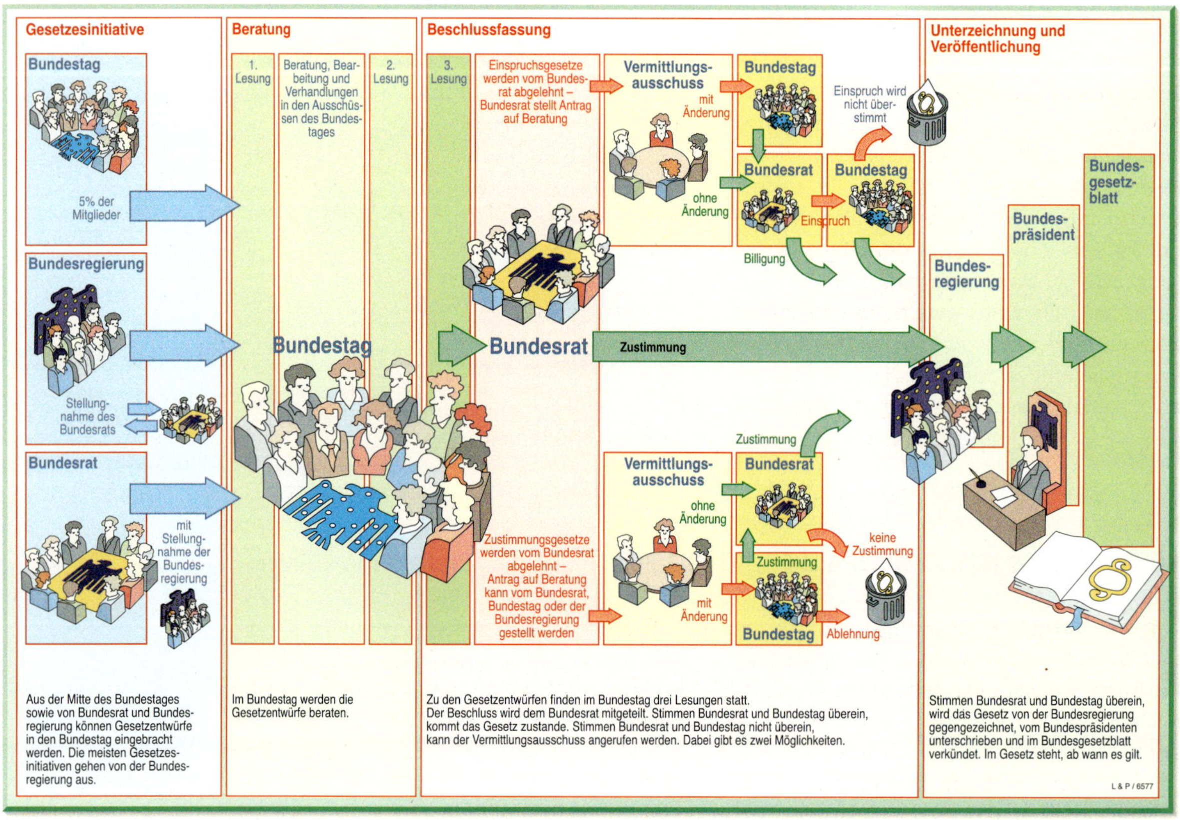

M2 Beispiel: Klimaschutzgesetz

INFO

Gesetzgebung
Etwa 75 Prozent aller Gesetzesentwürfe werden von der Bundesregierung eingebracht, während nur etwa 10 Prozent auf den Bundesrat entfallen und 15 Prozent aus der Mitte des Bundestags stammen.
Die durchschnittliche Dauer eines Gesetzgebungsverfahrens hat sich in den letzten Jahrzehnten von über 200 Tagen (1990-1994) auf etwa 140 Tage (2013-2017) verkürzt.

Mit dem geänderten Klimaschutzgesetz werden die Zielvorgaben für weniger CO_2-Emissionen angehoben. Das Minderungsziel für 2030 steigt um 10 Prozentpunkte auf mindestens 65 Prozent. Das heißt, Deutschland soll bis zum Ende des Jahrzehnts seinen Treibhausgas-Ausstoß um 65 Prozent gegenüber dem Jahr 1990 verringern. Die höheren Ambitionen wirken sich auch auf die CO_2-Minderungsziele bis zum Jahr 2030 in den einzelnen Sektoren aus: in der Energiewirtschaft, der Industrie, im Verkehr, im Gebäudebereich und in der Landwirtschaft. [...] Für das Jahr 2040 gilt ein Minderungsziel von mindestens 88 Prozent. Auf dem Weg dorthin sieht das Gesetz in den 2030er-Jahren konkrete jährliche Minderungsziele vor. Bis zum Jahr 2045 soll Deutschland Treibhausgasneutralität erreichen: Es muss dann also ein Gleichgewicht zwischen Treibhausgas-Emissionen und deren Abbau herrschen. Nach dem Jahr 2050 strebt die Bundesregierung negative Emissionen an. Dann soll Deutschland mehr Treibhausgase in natürlichen Senken einbinden, als es ausstößt. Ein Beschluss des Bundesverfassungsgerichts verpflichtet den Staat, aktiv vorzubeugen, so dass es in Zukunft nicht zu unverhältnismäßigen Einschränkungen der Freiheitsgrundrechte der heute jüngeren Menschen kommt.

Generationenvertrag für das Klima, in: https://www.bundesregierung.de/breg-de/themen/klimaschutz/klimaschutz-gesetz-2021-1913672, 07.11.2022

M 3 Beispiel: Krankenhauspflegeentlastungsgesetz

Der Bundestag hat am [...] 19. Oktober 2022 [...] erstmals den Gesetzentwurf der Bundesregierung zur Pflegepersonalbemessung im Krankenhaus sowie zur Anpassung weiterer Regelungen im Krankenhauswesen und in der Digitalisierung beraten [...]. Mit dem Gesetzentwurf sollen vor allem Pflegekräfte im Krankenhaus entlastet werden. Im Anschluss an die Aussprache wurde die Vorlage zur weiteren Beratung in den federführenden Gesundheitsausschuss überwiesen. Dieses Krankenhauspflegeentlastungsgesetz sieht dazu den Einsatz eines Instruments zur Personalbemessung (PPR 2.0) vor. Die PPR 2.0 soll in drei Stufen eingeführt werden, um auf den Stationen eine Idealbesetzung zu erreichen. Ab 1. Januar 2023 ist eine Erprobungsphase geplant, um die PPR 2.0 in der Praxis zu testen. Vorgesehen ist der Test auf Normalstationen und in der Pädiatrie. Auf dieser Basis sollen den Krankenhäusern in einer Rechtsverordnung Vorgaben für die Personalbemessung gemacht werden. Ab 2025 soll die Personalbemessung dann verbindlich sein und sanktioniert werden. Falls ein Krankenhaus bereits über einen Entlastungstarifvertrag mit verbindlichen Vorgaben zur Mindestpersonalbesetzung auf bettenführenden Stationen verfügt, soll auf die Anwendung der PPR 2.0 verzichtet werden können. Für die Qualität der Patientenversorgung und die Arbeitssituation der Pflegekräfte in den Krankenhäusern sei eine angemessene Personalausstattung essenziell, heißt es in dem Gesetzentwurf.

Entlastung der Pflegekräfte im Krankenhaus beraten, in: https://www.bundestag.de/dokumente/textarchiv/2022/kw42-de-krankenhauspflegeentlastung-915558, 03.11.2022

INFO

Zustimmungs- und Einspruchsgesetze
Bereits anhand der Eingangsformel eines jeden Gesetzes kann man erkennen, ob es sich um ein zustimmungsbedürftiges oder ein nicht zustimmungsbedürftiges Gesetz handelt. Entweder lautet die Eingangsformel „Der Bundestag hat mit Zustimmung des Bundesrates das folgende Gesetz beschlossen" oder es heißt dort „Der Bundestag hat das folgende Gesetz beschlossen".

GLOSSAR

Gesetzgebung

M 4 Beispiel: Ganztagsförderungsgesetz

Der Bundesrat hat in seiner Plenarsitzung am 25. Juni 2021 zum Ganztagsförderungsgesetz den Vermittlungsausschuss angerufen. Die Länder fordern in ihrem Anrufungsbeschluss eine Reihe von Änderungen. [...]

Kritik der Länder

Die Finanzierung des Ganztagsanspruches ist indes auch der Grund der Länder für die Anrufung des Vermittlungsausschusses. Sie kritisieren unter anderem, dass das Gesetz die Verwendung bestimmter Mittel an Investitionen knüpft, durch die zusätzliche Bildungs- und Betreuungsplätze oder räumliche Kapazitäten geschaffen werden. In Ländern, die aufgrund erheblicher eigener Anstrengungen in der Vergangenheit bereits über vergleichsweise hohe Betreuungsquoten verfügen, werde der Fokus aber vermehrt auf der qualitativen Verbesserung der Betreuungssituation liegen. Dies setze keineswegs immer eine räumliche Erweiterung der Einrichtung voraus.

Gesetz zur ganztägigen Förderung von Kindern im Grundschulalter (Ganztagsförderungsgesetz – GaFöG), in: https://www.vermittlungsausschuss.de/VA/DE/archiv/bv-va-archiv/bv-va-archiv-node.html, 01.09.2021

WEBCODE

WES-116803-109
Einfach erklärt: Deutsche Gesetzgebung

1. **Stellt** die Entstehungsmöglichkeiten eines Gesetzesentwurfs **dar** (M 1).
2. **Erklärt** den Gesetzgebungsprozess in der Bundesrepublik Deutschland (M 1).
3. **Erläutert** den Unterschied zwischen einem Zustimmungsgesetz und einem Einspruchsgesetz (M 1).
4. **Ermittelt** mithilfe von M 1, welche Stellen des Gesetzgebungsprozesses in M 2–M 4 beschrieben werden.

QUERVERWEIS

Der Bundesrat – die Länder regieren mit
S. 24 f.

1.15 Das Bundesverfassungsgericht – machen Richter Politik?

GLOSSAR

Bundesverfassungsgericht

Das Bundesverfassungsgericht (BVerfG) ist das oberste deutsche Gericht und zugleich ein Verfassungsorgan. Es wurde 1951 gegründet und hat seinen Sitz in Karlsruhe. Die Amtszeit der Richter beträgt 12 Jahre, ohne die Möglichkeit einer Wiederwahl.

WEBCODE

WES-116803-110
Bundesverfassungsgericht

M1 Zusammensetzung und Aufgaben

© Bergmoser + Höller Verlag AG 129 015

M2 Worüber das Bundesverfassungsgericht entscheidet

Im Zeitraum vom 7. September 1951 bis zum 31. Dezember 2020 waren insgesamt 254 270 Verfahren anhängig. Davon entfallen auf:	**Anzahl**	**in Prozent**
Verfassungsbeschwerden: Jeder Bürger, der sich durch Entscheidungen öffentlicher Einrichtungen in seinen Grundrechten beschnitten fühlt, kann eine Verfassungsbeschwerde einreichen.	240 251 (davon erfolgreich: 5 372)	96,48 (2,3)
Normenkontrollverfahren: Die Bundesregierung, die Regierung eines Bundeslandes oder ein Viertel des Bundestages können beim Bundesverfassungsgericht prüfen lassen, ob ein erlassenes Gesetz Grundgesetzkonform ist (abstrakte Normenkontrolle). Auch ein Gericht kann aus einem laufenden Verfahren eines konkreten Falles heraus die Vereinbarkeit eines Gesetzes mit dem Grundgesetz prüfen lassen (konkrete Normenkontrolle).	3 919	1,57
Verfassungsstreitigkeiten: Das Bundesverfassungsgericht kann zur Prüfung von Kompetenzstreitigkeiten zwischen Bund und Ländern aber auch zwischen Bundesorganen angerufen werden.	4 818	1,93
Parteienverbote: Auf Antrag von Bundestag, Bundesrat oder der Bundesregierung entscheidet das Bundesverfassungsgericht darüber, ob die Ziele einer Partei mit dem Grundgesetz unvereinbar sind und diese daher verboten werden muss.	10	0,01

M3 Das Urteil zum Klimaschutzgesetz (2021)

Ein Beifallssturm [ging] durchs Land, als das Bundesverfassungsgericht das zwei Jahre zuvor in Kraft getretene Klimaschutzgesetz für verfassungswidrig erklärte. Die Begründung: Das Gesetz bürde die Kosten des Kampfes gegen die Erderwärmung in so hohem Maße der nächsten Generation auf, dass deren Grundrechte verletzt seien. Der Beifall verdankte sich der weit verbreiteten Überzeugung, es müsse in Sachen Klimaschutz rascher und entschiedener gehandelt werden [...]. Aber so einfach der Enthusiasmus zu erklären ist: Ein Zeichen politischer Reife war er nicht. Niemand hat damals die verfassungspolitische Brisanz des Urteils wahrnehmen wollen. Es hat der Verlagerung von politischer Gestaltungsmacht weg von den politischen Gewalten, Parlament und Regierung, zum Verfassungsgericht weite Türen geöffnet [...].

Die erste Tür: Das Gericht hat nicht Grundrechtsverletzungen hier und heute gerügt, sondern Grundrechtsverletzungen, die nach seiner Erwartung in der Zukunft eintreten werden. Zwar konnte es sich im gegebenen Fall dieser Erwartung – es ging um die Wirkungen fortdauernder CO_2-Emissionen – ziemlich sicher sein. Grundsätzlich aber gilt: Auch das Gericht kennt die Zukunft nicht. Mit der Argumentationsfigur, gegenwärtiges politisches Handeln beziehungsweise Unterlassen könne verfassungswidrig sein, weil es voraussichtlich in der Zukunft Grundrechte verletzen werde, weitet das Gericht seine Kontrollbefugnisse weit ins Spekulative hinein aus. [...]

Die zweite Tür: Zwar hat sich das Gericht nur sehr behutsam der Staatszielbestimmung des Grundgesetz-Artikels 20a bedient, der den Staat verpflichtet, die natürlichen Lebensgrundlagen zu schützen. Aber es hat sie genutzt. Und damit einmal mehr sichtbar macht: Jede Staatszielbestimmung, die in die Verfassung hineingeschrieben wird, überträgt ein Stück Gestaltungsmacht dem auslegenden Gericht zulasten der politischen Gewalten. Dass [...] ist [...] eine Entwicklung, die den Freiraum für die demokratische Willensbildung Schritt für Schritt einengt. [...]

Die unmittelbare praktische Bedeutung des Urteils für die Klimapolitik ist, sieht man genau hin, eher gering. [...] Die symbolische Bedeutung ist umso höher. Sie wird so gefeiert, als habe das Gericht nun endlich anstelle der Politik die Führung in Sachen Klimapolitik übernommen. Das hat es nicht getan – noch nicht. Die Kosten eines richterlichen Notstandsregimes, sollte das Gericht die Türen durchschreiten, die es geöffnet hat, wären hoch. Nicht nur, weil der demokratische politische Prozess entwertet würde, sondern auch, weil verfassungsgerichtliche Entscheidungen eine ganz andere Qualität haben als politische. Sie sind besonders rigide, weil sie als zwingende Auslegung von Sätzen des Verfassungsrechts daherkommen, nicht als Ergebnisse eines politischen Aushandlungsprozesses.

Peter Graf Kielmansegg, Wenn Richter zu Klimaschützern werden, in: https://www.sueddeutsche.de/meinung/bundesverfassungsgericht-klimaschutz-parlament-demokratie-klimaschutzgesetz-1.5452062, 29.10.2021

INFO

Art. 20a GG
„Der Staat schützt auch in Verantwortung für die künftigen Generationen die natürlichen Lebensgrundlagen und die Tiere im Rahmen der verfassungsmäßigen Ordnung durch die Gesetzgebung und nach Maßgabe von Gesetz und Recht durch die vollziehende Gewalt und die Rechtsprechung."

Zeichnung: Klaus Stuttmann

1 **Begründet**, weshalb das Bundesverfassungsgericht als „Hüter" der Verfassung gilt (M 1, M 2).

2 **Erläutert** die Aufgaben des Bundesverfassungsgerichts (M 1, M 2).

3 **Erörtert** die Problematik „politischer" Urteile durch das Bundesverfassungsgericht am Beispiel des Urteils zum Klimaschutzgesetz im Jahr 2021 (M 1–M 3).

4 Stellt euch vor, es gäbe das Bundesverfassungsgericht nicht. **Diskutiert** mögliche Folgen.

1.16 Parteien

GLOSSAR

Partei

„Die Parteien wirken bei der politischen Willensbildung des Volkes mit. Ihre Gründung ist frei". – So lauten die ersten beiden Sätze in Artikel 21 des Grundgesetzes. Und in Paragraf 1 des Parteiengesetzes heißt es: „Die Parteien sind ein verfassungsrechtlich notwendiger Bestandteil der freiheitlichen demokratischen Grundordnung." Mit diesen Formulierungen soll die besondere Bedeutung der Parteien im politischen Leben der Bundesrepublik hervorgehoben werden. Demgemäß haben die Parteien, wenn sie demokratischen Grundsätzen entsprechen, Anspruch auf Förderung ihrer Arbeit durch den Staat.

Doch was ist überhaupt eine Partei und welche Aufgaben erfüllen Parteien? In welchem Verhältnis stehen sie zu anderen Formen politischer Partizipation?

M 1 Was sind Parteien?

WEBCODE

WES-116803-111
Parteien im Bundestag

Das Parteiengesetz definiert in seinem Paragraf 2 Parteien folgendermaßen:
„Parteien sind Vereinigungen von Bürgern, die dauernd oder für längere Zeit für den Bereich des Bundes oder eines Landes auf die politische Willensbildung Einfluss nehmen und an der Vertretung des Volkes im Deutschen Bundestag oder in einem Landtag mitwirken wollen."

Damit diese Aufgaben erfüllt werden können, verlangt das Parteiengesetz von den Parteien:

- eine feste, dauerhafte Organisation,
- ein Programm und
- eine genügend große Zahl von Mitgliedern in mindestens einem Bundesland.

Ein politische Vereinigung, die sechs Jahre lang weder an einer Bundes- noch an einer Landtagswahl teilgenommen hat, verliert ihre Eigenschaft als Partei.

Autorentext

M 2 Aufgaben der Parteien nach dem Parteiengesetz

Auszug aus dem Parteiengesetz, Paragraf 1 Absatz 2:

Die Parteien wirken an der Bildung des politischen Willens des Volkes [...] mit, indem sie insbesondere

- auf die Gestaltung der öffentlichen Meinung Einfluss nehmen,
- die politische Bildung anregen und vertiefen,
- die aktive Teilnahme der Bürger am politischen Leben fördern,
- zur Übernahme öffentlicher Verantwortung befähigte Bürger heranbilden,
- sich durch Aufstellung von Bewerbern an den Wahlen in Bund, Ländern und Gemeinden beteiligen,
- auf die politische Entwicklung in Parlament und Regierung Einfluss nehmen,
- die von ihnen erarbeiteten politischen Ziele in den Prozess der staatlichen Willensbildung einführen und
- für eine ständige lebendige Verbindung zwischen dem Volk und den Staatsorganen sorgen.

1 **Begründet** die besondere Stellung der Parteien im Grundgesetz. **Nutzt** auch M 1.

2 **Charakterisiert** die Aufgaben der Parteien nach dem Parteiengesetz (M 2).

3 **Ordnet** den Aufgaben der Parteien in M 2 das passende Beispiel aus M 3 **zu.**

4 **Recherchiert** in den Parteiprogrammen der Parteien und weist die Aussagen in M 4 den Parteien zu. Oft können Aussagen mehrfach zugeordnet werden.

M3 Beispiele für Aufgaben der Parteien

a) Die Wahlkreisdelegiertenversammlung einer Partei wählt eine Bundestagskandidatin.
b) Die Bundestagsfraktion einer Partei wendet sich in einer Pressemitteilung gegen einen Gesetzentwurf der Regierung, um damit die Gesetzgebung zu beeinflussen.
c) Im Bürgerbüro eines Bundestagsabgeordneten können Bürgerinnen und Bürger ihre Anregungen und Beschwerden vorbringen.
d) Die Parteien werben in der Öffentlichkeit um Zustimmung für ihre Programme.
e) Eine Partei führt Seminare für Schulklassen zu politischen Themen durch.
f) Eine Partei wirbt dafür, dass die Bürger bei der Bundestagswahl ihre Stimme abgeben.
g) Der Kreisverband einer Partei bietet ein Rhetorikseminar für Gemeinderatskandidatinnen und -kandidaten an.
h) Eine Partei setzt die Aussagen ihres Programms zur Umweltpolitik in einen konkreten Vorschlag für eine Ökosteuer um.

Autorentext

INFO

politische Willensbildung
eine politische Meinung bilden und eine politische Entscheidung herbeiführen

M4 Parteien – unverwechselbar oder doch alle gleich?

Wirtschaft braucht Maß und klare Regeln.

Wir stehen dafür, dass die Frauen die Hälfte der Macht und die Hälfte der Verantwortung bekommen.

Die Ehe ist Leitbild der Gemeinschaft von Mann und Frau.

Reichtum besteuern!

Der Staat hat dafür zu sorgen, dass alle den gleichen Zugang zu Bildung haben, unabhängig von ihrer Herkunft.

Parteitag fordert:
Umverteilung von oben nach unten

Wachstum durch Bildung

Freiheit im und für das Internet

Die Bewahrung der Schöpfung ist ein Grundanliegen unserer Partei.

Arbeit braucht faire Löhne.

Eltern, die ihre Kinder zu Hause betreuen und keinen Kita-Platz beanspruchen, sollen ein Betreuungsgeld erhalten.

Leistung muss sich wieder lohnen.

Kohleausstieg bis 2030.

Kinderarmut bekämpfen – Kindergrundsicherung einführen.

Gegen Waffenlieferungen – Frieden jetzt.

Deutschland muss bis 2035 klimaneutral sein.

Wahlplakate analysieren

INFO

Wahlkampf
Die Kommunikation der Parteien im Wahlkampf folgt bestimmten Regeln und verfolgt verschiedene Ziele. Es geht nicht nur darum, über Fakten und Sachverhalte aufzuklären (Information), sondern darum, die Wähler für die eigene Partei zu gewinnen und sie an sich zu binden (Emotionalisierung). Eine wichtige Rolle spielt hierbei der Spitzenkandidat. Er steht im Zentrum des Wahlkampfes. Er soll der Partei ein Gesicht geben, Vertrauen erwecken und die Wähler binden (Personalisierung). Komplexe Zusammenhänge werden oft auf einfache und griffige Formeln reduziert (Simplifizierung). Wahlkampf ist immer ein Wettkampf gegen andere Parteien. Darum ist die Profilierung wichtig: Man möchte sich von anderen Parteien abgrenzen und unterscheiden – auch indem man bestimmte Themen besetzt. Zugleich werden die Positionen der anderen Parteien angegriffen und kritisiert (Diskreditierung). Letztlich geht es darum, die eigene Anhängerschaft zur Wahl aufzufordern (Mobilisierung) und neue Wähler – und vor allem die Unentschlossenen – für eigene Partei zu gewinnen (Überzeugen).

Im Wahlkampf werben die Parteien mit ihren Programmen und Kandidatinnen und Kandidaten um die Gunst der Wählerschaft. Dabei nutzen sie neben klassischen Wahlveranstaltungen, Hausbesuchen und den Auftritten im Fernsehen auch verschiedene Möglichkeiten des Internets.

Aber auch die Wahlplakate sind für Parteien im Wahlkampf unverzichtbar. Sie sorgen für ständige Präsenz der Parteien, ihrer Kandidaten und ihrer Themen in der Öffentlichkeit. Aus diesem Grunde ist es wichtig, mehr über Wahlplakate herauszufinden, und sinnvoll, diese vergleichend zu analysieren.

METHODISCHER LEITFADEN: UMGANG MIT PLAKATEN

1. Der erste Eindruck

? Was springt ins Auge?
? Was ist der Blickfang des Plakats?
? Welche Emotionen werden geweckt?

2. Die Analyse

äußere Merkmale

? Wer ist der Urheber des Plakats?

? Was ist das Thema des Plakats?
? An wen richtet sich das Plakat? (Wer ist der Adressat?)

einzelne Elemente

BILDMOTIV

? Welche Personen, Figuren oder Gegenstände sind dargestellt (einzelne oder mehrere; Gegner, Opfer oder Zugehörige der eigenen Gruppe; Feindbilder oder Heldenfiguren)?

? Wie sind Personen dargestellt (typisiert, als Karikatur: Gestik, Gesichtszüge, Größenverhältnisse usw.)?

IKONOGRAFIE

? Werden allgemeine, zeittypische oder für eine politische Richtung typische Symbole verwendet?

BILDGESTALTUNG

? Wie verhalten sich Größe und Proportionen der Bildelemente?

? Welche Perspektive wird gewählt?

FARBGEBUNG

? Welche Farben sind dominierend?
? Werden Farben symbolhaft gebraucht?

? Wie werden Farbkontraste eingesetzt?

TEXT UND SCHRIFT

? Welche Schriftgröße und welche Schriftart werden verwendet?
? Wie lang ist der Text?
? Wie ist das Größenverhältnis von Text und Bild?

? Welcher Texttyp wird verwendet (Information, Argument, Parole, Appell usw.)?
? Wie gestaltet sich die Text-Bild-Beziehung?

3. Die Interpretation und zusammenfassende Beurteilung

? Welche politischen und gesellschaftlichen Einstellungen gibt das Plakat wieder?
? Was sind Aussage, Botschaft und Intention des Plakats?
? Welche Ängste oder Hoffnungen sollen beim Adressanten angesprochen werden?

? Wie tragen Bildaufbau und Gestaltung dazu bei, die Absicht des Urhebers zu erreichen?
? Wie ist der Gesamtcharakter des Plakats zu beurteilen (aggressiv, dramatisierend, dynamisch, argumentierend, karikierend usw.)?

Quelle: Michael Sauer: Auffällig, verbreitet, meinungsmachend. Plakate als Quellen im Geschichtsunterricht, in: Geschichte Lernen 114/2006, S. 6

L & P / 6514

Wahlplakate zur Bundestagswahl 2021

1 **Untersucht** arbeitsteilig (mithilfe der Methode) die abgebildeten Wahlplakate und **präsentiert** eure Ergebnisse.

2 **Entwickelt** selbst zwei oder drei politische Forderungen und **entwerft** ein geeignetes Wahlplakat. Oder **sucht** ältere Wahlplakate und **vergleicht** wie sich Gestaltung und Themen verändert haben.

Wahlkampfkommunikation analysieren

WEBCODE

WES-116803-112
Wahlwerbespots der Parteien zur Bundestagswahl 2021

Wahlwerbespots

Wahlwerbespot sind seit Jahrzehnten ein wichtiger Bestandteil jeder Kampagne eines Wahlkampfes. Dabei ist es unerheblich geworden, ob er traditionell über öffentlich-rechtliches TV verbreitet wird (die Sender sind gesetzlich verpflichtet den Parteien Sendezeit zur Wahlwerbung einzuräumen), oder ob man sich etwaiger Video-Plattformen im Internet bedient. Grundsätzlich kann man analog zur Analyse von Wahlplakaten vorgehen:

1. Erster Eindruck

- Welche Wirkung entfaltet der Clip?
- Welche Stimmung wird erzeugt?

2. Inhalte

- Welche Partei wirbt?
- Welche Personen sind zu sehen?
- Was wird von wem gesagt?
- Welche Settings (Orte) werden gewählt?
- Werden Symbole eingesetzt?

3. Filmtechnische Umsetzung

- Welche gestalterischen Mittel, z. B. Ton bzw. Musik, Schnitte, Kamerafahrten, Kameraperspektive, Kameraeinstellung (Totale, Halbtotale, Amerikanisch, Halbnah, Nah, Groß, Detail), Licht/Schatten, weitere Effekte), werden auf welche Weise eingesetzt?

4. Bewertung

- Wie fügen sich das Wie und das Was zu einer Gesamtaussage zusammen?
- Welche Zielgruppen sollen angesprochen werden?
- Erreicht der Spot sein Ziel?

Wahlkampagnen in sozialen Netzwerken

Kampagnen in sozialen Netzwerken (Social Media) sind aus dem modernen Wahlkampf seit über einem Jahrzehnt nicht mehr wegzudenken und werden von allen Parteien ausgiebig genutzt. Ihre Analyse gestaltet sich im Vergleich zu traditionellen One-to-Many-Formaten (Plakate oder Fernsehspots) ungleich schwieriger. Es wird ja nicht einseitig nur zum potenziellen Wähler herunterkommuniziert, dieser spricht auch zurück (Kommentarfunktion) und was fast noch wichtiger ist, er unterhält sich untereinander über die Wahlwerbungkommunikation der Parteien (Likes und Shares) – man hat es also mit einem Many-to-Many-Kommunikationsmuster zu tun, was die Reichweite der Inhalte exponentiell steigen lässt.
Darin zeigt sich ein Grundproblem für die Analyse. Während die Anzahl an Plakaten und Werbespots von Parteien zwar zahlreich sein können, ist die Kommunikation in sozialen Netzwerken überbordend komplex und verästelt, eine Gesamtschau ist ausgeschlossen. Statistische Methoden können dabei helfen durch den Urwald an Tweets und Posts analytische Schneisen zu schlagen. Während es bei der Plakat- und Filmanalyse klare Kriterien gibt, ist bei der Analyse der Kommunikation der Parteien und Kandidaten in sozialen Netzwerken Kreativität gefragt. Im Folgenden einige Vorschläge:
Formal: Wer nutzt welche Plattformen (Youtube, Twitter, Instagram, Facebook, Tiktok u. a.)? – Jede Plattform hat ihre Eigenheiten, was sich auf die Art der Kommunikation auswirkt. Z. B. umso kürzer die Formate, desto mehr kann und muss zugespitzt werden.
Zur vertiefteren Analyse lohnt es sich die Accounts von relevanten Parteien und ihren Kandidaten (Spitzenpolitikern) und sonstiger Parteikollegen ggf. separat zu analysieren. Wie viele Follower haben die Accounts im Vergleich auf den verschiedenen Plattformen? Wie viel posten sie? Wie hoch ist die Anzahl an Kommentaren, Likes und Reposts (Shares).
Auch eine Analyse von Menge und Art der Posts im Zeitverlauf des Wahlkampfes kann Einblicke bieten.
Inhaltlich: Eine statistische Auswertung der am häufigsten verwendeten Worte und Hashtags in den Posts gibt Aufschluss über Themenschwerpunkte (Hashtags).
Vielleicht etwas ungewöhnlich erscheint die Auswertung der Art und Menge der verwendeten Emojis, wobei zu unterscheiden ist zwischen ursprünglichem Sender und ihren Kommentatoren.

M 1 Wahlkampf und soziale Netzwerke

Der Bundestagswahlkampf 2021 auf Facebook, Instagram und Twitter

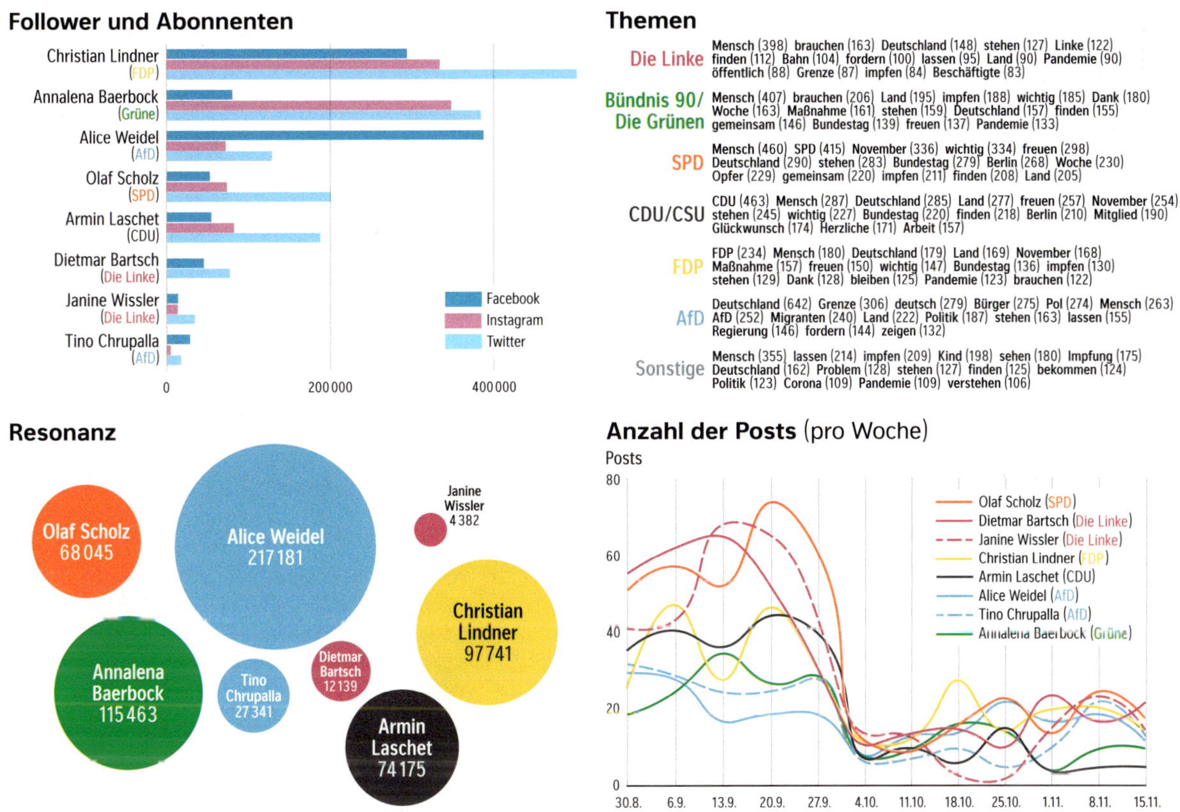

Quelle: Der Tagesspiegel (Social Media Dashboard zur Bundestagswahl 2021)

1 **Analysiert** arbeitsteilig die Wahlwerbespots der Parteien und **stellt** sie in der Klasse vor.

2 **Entwerft** einen eigenen Werbespot mit definierter Zielgruppe und parteipolitischer Ausrichtung für eine reale oder fiktive Partei. Pitcht ihn anschließend vor der Klasse (skizzenhafte Präsentation ohne einen Film gedreht zu haben).

3 **Analysiert** die Kampagnen der Parteien in den sozialen Netzwerken im Bundestagswahlkampf 2021 mithilfe von M 1 und ggf. eigenen, ergänzenden Recherchen im Internet.

4 **Prüft** die Zusammenhänge zur jeweiligen Print- und TV-Kampagne der Parteien sowie zum Ergebnis der Bundestagswahl 2021.

1.17 Politikverdrossenheit – macht eigentlich noch jemand mit?

M1 Kein Interesse an Politik?

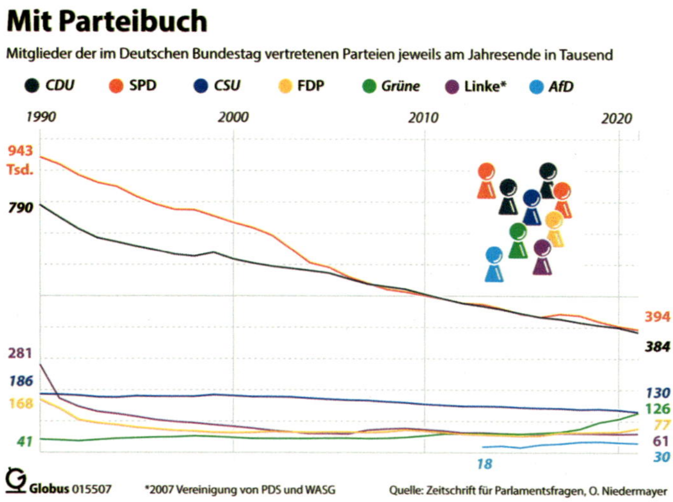

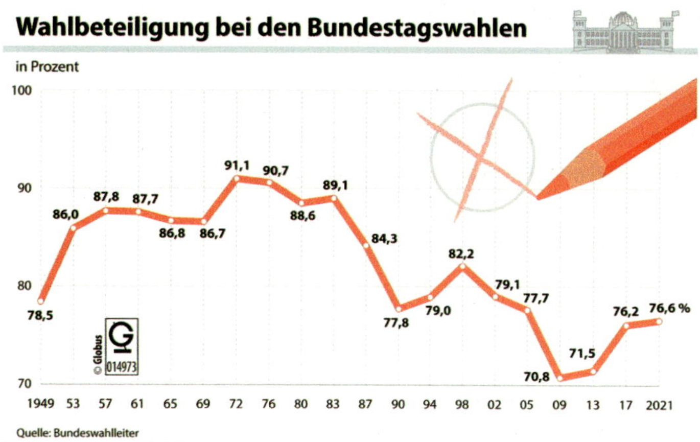

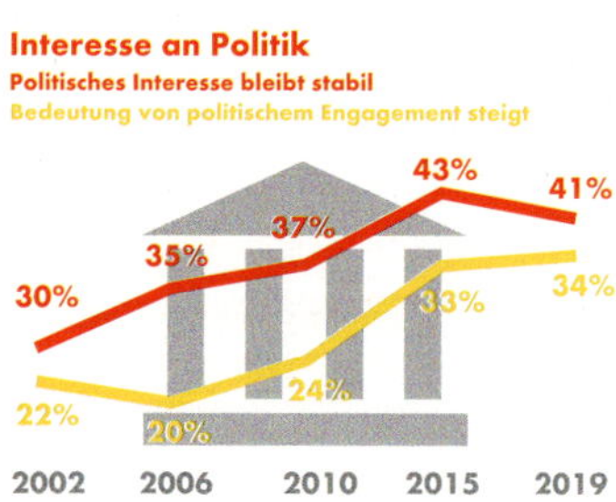

Quelle: Shell Jugendstudie 2019

M2 Jugend und Politik

Das politische Interesse junger Menschen ist eng verknüpft mit deren regelmäßiger Information – offline und online – über Politik sowie mit der Häufigkeit politischer Gespräche im Alltag [...]. Politisch interessierte junge Menschen betten Politik in ihren Alltag ein. Sie berichten öfter als politisch Uninteressierte von Gesprächen über Politik mit ihren Eltern, mit Freunden oder in schulischen und beruflichen Kontexten.

Mit wachsendem Lebensalter – und zunehmender Verantwortung im Hinblick auf Qualifikationserwerb, Berufseinstieg und eine eigenständige Zukunftsplanung – nimmt das politische Interesse nach dem DJI-Survey in der Regel stetig zu. Auffallend, und durch die bisherige Forschung immer wieder bestätigt, ist der große Unterschied in der Ausprägung des politischen Interesses zwischen jungen Frauen und Männern. Während lediglich 22 Prozent der weiblichen 12- bis 29-Jährigen angaben, stark politisch interessiert zu sein, waren es bei den Männern mehr als 40 Prozent.

Aber auch die Bildungsressourcen stellen nach den Ergebnissen des DJI-Surveys eine wichtige Einflussgröße auf das Ausmaß des politischen Interesses dar: Befragte, die über ein (Fach-)Abitur verfügen, sind in der Regel politisch besonders interessiert. Diejenigen mit maximal Hauptschulabschluss zeigen am wenigsten Interesse an Politik [...]. Tendenziell nutzen höher Gebildete auch alle Angebote der politischen Mitwirkung häufiger. Jede zusätzliche Beteiligungsmöglichkeit verstärkt daher die Ungleichheit der politischen Beteiligung [...].

Ohne zusätzliche Bemühungen, weniger privilegierte junge Menschen an die Politik heranzuführen, besteht das Risiko, dass (junge) Menschen mit niedriger Schul- und Berufsausbildung nicht nur beruflich und finanziell, sondern auch politisch an den gesellschaftlichen Rand gedrängt werden, weil ihnen aufgrund ihres geringeren politischen Wissens die Artikulationsmöglichkeiten für Forderungen an die Politik fehlen und sie Beteiligungsmöglichkeiten weniger nutzen. Die Polarisie-

rung der Gesellschaft würde sich damit weiter verschärfen.
Die teilweise kompromisslose Haltung der jungen Generation deutet auf Defizite in deren Politikverständnis hin. Demokratie benötigt nicht nur aktive Bürgerinnen und Bürger, die ihre politischen Forderungen einbringen, sondern auch die Akzeptanz von Interessenkonflikten sowie die Bereitschaft, sich auf Aushandlungsprozesse mit politisch Andersdenkenden einzulassen. In der Vermittlung dieser beiden Aspekte demokratischer Politik liegt eine zentrale Aufgabe politischer Bildung. Die hohe Bedeutung, die dem politischen Interesse im Hinblick auf die politische Partizipation zukommt, verweist auf die Notwendigkeit, dass dieses Interesse bei jungen Menschen möglichst früh geweckt und gefördert werden sollte. Nicht nur in der Familie, sondern auch in Kindertageseinrichtungen und Schulen sollten deshalb Möglichkeiten zur Mitsprache und Beteiligung geboten werden, damit alle Kinder von früh auf Meinungsäußerung, Konfliktlösung, Selbstpositionierung und geregelten Konsens als Bestandteile politischer Bildung praktisch erleben können.

Martina Gille, Jugend und Politik – ein schwieriges Verhältnis, in: https://www.dji.de/themen/jugend/jugend-und-politik.html, 15.11.2022

INFO
DJI
Deutsches Jugendinstitut

M3 Vorschläge gegen Politikverdrossenheit

Die Parteien [sollten] an ihrer Unterscheidbarkeit und Profilschärfung arbeiten und eine Renaissance der Programmarbeit beginnen. Tragfähige, langfristige Gesellschaftsentwürfe und konkrete Lösungen für die drängenden Zukunftsprobleme müssten auf die Tagesordnung. Dies fördert Debatten, schafft Interesse und befördert Mitwirkung. [...] Der Bedarf an Erklärung von Politik, der Gestaltungsgrenze und -optionen ist viel größer als von den Parteizentralen wahrgenommen.
Hingehen, „wo es stinkt und brodelt", war nicht nur ein richtiges Motto von Sigmar Gabriel zu Beginn seiner Amtszeit als SPD-Chef, sondern ist auch eine wirksame Leitlinie in dieser verzagten Zeit. Wenn diese Vorgabe konsequent umgesetzt würde, wären die überschätzten Haustürbesuche pünktlich vor Wahlen überflüssig. Zudem könnten die Parteien in diesem Diskussionsprozess mit dem Volk erklären, wieso Politikmachen heute viel schwieriger und komplexer ist als in den vergangenen Zeiten. Die Dekonstruktion der gespielten Allmacht würde viele Anfeindungen ins Leere laufen lassen. [...] Die (besorgten) Bürger und die schlummernde Zivilgesellschaft [sollten] die Zuschauerränge verlassen. Ihre Interventionschancen sind viel größer, als sie selbst vermuten. Sie müssen ja nicht gleich einen Posten in einer Partei anstreben. Sie können sich aber in den zahllosen Initiativen und Projekten engagieren. Sie können auch auf öffentliche Foren drängen, in denen die wesentlichen Fragen – vom lokalen Konflikt bis zu den weltweiten Migrationsströmen – mit Verantwortungsträgern, Politikern und Praktikern ernsthaft diskutiert werden. [...] [Ein weiterer] Lösungsansatz ist denkbar einfach und längst überfällig. Die politische Bildung in und außerhalb der Schulen ist mehr als Not leidend, sie muss dringend verstärkt werden. Nur die ohnehin privilegierten und interessierten Gruppen werden noch erreicht. [...] Politisch informiert zu sein und zu wissen, wie Politik funktioniert, muss wieder intensiv gepflegt werden. Erst das schafft die Voraussetzung für ihre gesellschaftliche Akzeptanz.

Thomas Leif, Raus aus dem politischen Glashaus, in: https://www.zeit.de/politik/2016-12/politikverdrossenheit-demokratie-debatte-entfremdung-waehler-populismus-loesungsansaetze, 08.01.2017

INFO
Sigmar Gabriel
(* 1959)
Der Politiker war von 2009 bis 2017 Bundesvorsitzender der SPD, mehrfach Bundesminister in verschiedenen Ressorts und von 2005 bis 2019 Bundestagsabgeordneter.

1 **Wertet** M 1 **aus.**
2 **Arbeitet** die Kernaussagen von M 2 **heraus. Diskutiert** anschließend unter Einbezug der Ergebnisse von Aufgabe 1 die These: „In der Jugend in Deutschland herrscht Politikverdrossenheit."
3 **Erörtert** auf Grundlage von M 3 Lösungsvorschläge bzw. Maßnahmen, wie schon frühzeitig einer entstehenden etwaigen Politikverdrossenheit entgegengewirkt werden kann.

1.18 Verbände – Einzelinteressen vor Gemeinwohl?

GLOSSAR

Verband

INFO

Lobby
engl.: Vorhalle des Parlamentsgebäudes; dort trafen sich früher Politiker und Interessenvertreter

Verbände wollen in erster Linie wirtschaftliche, soziale oder politische Interessen ihrer Mitglieder in der Politik durchsetzen. Deshalb unterhalten fast alle Verbände in Berlin (viele davon auch in Brüssel, dem Sitz der EU-Institutionen) Büros, deren Mitarbeiter mit den zuständigen Ministerien und Abgeordneten Kontakte pflegen, um so Entscheidungen zu beeinflussen. Solche Verbandsfunktionäre werden als Lobbyisten bezeichnet. Sie verfügen über großes Expertenwissen in ihrem Bereich. Manche Fachleute behaupten sogar, dass die Politik ohne die Mitarbeit der Lobbyisten kaum ein vernünftiges Gesetz zustande bringen würde, das hinterher praktikabel wäre. Auch in den Medien versuchen Verbände, ihre Positionen zu Gehör zu bringen, z. B. durch Pressemitteilungen, Interviews oder Werbung. Verbände sind auf Dauer angelegt und gut organisiert. Je nach Mitgliederzahl und/oder der wirtschaftlichen Bedeutung schwankt die Macht der mehr als 5500 Interessenvertreter, die 2022 auf der offiziellen Lobbyliste des Deutschen Bundestages geführt wurden.

WEBCODE
WES-116803-113
Lobbyregister beim Deutschen Bundestag

M1 Formen der Einflussnahme durch Verbände

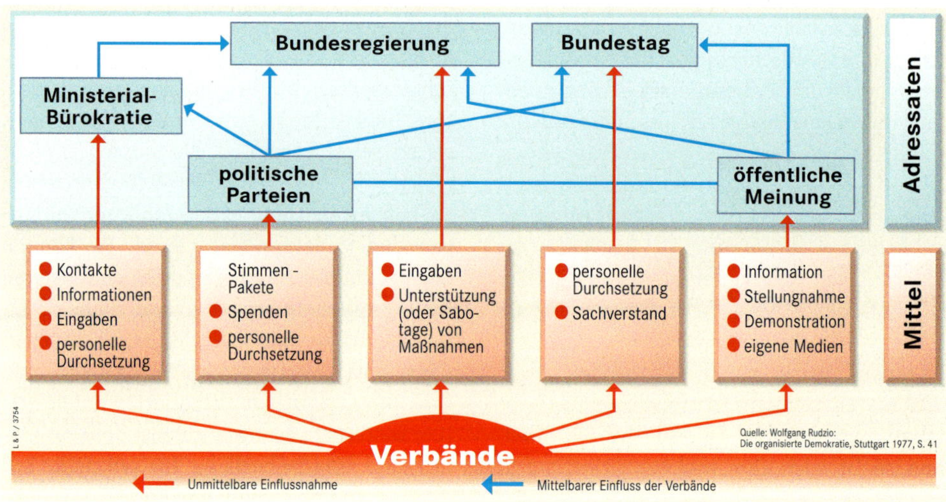

M2 Einflussmöglichkeiten von Verbänden auf die Politik

Verbände vertreten zwar nur die Interessen ihrer Mitglieder, ihre Vertreter sind jedoch Experten auf ihrem Gebiet. Dieses Expertenwissen wird bei politischen Entscheidungen (z. B. in den Ministerien bei der Vorbereitung von Gesetzen) benötigt.

Alle wichtigen Interessen sind bei uns über Verbände organisiert. In unserer Gesellschaft kommen daher auch alle wichtigen Interessen zu Wort. So wird erreicht, dass das Gemeinwohl am besten gefördert wird und es insgesamt allen besser geht.

Es besteht die Gefahr, dass Verbände zu mächtig sind und politisch einen solchen Druck entfalten, dass die Abgeordneten sich bei ihren Entscheidungen dadurch beeinflussen lassen. Dann siegt nicht das Gemeinwohl, sondern das Interesse einer bestimmten Gruppe.

Je allgemeiner die Interessen sind, z. B. Umwelt oder gute Bildung, desto schwieriger ist die Vertretung dieser Interessen in einem Interessenverband. Daher werden diese allgemeinen Interessen in der Politik leicht vernachlässigt. Die machtvolle Vertretung von Einzelinteressen, z. B. der Bauern oder der Pharmaindustrie, setzt sich viel eher durch.

Es entspricht nicht der Wirklichkeit, dass es in unserer Gesellschaft ein Machtgleichgewicht und eine Chancengleichheit der Verbände gibt. So ist die Lobby der Autofahrerverbände viel stärker als die der Radfahrer und Fußgänger. Die Interessen der Autofahrer setzen sich daher in unserer Gesellschaft viel eher durch als die Interessen der Radfahrer und Fußgänger.

M3 Wie ein Lobby-Verband die Politik beeinflusst

Eine feine Adresse ist das, die sich der ADAC da vor etwas über zehn Jahren ausgesucht hat. Unter den Linden 36, direkt am Berliner Prachtboulevard, der zum Brandenburger Tor führt. […] Beste Lage also für eine Organisation, deren Leitplanken nach eigener Sicht die Interessen aller Autofahrer in Deutschland sind. Oder zumindest der 18,5 Millionen Mitglieder, die der ADAC ausweist.

Die Aufgabe des sogenannten Präsidialbüros hat der ADAC eindeutig beschrieben: Die Präsenz in Berlin diene dazu, „Kontakte zur Politik und wichtigen Organisationen zu pflegen und auszubauen“. Als Interessenvertreter der Autofahrer sehe sich der ADAC „gefordert, kurze Wege zur Politik zu schaffen“. So könne er „seine Erfahrungen bei anstehenden Projekten und Gesetzesvorhaben einbringen“.

Und das macht das vierköpfige Team um Büroleiterin Monica Berg ausgiebig. In Anhörungen zu Gesetzesvorhaben sind sie und andere Vertreter des ADAC oft als Referenten anwesend. Das Büro lädt regelmäßig Abgeordnete, Fraktionsmitarbeiter, Ministerielle und Journalisten zu Info-Veranstaltungen ein. […] Der ADAC liefert oft Informationen, auf die Abgeordnete nur ungern verzichten würden. Hinter dem mächtigen Apparat steckt viel wissenschaftliche Expertise. Und der ADAC hat das Geld, um auch mal große Studien in Auftrag zu geben. Die Fachleute des Automobilklubs haben selbst unter Grünen einen guten Ruf. Zumal der ADAC manche grüne Position teilt: strengere CO_2-Grenzwerte für Neuwagen etwa. […]

Die eigentliche Lobbyarbeit aber wird von München aus gesteuert. […] Wichtigstes Lobbyinstrument ist die hauseigene Zeitschrift „ADAC-Motorwelt“. 16 Millionen Leser, fast 14 Millionen gedruckte Exemplare. Wenn darin über die „fünf Mautlügen“ berichtet wird und [der] ADAC-Präsident […] von Kanzlerin Angela Merkel fordert, sie müsse ihr Wahlversprechen halten, dann hat das schon angesichts der schieren Größe der Zeitschrift Gewicht. […]

Oft ist das Anliegen ja auch ein durchaus gutes: 2007 etwa testete der ADAC zum ersten Mal Brückenbauten in ganz Deutschland. Das verheerende Ergebnis alarmierte die Politik. Geld wurde bereitgestellt und Brücken wurden saniert. […]

Nicht immer vertritt der ADAC […] [aber] die Meinung aller Autofahrer. Vor gut einem Jahr hat die ARD in einem „Markencheck ADAC“ Erstaunliches zutage gefördert: Der ADAC lehnt etwa die Einführung eines Tempolimits auf deutschen Autobahnen generell ab. Eine ARD-Umfrage aber zeigte: 53 der Deutschen und 47 Prozent der ADAC-Mitglieder sind für ein Tempolimit. Die starre Haltung des ADAC lässt sich damit kaum vereinbaren. Ähnlich ist es mit einer Null-Promille-Grenze am Steuer. Der ADAC ist strikt dagegen. Die Bevölkerung ist zu 80 Prozent dafür. Die ADAC-Mitglieder zu 78 Prozent. Weder an ein Tempolimit noch an die Null-Promille-Grenze hat sich die Politik bislang ernsthaft getraut. Auch Dank der Lobbyarbeit des ADAC. Wo ADAC drauf steht, sind eben nicht immer Autofahrer drin.

Thorsten Denkler, Wie ein Lobby-Verband die Politik beeinflusst, in: https://www.sueddeutsche.de/politik/einfluss-des-adac-wie-einer-der-groessten-lobby-verbaende-die-politik-beeinflusst-1.1867563, 20.01.2014

1 **Beschreibt** mithilfe von M 1, auf welchen Wegen ein Verband die politischen Entscheidungsträger beeinflussen kann.

2 **Nehmt** auf der Grundlage von M 2 in einer Pro-Kontra-Diskussion **Stellung** zur These: „Die Einflussnahme von Interessenverbänden und eine Politik für das Gemeinwohl schließen sich aus.“

3 **Bewertet** die Lobby-Tätigkeit des ADAC (M 3).

4 **Recherchiert** arbeitsteilig nach Verbänden eurer Wahl. **Erstellt** eine kurze Präsentation zu Zielen, Ressourcen, Aktivitäten und bisher erreichter Einflussnahme.

1.19 Medien in der Demokratie

INFO

Art. 5 GG

„(1) Jeder hat das Recht, seine Meinung in Wort, Schrift und Bild frei zu äußern und zu verbreiten und sich aus allgemein zugänglichen Quellen ungehindert zu unterrichten. Die Pressefreiheit und die Freiheit der Berichterstattung durch Rundfunk und Film werden gewährleistet. Eine Zensur findet nicht statt. (2) Diese Rechte finden ihre Schranken in den Vorschriften der allgemeinen Gesetze, den gesetzlichen Bestimmungen zum Schutze der Jugend und in dem Recht der persönlichen Ehre. (3) Kunst und Wissenschaft, Forschung und Lehre sind frei. Die Freiheit der Lehre entbindet nicht von der Treue zur Verfassung."

Der deutsche Soziologe Niklas Luhmann (1927-1998) hat es einmal so auf den Punkt gebracht: „Was wir über unsere Gesellschaft, ja über die Welt, in der wir leben, wissen, wissen wir durch die Medien." Gemeint sind damit Massenmedien wie Fernsehen, Radio, Zeitung, Bücher und ihre jeweilige Ausprägung im Internet. Ohne sie würde unser Wissen über die Welt über persönliche Erfahrungen sowie direkte Gespräche mit Freunden, Bekannten und Kollegen nicht hinausreichen. Eine moderne Gesellschaft ist ohne Medien nicht möglich. In freiheitlich-demokratischen Verfassungsstaaten erfüllen die Medien daher wichtige Funktionen, die deswegen auch vom Grundgesetz geschützt werden (Art. 5 GG).

M1 Politische Funktionen von Medien

Neben der Bildungs-, Unterhaltungs- und Erholungsfunktion von Medien sind im Kontext des Politischen vor allem folgende Funktionen relevant.

Informationsfunktion

Die Bürger müssen erfahren was eigentlich geschieht. Es muss darüber sachlich-neutral und möglichst vollständig berichtet werden. Dies ist die Grundlage, die Bürger in die Lage versetzt, ihre eigenen Interessen zu erkennen, grundlegende wirtschaftliche, soziale und politische Vorgänge im Kontext der verfassungsmäßigen Ordnung zu verstehen, um damit die Motive etwaiger politischer und gesellschaftlicher Akteure für ihr Handeln einordnen zu können. Kurz: Der mündige Bürger muss zur politischen Partizipation befähigt werden – sei es bei Wahlen, als Mitglied einer Partei oder in einer Bürgerinitiative.

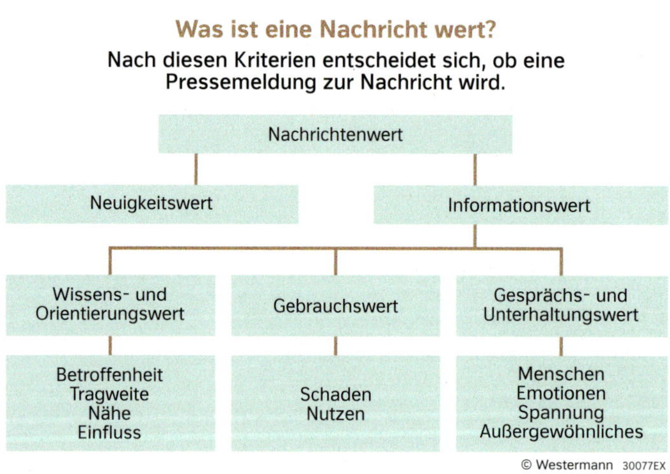

Meinungsbildungsfunktion

Moderne pluralistische Gesellschaften fußen auf der Überzeugung, dass allen am meisten gedient ist, wenn Streitfragen von öffentlichem Interesse in einer allgemeinen, freien und offenen Diskussion besprochen werden. Die verschiedenen Meinungen können dann fair miteinander in argumentative Konkurrenz treten, wobei sich die letztlich mehrheitsfähige Meinung auf Dauer durchsetzen wird.

Kontroll- und Kritikfunktion

Von Seiten der Medien ist die Kontrolle und Kritik an politischen Vorgängen als eine Art Reservefunktion zu betrachten, wenn reguläre Kontrollmechanismen versagt haben. Die bloße Thematisierung von Missständen und die damit angestoßenen Diskussion in der Öffentlichkeit (siehe Meinungsbildungsfunktion) ist ein wichtiges Korrektiv gegenüber politischen, aber auch gesellschaftlichen Akteuren. So werden nicht selten Korruption, Gesetzesverstöße, Vertuschung und Diskrepanzen zwischen Wort und Tat durch investigative Journalisten aufgedeckt.

Thematisierungsfunktion

Ausgehend von der Informationsfunktion wird schnell klar, dass nicht alles berichtet werden kann, was geschieht, sondern eine Auswahl getroffen und gewichtet werden muss. Dies Auswahlfunktion professioneller Journalisten wird auch als Gate-Keeping bezeichnet. Dabei kann es zu regelrechten Themenkarrieren kommen, während andere Themen und Probleme von gesellschaftlichen Randgruppen nicht abgebildet werden.

Autorentext

M2 Politik in einer gewandelten Medienlandschaft

Die Zeiten, in denen die Printmedien die Wettbewerbsbedingungen für den Rest bestimmt haben, sind längst vorbei, und natürlich sind die Relationen längst umgekehrt, sind es die digitalen Medien, die die Wettbewerbsbedingungen des Restes bestimmen, bis hin zur Themenfindung, der Aufmachung von Artikeln für Tageszeitungen oder Wochenzeitungen, bei denen immer häufiger schon die Anzahl der Klicks, die sich auf Internetseiten finden und statistisch nachweisen lässt, als vermeintlicher Relevanz-Nachweis für die Bedeutung, wenigstens die Aktualität von Sachverhalten und Informationen benutzt wird. [...] Die Dominanz der digital verfügbaren Sachverhalte, Medien und Anknüpfungspunkte im weitesten Sinne hat nach meinem Eindruck längst eine flächendeckende Wirkung quer durch das gesamte Mediensystem in der Weise erfahren, dass wir in einem zunehmenden Vorrang von Bildern gegenüber Texten zu tun haben, mit einer immer stärkeren Dominanz von Personen gegenüber Themen, mit dem immer höheren Gewicht von Überschriften gegenüber komplexen Sachverhalten, der Schlagzeilen vor den Analysen. Wir haben [...] mit einem grausamen Vorrang der Schnellig keit vor der Gründlichkeit in der Informationsvermittlung zu tun und einen geradezu deprimierenden Vorrang der Unterhaltung vor der Information. [...]

Die erschreckende Dominanz von Talkshows auf allen deutschen Monitoren ist für mich so etwas wie die tägliche ultimative Demonstration dieses Vorrangs der Bilder, Personen, Schlagzeilen, Schnelligkeit, Unterhaltung. [...] Die Talkshows stehen heute an prominenten Zeiten im Abendprogramm [...] dort, wo früher andere Formate sich um die sorgfältige Analyse komplexer Sachverhalte bemüht haben, um sich heute mit einem mehr oder weniger definierten Kreis der immer gleichen Personen in einer Weise über scheinbar gelegentlich relevante Sachverhalte zu beugen, bei denen das Format ausschließt, dass sie ernsthaft diskutiert werden können. Ich finde es schon einfach vom Zeitengagement oder Zeitmanagement betrachtet her bemerkenswert, dass die live übertragenen Debatten aus dem Deutschen Bundestag im Jahr 28 Stunden ausmachen, während die Talkshows, die im öffentlich-rechtlichen Fernsehen zu sehen sind, pro Woche 22 Stunden ausmachen und 1 000 Stunden im Jahr. [...]

Und dabei habe ich noch gar nicht über ein anderes Thema [...] gesprochen, nämlich, dass sich ja die Indizien dafür mehren, dass ein immer größerer Teil in unserer Gesellschaft sich aufgemacht hat, die virtuelle Welt für die eigentliche reale zu halten. Das ist überhaupt nicht witzig, zumal in dem Maße, indem diese subjektive Verwechselung des Virtuellen und des Realen die Gesellschaft prägt, sich diese ganz sicher fundamental ändert. Was folgt daraus? Vieles. Sicher auch, dass Journalismus, kritischer Journalismus, analytischer Journalismus, in Zeiten einer Medienrevolution des Ausmaßes, wie wir es gegenwärtig erleben, noch wichtiger geworden ist, als es immer schon der Fall war.

Norbert Lammert, Rede anlässlich des Festaktes zum 60-jährigen Bestehen des Berliner Presseclubs, in: https://www.norbert-lammert.de/01-lammert/texte2.php?id=108, 24.04.2012

INFO

Norbert Lammert (* 1948)
Der Politiker (CDU) war von 2005 bis 2017 Präsident des Deutschen Bundestages und ist seit 2018 Vorsitzender der CDU-nahen Konrad-Adenauer-Stiftung.

1. **Beschreibt**, was jeweils passieren würde, wenn die einzelnen Funktionen von Medien nicht mehr ausgeübt würden (M 1).
2. **Erklärt**, warum Pressefreiheit eine Voraussetzung für eine funktionierende Medienlandschaft ist (M 1).
3. Nehmt die Titelseite einer beliebigen Tageszeitung zur Hand und **erläutert** mithilfe der Nachrichtenfaktoren (M 1), warum die abgebildeten Schlagzeilen es an diesem Tag auf die Titelseite geschafft haben.
4. **Diskutiert**, inwiefern die gewandelte Mediengesellschaft mediale Funktionsstörungen aufweist (M 1, M 2).

1.20 Extremisten – Feinde der Demokratie

INFO

Extremismus
als extremistisch bezeichnet man öffentliche Diskussionsbeiträge, politische Ziele und Weltanschauungen, die sich verdeckt oder offensichtlich gegen grundlegende Werte und Verfahrensregeln demokratischer Verfassungsstaaten, in Deutschland konkret gegen die freiheitliche demokratische Grundordnung richten. Politischen Bewegungen und Organisationen dieser Art setzt das Grundgesetz das Prinzip der wehrhaften Demokratie entgegen.

Extremisten bekämpfen die freiheitliche demokratische Grundordnung in Deutschland. Allen extremistischen Strömungen ist gemein, dass sie einen alleinigen Anspruch auf die Wahrheit vertreten, eine Vielfalt der Lebensführung sowie demokratische Prinzipien und Grundrechte ablehnen. Zur Durchsetzung ihrer Ziele sind Extremisten bereit, Gewalt einzusetzen.

M1 Linksextremismus

Das Ziel des Linksextremismus ist die sogenannte klassenlose Gesellschaft bzw. die Überwindung jeglicher staatlicher Ordnung hin zu einem utopischen Zustand der Harmonie weltweit. Der Weg dorthin wird als Sozialismus bezeichnet um dann bei Erreichung der Ziele im Kommunismus oder gar im Anarchismus (im Sinne einer Regierungslosigkeit) zu leben. Viele Linksextremisten berufen sich u.a. auf Karl Marx (1818-1883), dessen Theorien oft vereinnahmt und überzeichnet werden. Dazu wird das Prinzip der Gleichheit unter den Menschen verabsolutiert. Es sollen also nicht mehr nur alle gleich vor dem Gesetz sein oder gleiche Chancen erhalten, sondern es wird Gleichheit im Ergebnis angestrebt. Linksextremistische Regime nutzten und nutzen die Möglichkeiten der Staatsgewalt bis in die letzten Winkel des Privatlebens vorzudringen, um möglichst alle Menschen aktiv in den Dienst der Sache zu stellen. Widerspruch im Allgemeinen und Konkreten wird gewaltsam unterdrückt. Mitunter wird um die Idole der Bewegungen ein den eigenen Prinzipien widersprechender Personenkult betrieben. Beispiele dafür sind Lenin, Stalin oder Mao. Staaten mit realsozialistischer Staatsdoktrin waren z.B. die Sowjetunion und die DDR. Linksextremisten wie die Terroristen der RAF kämpften in der Bundesrepublik Deutschland jahrzehntelang gewaltsam gegen den Staat und dessen Vertreter.

3. November 2019, Leipzig – Beispiel für eine linksextremistische Tat:

Täter: unbekannt/nicht ermittelt
Opfer: 34-jährige Immobilienmaklerin aus Leipzig-Connewitz
Tathergang: Zwei Vermummte klingeln an der Privatadresse und drängen die Frau in ihre Wohnung zurück, um sie dort mit mehreren Schlägen ins Gesicht zu verletzen. Es liegt ein Bekennerschreiben vor.
konkretes Motiv: Verhinderung von Bauprojekten einer Immobilienfirma und vermeintlicher Gentrifizierung, Antikapitalismus

Autorentext

M2 Rechtsextremismus

WEBCODE
WES-116803-114
Einfach erklärt: Politischer Extremismus

Der Rechtsextremismus verneint die Idee alle Menschen seien gleich. Im Gegenteil: Das oberste Prinzip ist die unterstellte Höherwertigkeit der einen Gruppe (Nation, Rasse, Ethnie) gegenüber anderen Gruppen. Das Ziel ist demnach die Dominanz der eigenen, für besser und leistungsstärker gehaltenen Gruppe. Das sogenannte „Führerprinzip" ist daher ein konsequentes Mittel zur Organisation rechtsextremistischer Bewegungen oder Staaten. Im günstigsten Falle werden die Mitglieder der anderen gesellschaftlichen Gruppen mit Verweis auf ihre vermeintliche Minderwertigkeit nur diskriminiert. Im Falle radikalster Ausprägungen werden sogenannte ethnische Säuberungen bis hin zum Völkermord betrieben. Auch die Zucht von Menschen hin zu einer angeblichen „biologischen Höherwertigkeit" wurde in Betracht gezogen. Der Nationalsozialismus mit seinem selbsternannten „Führer" Adolf Hitler ist das bekannteste und weitreichendste Beispiel dafür, weil er direkt für die

Ermordung von Millionen Menschen verantwortlich ist. Aber auch die Faschisten in Italien unter Mussolini und das Franco-Regime in Spanien sind hier zu nennen. Heutige Rechtsextremisten halten an einer nationalen Abschottung fest, vertreten eine Ideologie der Fremdenfeindlichkeit und verharmlosen den Nationalsozialismus bis hin zur Leugnung des Holocaust.

Autorentext

2. Juni 2019 bei Kassel – Beispiel für eine rechtsextremistische Tat:

Täter: Stephan E. (langjähriger Angehöriger der rechtsextremen Szene); 2021 zu einer lebenslangen Freiheitsstrafe verurteilt
Opfer: Walter Lübcke, Kasseler Regierungspräsident (CDU)
Tathergang: aus nächster Nähe vor dem eigenen Haus erschossen
konkretes Motiv: Beseitigung von Personen des öffentlichen Lebens, die sich aktiv für eine konstruktive, offene Flüchtlingspolitik in Deutschland einsetzen

M3 Religiöser Fundamentalismus

Mit Fundamentalismus werden ganz unterschiedliche, meist religiös motivierte Weltbilder und Strömungen bezeichnet. Der Fundamentalismus gibt den Gedanken des Pluralismus auf und stellt eine Glaubensgemeinschaft in den Mittelpunkt, die den Anspruch erhebt, als einzige die Grundlagen der eigenen Religion richtig auszulegen. Seit der Revolution im Iran 1979 hat vor allem die Bedeutung des islamistischen Fundamentalismus mit seiner stark antiwestlichen Einstellung stark zugenommen. Der islamistische Fundamentalismus strebt eine Theokratie an, also einen Staat, in der die Machthaber ihre Herrschaft und alle Gesetze ausschließlich religiös begründen.
Andersgläubige müssen mit Unterdrückung und Verfolgung rechnen. Aktuelle Beispiele für religiös, hier islamistisch motivierten Extremismus sind al-Qaida oder der sogenannte Islamische Staat (IS).
Solcherlei Bedrohungen für eine freiheitlich-demokratische Gesellschaft gehen aber nicht nur von Islamisten aus. Auch fundamentalistische Strömungen auf Seiten des Christentums machen immer wieder Schlagzeilen beispielsweise mit der Bekämpfung des Abtreibungsrechts, explizit geäußerter Verachtung gegenüber Homosexuellen und den Versuchen die biblische Schöpfungsgeschichte in Biologielehrplänen als Alternative zur Evolutionstheorie zu verankern.

Autorentext

19. Dezember 2016, Berlin – Beispiel für eine religiös-fundamentalistische Tat:

Täter: Anis Amri (Tunesier)
Opfer: 12 Tote und 55 Verletzte
Tathergang: Amri erschießt den Fahrer eines Sattelschleppers, um diesen dann in eine Menschenmenge auf einem Berliner Weihnachtsmarkt zu fahren.
konkretes Motiv: Hass auf sogenannte „Ungläubige", also alle Nicht-Muslime; der IS vereinnahmte die Tat per nachträglichem Bekennerschreiben

INFO

freiheitliche demokratische Grundordnung
Das Bundesverfassungsgericht definiert die freiheitliche demokratische Grundordnung (Art. 21 Abs. 2 GG) als „eine Ordnung, die unter Ausschluss jeglicher Gewalt- und Willkürherrschaft eine rechtsstaatliche Herrschaftsordnung auf der Grundlage der Selbstbestimmung des Volkes nach dem Willen der jeweiligen Mehrheit und der Freiheit und Gleichheit darstellt. Zu den grundlegenden Prinzipien dieser Ordnung sind mindestens zu rechnen: die Achtung vor den im Grundgesetz konkretisierten Menschenrechten, vor allem vor dem Recht der Persönlichkeit auf Leben und freie Entfaltung, die Volkssouveränität, die Gewaltenteilung, die Verantwortlichkeit der Regierung, die Gesetzmäßigkeit der Verwaltung, die Unabhängigkeit der Gerichte, das Mehrparteienprinzip und die Chancengleichheit für alle politischen Parteien mit dem Recht auf verfassungsmäßige Bildung und Ausübung einer Opposition"
(BVerfG-Urteil zum SRP-Verbot 1952)

QUERVERWEIS

Die wehrhafte Demokratie
S. 52 f.

Islamistischer Terrorismus im 21. Jahrhundert
S. 68 f.

1 **Erklärt** den Begriff „Extremismus".
2 **Erstellt** eine vergleichende Übersicht zu den vorgestellten Formen des Extremismus anhand folgender Kriterien: Beispiele (Länder und Gruppierungen), oberstes Prinzip, Ziele, Mittel und Wege (M 1–M 3).
3 **Recherchiert** weitere Beispiele für extremistische Organisationen in Deutschland.

1.21 Die wehrhafte Demokratie

Die Weimarer Republik ist auch daran zugrunde gegangen, dass sie dem Reichspräsidenten beim Fehlen klarer parlamentarischer Mehrheiten weitgehende Rechte und Möglichkeiten einräumte. Dies spielte 1933 nach der „Machtergreifung" den Nationalsozialisten in die Hände, die in kurzer Zeit die Demokratie abschafften. Im bewussten Gegensatz dazu gilt in der Bundesrepublik Deutschland das Prinzip der wehrhaften Demokratie. Der freiheitlich-demokratische Verfassungsstaat kann sich mit gesetzlich festgelegten Mitteln gegen seine Unterwanderung, Auflösung oder drohende Abwahl wehren.

M 1 Polizist wegen fehlender Verfassungstreue entlassen

INFO

Verfassungstreue
Das Bundesverwaltungsgericht stellte in einem Urteil vom 27. November 1980 fest: „Die Verfassungstreuepflicht gebietet dem Beamten zwar nicht, sich mit den Zielen oder einer bestimmten Politik der jeweiligen Regierung zu identifizieren. Sie schließt nicht aus, Kritik an Erscheinungen des Staates üben zu dürfen und für eine Änderung der bestehenden Verhältnisse, innerhalb des Rahmens der Verfassung und mit verfassungsrechtlich vorgesehenen Mitteln, eintreten zu können, solange nicht eben dieser Staat und […] die freiheitliche demokratische Grundordnung offen als nicht erhaltenswert bezeichnet wird."

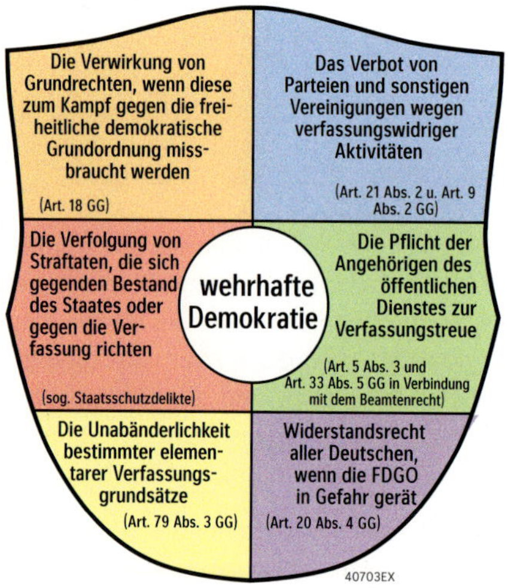

Ein Polizeibeamter, der Tätowierungen mit verfassungswidrigem Inhalt trägt und den Hitlergruß zeigt, kann aus dem Beamtenverhältnis entfernt werden. Das gilt auch dann, wenn ein diesbezügliches Strafverfahren gegen den Polizisten eingestellt worden ist.
Ein Polizeikommissar (Besoldungsgruppe A 9) stand im Dienst des Landes Berlin. Im Jahr 2007 leitete die Staatsanwaltschaft verschiedene Ermittlungsverfahren ein, in denen dem Polizisten vorgeworfen wurde, an der Erstellung von CDs und Booklets mit volksverhetzenden Liedtexten beteiligt gewesen zu sein, Tätowierungen mit Kennzeichen verfassungswidriger Organisationen zu tragen und in der Öffentlichkeit den Hitlergruß gezeigt zu haben. Diese Ermittlungsverfahren wurden eingestellt, weil dem Beamten nicht habe nachgewiesen werden können, dass er den Hitlergruß im Inland und seine Tätowierungen öffentlich gezeigt habe. Vom Vorwurf der Volksverhetzung wurde der Beklagte freigesprochen, weil nach Auffassung des Strafgerichts nicht mit der gebotenen Eindeutigkeit habe festgestellt werden können, dass sich das beanstandete Schmählied auf das Tagebuch der Anne Frank bezog. [...]
[Nach einem Gang durch die Instanzen wurde 2017 die von Strafverfahren unabhängige disziplinarrechtliche Entlassung aus dem Beamtenverhältnis letztlich vom Bundesverwaltungsgericht bestätigt.]
Die Bundesrichter haben dies damit begründet, dass Beamte in einem besonderen öffentlich-rechtlichen Dienst- und Treueverhältnis stehen, aufgrund dessen sie zur Ausübung hoheitsrechtlicher Befugnisse ermächtigt werden können. Sie müssen sich daher zu der Verfassungsordnung, auf die sie vereidigt worden sind, bekennen und für sie eintreten. Wer die freiheitlich-demokratische, rechts- und sozialstaatliche Ordnung des Grundgesetzes ablehnt, ist für die Ausübung eines öffentlichen Amtes nicht geeignet. Auf die Strafbarkeit treuepflichtwidriger Verhaltensweisen kommt es dabei nicht an. [...] Da der Beklagte nicht nur Tätowierungen von Runenzeichen und Emblemen rechtsextremistischer, rassistischer Musikgruppen trägt, sondern wiederholt den Hitlergruß gezeigt, mit einer Hakenkreuzflagge posiert und nationalsozialistische Devotionalien in seiner Wohnung verwahrt hat, ist sein durch die Tätowierungen dokumentiertes Bekenntnis als grundsätzliche und dauerhafte Abkehr von den Prinzipien der Verfassungsordnung zu werten, die zur Entfernung aus dem Beamtenverhältnis führt.

Polizist darf wegen fehlender Verfassungstreue aus Beamtenverhältnis entlassen werden, in: https://www.haufe.de/oeffentlicher-dienst/personaltarifrecht/polizist-wegen-nazi-tattoo-ausbeamtenverhaeltnis-entlassen_144_431428.html, 20.11.2017

M2 Verbot der rechtsextremen Gruppe „Combat 18"

[Der] Bundesinnenminister [...] hat [im Januar 2020] die rechtsextreme Gruppe „Combat 18" verboten. [...] Die Polizei durchsuchte [...] mehrere Objekte in sechs Bundesländern: in Thüringen, Hessen, Brandenburg, Mecklenburg-Vorpommern, Nordrhein-Westfalen [...] und Rheinland-Pfalz. In Brandenburg führte die Polizei mit über 30 Beamten der Kriminalpolizei sowie der Bereitschaftspolizei in zwei Objekten, eines in Eberswalde und eins in Wildau, durch. [...] Nach Einschätzung der Sicherheitsbehörden richtet sich die Vereinigung gegen die verfassungsmäßige Ordnung, „da sie mit dem Nationalsozialismus wesensverwandt ist". Sie zählt nach ihrer Einschätzung bundesweit 20 Mitglieder. Die gewaltbereite rechtsextreme Organisation gilt als bewaffneter Arm des in Deutschland verbotenen Neonazi-Netzwerks „Blood and Honour" (Blut und Ehre). Sie hat ihren Ursprung in Großbritannien und ist in mehreren europäischen Ländern aktiv. Die Zahl „18" ist ein Szenecode für den ersten und den achten Buchstaben im Alphabet, also A und H – die Initialen von Adolf Hitler. Symbol der Gruppe, die sich auf einen „Rassenkrieg" vorbereitet, ist der Drache. Neonazis, die sich „Combat 18" zugehörig fühlen, tragen häufig schwarze T-Shirts oder Jacken mit der Aufschrift „C 18". Diese Symbole und Abkürzungen dürfen nach dem Verbot nicht mehr verwendet werden. [...] Gegen die Verbotsverfügung kann die Gruppe binnen eines Monats Klage beim Bundesverwaltungsgericht in Leipzig einreichen.

Anne-Béatrice Clasmann, Seehofer verbietet rechtsextreme Gruppe „Combat 18", in: https://www.lr-online.de/nachrichten/brandenburg/razzien-in-brandenburg-seehofer-verbietet-rechtsextreme-gruppe-_combat-18_-42866550.html, 23.01.2020

INFO

verfassungsmäßige Ordnung
Die verfassungsmäßige Ordnung der Bundesrepublik Deutschland wird als freiheitliche demokratische Grundordnung (FDGO) bezeichnet. Das Bundesverfassungsgericht zählt dazu:
Achtung vor den im Grundgesetz genannten Menschenrechten, die Volkssouveränität, die Gewaltenteilung, die Verantwortlichkeit der Regierung, eine Verwaltung, die im Rahmen der Gesetze handelt, die Unabhängigkeit der Gerichte, das Mehrparteienprinzip und Chancengleichheit für politische Parteien mit dem in der Verfassung verbrieften Recht auf Ausübung einer Opposition.

Parteienverbot
Bislang gab es in der Geschichte der Bundesrepublik Deutschland erst zwei Parteienverbote durch das Bundesverfassungsgericht: Im Jahr 1952 wurde die rechtsextremistische Sozialistische Reichspartei (SRP) und vier Jahre später die linksextremistische Kommunistische Partei Deutschlands (KPD) verboten.

M3 Parteienverbot

Das Verbot einer Partei ist eine der Möglichkeiten, die der wehrhaften Demokratie im Kampf gegen extremistische Kräfte zur Verfügung stehen. Die Unabänderlichkeit bestimmter Verfassungsgrundsätze (Art. 79 Abs. 3 GG) oder die Pflicht von Beamten zur Verfassungstreue zählen ebenfalls hierzu. Nach Artikel 21 des Grundgesetzes der Bundesrepublik Deutschland entscheidet das Bundesverfassungsgericht auf Antrag über das Verbot einer Partei. Die Hürde dafür ist hoch: Das Bundesverfassungsgericht vertritt die Auffassung, dass eine Partei nicht schon dann verfassungswidrig ist, wenn sie die obersten Prinzipien einer freiheitlichen demokratischen Grundordnung nicht anerkennt. Vielmehr muss eine „aktive kämpferische, aggressive Haltung gegenüber der bestehenden Ordnung" hinzukommen. Zur dominierenden Größe speziell im rechtsextremen Spektrum ist in den letzten Jahren die 1964 gegründete Nationaldemokratische Partei Deutschlands (NPD) geworden. Angesichts ihrer unverhohlenen Verfassungsfeindlichkeit ist ein Verbot der Partei immer wieder im Gespräch. Ein erstes im Jahr 2001 eingeleitetes Verbotsverfahren scheiterte jedoch vor dem Bundesverfassungsgericht (Urteil vom 18. März 2003). Vor dem Hintergrund der Morde des rechtsextremistischen sogenannten Nationalsozialistischen Untergrund (NSU) beantragte der Bundesrat 2013 ein weiteres Verbotsverfahren gegen die NPD. In einem Urteil vom 17. Januar 2017 wies das Bundesverfassungsgericht auch diesen Antrag ab, bewertete die NPD aber als ideologisch „eindeutig verfassungswidrig". Daraufhin verabschiedete der Bundestag 2017 eine Grundgesetzänderung, die verfassungsfeindlichen Parteien die staatliche Parteienfinanzierung versagen kann.

Autorentext

1 **Erläutert**, wie die staatliche Autorität gegen extremistische Einzelpersonen im Staatsdienst und gegen extremistische Vereine und Parteien vorgehen kann (M 1, M 2).

2 **Diskutiert**, ob Disziplinarverfahren sowie Vereins- und Parteienverbote geeignete Mittel sind, um die extremistische Unterwanderung des Staates zu bekämpfen (M 1–M 3).

1.22 Diktatur – das Beispiel DDR

INFO

Diktatur
politische Ordnung in dem eine einzelne Person (Diktator) oder eine kleine Gruppe ohne jegliche Kontrolle die unumschränkte Macht ausübt

Die Deutsche Demokratische Republik (DDR) war ein Staat, der von 1949 bis 1990 auf dem Gebiet der heutigen neuen Bundesländer existierte. Seine Bezeichnung enthält den Anspruch eine Demokratie zu sein. So hatte die DDR ein Parlament, mehrere Parteien und auch Wahlen. Inwiefern diese Merkmale genügen, um dem Anspruch gerecht zu werden, ist die Frage. Die tatsächliche Ausgestaltung der Wahlen, der konkrete Aufbau der Volkskammer (des Parlaments) und die Durchdringung der gesamten Gesellschaft durch die Sozialistische Einheitspartei Deutschlands (SED) geben Hinweise darauf.

M1 Abgeordnete in der DDR

Abgeordnete der Volkskammer in der 6.-8. Wahlperiode (1971-1986) nach Parteien und Massenorganisationen	
SED	127 Sitze
FDGB	68 Sitze
Bauernpartei	52 Sitze
CDU	52 Sitze
LDPD	52 Sitze
NDPD	52 Sitze
FDJ	40 Sitze
Frauenbund	35 Sitze
Kulturbund	22 Sitze

M2 Regierung und Opposition im Bundestag der Bundesrepublik

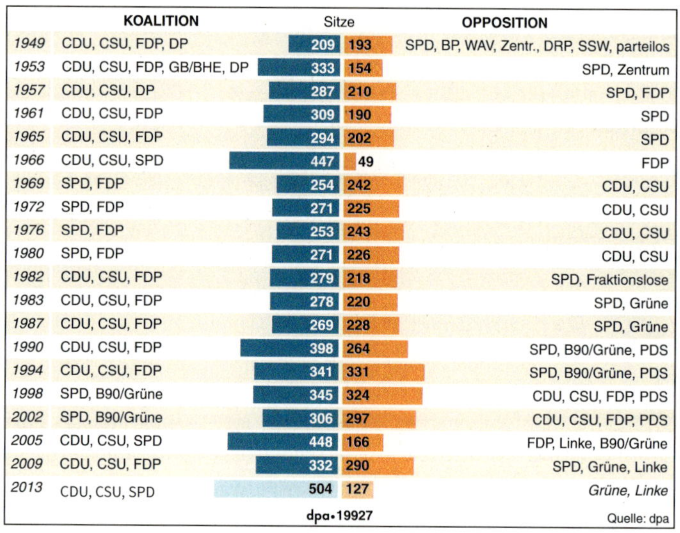

M3 Anzahl der Plenarsitzungen in der DDR

Anzahl der Sitzungstage des Deutschen Bundestages und der Volkskammer (1961–1971)		
Jahr	**Deutscher Bundestag**	**Volkskammer**
1961	39	6
1962	45	6
1963	50	4
1964	52	8
1965	55	10
1966	71	6
1967	62	8
1968	61	8
1969	62	3
1970	68	4
1971	72	4

M4 Wahlbeteiligung in der DDR

Wahlen zur Volkskammer in der DDR			
Jahr	**Wahlbeteiligung in %**	**Ja-Stimmen in %**	**ungültige Stimmen in %**
1950	98,53	99,72	0,28
1954	98,51	99,46	0,54
1958	98,90	99,87	0,13
1963	99,25	99,95	0,05
1967	99,82	99,93	0,07
1971	98,48	99,85	0,15
1976	98,58	99,86	0,14
1981	99,21	99,86	0,14
1986	99,74	99,94	0,06

M5 Die Staatsstruktur der DDR

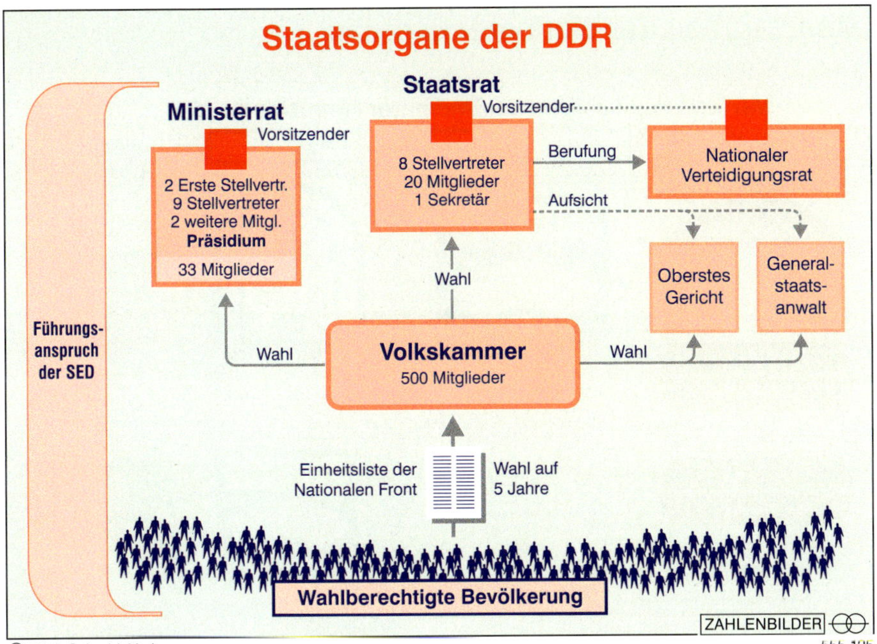

© Erich Schmidt Verlag

INFO

Walter Ulbricht war von 1950 bis 1971 Vorsitzender des Zentralkomitees der SED

Karl-Eduard von Schnitzler war ein DDR-Journalist, der das staatstreue und polemische Politmagazin „Der Schwarze Kanal“ im DDR-Fernsehen moderierte

Es muss demokratisch aussehen, aber wir müssen alles in der Hand behalten.

Walter Ulbricht (1893–1973)

Die Kommunisten erziehen zum Hass? Nein, wir erziehen zur Liebe. Zur Liebe zum Menschen und zur Liebe zum Frieden. Aber kann man den Menschen lieben, wenn man Menschenfeinde nicht aus vollem Herzen hasst?

Karl Eduard von Schnitzler (1918–2001)

M6 Der Führungsanspruch der SED

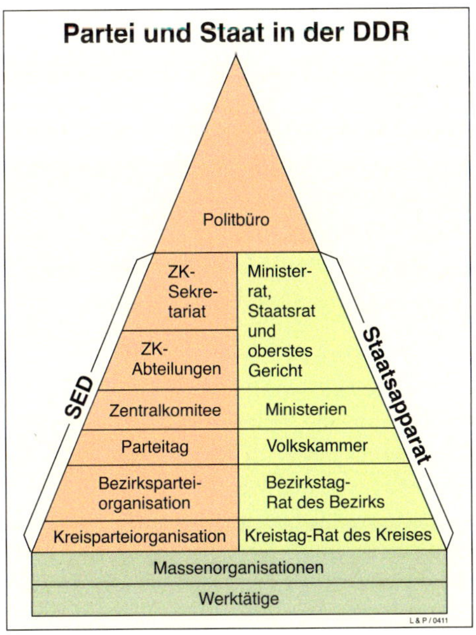

1 **Vergleicht** die Zusammensetzung und die Anzahl der Sitzungstage des Bundestages mit dem der Volkskammer (M 1–M 3). Schließt daraus auf die Arbeitsweise und Funktion der beiden Institutionen.

2 **Problematisiert** die Wahlbeteiligung und den Anteil der Ja-Stimmen bei den Wahlen zur Volkskammer (M 4).

3 **Vergleicht** den Staatsaufbau der DDR (M 5, M 6) mit dem Verfassungsschema der Bundesrepublik auf Seite 58.

4 **Diskutiert** auf der Basis von Rückschlüssen aus den Vergleichen inwiefern der Staatsaufbau der DDR Instrumente der Machtbeschränkung (Demokratieprinzip, Rechtsstaatlichkeit, Gewaltenteilung) enthält bzw. zur Entfaltung kommen lässt.

Warum Bonn nicht Weimar wurde

M1 Staatsaufbau der Weimarer Republik

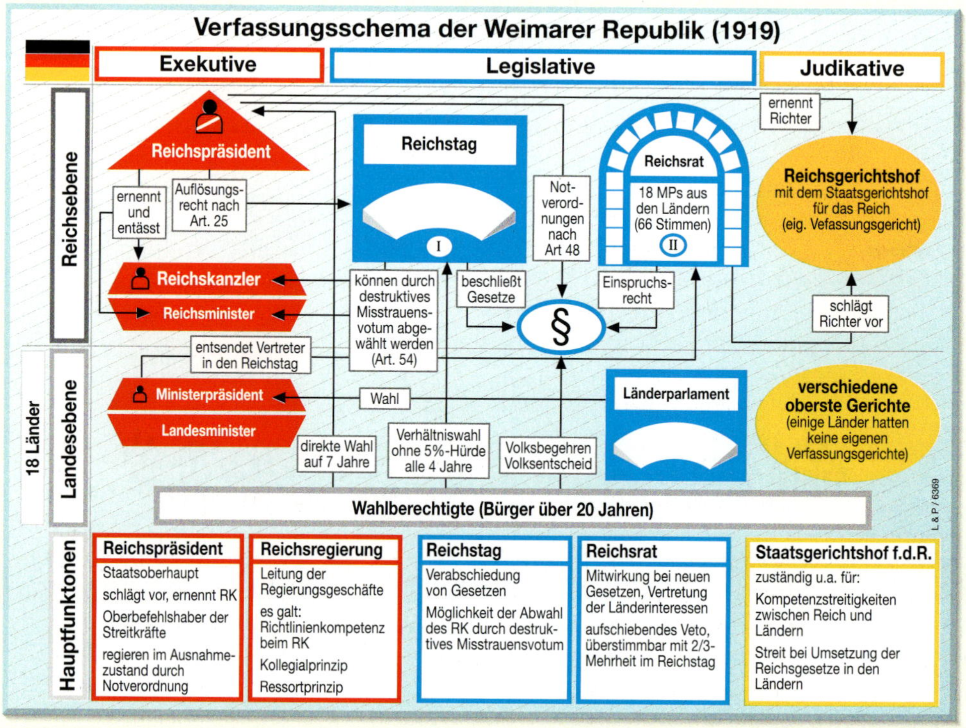

M2 Sebastian Haffner: Lehren aus Weimar

INFO

Sebastian Haffner (1907–1999) Der deutsche Jurist emigrierte 1938 nach Großbritannien. Nach dem Zweiten Weltkrieg wurde Haffner einer der bekanntesten deutschen Publizisten, der sich in seinen Artikeln und Büchern insbesondere mit der Zeit des Nationalsozialismus beschäftigte.

Für die Lehren, die das Grundgesetz aus dem Scheitern der Weimarer Republik gezogen hat, ließen sich Beispiele in Menge anführen. Ich will mich auf die drei wichtigsten beschränken: die Stabilisierung der Regierung, die Entmachtung des Staatsoberhaupts, und [...] die Mediatisierung des Wählers.

Die Weimarer Republik hat in den vierzehn Jahren ihres Bestehens dreizehn Reichskanzler verbraucht. Die Kurzlebigkeit der Regierungen war eine der fundamentalen Schwächen dieser Republik [...]; sie gab keiner Regierung genug Zeit, groß angelegte politische Konzeptionen zu entwickeln und durchzuführen, was zu einem Autoritätsverfall führte, der dem Präsidialregime und letztlich der Diktatur vorarbeitete: Die Wählermassen suchten den Halt, den sie an der Regierung nicht mehr fanden, anderswo, zunächst beim Präsidenten, schließlich beim „starken Mann", der sich über Verfassung und Demokratie hinwegsetzte. Das [...] Grundgesetz macht es sehr schwer, einen einmal gewählten Bundeskanzler zu stürzen: Der Bundespräsident kann es überhaupt nicht, der Bundestag nur, indem er einen anderen Kanzler wählt. Dieses berühmte „konstruktive Misstrauensvotum" [...] stellt keineswegs die einzige Erschwerung des Kanzlersturzes dar, die ins Grundgesetz eingebaut wurde. Mindestens ebenso wichtig sind die vielen Hindernisse, die das Grundgesetz einer vorzeitigen Auflösung des Bundestages in den Weg legt: Denn eine neue Bundestagswahl bedeutet ja auch eine neue Kanzlerwahl, und die will das Grundgesetz eben nicht so leicht machen. Nicht jede Schwankung in der Wählerstimmung soll sofort auf Parlament und Regierung durchschlagen. [...]

Genau die ständigen Neuwahlen, die den Weimarer Reichstag zum Schluss zum Gespött machten, will das Grundgesetz ja verhindern, und bisher hat es damit auch Erfolg gehabt: Von den [bisher 20 Bundestagen der Bundesrepublik sind nur drei] vorzeitig aufgelöst worden; von den acht (oder, wenn man den ersten hitler'schen noch mitzählt, neun) Reichstagen der Weimarer Republik hat keiner das normale Ende seiner Legislaturperiode erlebt.

Die Stabilisierung der Regierungen ist von Anfang an populär gewesen. Von der Entmachtung des Bundespräsidenten kann man das nicht so unbedingt sagen. Natürlich lag auch ihr die Weimarer Erfahrung zugrunde: Es war ja nicht erst Hitler, sondern schon Hindenburg, der in den letzten drei Weimarer Jahren durch sein Präsidialregime die Verfassung „legal" ausgehöhlt und praktisch außer Kraft gesetzt hatte; dass einer solchen Möglichkeit in Zukunft vorgebeugt werden musste, fand weithin Verständnis. Aber dass das Grundgesetz den Bundespräsidenten so radikal zur bloßen Repräsentationsfigur und zum ersten Staatsnotar herabstufte, ging anfangs doch vielen zu weit. Kritik kam von zwei Seiten: Den einen ging es gegen altverwurzelte monarchistische Instinkte (die wohl erst in den Sechzigerjahren, in der zweiten Generation der Bundesbürger, endgültig abgestorben sind); andere wünschten sich ein personelles Gegengewicht gegen Adenauers patriarchalischen Regierungsstil. [...]

Viel stärkere, immer wieder einmal aufflammende Kritik hat die grundgesetzliche Mediatisierung des Wählers gefunden, die dritte der tiefgreifenden Folgerungen, die vom Grundgesetz aus der Tragödie von Weimar gezogen wurde. Und hier liegt ja nun tatsächlich ein Problem, für das es eine theoretisch perfekte, hieb- und stichfeste Lösung nicht gibt. Da ist zunächst einmal die peinliche Wahrheit der Ausgangslage. Gewiss hat zum Untergang der Weimarer Demokratie die Instabilität der Regierungen, die übermäßige Häufigkeit der Wahlen, die allzu starke Machtposition des Reichspräsidenten und ihr Missbrauch beigetragen. Aber nicht zu leugnen ist, dass schließlich der deutsche Wähler selbst der Weimarer Republik den Todesstreich versetzt hat. Auch wenn Hitlers Nationalsozialisten in freien Wahlen nie die absolute Mehrheit erreicht haben: Im letzten Jahr der Republik waren sie die bei Weitem stärkste Partei, und zusammen mit den Kommunisten konnten sie seit Juli 1932 jede verfassungskonforme, auf eine parlamentarische Mehrheit gestützte Regierung verhindern. [...]

Der Wähler ist der demokratische Souverän. Die Wählermehrheit entscheidet: Das ist die Quintessenz jeder demokratischen Verfassung. Wie aber, wenn die Wählermehrheit gegen die Demokratie entscheidet? Ist es dann die Pflicht der Demokratie, im Namen der Demokratie Selbstmord zu begehen? Umgekehrt: Begeht nicht eine Demokratie auch dann Selbstmord, wenn sie – im Namen der Demokratie – die Entscheidung der Wählermehrheit missachtet? Gehört es zum Wesen demokratischer Freiheit, dass sie auch sich selbst zur Disposition des Wählers stellen muss? [...]

Festzustellen aber ist, dass die Weimarer Verfassung und das Bonner Grundgesetz entgegengesetzte Antworten gegeben haben beziehungsweise geben. Weimar war bereit, sich dem Wählerwillen unbedingt unterzuordnen – bis zur Selbstpreisgabe. Bonn ist es nicht. Das Grundgesetz – schon das ursprüngliche Grundgesetz von 1949, nicht etwa erst die später eingebaute Notstandsverfassung – proklamiert eindeutig das Prinzip: Keine Freiheit für die Feinde der Freiheit! Die Artikel 18 und 21 sind in dieser Hinsicht eisenhart. Artikel 18 bestimmt, dass die Grundrechte verwirkt, wer sie „zum Kampfe gegen die freiheitliche demokratische Grundordnung missbraucht".

Sebastian Haffner, Historische Variationen, DVA: Stuttgart u. a. 2001, S. 207–214

1 **Benennt** die drei bedeutendsten Lehren aus dem Scheitern der Weimarer Republik (M 2).

2 **Vergleicht** die Verfassungen der Weimarer Republik (M 1) und der Bundesrepublik Deutschland auf Seite 58. Legt euer besonderes Augenmerk auf die institutionellen Kontrollmöglichkeiten beider politischen Systeme.

QUERVERWEIS

METHODE Quellentexte verstehen
S. 114 f.

Podiumsdiskussion: Wer hat die Macht im Staat?

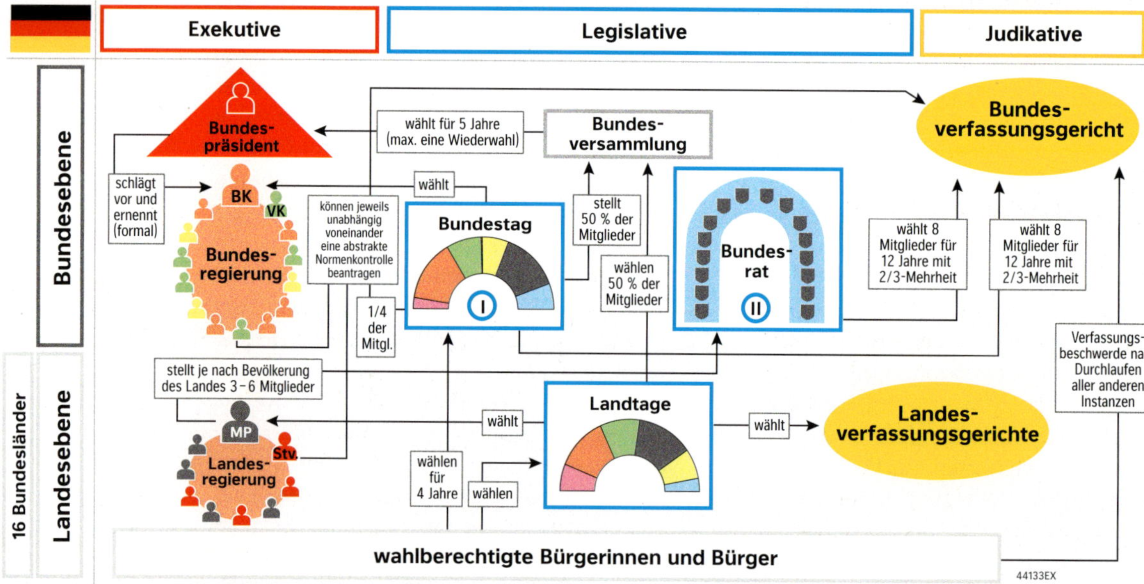

Bundesspräsident
- Deutschlands völkerrechtliche Vertretung
- Abschluss auswärtiger Verträge
- Ernennung und Entlassung von Bundesrichtern und -beamten
- Reservegewalt bei Funktionsversagen anderer Vefassungsorgane

Bundesregierung
- **Bundeskanzler**
  Richtlinien der Politik
- **Bundeskabinett**
  Gesetzesinitiative
  Ausstellung des Haushaltplanes
  Erlass von Rechtsverordnungen
  Aufsicht über die Ausführung von Gesetzen
- **Bundesminister**
  Leitung des jeweiligen Geschäftsbereiches

Bundestag
- Gesetzesinitiative und Gesetzesbeschluss
- Verabschiedung des Haushaltsgesetzes
- Kontrolle der Regierung
- Zustimmung zu auswärtigen Verträgen

Bundesrat
- Gesetzesinitiative
- Zustimmung/Verweigerung der Zustimmung bei zustimmungspflichtigen Gesetzen
- Zustimmung zu auswärtigen Verträgen
- Zustimmung zu Verwaltungsvorschriften

Bundesverfassungsgericht
- **Entscheidung über:**
- Vefassungsbeschwerden
- Verfassungskonformität von Gesetzen
- Streitigkeiten zwischen Vefassungsorganen
- Parteienverbot
- Verwirkung von Grundrechten
- Anklage gegen den Bundespräsidenten sowie Bundesrichter

Das Regierungssystem der Bundesrepublik Deutschland

Vorbereitung

Vervollständigt die folgenden Sätze durch möglichst viele verschiedene Aspekte. Greift dabei die Informationen aus dem Kapitel „Demokratie in Deutschland" auf.

1. Bürgerinnen und Bürger haben Macht, weil …
2. Der Bundeskanzler hat Macht, weil …
3. Der Bundestag hat Macht, weil …
4. Die Parteien haben Macht, weil …
5. Die Verbände haben Macht, weil …
6. Die Bürgerinitiativen haben Macht, weil …
7. Der Bundesrat hat Macht, weil …
8. Der Bundespräsident hat Macht, weil …
9. Das Bundesverfassungsgericht hat Macht, weil …
10. Die Medien haben Macht, weil …

Teilt dann eure Klasse ein in:

- Expertinnen/Experten für jeweils eine der zehn genannten Institutionen,
- Moderatorin/Moderator,
- Presse,
- Publikum.

Durchführung

Auf dem Podium nehmen Platz:

- die Expertinnen und Experten. Sie erläutern, warum sie meinen, die Macht zu haben. In Rede und Gegenrede werden die dargestellten Positionen diskutiert.
- die Moderatorin bzw. der Moderator. Diese Person führt in die Debatte ein, leitet sie und bringt sie, falls sie zu erlahmen droht, wieder in Schwung. Nach einer vereinbarten Zeit fasst sie die unterschiedlichen Meinungen zusammen und formuliert einen Ausblick.

Im Plenum sitzen:

- Schülerinnen und Schüler, die als Presse nach Abschluss der Diskussion kritisch Bericht erstatten. In diesem Bericht sollte deutlich werden, welche Expertinnen und Experten überzeugen konnten.
- Zuhörerinnen und Zuhörer, die sich durch Zwischenfragen in die Diskussion einmischen können.

Karikaturanalyse: Wer hat die Macht im Staat?

Zeichnung: Heiko Sakurai

Zeichnung: Rabe

Zeichnung: Jürgen Janson

Zeichnung: Thomas Plaßmann

1 **Führt** eine Podiumsdiskussion zum Thema „Wer hat die Macht in der Bundesrepublik Deutschland?“ **durch**.

2 **Analysiert** die vier Karikaturen, indem ihr deren Kernaussagen **herausarbeitet**.

2.

Konflikte und Konfliktlösungen

Je stärker wir sind, desto unwahrscheinlicher ist der Krieg.

Otto von Bismarck (1815–1898), Reichskanzler

Die Menschheit muss dem Krieg ein Ende setzen, oder der Krieg setzt der Menschheit ein Ende.

John F. Kennedy (1917–1963), US-Präsident

Wenn das UNO-Gebäude in New York zehn Stöcke verlöre, würde das nicht den geringsten Unterschied machen.

John Bolton (* 1948), US-Politiker

Zeichnung: Bernd Struckmeyer

2.1 Was ist Frieden? Was ist Krieg?

M1 Friedensbegriffe

Wandgemälde „In Frieden und Harmonie mit der Natur“ von Leo Tanguma im Flughafengebäude von Denver, USA

Mit dem Begriff „Frieden“ wird eine dauerhafte und umfassende Rechtsordnung beschrieben, die das Wohl der Bürger als oberstes Ziel hat. Innerhalb der Friedens- und Konfliktforschung wird der Friedensbegriff weiter differenziert: Der **negative Frieden** ist die Abwesenheit von Krieg bzw. das Fehlen von personeller Gewalt. Mit diesem Begriff verbindet man einen brüchigen Frieden. Zwar herrscht Waffenruhe, dennoch bestehen weiterhin ungelöste politische, soziale oder kulturelle Konflikte. Diese Friedensdefinition geht auf den englischen Philosophen **Thomas Hobbes** (1588-1679) zurück, der von einem negativen Menschenbild ausging. In seinem 1651 erschienenen staatstheoretischen Werk „Leviathan“, das vor dem Hintergrund des Englischen Bürgerkrieges (1642-1649) entstand, äußert er die Ansicht, dass der „Mensch des Menschen Wolf“ ist. Wenn der Staat nicht regulierend eingreife, stünden sich die Menschen in Form eines Bürgerkrieges gegenüber, der im „Kampf aller gegen alle“ enden würde. Hobbes fordert daher die absolute Unterwerfung aller unter die staatliche Gewalt. Auch zwischenstaatliche Konflikte könnten nur durch glaubhafte Abschreckung verhindert werden. Der Staat müsse gleich dem biblischen Ungeheuer Leviathan durch Allmacht Gehorsam erzwingen. Der positive Frieden hingegen kann nur in Verbindung mit Demokratie und der Realisierung der Menschenrechte verstanden werden. Im Mittelpunkt steht dabei das Individuum, das für sich Entwicklungschancen entsprechend seiner Fähigkeiten sehen muss.

Zentrale Voraussetzung für eine Gestaltung des **positiven Friedens** ist der moderne Rechtsstaat. Weiter ausdifferenziert wird der Friedensbegriff nicht zuletzt durch die Erfahrungen des Zweiten Weltkrieges. Mit der Wiederbewaffnung Westdeutschlands in den 1950er-Jahren entstand in der Bundesrepublik Deutschland eine Friedensbewegung (Ostermärsche), die in den 1980er-Jahren vor dem Hintergrund des Nachrüstungsbeschlusses der NATO ihren Höhepunkt erlebte. Auch in der DDR entstand im selben Zeitraum eine Friedensbewegung, die unter der Losung „Schwerter zu Pflugscharen“ gegen Aufrüstung und für Abrüstung eintrat, deswegen jedoch unter scharfer Beobachtung durch das Ministerium für Staatssicherheit stand. Die theoretische Grundlage für den positiven Frieden legte der deutsche Philosoph **Immanuel Kant** (1724-1804). Er sieht für die Menschheit nur die Alternative zwischen einer Friedensordnung oder dem Verlust jeglicher Friedenshoffnung. Nur die Vernunft könne Frieden stiften. In seiner Schrift „Zum ewigen Frieden“, die Kant als „philosophischen Entwurf“ und pragmatische Anleitung zum ewigen Frieden (Weltfriedensordnung) verfasst hat, beschreibt er einen positiven Friedensbegriff, der geprägt ist von rechtsstaatlicher Demokratie und dem Entstehen eines Bundes freier Volker. Diese Auffassung fußt auf den Ideen der europäischen Aufklärung, zu deren herausragendsten Vertretern Kant gehört. Bildung und Vernunft stellen dabei die Grundvoraussetzungen für das menschliche Zusammenleben dar.

Autorentext

Friedenssymbole

M2 Kriegsdefinitionen

Wissenschaftliche Kriegsdefinitionen lassen sich in quantitative und qualitative Ansätze einteilen. Bei quantitativen Definitionen muss die Zahl der direkten oder indirekten Todesopfer gewaltsamer Auseinandersetzungen einen bestimmten Schwellenwert überschreiten – erst dann kann man von einem „Krieg" sprechen. Der wohl bekannteste und einflussreichste Ansatz wurde von David Singer und Melvin Small im Rahmen des „Correlates of War" (COW) Projekts an der Universität Michigan entwickelt, welches das weltweite Kriegsgeschehen seit 1816 statistisch zu erfassen versucht. Demnach gilt als Krieg jeder gewaltsame Konflikt mit mindestens 1000 getöteten Kombattanten pro Jahr. Um Völkermorde und sporadische Massaker von der Definition auszuschließen, müssen sich zudem beide Konfliktparteien zum Zwecke der kollektiven Gewaltanwendung organisiert bzw. die zahlenmäßig unterlegene Seite im Laufe des Kampfgeschehens mindestens fünf Prozent der eigenen Verluste dem Gegner zugefügt haben.

Die COW-Definition ist nicht unumstritten. [...] Schließlich bleibt fraglich, ob ein Krieg überhaupt einzig über seine direkten Auswirkungen definiert werden sollte und nicht über dessen Charakteristika, Ursachenmuster bzw. funktionale Logik. Dieser Aspekt ist in qualitativen Kriegsdefinitionen in der Regel stärker ausgeprägt. Eine solche wird zum Beispiel von der Arbeitsgemeinschaft Kriegsursachenforschung (AKUF) an der Universität Hamburg gebraucht. [...] Ein „Krieg" [ist] demnach ein „gewaltsamer Massenkonflikt", der folgende Merkmale aufweist:

1. „an den Kämpfen sind zwei oder mehr bewaffnete Streitkräfte beteiligt, bei denen es sich mindestens auf einer Seite um reguläre Streitkräfte (Militär, paramilitärische Verbände, Polizeieinheiten) der Regierung handelt;
2. auf beiden Seiten muss ein Mindestmaß an zentral gelenkter Organisation der Kriegführenden und des Kampfes gegeben sein, selbst wenn dies nicht mehr bedeutet als organisierte bewaffnete Verteidigung oder planmäßige Überfälle (Guerillaoperationen, Partisanenkrieg usw.);
3. die bewaffneten Operationen ereignen sich mit einer gewissen Kontinuität und nicht nur als gelegentliche, spontane Zusammenstöße, d. h. beide Seiten operieren nach einer planmäßigen Strategie, gleichgültig ob die Kämpfe auf dem Gebiet einer oder mehrerer Gesellschaften stattfinden und wie lange sie dauern."

Kriege werden zudem von „bewaffneten Konflikten" unterschieden. Hierbei handelt es sich um „gewaltsame Auseinandersetzungen [...], bei denen die Kriterien der Kriegsdefinition nicht in vollem Umfang erfüllt sind."

Kriegsdefinitionen und Konflikttypologien, in: https://sicherheitspolitik.bpb.de/de/m1/articles/definitions-of-war-and-conflict-typologies, September 2011

QUERVERWEIS

Kann ein Krieg gerecht sein? S. 64 f.

Der Krieg verändert sein Gesicht S. 66 f.

Die UNO – Frieden schaffen ohne Waffen? S. 72 f.

INFO

Kombattanten sind Personen, die aktiv an Kampfhandlungen teilnehmen

M3 Gewalttätige Konflikte

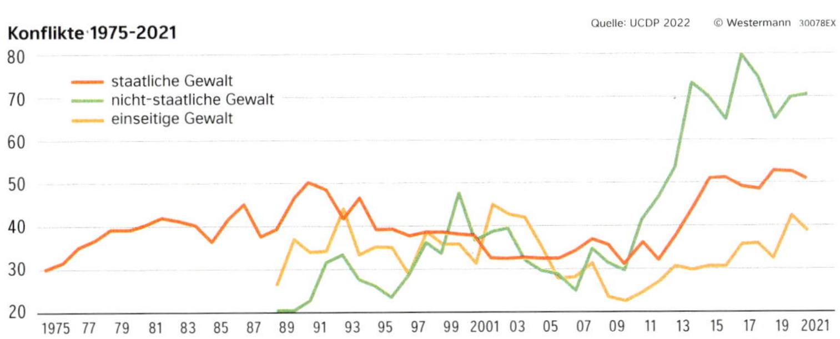

1 **Analysiert** das Wandgemälde von Leo Tanguma (M 1).

2 **Erklärt** die unterschiedliche Konzeption des positiven und negativen Friedens (M 1).

3 **Arbeitet** aus M 2 verschiedene Ansätze der Kriegsdefintion **heraus** und **problematisiert** diese.

4 **Wertet** M 3 **aus**.

2.2 Kann ein Krieg gerecht sein?

WEBCODE
WES-116803-201
Charta der Vereinten Nationen

WEBCODE
WES-116803-202
Tagesschau-Rückblick: Der Kosovo-Krieg

M 1 Die Theorie des gerechten Krieges

Es gibt fünf Kriterien des jus ad bellum – des Rechts zum Krieg.

Erstens muss ein gerechtfertigter Krieg einen gerechten Grund haben. Der einzige traditionelle Grund eines gerechten Krieges ist die Notwehr. Auf sie beruft man sich zu Recht, um die Einheit des Staats oder das Leben seiner Staatsbürger zu verteidigen, wenn sie angegriffen oder klar bedroht sind. Heute ist es auch allgemein anerkannt, dass ein Staat das Recht hat, einen Nachbarstaat vor einem anderen feindlichen Staat zu schützen. In der letzten Zeit versuchten einige Denker, dieses Recht um die Verteidigung eines Nachbarn zu erweitern, um humanitäre Eingriffe einzuschließen.

Zweitens muss ein gerechter Krieg von einer legitimen Autorität erklärt werden. Eine legitime Autorität hat Verantwortung für das allgemeine Wohl und ist normalerweise die Regierung eines Staats. Private Individuen und Gruppen sind nicht berechtigt, einen Krieg zu erklären. [...]

Drittens: um gerechtfertigt zu sein, muss eine Entscheidung, in den Krieg zu ziehen, mit einer rechten Absicht getroffen werden. Diese muss die Absicht sein, den Frieden zu fördern oder wiederherzustellen. Jede andere Absicht, z.B. Rache, Herrschaft, wirtschaftlicher Gewinn usw., ist falsch.

Viertens darf ein gerechter Krieg nur [...] das letzte Mittel sein. Alle nicht-militärischen alternativen Mittel müssen ausgeschöpft worden sein. Solange politische Mittel zur friedlichen Lösung noch bestehen, z.B. Diskussion, Verhandlungen, wirtschaftliche Sanktionen usw., kann keine militärische Waffengewalt gerechtfertigt werden.

[Fünftens] Schließlich muss ein gerechtfertigter Krieg eine vernünftige Hoffnung auf Erfolg haben. Wenn es keine ausreichend hohe Wahrscheinlichkeit gibt, dass das gerechte Ziel des Krieges erreicht wird, ist es unmoralisch, Zerstörung und Vernichtung zu verursachen. Ein aussichtsloser Widerstand ist nicht gerecht. [...]

Es gibt zwei Kriterien des jus in bello – des Rechts im Krieg.

Erstens muss die Unterscheidung zwischen Kombattanten und Nicht-Kombattanten eingehalten werden. Man darf keine Nichtkämpfenden und nicht-militärische Ziele absichtlich vernichten und muss versuchen, ihnen nicht unabsichtlich zu schaden. [...]

Zweitens muss eine angemessene Verhältnismäßigkeit zwischen den Schäden und Kosten des Krieges und den guten Folgen bestehen, die dadurch erreicht werden sollen. Die Menge und Art der Kraft, die im Krieg eingesetzt wird, soll nicht größer sein, als benötigt wird, um den Krieg zu beenden und den Frieden wiederherzustellen. Die Übel, die der Krieg zufügt, dürfen nicht größer sein als das Unrecht, das er beseitigen soll.

David Lutz, Kann es gerechte Kriege geben?, in: http://www.jahrbuch2001.studien-von-zeitfragen.net/Zeitfragen/Kriegsfragen/Gerechter%20Krieg/gerechter_krieg.HTM, 18.06.2001

Ein Krieg gegen Kriege ist ein gerechter und berechtigter Krieg.

Die meisten Kritiker verstehen nicht, dass die Theorie vom gerechten Krieg nichts mit Kreuzzügen zu tun hat. Wenn ich für eine heilige Sache in die Schlacht ziehe, ist alles erlaubt. Bei der Lehre vom gerechten Krieg geht es aber gerade um die Einschränkung möglicher Kriegsgründe, -zwecke und -mittel.

Was zuerst geächtet werden muss, sind die gerechten Kriege: Es gibt zwar keine, aber dennoch sind sie der Grund, aus dem es immer wieder andere gibt.

M2 Der Kosovo-Einsatz der NATO im Jahr 1999 – ein gerechter Krieg?

Auszüge aus der Rede des damaligen Bundesaußenministers Joschka Fischer auf dem Sonderparteitag von Bündnis 90/Die Grünen im Jahr 1999, der über die Beteiligung Deutschlands an dem NATO-Einsatz debattierte.

Liebe Freundinnen und Freunde, liebe Gegner – geliebte Gegner [...].
Ja, der Diplomatie eine Chance: ich kann das nur nachdrücklich unterstützen! Nur, ich sage euch: ich war bei [Slobodan] Milosevic, ich hab mit ihm zweieinhalb Stunden diskutiert, ich habe ihn angefleht, drauf zu verzichten, dass die Gewalt eingesetzt wird im Kosovo. Es ist jetzt Krieg, ja, und ich hätte mir nie träumen lassen, dass Rot-Grün mit im Krieg ist, aber dieser Krieg geht nicht erst seit 51 Tagen, sondern seit 1992, liebe Freundinnen und Freunde – seit 1992. Und ich sage euch: er hat mittlerweile Hunderttausenden das Leben gekostet. Und das ist der Punkt, wo Bündnis 90/Die Grünen nicht mehr Protestpartei sind. [...] Nur, ich kann euch nochmals sagen: Was ich nicht bereit bin zu akzeptieren: Frieden, Frieden setzt voraus, dass Menschen nicht ermordet, dass Menschen nicht vertrieben, dass Frauen nicht vergewaltigt werden – das setzt Frieden voraus. [...] Ihr mögt ja alles falsch finden, was diese Bundesregierung gemacht hat und die NATO macht [...], aber mich würde mal interessieren, wie denn von einem linken Standpunkt aus das, was in Jugoslawien seit 1992 an ethnischer Kriegführung, an völkischer Politik betrieben wird, wie dieses von einem Linken, von euerm Standpunkt aus, denn tatsächlich zu benennen ist. [...] Da kann ich dir nur sagen, wenn wir dem nicht entschlossen entgegentreten, dann [...] werden wir das Gegenteil von Frieden haben: dauerhafte Instabilität, dauerhaft Krieg, dauerhaft Unterdrückung in dieser Region bekommen noch mit ganz anderen Konsequenzen – [das] ist das Gegenteil von Friedenspolitik, und deswegen sage ich: Milosevic darf sich nicht durchsetzen, und wir dürfen nicht beschließen, was in diese Richtung gehen könnte.

Joschka Fischer, Rede des Außenministers zum Natoeinsatz im Kosovo, in: https://www.lmz-bw.de/fileadmin/user_upload/Downloads/Handouts/2018-06-13-fischer-kosovorede.pdf, 15.11.2022

INFO

Slobodan Milosevic
(1941–2006)
Der serbische Politiker war von 1997 bis 2000 Präsident Jugoslawiens. Noch während seiner Amtszeit wurde Milosevic vom Internationalen Strafgerichtshof für das ehemalige Jugoslawien in Den Haag u. a. wegen Völkermordes angeklagt. Der nach Milosevics Verhaftung und Auslieferung 2002 begonnene Prozess blieb indessen ohne Urteil, da Milosevic zuvor im Jahr 2006 in der Haft verstarb.

M3 Als die Menschenrechte schießen lernten

Außenminister Joschka Fischer sprach von einem „neuen Auschwitz“ im Kosovo. Der Verteidigungsminister Rudolf Scharping redete von Konzentrationslagern und kolportierte Horrorstorys über die Verbrechen, die Serben an Albanern verübten: „Schwangeren Frauen wurden nach ihrer Ermordung die Bäuche aufgeschlitzt und die Föten gegrillt.“ Ähnlich hat man in der Antike und im Mittelalter auch argumentiert. [...] Nicht vergessen ist indes, dass der Krieg dem Völkerrecht zuwiderlief, weil die NATO ihn ohne UN-Mandat führte. [...] Ludger Volmer, [...] seinerzeit Staatssekretär im Auswärtigen Amt, [hat] es als eine „Tragik der Geschichte“ bezeichnet, dass man den „Wortlaut“ des Völkerrechts habe verletzen müssen. [...] [Volmer] glaubt offenbar, das Völkerrecht sei im Kern nicht verletzt worden, sondern nur seine äußere Hülle, der „Wortlaut“. Das wirft die Frage auf, was von Rechtssätzen übrigbleibt, wenn man sie nicht wörtlich nimmt.

Franziska Augstein, Als die Menschenrechte schießen lernten, in: https://www.sueddeutsche.de/politik/kosovo-krieg-1999-als-die-menschenrechte-schiessen-lernten-1.457678, 19.05.2009

INFO

Völkerrecht
Kriege sind heute grundsätzlich völkerrechtlich geächtet (Art. 2 Ziffer 4 der UN-Charta). Eine der wenigen Ausnahmen ist ein vom Sicherheitsrat der Vereinten Nationen beschlossenes UN-Mandat.

1 **Nennt** und **erläutert** die Kriterien des Rechts zum Krieg und die Kriterien des Rechts im Krieg (M 1).
2 **Erörtert**, inwiefern Joschka Fischer mit den Kriterien des gerechten Krieges argumentiert (M 2).
3 **Bewertet**, ob der Kosovo-Krieg mit dem Völkerrecht vereinbar war (M 2, M 3).
4 **Setzt** euch mit den Aussagen zum gerechten Krieg **auseinander**.

2.3 Der Krieg verändert sein Gesicht

Nach dem Zweiten Weltkrieg standen sich die USA und die Sowjetunion im Kalten Krieg gegenüber. Die atomare Abschreckung verhinderte eine direkte Konfrontation. Es wurden Stellvertreterkriege (z. B. in Korea und Vietnam) geführt. Nach dem Ende des Ost-West-Konflikts gab es viele innerstaatliche Auseinandersetzungen. Diese neue Erscheinungsform des Krieges zeigte sich beispielsweise in den Zerfallskriegen Jugoslawiens oder auch in Afrika. Seit Ende der 1990er-Jahre werden solche Konflikte deshalb zunehmend auch als „neue Kriege“ bezeichnet, wenngleich der Begriff kontrovers diskutiert wird. Damit soll deutlich gemacht werden, dass ein grundsätzlicher Wandel des Krieges stattgefunden hat. Diese Veränderung hat auch gravierenden Einfluss auf die Bevölkerung. Die Trennlinie zwischen Zivilisten und Kämpfenden lässt sich nicht mehr eindeutig ziehen. Die neuen Kriegsformen spielen sich an den Rändern der Wohlstandszonen, hauptsächlich in der Dritten Welt ab.

M 1 „Alte Kriege“

[Die] Staatenkriege, wie sie in Europa von der Mitte des 17. bis zum Anfang des 20. Jahrhunderts geführt wurden – von einigen Ausnahmen abgesehen – [waren] eher kurz; beide Seiten waren nämlich bestrebt, die Entscheidung der strittigen Angelegenheit in einer Schlacht auszutragen, deren Ausgang die Grundlage für die anschließenden Friedensverhandlungen bildete. Insbesondere Napoleon und der ältere Moltke haben dies auf dem Prinzip der Konzentration der Kräfte in Raum und Zeit beruhende Form der Kriegsführung perfektioniert.

Der Krieg wurde nach Regeln erklärt, und nach ebensolchen Regeln wurde er auch wieder beendet. Dementsprechend war er zeitlich präzise begrenzt: An seinem Anfang stand die Kriegserklärung und an seinem Ende der Friedensschluss.

Auch wenn der Erste und besonders der Zweite Weltkrieg die Grundsätze dieser Art von Kriegsführung vielfach durchbrochen haben, so hat der Staatenkrieg doch im Wesentlichen unsere Vorstellung vom Krieg bis heute geprägt: Er ist ein Kampf zwischen Soldaten, der nach Regeln, die als Kriegsrecht kodifiziert sind, ausgetragen wird. Nur wenn im Krieg nicht alles erlaubt ist, kann von Kriegsverbrechen gesprochen werden, die geahndet werden müssen.

Herfried Münkler, Die neuen Kriege, BpB: Bonn 2002

M 2 „Neue Kriege“

Die Theorie der „neuen Kriege“ [...] behauptet [...], dass ein grundsätzlicher Wandel des Krieges stattgefunden und sich eine neue Form bewaffneter Konflikte herausgebildet habe. Dazu wurden folgende Trends postuliert:

- eine zunehmende Beteiligung nicht-staatlicher Akteure am Konfliktgeschehen (z. B. Milizen, Warlords, Söldner),
- die zunehmende Brutalität der Kriegsgewalt, darunter der verstärkte Einsatz sexualisierter Gewalt durch die Konfliktparteien,
- die Entideologisierung der Konflikte, die stattdessen zunehmend aus ökonomischen Gründen begonnen und ausgetragen würden, sowie
- die Asymmetrie des Krieges, der nun vornehmlich als Guerillakrieg und mit terroristischen Mitteln zwischen Aufständischen [...] und regulären Streitkräften [...] geführt werde.

Daraus ergebe sich eine „Entgrenzung“ des Kriegsgeschehens – der Unterschied zwischen Soldaten und Zivilisten verschwimme, und Gewalt sei räumlich nicht mehr allein auf das Schlachtfeld beschränkt. [...] Die Tötung, Verstümmelung und Kontrolle von Zivilisten wird zu einem eigenständigen Kriegsziel.

Daniel Lambach, Das veränderte Gesicht innerstaatlicher Konflikte, in: https://www.bpb.de/themen/kriege-konflikte/dossier-kriege-konflikte/54556/das-veraenderte-gesicht-innerstaatlicher-konflikte/, 02.05.2016

INFO

Napoleon Bonaparte (1769–1821) französischer Feldherr und Kaiser

Helmuth von Moltke (1800–1891) genannt der ältere Moltke, preußischer General

kodifizieren Normen und Regeln schriftlich und verbindlich festhalten

Miliz reguläre oder irreguläre Einheit aus bewaffneten Personen

Warlord Kriegsherr in bürgerkriegsartigen Konflikten, Gewaltunternehmer

Söldner gegen Bezahlung kämpfender Soldat

Asymmetrie Ungleichmäßigkeit, das Gegenteil von Symmetrie

Guerilla nicht organisierte Kampfeinheit, die einen Kleinkrieg führt

1 **Vergleicht** die Merkmale „neuer Kriege“. **Erklärt,** worin sie sich von den „alten Kriegen“ unterscheiden (M 1, M 2).

M3 Kriegstypologien

Mit Bezug auf die Kriegsdefinitionen entwirft die Arbeitsgemeinschaft Kriegsursachenforschung (AKUF) der Universität Hamburg zur empirischen Einordnung eine Kriegstypologie, die den Kriegsbegriff in fünf Typen ausdifferenziert: Bei **Antiregime-Kriegen** handelt es sich um Kriege, die den Sturz der Regierenden bzw. eine Veränderung des politischen Systems oder gar der Gesellschaftsordnung zum Ziel haben. Als zweite Typologie werden von der AKUF die **Autonomie- und Sezessionskriege** genannt. Geführt werden diese Art Kriege, um gegenüber der Zentralregierung eine innerhalb des Staatenbundes größere Autonomie bzw. eine Sezession vom Staatsverband zu erreichen. **Zwischenstaatliche Kriege** als dritte Typologie werden von Streitkräften der Regierung geführt, denen mindestens zwei staatlich verfasste Territorien gegenüberstehen, ohne Rücksicht auf ihren völkerrechtlichen Status. Mit den **Dekolonisationskriegen** als vierte Typologie soll die Befreiung von Kolonialherrschaft erreicht werden. Unter **„Sonstige Kriege"** als fünfte Typologie werden andere Kriegsformen zugeordnet. Durch Veränderungen des Kriegscharakters (Änderung der Bündnisse innerstaatlicher Akteure, Einflussnahme von außen durch Waffenlieferungen usw.) lassen sich Kriege nicht immer eindeutig diesen Typen zuordnen, sodass sich auch Mischtypen bilden können.

Autorentext

M4 Sanktionen als Wirtschaftskriege?

Sie sind politisch beliebt, aber wissenschaftlich umstritten. Sie richten sich gegen kleine Länder wie Kuba oder gegen Wirtschaftsriesen wie China und Russland. [...] Waffenembargo, Reiseverbot, Handelsblockade: Das Sanktionskarussell dreht sich immer schneller. Jüngste Beispiele sind Chinas Exportverbote gegen Taiwan und die umfangreichen Strafmaßnahmen gegen Russland nach der Invasion in der Ukraine. [...] Doch funktioniert die Alternative zur bewaffneten Auseinandersetzung? Geht sie über eine politische Signalwirkung hinaus? In seinem jüngsten Friedensgutachten zieht das „German Institute for Global and Area Studies" (Giga) eine gemischte Bilanz. „Weniger als die Hälfte aller Sanktionen enden durch vollständige Zugeständnisse der Sanktionierten", heißt es dort. „Das macht deutlich, dass Sanktionen ein ambivalentes friedenspolitisches Instrument sind und ebenso wie militärische Interventionen in eine politische, diplomatische und wirtschaftliche Gesamtstrategie eingebettet sein müssen." Laut Giga gibt es aber auch „eindeutige Erfolge". Dazu gehörten das Ende des libyschen Atomwaffenprogramms (Sanktionen von 1978-2006), die Anti-Korruptions-Maßnahmen gegen Bulgarien (2007-2009) und die UN-Sanktionen zum Bürgerkrieg in der Elfenbeinküste (2003-2016). Auch die Sanktionen gegen Apartheid-Südafrika in den 1990er-Jahren gelten als Erfolg.

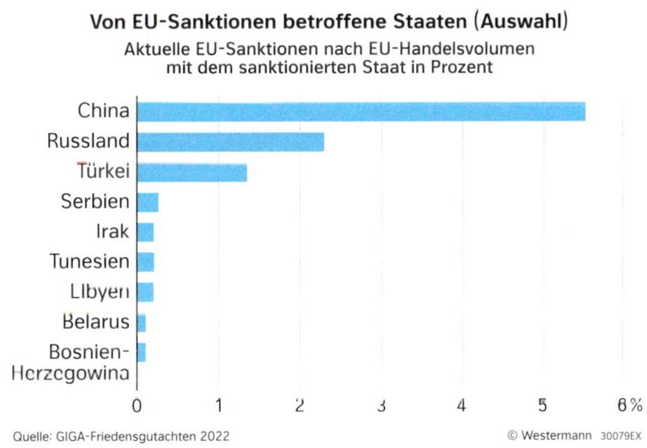

Astrid Prange de Oliveira, Wie wirken Sanktionen?, in: https://www.dw.com/de/iran-kuba-türkei-wie-wirken-sanktionen/a-62720563, 10.08.2022

2 **Recherchiert** und **benennt** Beispiele für jeweils eine Kriegstypologie (M 3).

3 **Beurteilt** anhand von M 4 den Erfolg von Sanktionen und ob diese als Wirtschaftskriege eine neue Kriegsform darstellen.

2.4 Islamistischer Terrorismus im 21. Jahrhundert

M1 Terrorismus – eine Definition

Terrorismus ist immanent politisch bezüglich seiner Ziele – dies unterscheidet ihn von ggf. sehr gewaltigen kriminellen Organisationen, die letztlich im Kern profitorientiert sind. Terrorismus wird von nichtstaatlichen Akteuren begangen und ist klar von Staatsterror, also dem Herrschen mit Angst und Schrecken als Methode des Regierens abzugrenzen. Terroristen üben illegitime Gewalt gegen Repräsentanten eines Staates bzw. gesellschaftliche oder politische Gemeinschaften aus oder drohen sie an. All dies führt zu einer gesellschaftlichen Stimmung der Angst, die über einzelne Taten und Opfer hinaus. Sie wird verstärkt durch die Unberechenbarkeit potenzieller Opfer, Ziele und Mittel. Die Tötung von Menschen oder Zerstörung von Infrastruktur folgt dabei keinem klassischen militärischen Kalkül, sondern muss als Kommunikationsstrategie verstanden werden, die mit massenmedialer Berichterstattung ihre volle Wirkung entfalten kann. Die Bandbreite terroristischer Akteure reicht von gut organisierten Netzwerken bis hin zu Einzeltätern. Ihr Wirkungsbereich kann nationale, regionale oder globale Züge annehmen.

Autorentext

M2 Ursprünge des islamistischen Terrorismus

In einer ganzen Reihe von Ländern des Nahen und Mittleren Ostens bestehen chronische Krisen der Gesellschaften, die zunehmend durch Hoffnungslosigkeit und Wut geprägt sind. Korrupte und unfähige Regierungen verweigern der eigenen Bevölkerung grundlegende politische Rechte. Eine wirtschaftliche Zukunftsperspektive besteht praktisch nicht. Massive Jugendarbeitslosigkeit und eine schamlose Spaltung der Gesellschaft in Arme und Reiche (letztere oft demonstrativ prowestlich) sind weit verbreitet. Ein weiterer Faktor für den islamischen Kulturkreis ist der Palästina-Konflikt. Er hat einen stark mobilisierenden Effekt und repräsentiert die Unterdrückung ganzer Völker. Gewalt und Terrorismus sind im Nahen und Mittleren Osten nicht neu und auch nicht erst mit dem aufkommenden Islamismus entstanden, werden aber heute mit religiösen Argumenten untermauert. Diese Argumentation wendet sich gegen die Ausbreitung westlicher Werte, Leitbilder, Lebens- und Konsumstile und gegen den dadurch drohenden Verlust der eigenen kulturellen Identität. Ohne diese Quellen würde der islamistische Terrorismus über kleine Grüppchen von Fanatikern nicht hinausgelangen. Bedeutsam ist dieser Terrorismus also nicht deshalb, weil er mit dem Koran argumentiert, sondern weil er über eine Basis in einigen Ländern verfügt, die aus den sozialen Realitäten entspringt.

Autorentext

M3 Der Islamische Staat (IS)

Beim „Islamischen Staat“ handelt es sich um eine islamistische Terrororganisation, deren Mitglieder sich zu einer radikalen Auslegung des sunnitischen Islam bekennen. Der Islamische Staat kontrollierte Teile Syriens und des Iraks. Hier hat die Organisation am 29. Juni 2014 ein Kalifat ausgerufen. Zur Zahl der IS-Kämpfer gibt es nur Schätzungen, die von einigen zehntausend bis zu mehreren hunderttausend reichen. Aufgrund der militärischen Erfolge gegen den Islamischen Staat sollen inzwischen viele ausländische Kämpfer in ihre Heimatländer zurückgekehrt sein.

Die Ideologie des IS besagt, dass sich das Kalifat langfristig auf das Gebiet der Staaten Syrien, Irak, Libanon, Israel, Palästina und Jordanien erstrecken soll. Im Einflussgebiet des IS gelten die Gesetze der Scharia, Frauen werden unter Androhung ihres Todes gezwungen, einen Schleier zu tragen. Der UN-Weltsicherheitsrat, die USA, Großbritannien, Frankreich und Deutschland haben die dschihadistisch-salafistische Gruppe als terroristische Vereinigung eingestuft.

In seinem Kerngebiet im Irak und in Syrien musste der Islamische Staat in den vergangenen Monaten empfindliche Niederlagen hinnehmen. Nach Angaben der internationalen Anti-IS-Koalition hat der Islamische Staat in Syrien mehr als 95 Prozent seines früheren Gebietes verloren. Vertrieben wurden der IS aus seinen Hochburgen Mossul im Irak sowie Rakka und Dair as-Saur in Syrien. Die Terrororganisation kontrolliert im Wesentlichen nur noch ein von Wüste geprägtes Gebiet an der Grenze zwischen beiden Ländern.

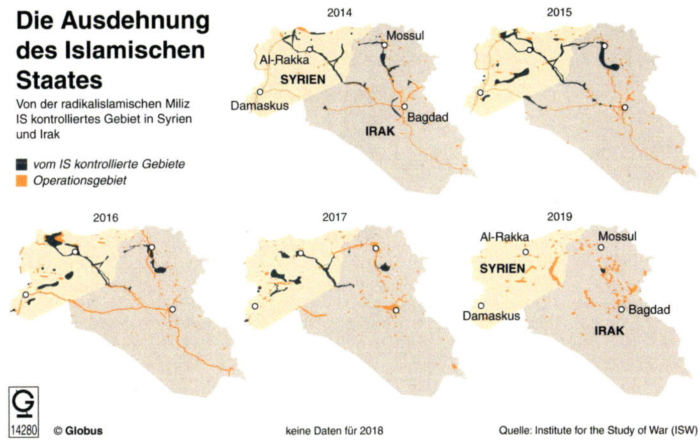

Der Islamische Staat (IS): Was ist der Islamische Staat?, in: https://www.lpb-bw.de/islamischer-staat, 15.11.2022

M4 Islamistische Terroranschläge

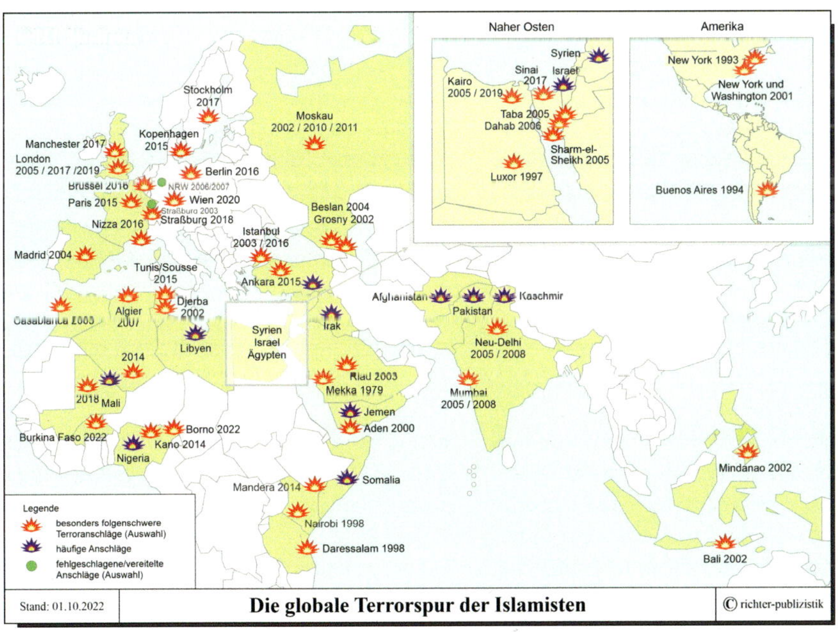

Anschlag der islamistischen Terrorgruppe al-Qaida auf das World Trade Center in New York am 11. September 2001

1 **Diskutiert** in Partnerarbeit, wie der Terrorismus im Alltag euer Leben beeinflussen kann und **präsentiert** eure Ergebnisse in Form eines medialen Produktes (M 1–M 4).

2 **Erläutert** die in M 2 angedeutete These: „Der islamistische Terrorismus ist nicht deshalb bedeutsam, weil er islamisch ist."

3 **Wertet** M 4 **aus** und **nehmt Stellung** dazu.

4 „Terroristen zielten früher auf bestimmte Personen, in der letzten Zeit töten sie wahllos möglichst viele unschuldige Menschen." **Bewertet** diese These (M 1–M 4).

5 Terrorismus, Staatsterror und Guerillakampf: **Definiert** und **vergleicht** die Begriffe mithilfe eines politischen Wörterbuchs (M 1–M 4).

2.5 Fragile Staaten

M1 Failed States und Terrorismus

Zeichnung: Chappatte

INFO

Failed State
engl.: gescheiterter Staat; ein Staat, der grundlegende staatliche Aufgaben wie die Gewährleistung der inneren Sicherheit oder eine ordentliche Gesundheitsversorgung für seine Bürger nicht mehr leistet bzw. leisten kann

M2 Fragile Staatlichkeit – eine Herausforderung für die Entwicklungspolitik

Generell gelten jene Staaten als fragil (zerbrechlich), in denen die Regierung nicht willens oder in der Lage ist, staatliche Grundfunktionen im Bereich Sicherheit, Rechtsstaatlichkeit und soziale Grundversorgung zu erfüllen. Staatliche Institutionen in fragilen Staaten sind sehr schwach oder vom Zerfall bedroht; die Bevölkerung leidet unter großer Armut, Gewalt, Korruption und politischer Willkür. Darüber hinaus bilden fragile und von Konflikten betroffene Staaten auch ein regionales und internationales Sicherheitsrisiko. Wenn staatliche Strukturen nicht mehr funktionieren, entstehen rechtsfreie Räume, die von Banden der organisierten Kriminalität und terroristischen Netzwerken genutzt werden. [...] Die Leitlinien [der Bundesregierung für die Zusammenarbeit mit fragilen Staaten] definieren staatliche Fragilität anhand von drei Dimensionen: die Durchsetzung des staatlichen Gewaltmonopols, die Fähigkeit zur Erbringung grundlegender staatlicher Dienstleistungen sowie die Akzeptanz des staatlichen Herrschaftsanspruchs durch das Volk (Legitimität). Häufig bestehen in allen drei Bereichen Defizite, die sich in ihren negativen Auswirkungen gegenseitig beeinflussen und zum Teil verstärken.

Es lassen sich sechs grundlegende Fragilitätsprofile unterscheiden:
1. „zerfallende" oder dysfunktionale Staaten mit erheblichen Schwächen in allen Dimensionen, häufig geprägt durch gewaltsame Auseinandersetzungen bis hin zu Bürgerkriegen;
2. „schwache" Staaten ohne Gewaltkonflikte, aber mit geringer Leistungsfähigkeit der staatlichen Institutionen, beispielsweise bei der Erbringung von Basisdienstleistungen;
3. „herausgeforderte" Staaten, die relativ handlungsfähig und legitim sind, aber erheblichen Sicherheitsbedrohungen (zum Beispiel durch lokale Milizen) ausgesetzt sind;
4. „illegitime" (und häufig repressive) Staaten, deren politische Ordnung trotz oder gerade wegen umfangreicher staatlicher Kontrolle von weiten Bevölkerungsteilen nicht als legitim akzeptiert ist und die daher nur scheinbar stabil sind;
5. mäßig funktionierende Staaten mit mittleren Ausprägungen von Fragilität in allen Dimensionen, wobei die Herausforderungen vor allem beim Gewaltmonopol (Bedrohungen beispielsweise durch Terrorismus oder organisierte Kriminalität) und bei der Leistungsfähigkeit liegen;
6. gut „funktionierende" Staaten mit hoher Legitimität, gesichertem Gewaltmonopol und ausgeprägter Fähigkeit, Basisdienstleistungen zu erbringen.

Fragile Staatlichkeit - eine Herausforderung für die Entwicklungspolitik, in: https://www.bmz.de/de/themen/fragile-staatlichkeit, 15.11.2022

1 **Interpretiert** die Karikatur (M 1).

2 **Beschreibt** die Ursachen für das Entstehen fragiler Staatlichkeit und **arbeitet** mögliche Folgen anhand der Dimensionen und Fragilitätsprofile **heraus** (M 2–M 4).

3 **Wertet** M 3 **aus.**

4 **Diskutiert** am Beispiel Somalia, ob bzw. wie dort staatliche Strukturen hergestellt werden können und **präsentiert** eure Ergebnisse (M 2–M 4).

M3 Die Zerbrechlichkeit von Staaten messen

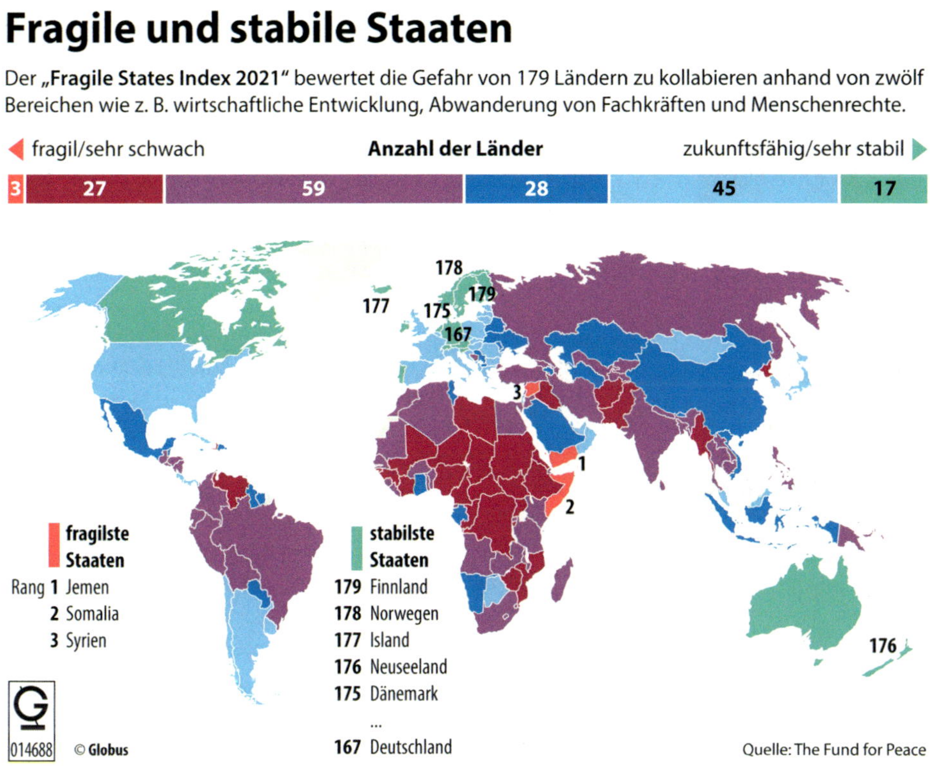

INFO

Fragile States Index
Der FSI bewertet u. a. folgende Indikatoren: politische (Grad des politischen Wettbewerbs, Rechtsstaatlichkeit, Souveränität, Umgang mit politischen Krisen), soziale (Diskriminierung, Umgang mit Naturkatastrophen, Wassermangel) und wirtschaftliche (Arbeitslosigkeit, Einkommens- und Vermögensverteilung, Staatsverschuldung).

M4 Beispiel Somalia

Wegen der [...] schlechten Sicherheitslage sind allgemeine Wahlen [...] immer noch nicht möglich. Deshalb wird noch einmal indirekt gewählt, wie schon 2016. Dass nun aber die politischen Spannungen derart eskalieren, hat einen anderen Grund, sagt Hussein Sheikh Ali. Er leitet den somalischen Think Tank Hiraal Institute: „Es gibt keine rechtliche Grundlage dafür, wie die Wahlen abgehalten werden müssen.“ [...] Denn der Staat im Wiederaufbau hat noch immer keine Verfassung. Zwar stimmte das erste Parlament 2012 mit überwältigender Mehrheit für einen Verfassungsentwurf [...]. Doch dieser Entwurf ist bis heute nicht ratifiziert. Deshalb ist die Arbeits- und Gewaltenteilung zwischen der Zentralregierung und den Bundesstaaten noch nicht geklärt. Statt hier für Klarheit zu sorgen, hat Präsident Farmajo während seiner Amtszeit in die Wahlen mehrerer Teilstaaten hineinregiert und sie so gegen sich aufgebracht. Einer seiner Konkurrenten bei der Wahl, von der heute niemand genau weiß, wann sie stattfinden wird, ist der ehemalige Präsident Hassan Sheikh Mohamud. Er kandidiert noch einmal für das höchste Staatsamt und nennt die wichtigsten Streitpunkte. „Wir machen uns vor allem wegen zwei Punkten ernsthafte Sorgen. Erstens geht es um die unabhängige Wahlkommission, die die Wahlen auf nationaler Ebene, in den Bundessstaaten und auf lokaler Ebene organisieren soll. In diese Kommission hat die Regierung Mitglieder des Geheimdienstes, Regierungsangestellte und anderer Bereiche geschickt, die mit der Organisation der Wahlen betraut werden sollten. [...] Zweitens schickt die Regierung Sondereinheiten von Polizei und Militär in Regionen, in denen die Lage gar nicht unsicher ist [...]. Dadurch wird sehr deutlich, dass die Bundesregierung die Wahlen fälschen will.“

Bettina Rühl, Das Warten auf Wahlen, in: https://www.deutschlandfunk.de/sicherheitslage-in-somalia-das-warten-auf-wahlen-100.html, 06.02.2021

2.6 Die UNO – Frieden schaffen ohne Waffen?

INFO

UNO
engl.: United Nations Organization, Organisation der Vereinten Nationen; internationale überstaatliche Organisation mit ständigem Sitz in New York zur Wahrung des Weltfriedens sowie zur Förderung der internationalen Zusammenarbeit

„Wir, die Völker der Vereinten Nationen - fest entschlossen, künftige Geschlechter vor der Geißel des Krieges zu bewahren, die zweimal zu unseren Lebzeiten unsagbares Leid über die Menschheit gebracht hat, [...] haben beschlossen, in unserem Bemühen um die Erreichung dieser Ziele zusammenzuwirken." Mit diesem Satz beginnt die Charta der Vereinten Nationen, die am 25. Juni 1945 in San Francisco von Delegierten aus 50 Ländern einstimmig verabschiedet und am 24. Oktober desselben Jahres ratifiziert wurde: die Geburtsstunde der Vereinten Nationen.

M1 Skulptur vor dem UN-Sitz in New York

M2 „Hilfe!"

Zeichnung: Gerhard Mester

Vor dem Hintergrund zweier Weltkriege und dem Scheitern des Völkerbundes wollten die Unterzeichner ein Staatenbündnis schaffen, das künftige Kriege verhindern und Kooperation gewährleisten soll. Die Charta der Vereinten Nationen befürwortet eine umfassende Friedensvorstellung im Sinne eines globalen dynamischen Prozesses an dessen Ende soziale Gerechtigkeit, die Respektierung und Durchsetzung der Menschenrechte sowie gutnachbarliche Beziehungen zwischen allen Ländern gewährleistet sind. Ein Blick in Präambel und Artikel 1 der UN-Charta zeigt, dass die UNO für alle Menschheitsprobleme von internationaler Bedeutung Zuständigkeiten besitzt. Zur Umsetzung ihres Auftrags nutzt sie, neben ihren Hauptorganen, ihre Unterorganisationen wie z. B. UNHCR (Hilfe für Flüchtlinge), UNICEF (Kinderhilfswerk) oder UNESCO (Bildung, Wissenschaft und Kultur).

Die zentralen Ziele der Vereinten Nationen sind im ersten Kapitel der Charta aufgelistet:

- Weltfrieden und internationale Sicherheit wahren;
- friedliche Schlichtung aller Streitigkeiten;
- Verzicht auf Gewaltanwendung;
- Gleichheit und nationale Souveränität aller Staaten achten;
- freundschaftliche Zusammenarbeit zur Friedenssicherung fördern;
- internationale Zusammenarbeit fördern, um wirtschaftliche, soziale, kulturelle und humanitäre Probleme zu lösen;
- Achtung der Menschenrechte und Grundfreiheiten ungeachtet der Rasse, des Geschlechts, der Sprache oder der Religion.

M3 Der UN-Sicherheitsrat

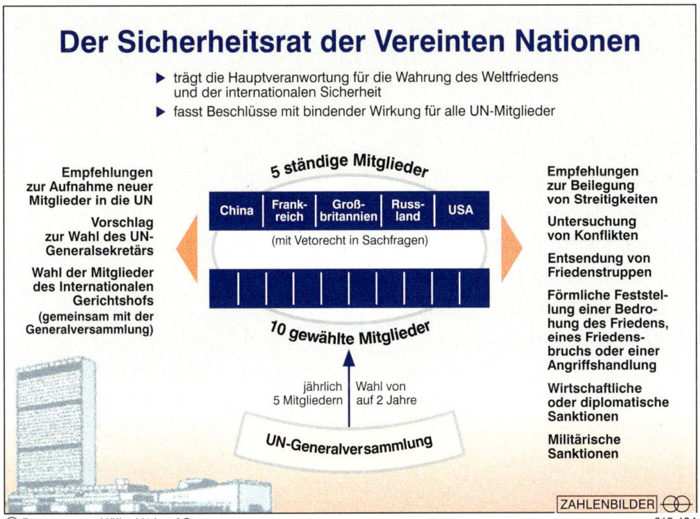

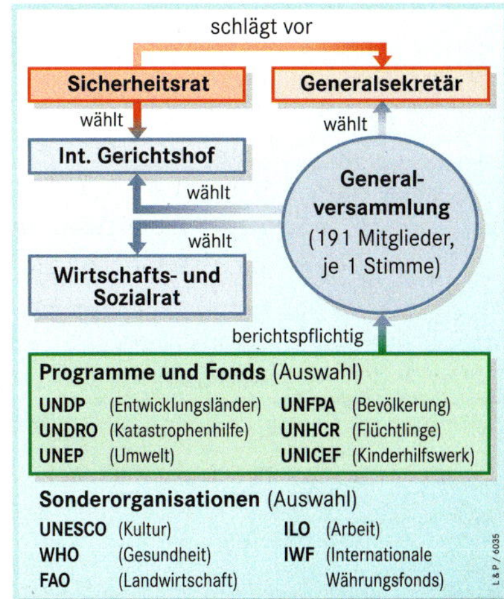

M4 Probleme der UNO

Die Vereinten Nationen sind die einzige globale Organisation, in der mit 193 Staaten fast alle Länder in einem dauerhaften Dialog stehen und die so dem Ziel, Konflikte ohne Waffen zu regeln, sehr nahe kommt. Keine andere Organisation kann über entsprechende Resolutionen Vorhaben und Eingriffe in andere Staaten völkerrechtlich legitimieren. In der Praxis gelingt dies aber nur bedingt: Im Weltsicherheitsrat verfügen die fünf ständigen Mitglieder (China, Frankreich, Großbritannien, Russland und die USA) über die Möglichkeit, ein Veto gegen einen Beschluss des wohl wichtigsten UN-Organs einlegen zu können. So gab es immer wieder Situationen, in der eine UN-Resolution von einem der fünf Staaten gestoppt wurde. So scheiterte beispielweise eine Resolution gegen den syrischen Diktator Assad 2012, weil China und Russland aus geopolitischen und wirtschaftlichen Gründen Sanktionen nicht zustimmen wollten. Daneben zeigen auch die Blauhelmsoldaten, die die UNO für Friedenserhaltung (engl.: peacekeeping) einsetzt, große Schwächen: Einerseits fehlt ihnen oft die militärische Stärke – so kam es in Ruanda 1994 trotz UN-Präsenz zu einem Völkermord – und andererseits verlieren sie auch an Bedeutung, da z. B. die NATO zunehmend selbst militärische Aufgaben außerhalb ihres Bündnisgebiets übernimmt. Zugleich unterstellen manche den Vereinten Nationen eine Art „Zweiklassengesellschaft“: Konflikte, die die westlichen Industrieländer betreffen, werden sofort besprochen, Konflikte in anderen Ländern dagegen häufig nicht näher betrachtet oder auf die lange Bank geschoben. Vor dem Hintergrund dieser Probleme wird u. a. von Deutschland eine Reform des UN-Sicherheitsrates eingefordert, indem die Anzahl der Mitglieder (von 16 auf 24) erhöht wird, sodass alle Weltregionen hier gleichermaßen stark vertreten sind. Zugleich beansprucht Deutschland einen dauerhaften Sitz im Weltsicherheitsrat.

Autorentext

INFO

Veto
Einspruch

Resolution
völkerrechtlich verbindlicher Beschluss der UNO

WEBCODE

WES-116803-203
Einfach erklärt: Die UN und der Sicherheitsrat

1 **Beschreibt** M 1 und erklärt dessen Aussage.

2 **Interpretiert** M 2 und geht dabei auf die dargestellte Rolle der UNO und die möglichen Probleme ein.

3 **Gestaltet** entweder ein Plakat, einen Lexikoneintrag oder einen Kurzvortrag, in dem ihr die Aufgaben und den Aufbau der UNO (M 3) **erklärt**.

4 **Diskutiert**, ob die UNO vor dem Hintergrund der in M 4 dargestellten Probleme ihrer Funktion „Frieden schaffen ohne Waffen?“ nachkommen kann.

2.7 Der Internationale Strafgerichtshof – effektives Instrument zur Verfolgung von Kriegsverbrechen?

M 1 Der Arm des Gesetzes?

Zeichnung: Chappatte

Die ersten Kriegsverbrechertribunale setzte noch der UN-Sicherheitsrat in den 1990er-Jahren ein. Diese verhandelten über die Kriegsverbrechen und Völkermorde in Ruanda und Jugoslawien. Schließlich entstand 1998 der Internationale Strafgerichtshof (IStGH) mit Sitz in Den Haag.

M 2 Der Internationale Strafgerichtshof

INFO

Tribunal
Gerichtshof

Wer ein Verbrechen begeht, wird vor Gericht gestellt und verurteilt. Sehr viel schwieriger aber ist es, ein Verbrechen zu bestrafen, das im Auftrag eines Staates begangen wurde. Oft schon wurden große Grausamkeiten in einem Krieg verübt und die Täter kamen davon. Die UNO entschied deshalb 1998, den Internationalen Strafgerichtshof, abgekürzt IStGH, einzurichten. Seit 2002 arbeitet er im holländischen Den Haag. Der Strafgerichtshof arbeitet zwar mit der UNO zusammen, er ist aber eine unabhängige internationale Organisation. [...] Hauptaufgabe des IStGH ist die Verfolgung und Bestrafung schwerster Verbrechen von internationaler Bedeutung. Dazu gehören Völkermord, Verbrechen gegen die Menschlichkeit und Kriegsverbrechen. Wenn ein Land ein anderes Land grundlos angreift, also einen Angriffskrieg führt, dann wird der Gerichtshof tätig. Angeklagt werden können nur Personen, die aus einem Land kommen, das die Arbeit des IStGH unterstützt. Das sind derzeit 124 Staaten der Welt, die EU-Länder gehören dazu. Die USA haben erklärt, dass sie mit dem IStGH nicht zusammenarbeiten wollen. Auch China, Indien, Israel, Kuba, Russland, Pakistan und andere Staaten haben ihn noch nicht anerkannt. Die erste Verhandlung vor dem IStGH fand im Januar 2009 gegen den kongolesischen Milizenführer Thomas Lubanga statt. Er soll unter anderem Kindersoldaten zum Kriegseinsatz gezwungen haben. [...]
Vor dem Internationalen Gerichtshof werden Konflikte zwischen verschiedenen Staaten verhandelt. Vor dem Internationalen Strafgerichtshof wird gegen einzelne Verantwortliche dieser schweren Verbrechen verhandelt und geurteilt.

Internationaler Strafgerichtshof (IStGH), in: Gerd Schneider/Christiane Toyka-Seid, Das junge Politik-Lexikon von www.hanisauland.de, BpB: Bonn 2023, https://www.bpb.de/kurz-knapp/lexika/das-junge-politik-lexikon/320545/internationaler-strafgerichtshof-istgh/

1 **Analysiert** die Karikatur (M 1).
2 **Erklärt** die Entstehung sowie die Ziele des Internationalen Strafgerichtshofs (M 2).
3 **Erörtert** die Stärken und die Schwächen des IStGH (M 2–M 4) und **vergleicht** diese mit der Aussage der Karikatur (M 1).

M3 Der lange Weg nach Den Haag

Was ist uns Gerechtigkeit wert? Rund 162 Millionen Euro hat der Internationale Strafgerichtshof (IStGH) in Den Haag für das aktuelle Jahr an Budget zur Verfügung. Viel Geld freilich, aber gut investiertes, oder?
Immerhin soll das Gericht nichts weniger leisten, als die schlimmsten Verbrechen unserer Zeit zu untersuchen und zu verurteilen. Ein entschiedener, wenngleich oft mühevoller Kampf gegen Völkermord, Verbrechen gegen die Menschlichkeit, Kriegsverbrechen und das Verbrechen der Aggression in aller Welt. Wer könnte das nicht befürworten?
70 von 193 UNO-Staaten – um exakt zu sein. 70 Staaten, die rund 70 Prozent der Weltbevölkerung auf sich vereinen – haben das Römische Statut von 1998 nicht unterzeichnet und respektieren damit die Rechtsprechung des IStGH nicht oder nur in den seltensten Fällen. [...] Russland ist einer dieser Staaten. China und die USA ebenso. Die USA haben kurz nach der feierlichen Eröffnung des Strafgerichtshofs 2002 mit dem American Service-Members' Protection Act gar ein Gesetz verabschiedet, wonach der US-Präsident Maßnahmen ergreifen darf, um US-Bürger vor Strafverfolgung durch den IStGH zu schützen und sie notfalls mit Waffengewalt aus dessen Haft zu befreien. Schwierige Startbedingungen also für eine Institution, die den Verlauf der Geschichte befrieden sollte. Schon in der Zwischenkriegszeit und nach 1945 hatte man um die Erschaffung eines Weltstrafgerichts, das einzelne Menschen für ihre Gräueltaten verurteilt, gerungen. Dass es um die Jahrtausendwende letztlich trotz Ablehnung bedeutender Staaten dennoch klappte, das Gericht einzusetzen, ist für Cuno Tarfusser, Ex-Vizepräsident und Ex-Richter am IStGH, nach wie vor „ein Wunder".

Fabian Sommavilla, Der lange Weg nach Den Haag, in: https://www.derstandard.de/story/2000134967768/der-lange-weg-nach-den-haag, 16.04.2022

INFO
Römisches Statut des Internationalen Strafgerichtshofs, die Vertragsgrundlage des IStGH

M4 Punkt fürs Völkerrecht

Der Internationale Gerichtshof in Den Haag [...] hat [...] [am 16. März 2022] ein Urteil gesprochen. Tenor: Putins Krieg [gegen die Ukraine] sei völkerrechtswidrig. Er müsse sofort aufhören. Aber dieses Urteil ist nicht vollstreckbar. Muss es den Kreml bekümmern? Ja, und dafür hat ausgerechnet die russische Regierung selbst gesorgt. Es ist nicht zu unterschätzen, dass sie sich auf das Verfahren in Den Haag eingelassen und sich zu den gegen sie erhobenen Vorwürfen geäußert hat. Die Vorwürfe lauteten: Russland lüge der Welt etwas vor, indem es von einem ukrainischen „Völkermord" gegen russischstämmige Menschen fabuliere. Moskau hat dem Gerichtshof einen Schriftsatz mit Argumenten geschickt. Es ist beachtlich, dass die russische Regierung sich sogar bemüht hat, eine Argumentation zu finden, mit der sie eine Chance haben würde, die Richter auf ihre Seite zu ziehen. So kann Moskau dem Gericht schwerlich im Nachhinein die Autorität absprechen. Man kann nur staunen: Russland ist zurückgerudert. Russland hat vor dem Gerichtshof argumentiert, dass die Behauptung Putins, die Ukraine verübe einen „Völkermord" gegen russischstämmige Menschen, nicht wörtlich gemeint gewesen sei, jedenfalls nicht im Sinne der Völkermordkonvention von 1948. Eine völkerrechtlich bindende Klarstellung der Richter, dass sein Krieg dennoch illegal ist, schwächt nun Putin. In internationalen Institutionen darf nun niemand mehr neutral sein. Und auf diese neue völkerrechtliche Klarheit könnten sich auch kleine Staaten, die sich Moskaus Wünschen nach Unterstützung im Krieg schwer widersetzen können, nun berufen.

Ronen Steinke, Punkt fürs Völkerrecht, in: https://www.sueddeutsche.de/meinung/kommentar-voelkerrecht-putin-krieg-1.5549036, 16.03.2022

INFO
Kreml Amtssitz des russischen Präsidenten (Wladimir Putin) in Moskau

QUERVERWEIS
Der Russisch-Ukrainische Krieg S. 85–89

4 **Erarbeitet** Pro- oder Kontra-Argumente zu der Problemfrage (M 2–M 4): „Der Internationale Strafgerichtshof – ein effektives Instrument zur Verfolgung von Kriegsverbrechen?" **Verteidigt** eure Position anschließend in einem Kugellager.

2.8 Die NATO – Frieden schaffen mit Waffen?

INFO

NATO
engl.: North Atlantic Treaty Organization, Nordatlantikpakt; 2022 beantragten Schweden und Finnland die Mitgliedschaft in der NATO

GLOSSAR

NATO

WEBCODE

WES-116803-204
Einfach erklärt: Die NATO

M1 Die Mitgliedsländer der NATO

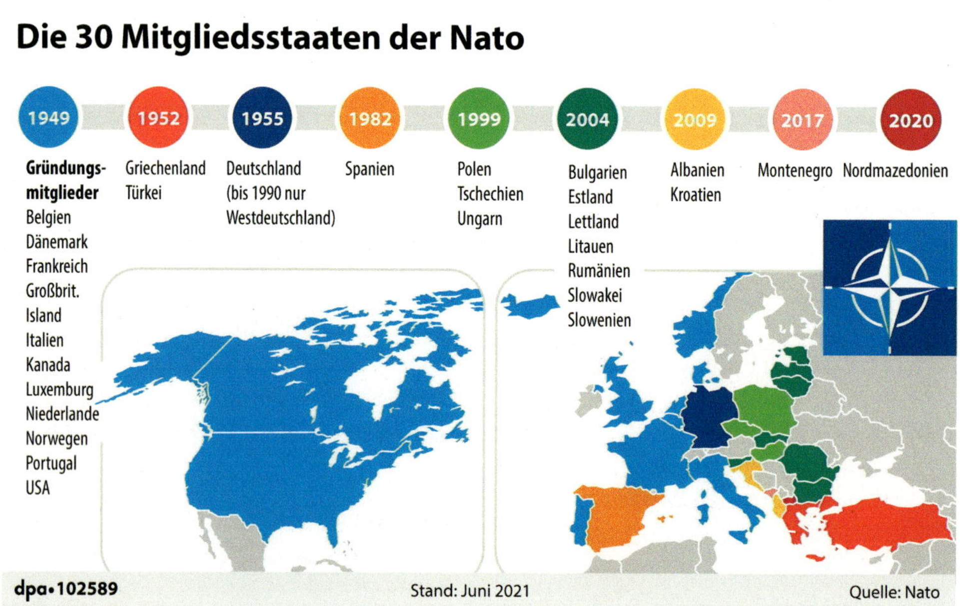

M2 Die NATO …

… im Jahr 1989

Zeichnung: Jupp Wolter

… im Jahr 1999

Zeichnung: Egon Kaiser

M3 Die NATO im Kalten Krieg

Die Gründung der NATO ist nur vor dem Hintergrund der Entwicklung des Ost-West-Konflikts zu verstehen. [...] Als wichtigste Aufgabe setzte sich die Allianz den Schutz sämtlicher NATO-Partner gegen eine mögliche Aggression. Ein bewaffneter Angriff gegen einen oder mehrere von ihnen in Europa oder Nordamerika wird als Angriff auf alle Mitglieder gewertet. Neben der militärischen sieht der Vertrag aber auch die politische, soziale, ökonomische und kulturelle Zusammenarbeit vor. Die Allianz setzt sich somit nicht zuletzt die Verteidigung einer „Lebensform" zum Ziel. [...] Als Reaktion auf den Beitritt der Bundesrepublik wurde unter Führung der Sowjetunion am 14. Mai 1955 der Warschauer Pakt gegründet. Damit waren die Interessensphären abgesteckt. [...] Militärische Aufgabe der NATO war die Verteidigung des Bündnisterritoriums gegen eine Invasion – eine Aufgabe, die unter den spezifischen Bedingungen des Ost-West-Konflikts ausschließlich durch Abschreckung, das heißt die bloße Androhung von Gewalt, wahrgenommen werden konnte. Das Ziel war also, die NATO zu haben, um sie nicht einsetzen zu müssen.

Johannes Varwick, Eine Erfolgsgeschichte, in: Das Parlament, Nr. 1-2/2009, https://www.das-parlament.de/2009/01_02/Themenausgabe/23184210-297346

INFO

Warschauer Pakt
Im Westen gebräuchliche Kurzform für den am 14.5.1955 gegründeten militärische Beistandspakt des Ostblocks, dem die DDR offiziell am 28.1.1956 als Mitglied beitrat und der sich am 31.3.1991 auflöste.

M4 Die NATO heute – ein neues Verteidigungsbündnis?

Auf dem [...] NATO-Gipfel am 29./30. Juni 2022 in Madrid wurden Entscheidungen zur Umsetzung der Reformagenda „NATO 2030" getroffen. Die NATO hat ein neues strategisches Konzeptbeschlossen, in dem Russland als die „größte Bedrohung" für Sicherheit und Frieden bezeichnet wird. Das NATO-Budget soll erhöht, die schnelle Eingreiftruppe von derzeit etwa 40 000 Soldaten und Soldatinnen auf 300 000 aufgestockt werden. In Folge des Krieges Russlands gegen die Ukraine befände sich die NATO in einer grundlegenden Umgestaltung und verfolge nun eine neue Strategie bezüglich ihrer Militärpräsenz an der Ostflanke. Ferner konnte in Bezug auf einen NATO-Beitritt Finnlands und Schwedens bereits am Vortag des Gipfels eine Einigung erzielt werden. Nachdem die beiden Länder ihren Beitrittsantrag eingereicht hatten, hatte die Türkei in der vergangenen Woche den Beginn des Aufnahmeverfahrens zunächst blockiert. Nun ist der Weg frei für einen Beitritt Finnlands und Schwedens in die NATO, das Verfahren zur Aufnahme wurde offiziell gestartet. Gastgeber Spanien hatte vor dem Gipfel zudem gefordert, neben dem russischen Angriffskrieg in der Ukraine und der NATO-Norderweiterung auch die Bedrohungen an der Südflanke des Verteidigungsbündnisses anzugehen. Spanien sieht sich mit Nachbarn in Nordafrika konfrontiert, die untereinander zerstritten sind.

Die NATO: NATO-Gipfel im Juni 2022 und Sondersitzungen anlässlich des Krieges in der Ukraine, in: https://osteuropa.lpb-bw.de/nato-gipfeltreffen, 15.11.2022

1 **Stellt** mithilfe von M 1 die Verteilung der Mitgliedstaaten der NATO auf der Welt **dar**. Geht dabei auch auf mögliche Folgen ein.

2 **Beschreibt** die Entwicklung und den Wandel der NATO (M 1–M 3) und **interpretiert** anschließend die Karikaturen in M 2.

3 **Wertet** die Karte in M 4 **aus**.

4 **Problematisiert** die aktuellen und zukünftigen Herausforderungen der NATO (M 1–M 4) und **beurteilt**, ob die NATO dazu dienen kann, Frieden mit Waffen zu schaffen.

QUERVERWEIS

Der Russisch-Ukrainische Krieg
S. 85–89

2.9 Die Bundeswehr – nur bedingt einsatzbereit?

M1 Deutsche Sicherheitspolitik im Wandel

Das sicherheitspolitische Umfeld Deutschlands ist in den letzten Jahren noch komplexer und volatiler geworden. Sicherheitspolitische Entwicklungen gewinnen zunehmend an Dynamik und sind immer schwieriger vorhersehbar. Die internationale Ordnung ist im Umbruch. Transnationaler Terrorismus, zwischenstaatliche Konflikte, fragile Staatlichkeit, Klimawandel, humanitäre Katastrophen sowie unkontrollierte und irreguläre Migration: Das Gefährdungsspektrum für Frieden und Sicherheit ist heute vielfältiger und unberechenbarer denn je. Neben konventionelle Bedrohungen treten neue Herausforderungen wie hybride Kriegführung und Angriffe im Cyberraum. Dies bedeutet: Die Anforderungen an Deutschlands Sicherheitspolitik haben sich grundlegend gewandelt. [...] Die Abwehr solcher aktuellen Gefahren ist ebenso Kern deutscher Sicherheitspolitik wie konventionelle Aufgaben aus den vergangenen zwei Jahrzehnten. Hierzu zählen etwa die internationale Konfliktverhütung und Krisenbewältigung. Zusätzlich erhöht das Wiedererstarken klassischer Machtpolitik die Gefahr gewaltsamer zwischenstaatlicher Konflikte – wie das Beispiel des russischen Vorgehens in der Ukraine zeigt. Damit tritt die Notwendigkeit der Landes- und Bündnisverteidigung wieder stärker in den Vordergrund.

QUERVERWEIS
Der Russisch-Ukrainische Krieg
S. 85–89

Sicherheitspolitik, in: https://www.bmvg.de/de/themen/sicherheitspolitik, 15.11.2022

M2 Die Bundeswehr – eine Parlamentsarmee

Die Bundeswehr hat laut Grundgesetz (Art. 87a, Abs. 1, Satz 1) den Auftrag, die Bundesrepublik Deutschland zu verteidigen. Seit 1990 hat sich das Aufgabenspektrum der Bundeswehr in Richtung Auslandseinsätze verschoben. Die Kriterien dafür hat das Bundesverfassungsgericht in seinem Urteil vom 12. Juli 1994 („Out-of-area-Urteil") wie folgt festgelegt:

- Einsatz im Rahmen der NATO-Mitgliedschaft der Bundesrepublik Deutschland
- Mandatierung durch den UN-Sicherheitsrat
- mehrheitliche Zustimmung des Deutschen Bundestages („Parlamentsarmee").

Autorentext

M3 Was Sicherheit kostet

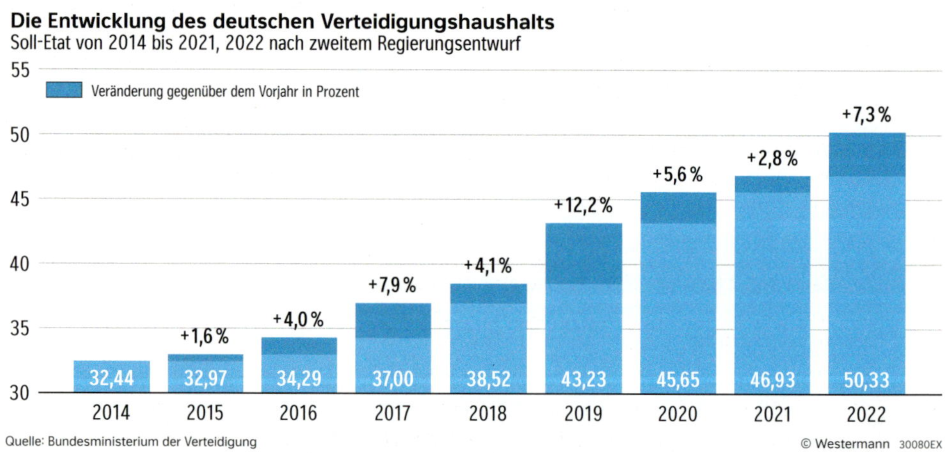

M4 Das Sondervermögen der Bundeswehr

Vor dem Hintergrund des russischen Angriffs auf die Ukraine beschloss der Bundestag auf Initiative der Bundesregierung 2022 ein sogenanntes Sondervermögen in Höhe von 100 Milliarden Euro, mit dem verteidigungspolitische Defizite der Bundeswehr aus den letzten Jahrzehnten einmalig ausgeglichen werden sollen. Beschafft werden sollen u. a. Kampfjets, Transporthubschrauber und Schützenpanzer. Finanziert wird das Sondervermögen über eine entsprechend hohe Neuverschuldung des Bundes, die über eine Änderung des Grundgesetzes rechtlich geregelt ist.

Zwar ist das Sondervermögen bereits beschlossen, doch [...] [bedürfe die] Einrichtung des Fonds [...] [einer] Grundgesetzänderung [um] von der Schuldenbremse ausgenommen [zu] werden. Dies sei ein Manöver der Ampel-Regierung, um die Schuldenbremse nicht lockern zu müssen, moniert [der Vorsitzende der Gewerkschaft Verdi, Frank] Werneke. Damit enge sie ihren Handlungsspielraum fahrlässig ein. „Es muss mindestens sichergestellt werden, dass die zusätzliche Verschuldung in Höhe von 100 Milliarden Euro nicht zulasten dringend nötiger sozialpolitischer Aufgaben gestemmt wird – was droht, wenn das Zwei-Prozent-Ziel der Nato dauerhaft eingehalten werden soll“, sagt Werneke. Die Ausrüstungsmängel bei der Bundeswehr seien unstrittig, gerade deshalb brauche es statt gigantischer Rüstungsprojekte eine nachhaltige Verbesserung der Bundeswehr bei Ausrüstung und Infrastruktur. „Es kann nicht sein, dass es an Schutzkleidung für Soldatinnen und Soldaten mangelt, in die Kasernen reinregnet und Beschäftigte bei ausgegliederten Bundeswehr-Töchtern noch nicht einmal Tariflohn erhalten. Und das, obwohl der Verteidigungsetat in den letzten Jahren ohnehin schon massiv angestiegen ist. Gleichzeitig verschwinden Jahr für Jahr Aber-Milliarden Euro sang- und klanglos im Beschaffungswesen. Das muss ein Ende haben“, betont Werneke. Er bedauert zudem, dass sich Ampelkoalition und Union auf einen sehr engen Sicherheitsbegriff verständigt hätten, der vor allem auf Material und Waffen fokussiere. Andere maßgebliche Aspekte wie die Verbesserung der Cybersicherheit, vor allem aber die Stärkung der Entwicklungszusammenarbeit blieben außen vor. Damit werde eine große Chance auf nachhaltige Vorsorge und Sicherheit vertan.

Kritik an Grundgesetzänderung zum Bundeswehr-Sondervermögen, in: https://www.verdi.de/themen/politik-wirtschaft/++co++b7a7bc18-e26e-11ec-aae8-001a4a160129, 02.06.2022

INFO

Schuldenbremse
Seit 2009 begrenzt diese verfassungsrechtliche Regelung (Art. 109 Abs. 3 GG) die regulär zulässige jährliche Neuverschuldung von Bund und Ländern. So ist z. B. für den Bund seitdem nur noch eine Nettokreditaufnahme von maximal 0,35 Prozent des Bruttoinlandsproduktes zulässig.

M5 Könnte die Bundeswehr Deutschland verteidigen?

Die Bundeswehr, das Heer, das ich führen darf, steht mehr oder weniger blank da.

Alfons Mais, Inspekteur des Heeres im Februar 2022

Wir sind nicht führungsfähig. Wir können nicht kommunizieren mit anderen Nationen, wenn wir ausbilden, wenn geübt wird und wenn‘s in den Einsatz geht, weil unsere Funkgeräte so alt sind.

Eva Högl, Wehrbeauftragte des Bundestages im Mai 2022

1. **Erklärt** die Rolle der Bundeswehr in der deutschen Sicherheitspolitik (M 1) und geht dabei auch auf den Begriff „Parlamentsarmee“ (M 2) ein.
2. **Wertet** M 3 **aus.**
3. **Diskutiert**, ob der Zustand der Bundeswehr mit noch mehr Geld verbessert werden kann (M 3, M 4). **Formuliert** anschließend einen Leserbrief an Alfons Mais oder Eva Högl, indem ihr euch kritisch mit ihren Aussagen über den Zustand der Bundeswehr **auseinandersetzt** (M 5).

2.10 Fallbeispiel Afghanistan

M1 Chronologie des Afghanistan-Konflikts

- 24.-27.12.1979: Einmarsch der Sowjettruppen in Afghanistan.
- 1980: Wachsender Widerstand der Mudschaheddin gegen die Sowjets. Die USA, Pakistan, China, Ägypten, der Iran und Saudi-Arabien unterstützen die Glaubenskrieger finanziell und mit Waffen.
- 1986: Die USA statten die Mudschaheddin mit Luftabwehrraketen aus.
- 1989: Sowjetische Truppen ziehen aus Afghanistan ab.
- 1993: Die Taliban-Miliz entsteht im Rahmen eines Bürgerkriegs und erobert im Jahr darauf Kandahar, die zweitgrößte Stadt des Landes.
- 1996: Die Taliban übernehmen die Kontrolle in der Hauptstadt Kabul. Dort setzen sie strikte islamische Sitten durch.
- 1998: Die USA feuern als Vergeltung für Terroranschläge auf zwei US-Botschaften in Kenia und Tansania Raketen auf das Trainingslager Osama bin Ladens in Afghanistan.
- 1999: Der UN-Sicherheitsrat verhängt Wirtschaftssanktionen gegen die Taliban, weil sie Osama bin Laden nicht ausliefern.
- 9.9.2001: Zwei Selbstmordattentäter ermorden Ahmad Schah Massud, den Militärchef der Nordallianz, die die Taliban bekämpft.
- 11.9.2001: Selbstmordattentäter zerstören das World Trade Center in New York.
- 7.10.2001: Bombenangriffe der USA und Großbritanniens gegen Ausbildungslager Osama bin Ladens und das Taliban-Regime.
- November 2001: US-Koalition fällt in Afghanistan ein und stürzt die Taliban.
- 20.12.2001: Der UN-Sicherheitsrat erteilt das Mandat zum Einsatz der International Security Assistance Force (ISAF) in Kabul und Umgebung. Die ISAF soll die Sicherheit im Land herstellen und den Wiederaufbau ermöglichen.
- 22.12.2001: Interimsregierung unter dem Paschtunen Hamid Karsai tritt ihr Amt an.
- 2003: NATO übernimmt ISAF-Kommando.
- 7.12.2004: Vereidigung des direkt gewählten Staatspräsidenten Karsai.
- Oktober 2006: Die ISAF übernimmt das Kommando in ganz Afghanistan.
- April 2021: Internationale Truppen ziehen aus Afghanistan ab.

Joshua Schößler, Afghanistan: Geschichte eines gebeutelten Landes, in: https://www.fr.de/politik/afghanistan-geschichte-krieg-taliban-nato-usa-sowjetunion-kabul-90926281.html, 18.08.2021

FILMTIPP

Der Krieg des Charlie Wilson (2007)
Die Politsatire von Mike Nichols schildert die erfolgreichen Bemühungen des US-Politikers Charlie Wilson in den 1980er-Jahren den Kampf der Mudschaheddin gegen die sowjetischen Besetzung Afghanistans mit Geld und Waffen zu unterstützen.

INFO

Osama bin Laden
Der 1957 geborene islamistische Terrorist entstammte einer reichen Familie in Saudi-Arabien. Ursprünglich eher weltoffen, radikalisierte er sich Ende der 1970er-Jahre. So kämpfte er zunächst unterstützt durch die USA im Widerstand der afghanischen Mudschaheddin gegen die sowjetische Besatzung. Unter dem Eindruck des Abzugs der sowjetischen Truppen aus Afghanistan begründete er die Terrororganisation al-Qaida und begann, mit terroristischen Mitteln die westliche Welt, vor allem die USA, zu bekämpfen (u. a. Anschlag auf das World Trade Center in New York am 11. September 2001). Am 2. Mai 2011 wurde er durch US-Spezialkräfte in Pakistan getötet.

M2 Der ISAF-Einsatz in Afghanistan

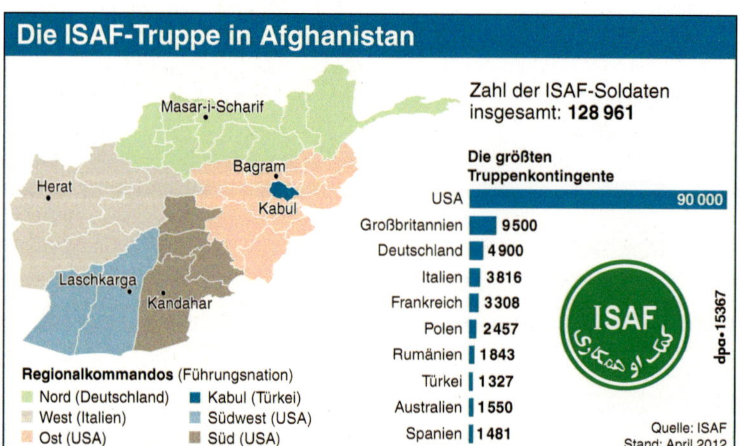

M3 Die Taliban – eine islamistische Bewegung

Afghanische Islamisten gründeten die Taliban-Bewegung in den frühen 1990er-Jahren. Der Name ist vom arabischen Wort „talib“ (Student) abgeleitet. Ihren Ausgang nahm die Bewegung an sunnitisch-islamischen Koranschulen in Pakistan, wo afghanische Männer studierten, die vor der sowjetischen Besatzung ab 1979 geflohen waren. Ab Herbst 1994 eroberten die Taliban weite Teile von Afghanistan. Zwei Jahre später, am 27. September 1996, übernahmen sie mit dem Einmarsch in Kabul die Macht im Land. Die Taliban wollen nach ihrem Eroberungsfeldzug ein „Islamisches Emirat Afghanistan“ errichten. Was das bedeutet, zeigt sich an ihrer Herrschaft von 1996 bis 2001. Die Situation von damals weckt Erinnerungen an heute. [...]

Die Taliban-Herrschaft basierte auf einer strengen Auslegung des islamischen Rechts, der Scharia. Verboten waren etwa Musik, Tanz und Fernsehen. Frauen durften nicht mehr arbeiten, Mädchen nicht mehr zu Schule gehen. Eine Religionspolizei überwachte die Einhaltung der Vorschriften. Versäumte Gebete, Nagellack oder etwa zu kurze Bärte wurden mit Prügel, Peitschen oder Misshandlung bestraft. Die USA machten die Taliban für die Terroranschläge vom 11. September 2001 mitverantwortlich und stürzten daraufhin gemeinsam mit ihren Verbündeten die Taliban-Herrscher im Dezember desselben Jahres. Viele Kämpfer zogen sich nach Pakistan zurück. Dennoch waren die Taliban in Afghanistan weiterhin präsent und haben zuletzt auch (vor allem ländliche) Teile des Landes kontrolliert. Die genaue Finanzlage der Taliban ist unklar. Ihre Einnahmen werden nach UN-Angaben auf 300 Millionen bis 1,5 Milliarden Dollar pro Jahr geschätzt, die sie unter anderem durch Rauschgiftproduktion, Erpressung von Unternehmen und andere kriminelle Geschäfte erzielen. In den von ihnen kontrollierten Gebieten treiben sie UN-Beobachtern zufolge Steuern ein. Die [US-Regierung] [...] [wirft] Pakistan, Iran und Russland vor, die Taliban auszurüsten und ihnen beratend zur Seite zu stehen. Alle drei Länder weisen die Vorwürfe zurück.

Johanna Sagmeister, Wer sind die Taliban?, in: https://www.zdf.de/nachrichten/politik/afghanistan-taliban-hintergrund-100.html, 17.08.2021

INFO

Abzug aus Afghanistan

Die USA und die Taliban vereinbarten im Februar 2020 ein Friedensabkommen (ohne Beteiligung der afghanischen Regierung). Die NATO sagte in diesem Zusammenhang einen Truppenabzug innerhalb der nächsten 14 Monate zu. Überall dort, wo die westlichen Truppen nach und nach abzogen, verlor die afghanischen Regierung rasch die Kontrolle über diese Gebiete und die Taliban übernahmen in diesen Regionen die Macht, am Ende auch in der afghanischen Hauptstadt Kabul.

M4 Die Rückkehr der Taliban an die Macht

Der Vormarsch der Taliban bis zur Eroberung Kabuls im Jahr 2021

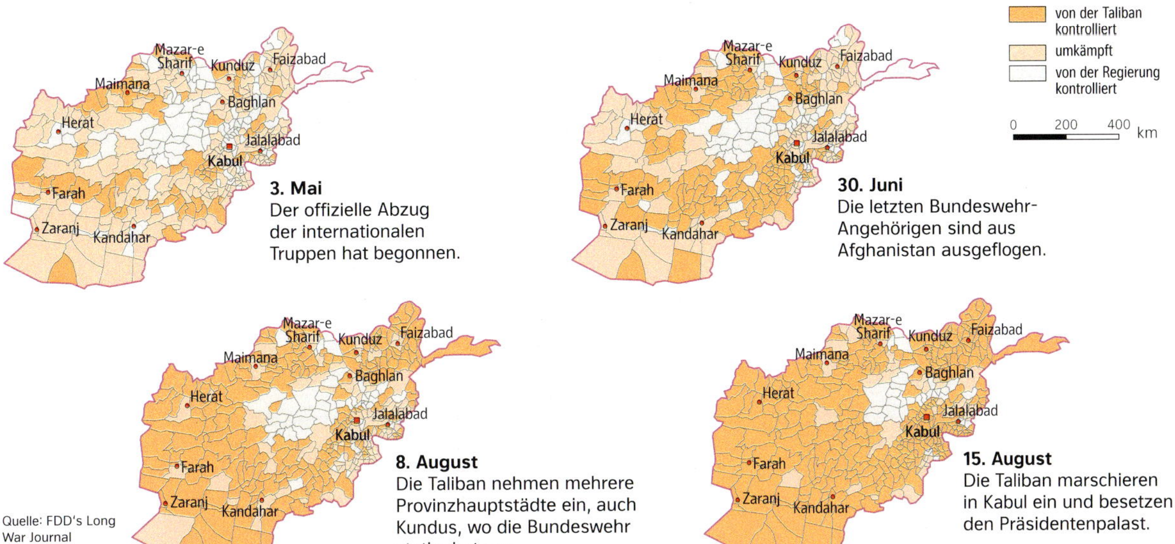

Quelle: FDD's Long War Journal

M5 Wachablösung in Kabul

Zeichnung: Martin Erl

M6 Gescheitert am Hindukusch

INFO

Hindukusch
Gebirge in Asien, dass zu großen Teilen die Geografie Afghanistans dominiert

Deutschland ist wie die anderen westlichen Bündnispartner [...] [2021] gedemütigt aus Afghanistan abgezogen. Nach 20 Jahren Einsatz am Hindukusch hat Berlin aufgrund eigener Fehler dazu beigetragen, dass die Taliban zurück an der Macht sind, auch wenn die Hauptschuld beim größten Truppensteller USA liegt. Nun setzt der politische Betrieb in Berlin gleich zwei Gremien ein, die Lehren aus dem Desaster ziehen sollen: Ein Untersuchungsausschuss im Bundestag, den nicht nur die Regierungsfraktionen, sondern auch die Union unterstützt. Diesen sollen die letzten eineinhalb Jahre bis zum Abzug aus Afghanistan und der Rückkehr der Taliban an die Macht beschäftigen. Und es folgt dann eine mit Experten besetzte Enquete-Kommission, die sich die gesamten 20 Jahre vornimmt, in denen Bundeswehrsoldaten, Diplomaten und Entwicklungshelfer in Afghanistan waren. Es ist zwar eine Floskel, aber im Scheitern in Afghanistan steckt für die deutsche Politik tatsächlich auch eine Chance: Wenn das Debakel schonungslos aufgearbeitet wird, lassen sich dadurch zumindest Lehren für die Zukunft ziehen, vor allem für die Frage, unter welchen Maßstäben sich Deutschland an Kriegen beteiligen sollte – oder eben nicht. Die 18 Monate, die sich der Untersuchungsausschuss vornimmt, waren geprägt von dem grundsätzlichen diplomatischen Fehler der Trump-Regierung, die 2020 einen Deal mit den Taliban vereinbart hatte, dabei aber die afghanische Regierung im Regen stehen ließ. Das war der Brandbeschleuniger für den Fall Kabuls. Warum hat Berlin, das einige sehr fähige Diplomaten mit hoher Reputation in Afghanistan im Einsatz hatte, dagegen nicht beherzter Stellung bezogen? [...] Für die Enquete-Kommission bliebe noch das Grundsätzlichere des Einsatzes: der Selbstbetrug der deutschen Außenpolitik, den die 20 Jahre in Afghanistan offengelegt haben. Es gab kein genuin eigenes Interesse jenseits der Bündnisverpflichtung, der Berlin nach den Anschlägen vom 11. September [2001] gegenüber den USA gerecht werden wollte. Deutschland willigte ein, einen Krieg nach Vorgaben der Amerikaner mitzuführen. Es war dafür aber weder militärisch gerüstet noch politisch willens, nachzusteuern, als es nötig gewesen wäre. Deutschland evaluiert nun diesen Krieg, an dessen Ende Ertrag und Aufwand in keinem Verhältnis stehen: Die Taliban sind zurück, genau das sollte der Einsatz am Hindukusch vermeiden.

Tobias Matern, Gescheitert am Hindukusch, in: https://www.sueddeutsche.de/meinung/bundeswehr-afghanistan-einsatz-1.5608686, 24.06.2022

M 7 Flucht seit Jahrzehnten

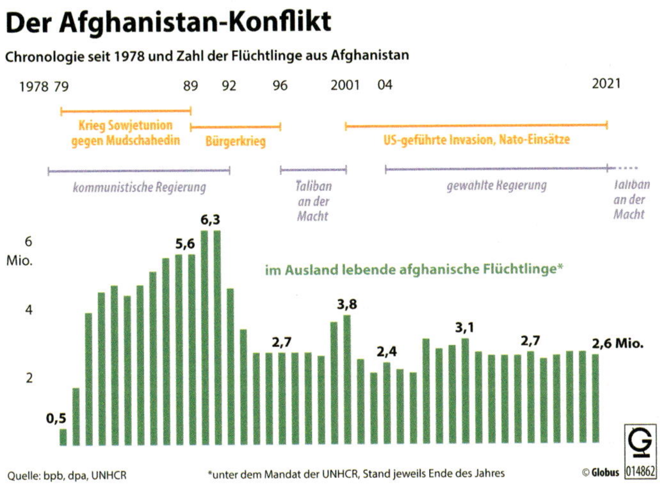

M 8 Ausländische Interessen in Afghanistan

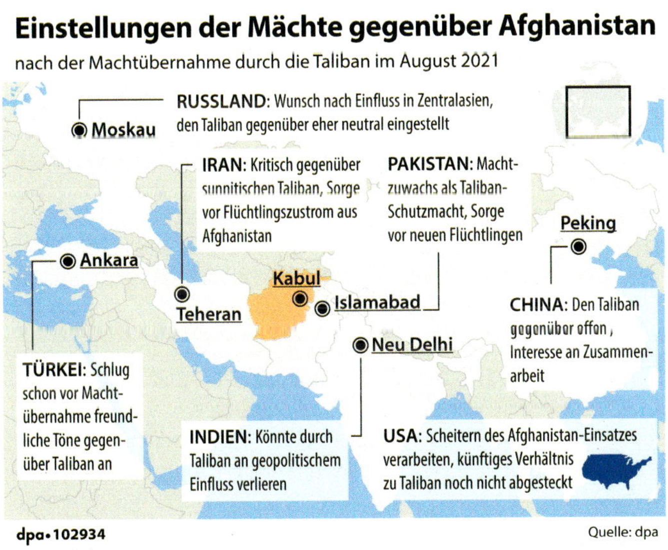

1 **Benennt** die Akteure, die in den letzten Jahren in Afghanistan aktiv waren (M 1–M 8).

2 **Erläutert** die Ursachen des Vormarsches der Taliban (M 3, M 4). **Recherchiert** dazu nach weiteren Informationen.

3 **Analysiert** die Karikatur M 5.

4 **Problematisiert** im Kontext der Geschichte des Afghanistan-Konflikts, wo die Fehler der NATO-Staaten während ihres Einsatzes lagen (M 1–M 6).

5 **Wertet** M 7 und M 8 **aus**.

6 Als die Taliban im August 2021 kurz vor der Einnahme Kabuls standen, äußerte sich die damalige Bundesverteidigungsministerin Annegret Kramp-Karrenbauer wie folgt: „Damit ist das Worst-Case-Szenario deutlich früher als erwartet eingetreten." **Bewertet** diese Aussage.

INFO

Annegret Kramp-Karrenbauer
(* 1962)
Die deutsche Politikerin (CDU) war von 2011 bis 2018 Ministerpräsidentin des Saarlandes und von 2019 bis 2021 Bundesverteidigungsministerin.

Konfliktanalyse

INFO

Konflikt
lat.: confligere; aneinandergeraten, kämpfen

Ideologie
festgefügte Weltanschauung von Gruppen oder Teilen einer Gesellschaft

Die Konfliktanalyse ist ein Instrument, um Konflikte in ihrer Vielschichtigkeit zu analysieren, um mögliche Lösungsmöglichkeiten abwägen zu können. Mithilfe von Kategorien wird der Konflikt zuerst im Detail betrachtet, um danach die gewonnenen Erkenntnisse fundiert im Zusammenhang bewerten zu können. Folgende Kategorien sind bei einer Konfliktanalyse zu betrachten. Die entsprechenden Aspekte sollten so genau wie möglich formuliert werden.

- **Akteure:** Welche Parteien befinden sich im Konflikt zueinander? Welche weiteren Akteure aus übergeordneten oder untergeordneten Ebenen spielen eine Rolle (lokal, regional, global)?
- **Konkretheit:** Worum geht es genau in dem Konflikt? Welche Nebenaspekte sind ggf. ebenfalls zu betrachten?
- **Geschichtlichkeit:** Wie ist der Konflikt entstanden? Welche Rolle spielt ggf. die Geschichtlichkeit für die Entwicklung des Konflikts?
- **Interessen:** Welche Interessen spielen eine Rolle und wer verfolgt welche Interessen?
- **Ideologien/Ansichten/Einstellungen/Religion:** Welchen Einfluss nehmen sie auf den Konflikt?
- **Macht:** Wie sind die Machtverhältnisse der beteiligten Parteien? Ergibt sich aus den Machtverhältnissen eine besondere Konstellation?
- **Mitbestimmung:** Welche Mitbestimmungsmöglichkeiten gibt es und wer kann von diesen Gebrauch machen?
- **Zusammenhang:** In welchem Funktionszusammenhang steht der Konflikt? (allgemeiner Zusammenhang, Wirkungen und Folgen, Zukunftsperspektiven)
- **Lösungsmöglichkeiten:** Welche rechtlichen/umsetzbaren/realistischen Möglichkeiten gibt es? Wie komplex müssen diese ggf. sein?
- **Solidarität:** Welches Maß an Loyalität zwischen Menschen, Gruppen, Gesellschaften ist vorhanden und notwendig? Wie verhärtet sind die Positionen?
- **Grundrechte:** Wie ist der Konflikt unter dem Gesichtspunkt der Menschenwürde/im Rahmen der Weltgemeinschaft zu beurteilen?

1 **Bewertet** das vorgestellte Modell zur Konfliktanalyse.

2 **Erstellt** eine Konfliktanalyse zum Afghanistan-Konflikt (Seite 80–83) oder zum Ukraine-Konflikt (Seite 85–89) und **stellt** diese in einer Präsentation, einem Blog oder einem Podcast **dar. Recherchiert** dafür nach zusätzlichen Informationen im Internet. **Beurteilt** mögliche Lösungen.

3 **Erstellt** eine Konfliktanalyse zu einem Konflikt eurer Wahl.

2.11 Der Russisch-Ukrainische Krieg

M1 Die Geschichte der Ukraine

Ebenso wie ihre Nachbarländer Russland und Belarus führt die Ukraine ihre staatliche Tradition auf das mittelalterliche Kiewer Reich zurück. Die Ukraine war über lange Perioden ein Raum mit veränderlichen Grenzen und Bestandteil anderer Staaten, z. B. des Großfürstentums Litauen, des Königreichs Polen, des Russischen Reichs und des Habsburger Reichs. Trotz der fehlenden Staatlichkeit gab es über all diese Epochen hinweg immer ein Gebiet, in dem Ukrainer:innen die Bevölkerungsmehrheit bildeten und in dem eine eigene Sprache entstand. Seit dem späten Mittelalter entwickelte sich die ruthenische parallel zur ostrussischen Sprache. Aus dem Ruthenischen entstanden Ukrainisch und Belarussisch, aus dem Ost-Russischen das heutige Russisch.

Nach der Russischen Oktoberrevolution 1917 wurde die Ukrainische Volksrepublik gegründet. Sie war der erste Versuch nationaler Eigenständigkeit, endete jedoch bereits wieder 1920 mit der Eingliederung in die Ukrainische Sozialistische Sowjetrepublik, die 1922 Mitbegründerin der Sowjetunion wurde. Ukrainische Bolschewiki konnten sich hier durchsetzen. Als Gegner dieser Sowjetisierung unterlagen sowohl die Unterstützer der bürgerlich-liberalen Regierung der Volksrepublik, als auch die Anhänger der bäuerlich-anarchistischen Machno-Bewegung.

Mehr noch als Russland waren Polen und die Ukraine Schauplatz von Kriegsverbrechen, die dort zwischen 1939 und 1945 von Deutschen begangen wurden. Der deutsche Vernichtungs- und Kolonialisierungskrieg im Osten kostete acht Millionen Ukrainer:innen das Leben, darunter 1,6 Millionen Jüdinnen und Juden. So verlor die Ukraine während des Zweiten Weltkriegs ein Viertel ihrer Bevölkerung.

Nach einer langen Periode der politischen Stagnation und des wirtschaftlichen Niedergangs wurde der Reformer Michail Gorbatschow im März 1990 zum ersten Staatspräsidenten der Sowjetunion gewählt. Eine Gruppe von Funktionären der KPdSU versuchte im August 1991, Gorbatschow durch einen Putsch abzusetzen. Obwohl das nicht gelang, war dies der Anfang vom Ende der Sowjetunion. Wenig später erklärte das ukrainische Parlament die Unabhängigkeit der Ukraine. Bei einer Volksabstimmung im Dezember 1991 sprachen sich 90 Prozent für die Unabhängigkeit aus, ein neuer ukrainischer Staat entstand.

Als Gegenleistung für den Verzicht auf die auf ukrainischem Territorium stationierten sowjetischen Atomwaffen garantierten Russland, die USA und Großbritannien im Budapester Memorandum von 1994 der Ukraine die nationale Eigenständigkeit sowie die Unverletzlichkeit bestehender Grenzen.

Die Majdan-Revolution von 2013 und 2014 richtete sich gegen einen moskautreuen ukrainischen Präsidenten und stritt für einen Kurs in Richtung EU. Präsident Putin reagierte 2014 mit der Annexion der ukrainischen Halbinsel Krim und unterstützte prorussische Separatisten im ostukrainischen Donbass, die dort Teile der Region unter ihre Herrschaft brachten.

Am 21. Februar 2022 erkannte Russland die selbsternannten „Volksrepubliken" Lugansk und Donezk als eigenständige Staaten an. Drei Tage später begann Präsident Putin seinen Angriffskrieg gegen die Ukraine mit einer großangelegten militärischen Invasion.

Zur Geschichte der Ukraine, in: https://www.bjr.de/spotlight/ukraine/zur-geschichte-der-ukraine, 25.09.2022

INFO

Belarus
auch: Belarussland, Weißrussland

Michail Gorbatschow
(1931–2022)
Der sowjetische Politiker war von 1985 bis 1991 Generalsekretär des Zentralkomitees der KPdSU und 1990/91 Präsident der Sowjetunion, bis zu deren Auflösung.

KPdSU
Kommunistische Partei der Sowjetunion

Majdan
Kurzform von Majdan Nesaleschnosti, einem zentralen Platz in der ukrainischen Hauptstadt Kiew

Wladimir Putin
(* 1952)
Der russische Politiker und frühere Geheimdienstmitarbeiter ist seit 2012 Präsident Russlands, was er bereits zuvor von 2000 bis 2008 war.

Donbass
wichtige Industrieregion der Ukraine

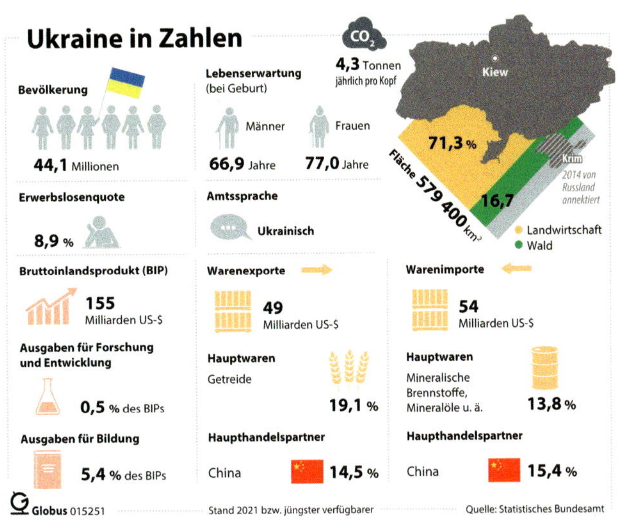

M2 Hintergründe des Ukraine-Konflikts

Die Ukraine ist mit einer Fläche von 603 000 Quadratkilometern der größte Staat, dessen Grenzen vollständig in Europa liegen. Sie liegt [...] zwischen der EU-Ostgrenze (Polen, Slowakei, Ungarn, Rumänien) und Russland. Bis 1991 war die Ukraine eine von 15 Sowjetrepubliken – also ein Teil der damals riesigen Sowjetunion. Seit deren Auflösung sind die ehemaligen Sowjetrepubliken eigene Staaten. Estland, Litauen und Lettland gehören mittlerweile der EU und dem Militärbündnis NATO an – die Ukraine dagegen nicht. Ende Februar [2022] – kurz nach Beginn des russischen Angriffskriegs – gab die ukrainische Regierung bekannt, dass sie den Antrag auf EU-Beitritt gestellt habe. [...] Bundeskanzler Olaf Scholz (SPD) erklärte [...], es werde kein „Schnellverfahren“ geben, sondern die Ukraine müsse die regulären Aufnahmemodalitäten durchlaufen. Der Wunsch, EU-Mitglied zu werden, besteht bei einem großen Teil der ukrainischen Bevölkerung schon lange. 2013 kamen Hunderttausende Menschen in Kiew zu den Majdan-Protesten zusammen und forderten einen Anschluss an die EU. Die Polizei schritt gewaltsam gegen die Demonstranten ein. Es entstand eine Massenbewegung, bei Protesten im Februar 2014 wurden mehr als 100 Demonstrierende getötet.

In der Folge annektierte Russland die zur Ost-Ukraine gehörende Halbinsel Krim im Schwarzen Meer. Dadurch hat Russland völkerrechtliche Verträge gebrochen, in denen die Achtung von Grenzen und die territoriale Integrität festgeschrieben ist. Der Konflikt zwischen Russland und der Ukraine kommt seither nicht zur Ruhe. In der [...] [Ost-Ukraine] kämpfen ukrainische Soldaten seit fast acht Jahren gegen die von Russland ausgerüsteten „Separatisten“. Um die Städte Donezk und Luhansk herum wurden 2014 zwei international nicht anerkannte „Republiken“ ausgerufen. Am 21. Februar 2022, wenige Tage vor seinem Großangriff, hat Russland diese beiden „Republiken“ anerkannt.

Quelle: OSZE, Ukrain. Verteidigungsministerium, dpa

Krieg in der Ukraine: Die Hintergründe kurz erklärt, in: https://www1.wdr.de/nachrichten/ukraine-konflikt-108.html, 10.05.2022

INFO

Olaf Scholz (* 1958) Der deutsche Politiker (SPD) war von 2011 bis 2018 Erster Bürgermeister Hamburgs und ist seit 2021 Bundeskanzler.

Minsker Abkommen Unter Vermittlung Deutschlands und Frankreichs 2015 abgeschlossene Vereinbarungen unter Beteiligung der Ukraine und Russlands zur Einhegung und Befriedung des Konflikts um den Donbass.

Separatismus Bestrebungen von Teilen der Bevölkerung eines Staates, einen eigenen, unabhängigen Staat zu gründen, ggf. auch mit kriegerischen Mitteln

Angriffskrieg völkerrechtlich geächteter Angriff eines Staates gegen einen anderen Staat

Genozid Völkermord

M3 Putins Rechtfertigung des Angriffskriegs gegen die Ukraine

In seiner Rede kurz vor dem Einmarsch in die Ukraine am 24. Februar [2022] rechtfertigte der russische Präsident Wladimir Putin den Angriff damit, jene Menschen zu schützen, die vom Kiewer Regime misshandelt und ermordet würden. Die russische Armee werde sich um eine „Entnazifizierung“ der ukrainischen Gebiete bemühen. Wiederholt fällt in diesem Zusammenhang das Wort „Genozid“. Zudem existiert seit Jahren das russische Narrativ einer „faschistischen“ Regierung in der Ukraine. Alles Begriffe, die ursprünglich mit dem Zweiten Weltkrieg und dem nationalsozialistischen Regime assoziiert werden. [...]

Bezüglich der Regionen Luhansk und Donezk im Donbass, die Putin am 21. Februar [2022]

als Volksrepubliken anerkannte, fiel wiederholt der Ausdruck „Genozid". Russland stellt die Behauptung auf, dort geschehe ein Völkermord an Millionen von Menschen – eine Lüge. Denn auch vor den Entwicklungen nach dem 21. Februar [2022] stand dieses Gebiet unter der Kontrolle der russischen Separatisten. Die Ukraine hatte keinen Zugriff darauf und konnte daher auch keinen Genozid begehen. Hier unterlief der russischen Propaganda ein logischer Fehler. [...] In Russland kursiert schon seit Jahren die Erzählung des Nazismus, also der Lüge, dass die Ukraine von Nazis regiert werde, weshalb es eine Entnazifizierung geben müsse. Dieses Narrativ hat Wladimir Putin auch in seiner Rede vor dem Einmarsch in die Ukraine verbreitet. Diese Bezeichnungen sind mit der Geschichte des Zweiten Weltkrieges [...] verknüpft [...], gegen die Nazis, gegen den Faschismus [...]. Das sind die Bilder, die allen Menschen präsent sind, weil sie in Russland gepflegt werden – und darauf baut es auf.

Thielko Grieß, Warum spricht Putin von „Nazis" und „Genozid"?, in: https://www.deutschlandfunk.de/russische-propaganda-vokabular-putin-genozid-nazis-100.html, 26.02.2022

M4 „Die Ukraine wird unter die Räder kommen"

Interview der „Neuen Züricher Zeitung" (NZZ) mit dem deutschen Politikwissenschaftler Herfried Münkler.

Frage: Herr Münkler, wir sprachen miteinander wenige Wochen vor dem russischen Angriff auf die Ukraine am 24. Februar [2022]. Die Schlussfolgerung des Gesprächs war, dass aus europäischer Sicht eine neutrale Ukraine, versehen mit verbindlichen Sicherheitsgarantien, die beste Lösung für den Konflikt wäre. Gilt das nach bald drei Monaten Krieg immer noch?

Münkler: Ja, denn damit hätten ungeheure Zerstörungen und Zehntausende Tote vermieden werden können. Vielleicht hätte auch die territoriale Integrität der Ukraine, wie sie bei Kriegsbeginn bestand, sichergestellt werden können. Und übrigens auch das europäische Wohlstandsniveau. Denn es wird unter den höheren Verteidigungsausgaben, der Umstellung der Energieversorgung und der Inflation leiden. Auch das europäische Modell ist dahin, wonach gegenseitige wirtschaftliche Abhängigkeit und Verflechtung Vertrauen und Stabilität schaffen. [...]

Frage: Im selben Gespräch kamen Sie zum Schluss, dass die Ukraine nur eine eingeschränkte Bündnisfähigkeit habe, weil sie im Kreuzpunkt zweier Einflusszonen liege: jener Russlands und jener der EU. Als bündnisfreier Pufferstaat stabilisiere sie dagegen die europäische Friedensordnung. Gegen diese Perspektive lässt sich der Einwand erheben, sie unterschlage die politische Subjektivität der Ukraine, die sich im erfolgreichen Widerstand des Landes doch gerade beweist.

Münkler: Die Ukraine wird unter die Räder kommen, wie auch immer die Sache ausgeht. Zwar kann das Land souverän den Wunsch äußern, der NATO und der EU beizutreten, aber das impliziert nicht deren Verpflichtung, sie auch aufzunehmen. [...] Zudem würde eine weitere Osterweiterung die Handlungsfähigkeit der EU infrage stellen. [...] [Es zeigt sich], dass wir uns hier in einer Zone des abnehmenden westlichen Einflusses befinden bzw. in einer Zone der Überlappung mit russischem Einfluss. [...]

Frage: Nach anfänglichem Zögern steigert der Westen das Engagement und setzt auf Eskalation. Der amerikanische Verteidigungsminister sagte Ende April [2022] in Ramstein, es gelte Russland so weit zu schwächen, dass es keine Gefahr für seine Nachbarn mehr darstelle. [...]

Münkler: Nun, die Vorstellungen über einen Friedensschluss liegen im Westen weit auseinander. Die absolute Minimalbedingung ist sicher die Weiterexistenz der Ukraine als souveräner Staat, aber eventuell reduziert auf das Gebiet westlich des Dnipro. In Deutschland und Frankreich betrachtet man eine Ukraine in den Grenzen des 23. Februars [2022] (also ohne Krim und Separatistengebiete) als Sieg. Die Briten möchten die Ukraine von 2013, also mit Krim und Donbass, wiederherstellen. Die Amerikaner schließlich haben eine eigene Sicht. Sie sagen: Putin ist uns wieder in die Quere gekommen, wo wir uns doch jetzt um Xi Jinping und die Herausforderung durch China kümmern wollten und nicht um Europa. Das soll nie mehr passieren. Wir organisieren also

INFO

NATO-Osterweiterung
Aufnahme ehemaliger Mitgliedstaaten des Warschauer Pakts in die NATO in mehreren Schritten seit 1999

Xi Jinping
(* 1953)
Der chinesische Politiker ist seit 2012 Generalsekretär der Kommunistischen Partei Chinas und seit 2013 Präsident der Volksrepublik China.

INFO

Waffen- und Geldzusagen aus dem Westen
Von Ende Januar bis Anfang Juni 2022 lieferten nach Angaben des Instituts für Weltwirtschaft in Kiel z. B. Waffen und Ausrüstung sowie finanzielle Hilfen für militärische Zwecke an die Ukraine (in Mrd. Euro): die USA (24,0), Großbritannien (2,4) Polen (1,7), Deutschland (1,4), Kanada (0,8) und weitere Staaten (1,4).

WEBCODE

WES-116803-205
Bundeszentrale für politische Bildung: Krieg in der Ukraine

einen Abnützungskrieg gegen die Russen, der ihr militärisches Potenzial aufzehrt. [...]

Frage: Welche Rolle spielen da die Ukrainer? Sie sind es ja, die kämpfen.

Münkler: Na gut, auf den ersten Blick ist das eine ganz wichtige Rolle: die tapfere Armee und der Widerstandswille der Bevölkerung. Aber wenn man genauer hinschaut, sind das abhängige Variablen der Waffen- und Geldzuflüsse aus dem Westen. Da sitzen auf der einen Seite die westlichen Strategen und auf der anderen Seite die Kreml-Strategen, und die Ukraine ist der Schauplatz der Auseinandersetzung. Das unterstreicht nochmals unsere Ausgangsüberlegung, dass in dieser Zone überlappender Interessenssphären der Waffengang zugunsten von Verhandlungen hätte vermieden werden können.

Andreas Ernst, „Die Ukraine wird unter die Räder kommen, wie immer die Sache ausgeht", in: https://www.nzz.ch/international/muenkler-im-ukraine-krieg-hat-der-westen-unterschiedliche-ziele-ld.1683932, 19.05.2022

M5 Der Krieg in der Ukraine

1 **Fasst** die Geschichte der Ukraine im Hinblick auf die historischen Hintergründe des Ukraine-Konflikts **zusammen** (M 1).

2 **Benennt** die aktuellen Ursachen des Ukraine-Konfliktes (M 2).

3 **Problematisiert** die Rechtfertigung Putins für den russischen Angriffskrieg gegen die Ukraine (M 1–M 3).

4 **Bewertet** die Einschätzung Münklers (M 4).

5 **Analysiert** M 5.

6 **Wertet** M 7 **aus** und **erörtert**, ob bzw. inwieweit euch die westlichen Waffenlieferungen sinnvoll erscheinen (M 1–M 5).

7 **Setzt** euch mit den Szenarien (M 6) **auseinander** und **beurteilt** anhand der Materialien (M 1–M 5), welches Szenario am wahrscheinlichsten eintreten könnte. **Begründet** eure Entscheidung.

8 **Entwickelt** ein alternatives Szenario anhand von Recherchen zum aktuellen Kriegsverlauf (M 1–M 7).

QUERVERWEIS

METHODE Szenarien entwickeln
S. 176 f.

M6 Szenarien für den Ausgang des Krieges

Schlechte Planung, fehlende Logistik, mangelnde Motivation, hohe Verluste und der unerwartet massive Widerstand der Ukraine haben den schnellen russischen Sieg unmöglich gemacht. […] Sechs Szenarien, wie es weitergehen könnte:

Szenario 1 – Russland gewinnt militärisch
Russland schafft es, die Ukraine militärisch zu bezwingen. Folgerichtig würde Präsident Wladimir Putin dann wohl eine Marionettenregierung installieren, oder die Ukraine an Russland anschließen. Beides hätte zur Konsequenz, dass Russland mittelfristig große militärische Ressourcen aufbringen müsste, um die Macht zu halten. Denn es wäre wohl mit starkem, lang anhaltenden, guerillaähnlichem Widerstand zu rechnen. […]

Szenario 2 – Die Ukraine kapituliert
Der permanente militärische Druck, infrastrukturelle Schäden und die zivilen Opfer, nötigen die ukrainische Führung zur Kapitulation. In diesem Fall wäre es offen, ob die Ukraine dann noch Forderungen stellen könnte. Ebenso, ob Präsident Wolodimir Selenski im Land bliebe oder ins Exil ginge. Auch in diesem Szenario wäre eine russische Marionettenregierung möglich. Ebenso wie die Option, die Ukraine an Russland anzuschließen. […]

Szenario 3 – Russlands Vormarsch kommt zum Erliegen
Das Patt. Militärischer Stillstand der russischen Invasion aufgrund des starken ukrainischen Widerstands. Die Fronten verschieben sich nicht mehr. […]

Szenario 4 – Die Ukraine verteidigt sich erfolgreich
Die ukrainischen Streitkräfte schaffen es, mithilfe der logistischen Unterstützung westlicher Länder, die russische Armee zurückzudrängen. […]

Szenario 5 – Der Krieg eskaliert nach Westeuropa
Ein gewollter oder auch versehentlichen Beschuss eines NATO-Landes oder ein Einsatz chemischer, biologischer oder sogar atomarer Waffen führt zur Eskalation. Die Folge wäre ein Dritter Weltkrieg. […]

Szenario 6 – Ein Putsch, Putin wird gestürzt
Ohne Putin, kein Krieg. So lautet die These hinter der Frage nach Putins Sturz. Theoretisch vorstellbar wäre er nur durch das eigene Volk, oder innere Eliten.

Ole Apitius, Sechs Szenarien für den Ukraine-Krieg, in: https://www.zdf.de/nachrichten/politik/ukraine-krieg-szenarien-kriegsverlauf-100.html, 04.04.2022

INFO

Wolodimir Selenski
(* 1978)
Der frühere Kabarettist, der in einer Fernsehserie einen ukrainischen Lehrer spielte, der überraschend Präsident der Ukraine wird, ist seit 2019 ukrainischer Präsident.

M7 Das Meinungsbild in Deutschland

Unterstützung von Sanktionen gegen Russland, auch wenn…

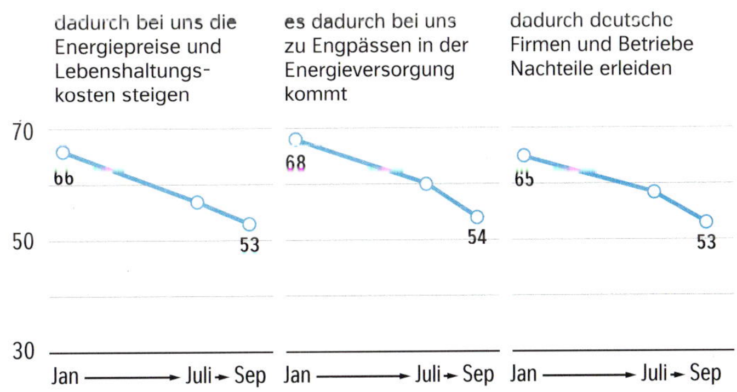

Werte in Prozent, März bis September 2022
Quelle: infratest dimap (Deutschlandtrend September 2022)

2.12 Was können NGOs leisten?

M1 Was sind Nichtregierungsorganisationen?

Nichtregierungsorganisationen sind zu zentralen Akteuren in der nationalen wie internationalen Politik geworden. Abgekürzt steht NGO für den englischen Begriff Non-Governmental Organization. NGOs betonen dabei, dass sie keine staatliche Einrichtungen und regierungsunabhängig tätig sind. Ihre Arbeit kann sowohl national als auch international erfolgen. Im Gegensatz z.B. zu Wirtschaftsverbänden sind NGO von nicht-kommerziellen Interessen geleitet, d.h. sie versuchen möglichst unabhängig von ökonomischen Belangen ihre Ziele durchsetzen. Die dafür eingesetzten Mittel bestehen hauptsächlich in der Einflussnahme auf politische Prozesse, um eine kritische Öffentlichkeit zu mobilisieren und in der Bereitstellung von Sachinformationen. Infolge ihrer Wirkungsmächtigkeit können NGOs durchaus auch Verhandlungsinhalte von internationalen Konferenzen beeinflussen, sodass NGOs oftmals den Status als offiziell zur Teilnahme zugelassene Akteure erhalten. Je nach Größe, Finanzkraft und inhaltlicher Ausrichtung wird die politische Einflussnahme von NGOs sehr unterschiedlich beurteilt. In der Regel entstanden NGOs auf Privatinitiative hinsichtlich eines konkreten Projektes, das sich im Gegensatz zur Bürgerinitiative zur politischen Organisation weiterentwickelt hat. Neben Tierschutzvereinen sind kirchliche Organisationen wie Misereor oder der evangelische Entwicklungsdienst Beispiele für NGOs, die vor allem in der Entwicklungshilfe als humanitäre NGO eine wichtige Funktion übernehmen. Aber auch Sozialpartner wie Arbeitgeberverbände oder Gewerkschaften kann man im weiteren Sinne als NGO bezeichnen.

Zu den politisch besonders aktiven NGOs gehören z.B. die Welthungerhilfe, Amnesty International, der WWF und Greenpeace. Die 1971 gegründete Umweltschutzorganisation Greenpeace hat mittlerweile weltweit drei Millionen und allein in Deutschland über 580 000 Mitglieder. Auch die 1998 in Frankreich gegründete Organisation Attac ist zwischenzeitlich in über 50 Ländern tätig und wurde durch den weltweiten Kampf gegen die Globalisierung als NGO bekannt. Neben den großen Organisationen leisten auch die vielen kleinen NGOs, die oft nur wenige Mitglieder haben, sehr wichtige Arbeit, weil hier Menschen aktiv sind, die für die Welt und ihre Gesellschaft Verantwortung übernehmen.

Autorentext

M2 Finanzelle Leistungen von Nichtregierungsorganisationen

Leistungen von Nichtregierungsorganisationen an Entwicklungsländer aus Eigenmitteln, insbesondere Beiträge und Spenden (Angaben in 1 000 Euro)

Region	Jahr			
	2016	**2017**	**2018**	**2019**
Insgesamt	1 287 402	1 321 767	1 154 897	1 364 708
Europa	69 947	81 851	54 544	77 532
Afrika	463 754	490 950	442 660	542 942
Amerika	218 557	225 363	169 007	205 012
Asien	410 141	388 789	352 666	383 780
Ozeanien	3 052	3 557	3 171	3 036
nicht aufteilbar	121 949	131 255	132 846	152 422

Quelle: BMZ (Stand: 10.11.2020)

M3 WWF-Projekt in Brandenburg

Ehemalige Truppenübungsplätze gehören heute zu den letzten großen und zu gleich unzerschnittenen Landschaften in Deutschland. Seit über 20 Jahren ungestört, entwickelte sich ein beeindruckender Lebensraum: Wolf, Elch und Seeadler finden Gefallen an Weite, Vielfalt und Ungestörtheit der stiftungseigenen Flächen, Biber und Specht gestalten ihren Lebensraum ganz einfach selbst mit. Natürliche Dynamik in großen zusammenhängenden Wildnisgebieten zulassen: Auf 13 600 Hektar einzigartiger Landschaft konnte dies durch den Flächenkauf der Stiftung bisher dauerhaft gesichert werden. Die Jüterboger Fläche präsentiert sich dabei mit 7 200 Hektar Gesamtgröße als die größte Eigentumsfläche. Auch die Stiftungsflächen Lieberose (3 150 Hektar), Heidehof (2 700 Hektar) und Tangersdorf (664 Hektar) stellen ideale Bedingungen, um bedrohten Arten ein Zuhause zu bieten. So schafft der Landschaftsarchitekt Biber in Tangersdorf gerade eine 150 Hektar große Staufläche mit Seen und Feuchtgebieten, während Heidehof ein ansässiges Wolfspaar und seinen Nachwuchs beherbergt. Große Teile der Flächen sind als Naturschutzgebiet [...] ausgewiesen, da sich Schwarzstorch, Kranich und Fischotter hier wieder dauerhaft niedergelassen haben, in Jüterbog z.B. Bechsteinfledermaus und Wiedehopf. Die wertvollen, naturnahen Gewässer und Moore mit seltenen Insekten- und Vogelarten sind ebenso charakteristisch für die Stiftungsfläche wie alte Naturwälder und Heidelandschaften. Auch die in Zukunft zum Verkauf stehenden Flächen gilt es daher schnell zu sichern, um einen Verlust an Forst- und Landwirtschaft oder Verbauung langfristig zu verhindern. [...] Der Flächenfonds „Naturvermögen“ ermöglicht [...] geeignete Flächen dauerhaft für den Naturschutz zu sichern.

Naturlandschaften Brandenburg - Die Wildnisstiftung, in: https://www.wwf.de/themen-projekte/projektregionen/brandenburg, 11.01.2018

INFO

WWF
engl.: World Wide Fund For Nature; die 1961 gegründete NGO ist eine der größten Natur- und Umweltschutzorganisation weltweit

M4 NGOs im Zwielicht?

[Die] Nichtregierungsorganisationen scheinen sich gerade in Deutschland einer hohen Reputation zu erfreuen. Der Zulauf ist groß, und wenn die großen Organisationen (Greenpeace, Amnesty International, Foodwatch und andere) zu Aktionen aufrufen, erhalten sie große Unterstützung. Auch die Unterstützung aus der Politik wächst. NGOs erhalten regelmäßig Geld aus öffentlichen Töpfen. Dieses positive Bild erhält möglicherweise gerade einige Dellen. Denn in dieser Woche gab es bedrückende Nachrichten aus der Welt der NGOs, seit bekannt wurde, dass der World Wildlife Fund (WWF) mit Killerkommandos zusammenarbeitet, um Wilddieberei zu verhindern. Dabei scheint es tatsächlich zahlreiche Morde gegeben zu haben. Die Organisation soll zudem Waffen gehandelt haben, um die entsprechenden paramilitärischen Kräfte auszurüsten. Schließlich soll sich der WWF Fördermittel mit falschen Angaben erschlichen haben [...]. Aber der WWF ist nicht allein. Auch Greenpeace, schon mehrfach wegen kleinerer oder größerer Skandale in den Medien, ist wieder in die Aufmerksamkeit gerückt. Das legendäre Schiff „Rainbow Warrior II“ wurde wohl gerade in Bangladesch unter umweltfeindlichen und menschenunwürdigen Bedingungen verschrottet, obwohl die Organisation dies eigentlich verhindern wollte.

Andreas Freytag, Welche Rolle sollten NGOs spielen?, in: https://www.wiwo.de/politik/deutschland/freytags-frage-welche-rolle-sollten-ngos-spielen/24103510.html, 15.03.2019

1 **Stellt dar**, was NGOs sind (M 1) und mit welchen Projekten sie am Beispiel des WWF werben (M 3).

2 **Nehmt** zu der These **Stellung**, NGOs seien als Akteure notwendig für die Durchsetzung von politischen und gesellschaftlichen Anliegen der Bevölkerung (M 1–M 3).

3 **Bewertet** die Glaubwürdigkeit von NGOs und **diskutiert**, wie ihre Arbeit als zivilgesellschaftliche Akteure mit Blick auf Kritik an ihnen verbessert werden kann (M 4).

Trail of Tears

M1 Routen des Trail of Tears

INFO

Andrew Jackson war von 1829 bis 1837 Präsident der Vereinigten Staaten

pecuniary geldliche

promise Versprechen

recommendation hier: Vorteil

on account of wegen

dense hier: anspruchsvoll

tract Gebiet

occupied besetzt

savage Wilder

hunters Jäger

relieve befreien

advance Fortschritte machen

pursue etwas verfolgen

rude hier: primitiv

retard verzögern

decay zerfallen

to cast off etwas ablegen

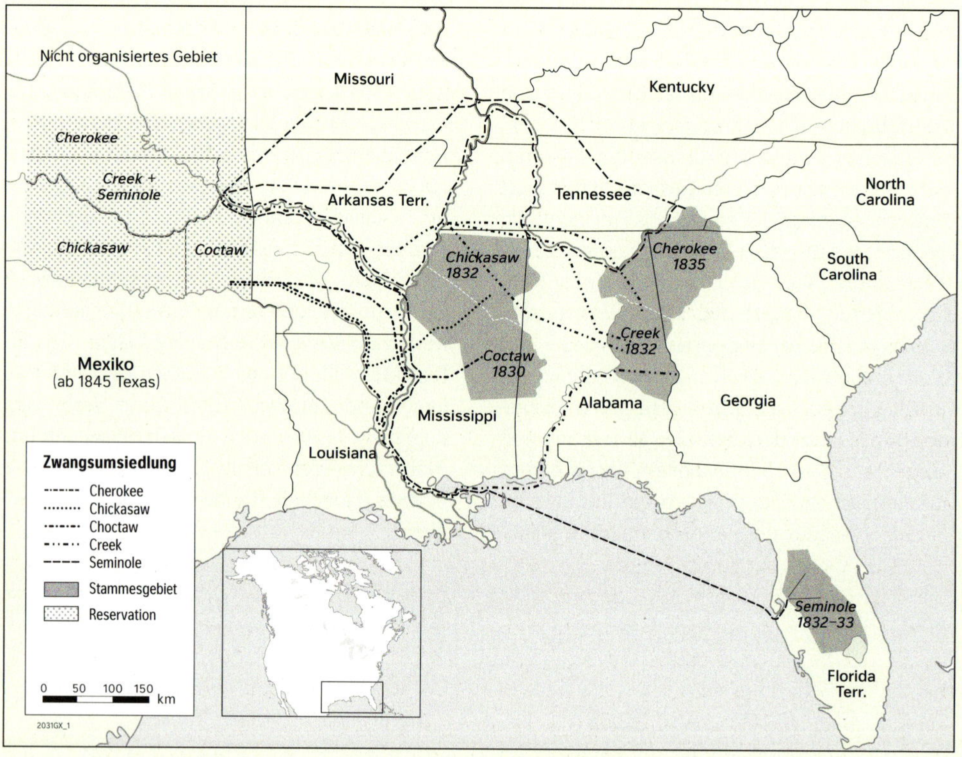

„Der Trail of Tears (Pfad der Tränen) gehört zu einem der dunkelsten Kapitel in der Geschichte der USA. Im Zeitraum von 1831 bis 1838 wurden mehrere Indianerstämme in den USA aus ihren Heimatgebieten vertrieben und in andere, genau festgelegte Gebiete zwangsumgesiedelt. Dabei kamen nach heutigen Schätzungen Tausende Indianer ums Leben.

M2 Aus einer Rede von US-Präsident Andrew Jackson

The consequences of a speedy removal will be important to the United States, to individual States, and to the Indians themselves. The pecuniary advantages which it promises to the Government are the least of its recommendations. It puts an end to all possible danger of collision between the authorities of the General and State governments on account of the Indians. It will place a dense and civilized population in large tracts of country now occupied by a few savage hunters. [...] It will relieve the whole State of Mississippi and the western part of Alabama of Indian occupancy, and enable those States to advance rapidly in population, wealth and power. It will separate the Indians from immediate contact with settlements of whites; free them from the power of the States; enable them to pursue happiness in their own way and under their own rude institutions; will retard the progress of decay, which is lessening their numbers, and perhaps cause them gradually [...] to cast off their savage habits and become an interesting, civilized, and Christian community.

Andrew Jackson's Speech to Congress on Indian Removal, in: https://www.nps.gov/museum/tmc/MANZ/handouts/Andrew_Jackson_Annual_Message.pdf, 2016

M3 Zwangsumsiedlung der Indianer

Auf Anordnung der Bundesbehörden hatten die Choctaws ihr Stammesgebiet im Bundesstaat Mississippi aufgeben müssen, um Platz für die herandrängenden Siedlermassen zu schaffen. Was zahlreichen indianischen Nationen erst noch bevorstand, erlitten die Choctaws als eine der ersten. Mehr als 15 000 Menschen mussten das Land ihrer Ahnen räumen, wo sie über Hunderte von Jahren gelebt hatten. Mitten im Winter brachen sie nun auf, um in ein Reservat weit jenseits des Mississippi zu ziehen. [...]

Im Frühjahr 1830 [hatte der Kongress] den berüchtigten Indian Removal Act verabschiedet, ein Landabtretungs- und Umsiedlungsgesetz, welches, ohne dass es freilich sogenannt worden wäre, auf eine ethnische Säuberung hinauslief. Die ganze Härte dieses Gesetzes bekamen nacheinander die sogenannten „fünf zivilisierten Stämme" – neben den Choctaws auch die Chicasaws, Creeks, Cherokees und Seminolen – zu spüren. Der Indian Removal Act markierte einen Wendepunkt in der Indianerpolitik der Vereinigten Staaten, deren Unabhängigkeitserklärung vom 4. Juli 1776 davon sprach, „dass alle Menschen gleich geboren, dass sie von ihrem Schöpfer mit gewissen unveräußerlichen Rechten begabt worden sind, worunter sind Leben, Freiheit und das Streben nach Glückseligkeit". [...]

Der Trail of Tears führte über bis zu 1 000 Meilen in das Indian Territory. Es gab nicht eine, sondern mehrere Routen, auf denen sie von Abteilungen der Armee eskortiert wurden. Die ersten von insgesamt 16 Trecks waren der brütenden Sommerhitze ausgesetzt, die letzten klirrender Kälte. Schon der Beginn der Deportationen stand unter einem schlechten Stern. Viele Cherokees waren durch den Aufenthalt in den Lagern körperlich geschwächt. Nur wenige Vertriebene konnten die Reise zu Pferd oder im Planwagen antreten. Den meisten blieb nichts anderes übrig, als zu Fuß zu gehen.

Im Schnitt waren die Vertriebenen drei Monate unterwegs, einige auch deutlich länger – und das bei schlechtem Essen und mangelnder medizinischer Versorgung. Hunger, Krankheit und Erschöpfung lichteten die Reihen. Endlich in den Prärien des Zentralen Tieflands angelangt – ihrer neuen Heimat im nordöstlichen Teil des heutigen Bundesstaates Oklahoma –, stand die einst so stolze Nation buchstäblich vor dem Nichts. Die ersten Jahre waren extrem hart, weil es an allem fehlte. Es sollte Jahrzehnte dauern, bis die Cherokees sich vom erlittenen Unrecht erholten.

Die von Präsident Jackson begonnene und unter seinem Nachfolger Martin Van Buren zu Ende geführte Indianerpolitik kostete mindestens 4 000 Cherokees das Leben, rund einem Viertel des Volkes. Nicht besser erging es den vier anderen „zivilisierten Stämmen", die ebenfalls viele Tausende von Opfern zu beklagen hatten. Der Indian Removal Act wirkte in mannigfacher Weise nach. Innerhalb weniger Jahre wurden die Gebiete östlich des Mississippi durch eine bis dahin beispiellose Politik der Zwangsumsiedlung und Segregation fast „indianerfrei".

In schattenhaften Umrissen zeichnete sich hier bereits eine Entwicklung ab, die ihre teuflischen Triumphe im 20. Jahrhundert feiern sollte. Umso bemerkenswerter ist es, dass sich Washington erst 2009 – in öffentlich kaum wahrnehmbarer Form – offiziell für das Leid entschuldigt hat, das die amerikanische Westexpansion im 19. Jahrhundert verursacht hat.

Aram Mattioli, Auf dem Pfad der Tränen, in: https://www.zeit.de/2011/30/Indianer, 21.07.2011

1 **Beschreibt** mithilfe von M 1 und M 3 den Ablauf des Trail of Tears.

2 **Nennt** die Vor- und Nachteile die Jackson für die Umsiedlung der Indianer anführt (M 2) und **nehmt** dazu **Stellung.**

3 **Überprüft** die Vereinbarkeit der Zwangsumsiedlung der Indianer (M 1–M 3) mit dem Auszug aus der Unabhängigkeitserklärung vom 4. Juli 1776: „dass alle Menschen gleich geboren; dass sie von ihrem Schöpfer mit gewissen unveräußerlichen Rechten begabt sind; dass zu diesem Leben, Freiheit und das Streben nach Glückseligkeit gehöre."

4 **Recherchiert** die heutige Situation der Indianer in den Vereinigten Staaten und **stellt** eure Ergebnisse **vor.**

Ondras und Bengalica streiten sich um ihre Grenze

Die beiden Staaten Ondras und Bengalica leben seit mehr als vier Jahrzehnten in Frieden. Ursprünglich war das Gebiet des Staates Bengalica größer und umfasste das gesamte Gebirge X. Im 19. Jahrhundert wurde das Gebiet der beiden Staaten von den Großmächten Epon und Grando besetzt, die es unter sich aufteilten. Als Grenze wählte man den Kammverlauf des Gebirges X und berücksichtigte dabei allerdings nicht, dass im gesamten Grenzverlauf schon seit Langem eine Bevölkerung lebte, die sprachlich und kulturell enge Beziehungen zur Bevölkerung des Staates Bengalica hatte, nun aber durch die Grenzziehung geteilt war.

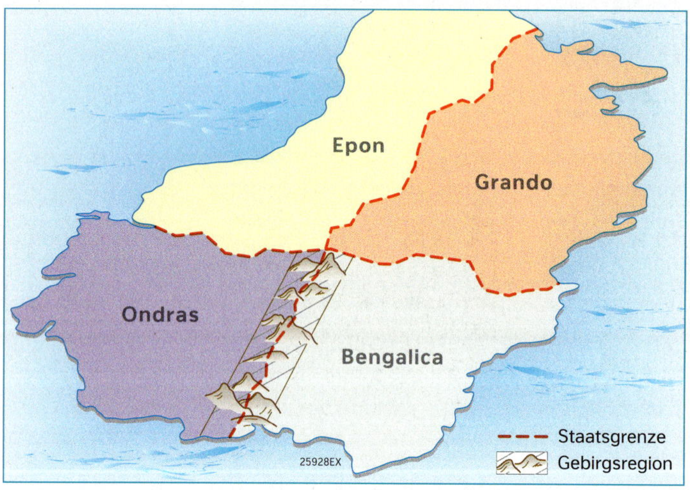

Nach dem Ende der Besatzungszeit behielten die Staaten Ondras und Bengalica die Grenzen lange Zeit bei. Für beide Staaten hatte das Gebirge zunächst keine herausragende wirtschaftliche Bedeutung. Es wurde von der in den Bergen lebenden Bevölkerung landwirtschaftlich genutzt.

Eines Tages werden jedoch in der Westhälfte des Gebirges auf dem Gebiet des Staates Ondras umfangreiche Goldvorkommen entdeckt. Trotz vorläufiger Geheimhaltung erhält die Regierung des Staates Bengalica Kenntnis davon. Kurze Zeit später entwickelt sich ein diplomatischer Grenzstreit, weil angeblich Grenzsicherungsbeamte des Staates Ondras nicht mehr die friedliche Grenzüberschreitung von Mitgliedern des Bergvolkes des Staates Bengalica in den Staat Ondras erlauben, um dort nahe Verwandte zu besuchen. Als der Staat Bengalica die Öffnung aller Grenzübergänge fordert und die wichtigsten Passstraßen kurzfristig militärisch besetzt, um seiner Forderung Nachdruck zu verleihen, macht der Staat Ondras sein Militär mobil und schließt sämtliche Übergänge für den grenzüberschreitenden Verkehr. Nun kommt es zu einem Austausch scharf formulierter schriftlicher Erklärungen und schließlich einer Konferenz zwischen den beiden Regierungen. Der Staat Bengalica fordert die Abtretung der westlichen Gebirgshälfte ohne jede Entschädigung und verweist auf die alten Grenzverläufe vor der Besatzungszeit. Der Staat Ondras weist die Forderung zurück und besteht auf der zurzeit gültigen Grenze. Schließlich bestehe diese schon so lange Zeit, dass der Staat Ondras aus Tradition so ein Gewohnheitsrecht auf die westliche Gebirgshälfte habe. Zudem hätten sich einige tausend Bewohner des Staates Ondras im Gebirge angesiedelt und hier endlich eine neue Heimat gefunden; eine Umsiedlung verletze ihre Grundrechte. Angesichts der unterschiedlichen Standpunkte scheitert die Konferenz.

Als Schlusserklärung gibt die Regierung des Staates Bengalica bekannt, sie habe ein geheimes Militärbündnis mit dem Staat Grando und wolle nun mit militärischen Mitteln ihr Recht erzwingen. Daraufhin wendet sich der Staat Ondras an die UNO und bittet um Schlichtung in diesem Grenzstreit, denn eine militärische Auseinandersetzung wäre eine Gefährdung für die ganze Region. Ondras besitzt in Grenznähe zu Couz und Vallevo eine Reihe von Atomkraftwerken, ein Angriff auf diese könnte in allen drei Staaten schwere Schäden anrichten. Bengalica verfügt über zahlreiche Staudämme, deren Zerstörung die vollständige Überflutung dieses Landes zur Folge hätte. Hinzu kommt, dass Grando und Epon über Atomwaffen verfügen, die bei einem Kriegseintritt der beiden Mächte auch zum Einsatz kommen könnten.

Autorentext

Welche Reaktionen der UNO sind sinnvoll?

1 Der Generalsekretär spricht auf einer Pressekonferenz von schweren Verstößen gegen die UN-Charta und die UN-Menschenrechtskonvention im Krisengebiet.

2 Auf der UN-Vollversammlung wird zu einem allgemeinen wirtschaftlichen Boykott der Konfliktparteien aufgerufen.

3 Die UNO bietet den verfeindeten Staaten an, eine Pufferzone einzurichten, die von Blauhelmen geschützt wird.

4 Die UNO entsendet einen Sonderbotschafter ins Krisengebiet.

5 Der UN-Sicherheitsrat erlässt eine Resolution zur Beendigung des Konflikts.

6 Der Generalsekretär schließt auf einer Pressekonferenz auf die Frage von Journalisten die Entsendung einer internationalen Eingreiftruppe mit UN-Mandat nicht aus.

7 Der UN-Sicherheitsrat verhängt ein Waffenembargo.

8 Die Blockade der Krisenregion wird von See-, Luft- und Landstreitkräften aus ausgewählten UNO-Mitgliedstaaten sichergestellt.

1 **Nennt** die Ursachen des Konflikts zwischen Ondras und Bengalica.

2 **Erläutert**, welche politischen und wirtschaftlichen Bedingungen einer Beilegung des Konflikts im Weg stehen.

3 **Diskutiert** in Kleingruppen eine Lösung des Konflikts. **Arbeitet** eine Empfehlung **aus**.

4 Bildet Arbeitsgruppen und **bearbeitet** folgende Arbeitsaufträge:
- Entscheidet, welche der genannten Reaktionen und Maßnahmen der UNO ihr für sinnvoll haltet, um den Grenzkonflikt zwischen Ondras und Bengalica beizulegen.
- Wählt fünf Maßnahmen aus und bringt diese in eine Reihenfolge.
- Begründet euer Vorgehen mit dem Wissen über die Möglichkeiten der Vereinten Nationen.

5 **Präsentiert** und **diskutiert** die Ergebnisse aus Arbeitsauftrag 4 im Plenum.

QUERVERWEIS
METHODE Konfliktanalyse
S. 84

3.

Soziale Marktwirtschaft in Deutschland

Die Vorstellung vollkommener Märkte entspricht einfach nicht der Realität: nicht auf dem Arbeitsmarkt und genauso wenig bei der Partnerwahl oder der Parkplatzsuche.

Dale Mortensen (1939–2014), amerikanischer Wirtschaftsnobelpreisträger

Um es klar zu sagen: Deutschland braucht Wachstum, Innovation und einen hohen Grad an Beschäftigung. Die Rezepte des Club of Rome sind hierfür untauglich. Sie führen uns nicht in das anstehende nächste Industrie- und Informationszeitalter, sondern zurück in die Steinzeit.

Michael Fuchs (1949–2022), deutscher Wirtschaftspolitiker

Politik ist nur der Spielraum, den die Wirtschaft ihr lässt.

Dieter Hildebrandt (1927–2013), deutscher Kabarettist

Zeichnung: Jürgen Janson

3.1 Wirtschaft – warum überhaupt?

GLOSSAR

Wirtschaft

M1 Zitate zur Wirtschaft

Nicht die Politik ist das Schicksal, sondern die Wirtschaft.

Walther Rathenau (1867–1922), deutscher Industrieller und Politiker

Besitz ist notwendig. Aber es ist nicht notwendig, dass er immer in denselben Händen bleibt.

Rémy de Gourmont (1858–1915), französischer Schriftsteller

Man empfindet es oft als ungerecht, dass Menschen, die Stroh im Kopf haben, auch noch Geld wie Heu besitzen.

Gerhard Uhlenbruck, deutscher Mediziner und Aphoristiker

M2 Unbegrenzte Bedürfnisse und knappe Güter

INFO

Güter
(materielle) Waren und Dienstleistungen

Ökonomisches Prinzip
Leitlinie für rationales wirtschaftliches Verhalten; ist als Maximalprinzip von den gegebenen Mitteln, als Minimalprinzip vom Ergebnis her formuliert

rational
zweckmäßig, vernünftig, überlegt

Wir alle haben zahlreiche Bedürfnisse: Wir müssen essen, wir benötigen etwas zum Anziehen und wollen ein Dach über dem Kopf haben. Nahrung, Kleidung und Wohnung gehören zu unseren Grundbedürfnissen; sie sind unerlässlich für die Erhaltung unseres Lebens. Anderes, etwa eine Reise, ein Konzertbesuch oder das Surfen im Internet, dient unserer geistigen und kulturellen Entfaltung. Mit dem Cabrio oder dem Segelboot wollen wir uns einen gewissen Luxus gönnen. Theoretisch sind unsere Bedürfnisse unbegrenzt. Kaum jemand kann sich alle seine Wünsche erfüllen. Denn die Güter, mit denen wir unsere Bedürfnisse befriedigen, stehen nicht unbegrenzt zur Verfügung. Man spricht von knappen Gütern, weil sie nur unter Einsatz von menschlicher Arbeit hergestellt oder erbracht werden. Wer sie nutzen will, muss dafür bezahlen. Der Preis der Güter hängt von den jeweiligen Herstellungskosten ab und davon, wie begehrt sie sind. Das zu ihrem Kauf nötige Geld ist ebenfalls nur begrenzt vorhanden und muss von den meisten Menschen erst erarbeitet werden. Wenn wir möglichst viele unserer Bedürfnisse befriedigen wollen, müssen wir daher als Produzenten und als Konsumenten wirtschaften. Wirtschaften bedeutet, knappe Mittel möglichst zweckmäßig einzusetzen.
Ihre Knappheit also macht Güter zum Gegenstand des Wirtschaftens. Knappe Güter stehen im Gegensatz zu den freien Gütern, die die Natur den Menschen unbegrenzt zur Verfügung stellt und die unbearbeitet nutzbar sind, z. B. die Sonnenwärme am Strand.

Autorentext

M3 Das Ökonomische Prinzip

Maximalprinzip: Es wird so gehandelt, dass mit gegebenen Mitteln (Input) ein möglichst großer (maximaler) Ertrag (Output) erzielt wird: Haushalte kaufen die Güter, die ihnen den größten Nutzen bringen; Unternehmen setzen ihre Mittel so ein, dass der Gewinn möglichst groß ist.
Minimalprinzip: Es wird so gehandelt, dass ein bestimmtes Ziel (Output) mit dem geringsten (minimalen) Einsatz an Mitteln (Input) erreicht wird: Haushalte kaufen bei dem Anbieter mit dem besten Preis-Leistungsverhältnis; Unternehmen versuchen, einen bestimmten Gewinn mit möglichst geringen Kosten zu erzielen.

Autorentext

M4 Teilen statt besitzen?

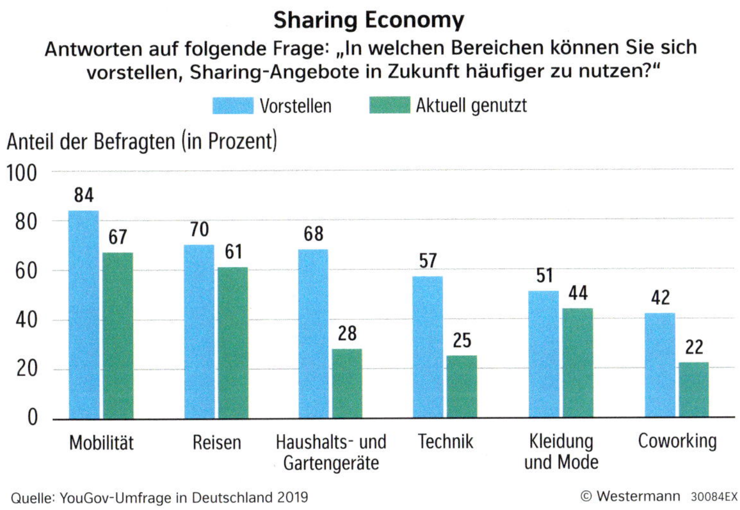

M5 Sharing Economy – Fluch oder Segen?

Die Idee einer Wirtschaft, in der niemand mehr alles, was er nutzen will, besitzen muss, sondern sich stattdessen die Dinge je nach Notwendigkeit Dinge leiht bzw. teilt (share), klingt zunächst wirklich interessant. Beispiele wie Airbnb oder Uber bestätigen den enormen Erfolg dieser neuen Form des Wirtschaftens. Laut eingängigen Studien steigt diese Formen der Nutzung rapide wachsend an (allein im Jahr 2021 machten diese Formen bereits acht Prozent des deutschen Bruttoinlandsprodukts aus). Auch die Menschen sind grundsätzlich immer offener dafür, Dinge zu nutzen, die ihnen gar nicht gehören. Dies hängt auch damit zusammen, dass so aktiv klimapolitisch gehandelt und der eigene Geldbeutel durch entfallende Nebenkosten (Finanzierung, Versicherung) entlastet werden kann, ohne auf die Nutzung an sich zu verzichten. Allerdings zeigen diese neuen Formen auch immer wieder ihre Schattenseiten: Gegen Airbnb beispielsweise laufen in Großstädten schon lange zahlreiche juristische Klagen, da diese Art der Untervermietung oft illegal ist und teilweise auch dazu beiträgt, die sowieso schon hohen Mieten weiter zu steigern. Zudem unterlaufen diese neuen wirtschaftlichen Ideen häufig gängige Geschäftspraktiken: So muss ein Fahrer bei Uber weder über eine entsprechende Ausbildung noch einen diesbezüglichen Versicherungsschutz verfügen, im Gegensatz zum traditionellen Taxifahrer. Dadurch entsteht eine Geschäftspraxis im „Graubereich", die zwar auf Nachfrage stößt und im Sinne der Nachhaltigkeit interessant wirkt, sich allerdings andererseits nicht wirklich vom „normalen" Wirtschaften unterscheidet.

Autorentext

INFO

Sharing Economy
auch Share Economy; Wirtschaftsform, in der ein Unternehmen ein Produkt bereitstellt, das Kunden gegen Gebühr nutzen können (Beispiele: Carsharing, Wohnungen auf Zeit mieten, Taxifahrten u. a.)

Airbnb
Privatpersonen und gewerbliche Anbieter (unter-)vermieten über Airbnb Wohnungen auf Zeit, z. B. an Touristen oder Geschäftsreisende

Uber
Privatpersonen bieten über Uber ihre Autos für Taxifahrten an

1 **Interpretiert** die Zitate in M 1.

2 **Erklärt** die Notwendigkeit wirtschaftlichen Handelns (M 2) und dessen unterschiedliche Prinzipien (M 3).

3 **Bewertet**, ob die dargestellten Prinzipien des wirtschaftlichen Handelns (M 2, M 3) auch für die Sharing Economy (M 4, M 5) gelten.

4 **Diskutiert**, ob die Sharing Economy Fluch oder Segen ist.

3.2 Konsumverhalten der Jugend – konsumieren diese nachhaltig und bewusst?

M1 Typisches Konsumverhalten?

Zeichnung: Gerhard Mester

M2 Wofür wird Geld ausgeben?

Konsumfreudige Jugend

Einnahmen und Ausgaben der 6- bis 19-Jährigen in Deutschland im Jahr 2019

Einnahmen insgesamt 22,6 Milliarden Euro, davon:

9,3 Mrd. €	regelmäßiges Nettogehalt
5,0	regelmäßiges Taschengeld
4,1	Jobs, Nebentätigkeiten
1,9	Geldgeschenke (Zeugnis, Urlaub, Weihnachten, Geburtstag)
1,6	zusätzliches Geld von den Eltern
0,6	Sonstiges

Ausgaben insgesamt 20,1 Milliarden Euro, davon:

4,4 Mrd. €	Kleidung, Mode
2,4	Kneipe, Disco u. ä.
1,5	Getränke
1,4	Fast Food-Restaurants
1,1	Fahrrad, Mofa, Moped, Auto
1,1	Körper-/Haarpflege
1,0	Hobbys
1,0	Süßigkeiten/Eis
1,0	Eintrittskarten
1,0	Sachen fürs eigene Zimmer
0,8	Handygebühren
0,6	Zeitschriften/Bücher
0,6	Sport, Sportartikel, Fitnessstudio
0,5	salzige Knabbersachen/Chips
0,4	Rauchen
0,3	Computer, -software, -spiele, Internet
0,9	Sonstiges

Quelle: iconkids & youth

rundungsbedingte Differenzen

Hochrechnungen auf Basis einer repräsentativen Befragung von 1486 6- bis 19-Jährigen im Zeitraum 8.3. bis 9.4.2019

© Globus 13317

M3 Jugendliche – wirklich so nachhaltig?

Zu den größten Sorgen junger Menschen in Deutschland gehören neben dem Klimawandel eine unsichere wirtschaftliche Zukunft sowie eine schwindende Aussicht auf Alterssicherung. Das ergab die [...] [2021] in Berlin vorgestellte Studie „Jugend in Deutschland“. 56 Prozent der Befragten sorgen sich um den Klimawandel, mit 48 Prozent fürchtet nahezu die Hälfte einen Zusammenbruch des Rentensystems. [...]

Zudem ergab die Studie, dass die Jugend in Deutschland nicht so „grün“ ist, wie angesichts Bewegungen wie „Fridays for Future“ erwartet werden könnte. Rund 60 Prozent der Befragten nutzen demnach regelmäßig Autos, mehr als 80 Prozent können sich zudem kein Leben ohne Auto und ohne den Konsum tierischer Produkte vorstellen. Lediglich 18 Prozent der Jugendlichen wären dazu bereit, dauerhaft auf ein eigenes Auto zu verzichten. In puncto Flugreisen will mit 27 Prozent rund ein Viertel nicht mehr fliegen. Eindeutiger wird es bei der Vermeidung von Wegwerfprodukten aus Plastik, welche bei 65 Prozent der jungen Menschen auf Zustimmung trifft. 40 Prozent der Teilnehmenden können sich zudem den Kauf von gebrauchter statt neuer Ware vorstellen, der Kauf von fairen Produkten oder biologisch hergestellten Lebensmitteln wird von 36 Prozent befürwortet. Mit 44 Prozent erprobt fast die Hälfte der Jugendlichen alternative Ernährungsformen, 26 Prozent sind dazu bereit, sich langfristig fleischlos zu ernähren. Für die vegane Ernährungsweise ohne jegliche tierische Produkte sind allerdings nur 16 Prozent zu begeistern. „Die große Mehrheit ist noch nicht bereit, die liebgewordenen Gewohnheiten in den Bereichen Konsum, Mobilität, Ernährung aufzugeben und wartet erst einmal auf Entscheidungshilfen durch die Politik“, sagt Mitautor der Studie Klaus Hurrelmann.

Johanna Christner, Nicht so „grün“ wie gedacht, in: https://www.faz.net/aktuell/gesellschaft/menschen/jugend-in-deutschland-studie-zu-konsumverhalten-und-klimaschutz-17646602.html, 22.11.2021

GLOSSAR

Nachhaltigkeit

WEBCODE

WES-116803-301
Einfach erklärt: Nachhaltigkeit

M4 Problem des „Gamblings“

Junge Menschen schließen immer öfter beim digitalen Spielen in Apps unbeabsichtigt Verträge ab. Nach Angaben des Thüringer Kinderschutzes kommt es bei Kindern und Jugendlichen, die am Handy oder am Tablet daddeln, auch häufiger zur Anhäufung von Schulden. Summen gingen zwar selten über die 1 000 Euro hinaus, sagte der Jugendmedienreferent der Landesarbeitsgemeinschaft Kinder- und Jugendschutz Thüringen, Ingo Weidenkaff, [...], „aber je geringer die Summen, desto häufiger werden die Fallgeschichten.“ Höhere Verschuldung hingegen sei selten. [...] Kinder können sich Online-Spiele oft kostenlos aus den App-Stores herunterladen und sofort spielen. Schneller ins nächste Level aufsteigen oder zusätzliche Leben haben: Solche Extras sind später nicht selten über sogenannte In-App-Käufe zu bekommen. Die Grenze zwischen dem Spielen, also dem Gaming und dem Glücksspiel, dem sogenannten Gambling, verschwimme mehr und mehr, sagt Weidenkaff. Aus Sicht des Kinder- und Jugendschützers können Eltern sich und ihre Kinder schützen. Viele Kinder verfügten über zu viel Taschengeld, erzählt Weidenkaff. „Manche verzocken das regelrecht.“ Er rät Eltern dazu, die Taschengeld-Rahmen mit Bedacht abzustecken. Sie sollten zudem keine Kreditkartendaten an ihre Kinder weitergeben. „Das ist ganz wichtig zu benennen, da solche Fälle immer wieder auftreten“, so Weidenkaff.

Zockende Kinder: Schulden „selten über 1 000 Euro hinaus“, dpa-Meldung vom 18.05.2021 © dpa

1 **Vergleicht** die Karikatur und das Foto in M 1 und **formuliert** Hypothesen, welche Probleme bei dem Konsum Jugendlicher dargestellt werden.

2 **Analysiert** M 2.

3 **Erstellt** auf Basis von M 2–M 4 einen Flyer, in welchem ihr **darstellt**, was Jugendliche heutzutage konsumieren und welche Probleme aktuell entstehen können.

3.3 Bewusst einkaufen? Das Problem des Greenwashing

M1 Alles grün?

Zeichnung: Timo Essner

M2 Ressourcenverbrauch

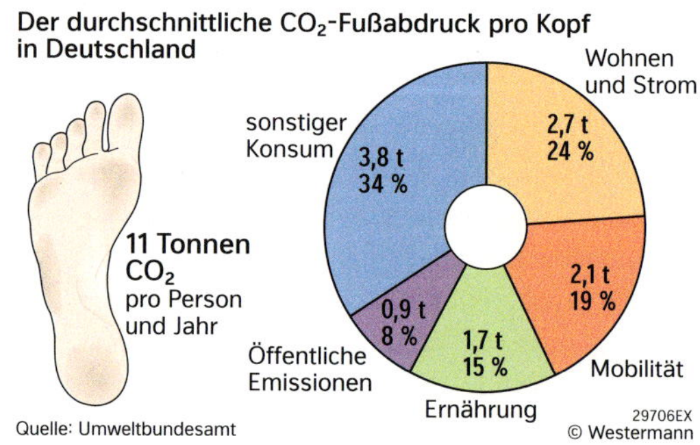

M3 Was bedeutet „nachhaltiger Konsum"? Eine Definition des Bundesumweltministeriums

Nachhaltiger Konsum ist Teil einer nachhaltigen Lebensweise und ein Verbraucherverhalten, das unter anderem Umweltaspekte und soziale Aspekte bei Kauf und Nutzung von Produkten und Dienstleistungen berücksichtigt. Nachhaltiger Konsum betrifft dabei auch das Nutzungsverhalten und Entsorgungsverhalten von Ressourcen im Alltag.

Folgt man dem Leitbild nachhaltiger Entwicklung ist Konsum dann nachhaltig, wenn er „den Bedürfnissen der heutigen Generation entspricht, ohne die Möglichkeiten künftiger Generationen zu gefährden, ihre eigenen Bedürfnisse zu befriedigen und ihren Lebensstil zu wählen". Dabei müssen wir beachten, dass sich der Konsum in Deutschland aufgrund globaler Produktionsprozesse und Lieferketten sowohl auf die Umwelt als auch auf die Menschen im Ausland auswirkt.

Nachhaltiger Konsum reicht damit in den individuellen Lebensstil des Menschen hinein. Der nachhaltige Konsument ist der ökologisch und sozial verantwortliche Bürger. Nachhaltiger Konsum bedeutet vor allem: bewusster Konsum, genauer hinzuschauen und eine eigene „Gesamtbilanz" im Auge zu haben.

Nachhaltiger Konsum, https://www.bmuv.de/themen/nachhaltigkeit-digitalisierung/konsum-und-produkte/nachhaltiger-konsum, 25.02.2022

M4 Enthüllungen zu Fynn Kliemann

Die Recherche des „ZDF Magazin Royale" um Jan Böhmermann und Hanna Herbst (Chefin vom Dienst beim Magazin Royale) schlug ein wie eine Bombe: Der bislang als sympathisch-verpeilt geltende Influencer Fynn Kliemann hat anscheinend unter anderem im großen Stil Corona-Masken aus Ländern wie Bangladesch und Vietnam eingekauft und als „faire

und in Europa hergestellte" Masken weiterverkauft. Die Näher:innen erhielten dafür weniger als das Existenzminimum in ihrem Land. Besonders dreist: Kliemann sackte für seine Betrugsmasken einen Sonderpreis des Next Economy Awards für Nachhaltigkeit ein. Die dahinterstehende „Stiftung Deutscher Nachhaltigkeitspreis" reagierte auf die Enthüllungen des „ZDF Magazin Royale" nun ebenso schnell wie konsequent: „Weil er unlautere Methoden angewendet und uns mit Greenwashing hintergangen hat, erkennen wir ihm den Preis ab", heißt es in einer Mitteilung der Stiftung.
Dabei wäre die Produktion in Bangladesch und Vietnam nicht einmal ein grundsätzliches Problem für die Stiftung gewesen: „Andere Preisträger zeigen übrigens, dass man auch in Bangladesch und Vietnam überprüfbar zu fairen und ökologischen Bedingungen produzieren kann." Kliemann habe diese Maßstäbe aber nicht erfüllt und laut Stiftung damit auch diesen fair produzierenden Unternehmen „einen Bärendienst erwiesen".
Noch wichtiger und entscheidend für die Aberkennung des Preises: Kliemann hatte einen Teil der Masken an Flüchtlingslager gespendet – klang gut, allerdings hatte Kliemann die Masken kostenlos erhalten, da sie nicht den vereinbarten Qualitätsstandards entsprachen. Das „ZDF Magazin Royale" ergänzt dazu auf Twitter: „Die Masken waren ‚einlagig statt doppellagig', also viel zu dünn, selbst für niedrige Ansprüche an eine Infektionsschutzwirkung. Die Gummibänder der Masken waren von unterschiedlicher Länge und Farbe, die Nähte lösten sich viel zu leicht." Diese Ausnutzung von Notlagen, so die Stiftung DNP, „ist mit allem, was wir unter Nachhaltigkeit verstehen, nicht zu vereinbaren".

INFO
DNP
Deutscher Nachhaltigkeitspreis

„Mit Greenwashing hintergangen" – Fynn Kliemann verliert Nachhaltigkeitspreis, in: https://www.stern.de/lifestyle/leute/fynn-kliemann---mit-greenwashing-hintergangen----stiftung-entzieht-preis-31837458.html, 07.05.2022

M5 Selbstdarstellung der Firma „Oderso" von Fynn Kliemann

Organische und recycelte Materialien, mit möglichst kurzer Anreise innerhalb Europas, mit Liebe in Handarbeit zu fairen Arbeits- und Lebensbedingungen in Europa, zu einem langlebigen Kleidungsstück gefertigt. Verschickt in nachhaltigen Verpackungen, CO_2-neutral bis zu dir nach Hause. Damit nicht nur Du Dich lange über Deine neuen Klamotten freuen kannst, sondern auch alle, die sie zu Dir auf dem Weg der Produktion in der Hand hatten. [...] Wir lassen seit ODERSO Gründung in 2018 hauptsächlich in Europa produzieren. In Portugal und Serbien. Die beiden Länder haben nämlich, neben gutem Essen, ein paar wichtige Dinge gemein: Es gibt Arbeitsschutzgesetze, Mindestlöhne und somit klare Regeln, wie faire Arbeits- und Pausenzeiten und die Bezahlung aussehen müssen. [...]
Und ich will kein anonymes Arbeitslager, ich möchte ein Team, das zusammen Spaß an der Herstellung und dem Miteinander hat. Menschen, die sich verstehen, gemeinsam an einer Vision arbeiten und Lust haben morgens zur Arbeit zu fahren. Das will ich für mich und du für dich doch auch. Warum sollte für die Produktion meiner Klamotten etwas anderes gelten? [...]
Am Ende darf man sich aber nichts vormachen. Der einzig richtige Konsum, ist der Verzicht darauf. Überleg dir vorher gut, ob du das wirklich wirklich willst. Wenn ja, kann ich dir versprechen, dass ich alles dafür getan habe und tun werde, dass es so unschädlich und so fair wie möglich ist und wünsch dir und deinen neuen Sachen eine lange, lange Zeit zusammen.

Der Influencer Fynn Kliemann setzt sich mit seiner Firma „Oderso" und seinem „Kliemannsland", einem eigenen „Kreativpark", für nachhaltige Produktion ein – tatsächlich oder angeblich?

Materialien & Nachhaltigkeit bei ODERSO, in: https://oderso.cool/pages/materialien-mission-nachhaltigkeit, 15.11.2022

1 **Beschreibt** M 1 und **formuliert** mögliche Deutungshypothesen.
2 **Analysiert** M 2.
3 **Fasst** die Definition von „nachhaltigem Konsum" in M 3 **zusammen**.
4 **Überprüft** am Fall von Fynn Kliemann, ob hier Greenwashing vorlag (M 4, M 5).
5 **Diskutiert** ausgehend vom Fall Fynn Kliemann (M 3–M 5), ob eine nachhaltige Produktion und ein nachhaltiges Konsumieren in unserer Gesellschaft überhaupt möglich ist.

3.4 Der Markt – wozu brauchen wir Geld?

M1 Zitate zu Angebot und Nachfrage

Das Angebot schafft sich seine Nachfrage. Ganz salopp gesagt: Wo ein Krankenhaus ist, liegt auch ein Kranker drin.

Norbert Blüm (1935–2020), deutscher Politiker

Das Angebot lässt zwar immer die Nachfrage zu, beantwortet sie jedoch nur zeitweise gültig.

Gerd W. Heyse (1930–2020), deutscher Lyriker

Wir sind dabei, die Welt zu reduzieren auf Angebot und Nachfrage.

Gertrud Höhler, deutsche Publizistin und Unternehmensberaterin

M2 Der Markt als „Nervenzentrum“ der Wirtschaft

Der Markt ist gewissermaßen das Nervenzentrum der Wirtschaft. In ihm treffen die Wünsche und Absichten von Konsumenten und Produzenten aufeinander, von Arbeitgebern und -nehmern, von Vermietern und Mietern, von Kapitalgebern und -nehmern – kurz: von Angebot und Nachfrage!

Die verschiedenen Marktpartner verfolgen unterschiedliche Ziele: Der Konsument will möglichst billig einkaufen, der Produzent möglichst teuer verkaufen. Andererseits will der Arbeitnehmer möglichst hohe Einkünfte erzielen, der Arbeitgeber mit möglichst niedrigen Löhnen auskommen – und so könnte man die Gegenüberstellung beliebig fortsetzen. Wer kauft (seien es Waren oder Arbeitskraft), ist immer an niedrigen Preisen, wer verkauft (gleich, ob seine Arbeitskraft oder Waren), immer an möglichst hohen Preisen interessiert. Diese widerstreitenden Interessen zum Ausgleich zu bringen, das ist in der freien Marktwirtschaft die Aufgabe des Preises.

Walter Lippens, Im Kreislauf der Wirtschaft, Bank-Verlag: Köln 2002, S. 91

Erscheinungsformen des Geldes: Bargeld, Kontoauszüge und Onlinebanking

M3 Funktionen des Geldes im Markt

In einer Gesellschaft ohne Geld kämen Angebot und Nachfrage über den Markt nur schwer in ein für alle Beteiligten zufriedenstellendes Gleichgewicht. Denn Waren müssten untereinander so lange getauscht werden, bis letztlich das eigentlich Gewünschte eingetauscht werden kann. Aus diesem Grund hat man Geld als Zahlungsmittel eingeführt. Dieses übernimmt die Funktion des zentralen Tauschmittels: Statt Waren zu tauschen, wird Geld gegen Ware getauscht. So kann der Tauschvorgang auch zeitlich und örtlich verlegt werden: Der Käufer bezahlt für Ware dem Verkäufer Geld. Dieser wiederum kann zu einer anderen Zeit an einem anderen Ort eine andere Ware kaufen. Darüber hinaus ist Geld auch eine Recheneinheit, mit dem der Preis bzw. der Wert einer Ware abgebildet wird. Dies ermöglicht dem Käufer aber auch dem Verkäufer den Vergleich von Preisen für dieselbe Ware. Außerdem dient Geld zur Aufbewahrung von erworbenen (finanziellen) Werten. So können Tauscherlöse (beispielsweise Geld gegen Arbeit) gespart werden. Aus all diesen Gründen ist Geld als gesetzliches Zahlungsmittel anerkannt.

Autorentext

M4 Formen des Marktes

	Nachfrager		
Anbieter	**viele**	**wenige**	**ein**
viele	Polypol	Nachfrageoligopol	Nachfragemonopol
wenige	Angebotsoligopol	zweiseitiges Oligopol	beschränktes Nachfragemonopol
ein	Angebotsmonopol	beschränktes Angebotsmonopol	zweiseitiges Monopol

M5 Bitcoin – die digitale Währung der Zukunft?

Für den US-Rapper Jay-Z und Twitter-Gründer Jack Dorsey sollte es ein großer Auftritt werden. Sie wollten ärmeren Menschen im New Yorker Stadtteil Brooklyn eigentlich kostenlose Bitcoin-Kurse spendieren, um über das Thema aufzuklären und Wissen zu vermitteln. Doch nach diesem Wochenende dürfte das Interesse nicht mehr allzu groß sein: Die größte und älteste Kryptowährung Bitcoin stürzte um bis zu 14 Prozent ab auf unter 18 000 US-Dollar – der tiefste Stand seit Ende 2020.

Bei dieser Entwicklung spielten die Sorgen an den Finanzmärkten insgesamt eine wichtige Rolle, sagt Sören Hettler, Analyst bei der DZ-Bank. „Das sind mehrere Baustellen, die hier zusammenkommen", sagt er. „Zum einen die deutlich restriktiver auftretenden Zentralbanken, die klar gemacht haben, dass sie gegen die hohen Inflationsraten vorgehen werden – und zwar mit Entschlossenheit und höheren Leitzinsen. Das ist ein Punkt, der dem Kryptomarkt zu schaffen macht." Privatanleger und große Investoren ziehen ihr Geld aus Kryptowährungen ab, weil durch das Vorgehen der Zentralbanken risikoärmere Investments – wie z. B. Anleihen – wieder interessanter werden. Doch die Abwärtsspirale von Bitcoin, Ethereum & Co. ist auch hausgemacht. Da ist z. B. Celsius Network, eine Art Bank, die auch Kryptowährungskredite vergibt und sehr hohe Renditen verspricht. Aus Sorge vor einer finanziellen Schieflage musste Celsius den Zahlungsverkehr vergangene Woche aber einfrieren. Überweisen, umtauschen oder auszahlen von Währungen ist seither nicht mehr möglich. Ein herber Vertrauensverlust. Man steuere durch große Herausforderungen, sagte Celsius-Chef Alex Mashinsky in einem kurzen Video. Man wolle jetzt „Liquidität stabilisieren". Die Community beruhigt das in den sozialen Netzwerken kaum. Sogar der Chef der US-Börsenaufsicht SEC ruft Anleger zu mehr Skepsis auf. Für Volker Brühl vom Center for Financial Studies an der Universität Frankfurt zeigt der Fall Celsius, dass das Problem in der „mangelnden Regulierung und Aufsicht" liege. Denn Transparenz und Anlegerschutz griffen „bei solchen Plattformen entweder gar nicht oder nur teilweise, und das merken jetzt die Investoren".

Allein seit Anfang [...] [2022] hat der Bitcoin mehr als 60 Prozent seines Wertes verloren. Ethereum, die zweitgrößte Kryptowährung, büßte sogar mehr als 70 Prozent an Wert ein. [...] Immer wieder gibt es in der Kryptowelt große Ausschläge nach oben und unten.

INFO

Ethereum
Kryptowährung

Constantin Röse, Die Gründe des Bitcoin-Absturzes, in: https://www.tagesschau.de/wirtschaft/finanzen/kryptomarkt-101.html, 21.06.2022

1 **Benennt** eure Assoziationen zu den Zitaten in M 1.
2 **Erklärt**, was ein Markt ist (M 2).
3 **Charakterisiert** die Funktionen des Geldes im Markt (M 3).
4 **Erläutert** die unterschiedlichen Marktformen an selbstgewählten Beispielen (M 4).
5 **Überprüft**, ob die Funktionen des Geldes (M 3) auch bei der digitalen Währung Bitcoin (M 5) wirken.
6 **Diskutiert**, ob Bitcoin die digitale Währung der Zukunft sein wird (M 5).

Wie der Marktpreis entsteht

WEBCODE

WES-116803-302
Einfach erklärt:
Das Marktmodell

Preise sind offenbar ständig in Bewegung. Die Anbieter schlagen einen Preis vor. Ausschlaggebend sind für sie die Beschaffungskosten und eine Gewinnerwartung. Das Kaufverhalten der Kunden – ihre Nachfrage – hat dann wieder Einfluss darauf, zu welchen Preisen die Verkäufer ihre Ware in der Folge anbieten. Der Anbieter versucht dabei, Konsequenzen aus der Preisentwicklung zu ziehen. Er wird sich fragen: War ich zu billig und wäre ich meine Ware auch zu einem höheren Preis losgeworden? War ich zu teuer und muss daher einen Teil meiner Ware wieder mitnehmen? Welches wäre der richtige Preis gewesen?

Will man die Wechselwirkungen zwischen Angebot, Nachfrage und Preis gleichsam am Modell studieren, muss man sich auf einige Bedingungen einlassen, die man in der Wirklichkeit so kaum vorfindet:

- Anbieter und Nachfrager richten sich bei ihrem Verhalten nur nach dem ökonomischen Prinzip. Die Sympathie für die eine oder die andere Spargelhändlerin spielt demnach beim Einkauf keine Rolle.
- Es gibt bei dem angebotenen Produkt keinen Qualitätsunterschied, der einen Preisunterschied rechtfertigt.
- Alle Käufer und Verkäufer sind über die Preise an den verschiedenen Verkaufsständen informiert. Jede Veränderung der Bedingungen ist gleichzeitig allen Marktteilnehmern bekannt.

Die Marktpreisbildung am Beispiel des Spargelhandels

QUERVERWEIS

Wirtschaft – warum überhaupt?
S. 98 f.

Der Markt – wozu brauchen wir Geld?
S. 104 f.

Auf dem Wochenmarkt bieten drei Spargelverkäufer Spargel jeweils zu je 10 kg gebunden an. Händler A1 will diese Menge für mindestens 40 € verkaufen, Händler A2 für mindestens 50 € und Händler A3 verlangt sogar mindestens 60 € je 10-kg-Bund.

Zur gleichen Zeit befinden sich drei Einkäufer dreier Restaurants auf dem Markt, um Spargel zu kaufen. Käufer N1 will höchstens 40 € je Spargelbund bezahlen, Käufer N2 höchstens 50 € und Käufer N3 höchstens 60 €.

Diese Ausgangslage auf dem Markt kann tabellarisch wie folgt dargestellt werden:

Angebote der Händler (A)			**Nachfrage der Käufer (N)**		
Händler	Mindestpreis €	angebotene Menge in kg	Käufer	Höchstpreis €	nachgefragte Menge in kg
A1	40	10	N1	40	10
A2	50	10	N2	50	10
A3	60	10	N3	60	10

Daraus ergibt sich folgende Angebots-Nachfrage-Situation auf dem Markt für Spargel:

Angebotsseite					**Nachfrageseite**				
Preis	A1	A2	A3	Gesamtangebot	Preis	A1	A2	A3	Gesamtangebot
40 €	10 kg	–	–	10 kg	40 €	10 kg	10 kg	10 kg	30 kg
50 €	10 kg	10 kg	–	20 kg	50 €	–	10 kg	10 kg	20 kg
60 €	10 kg	10 kg	10 kg	30 kg	60 €	–	–	10 kg	10 kg

Auf einem realen Markt hätten vielleicht zufällig Käufer N1 bei Händler A1, Käufer N2 bei Händler A2 und Käufer N3 bei Händler A3 gekauft – und alle hätten alles verkauft. In unserem Modell aber besteht vollständige Information, welche Händler A1 und Käufer N3 von einem solchen Austausch abhalten würde.

Wenn man die Preis- und Mengenpunkte der Nachfrageseite (40 €/30 kg – 50 €/20 kg – 60 €/10 kg) verbindet, erhält man die Nachfragekurve N (Grafik auf Seite 107); bei einer Verbindung der Preis- und Mengenpunkte der Angebotsseite (40 €/10 kg – 50 €/20 kg – 60 €/30 kg) ergibt sich die Angebotskurve A. Im Schnittpunkt beider Kurven (G) stimmen nachgefragte und angebotene Menge überein.

Die Wirkungen der Preisentwicklung unterliegen einer bestimmten Gesetzmäßigkeit:

- *Mit steigendem Preis nimmt das Angebot zu, mit sinkendem Preis nimmt es ab.*
- *Mit steigendem Preis nimmt die Nachfrage ab, mit sinkendem Preis nimmt sie zu.*

Im Modell kommt es bei einem Preis von 50 € zu einem Ausgleich von Angebot und Nachfrage. Einen solchen Preis nennt man Gleichgewichtspreis. Bevor das Gleichgewicht erreicht ist, können sich die Preise laufend verändern.

In der Realität würde der Händler A3 seine Ware natürlich nicht wie im Modell wieder einpacken und z. B. zu Hause kompostieren – sondern mit dem Preis heruntergehen. Der Sinn des Modells besteht hier jedoch darin, zu verdeutlichen, dass ein Preis von über 50 € dauerhaft nicht zu erzielen ist – und Anbieter, die einen solchen Preis nicht gewährleisten können, über kurz oder lang vom Markt verdrängt werden.

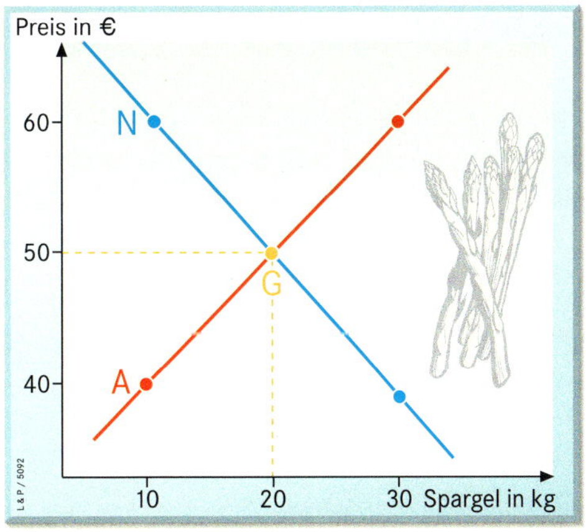

Angebots- und Nachfragefunktion

Preis	Angebot	Nachfrage	Umsatz Menge · Preis
40 €	10 kg	30 kg	400 €
50 €	20 kg	20 kg	1 000 €
60 €	30 kg	10 kg	600 €

Verhalten sich Anbieter und Nachfrager auf allen Gütermärkten so, wie es im Modell dargestellt wurde, dann entfaltet der Preis weitreichende Wirkungen.

- Der Preis verrät den Nachfragern und Anbietern, wo Güter günstig zu haben sind, da sie reichlich zur Verfügung stehen, und wo das Angebot so knapp ist, dass die Anbieter hohe Preise durchsetzen können (**Signalfunktion** des Preises).
- Der Preis stimmt die Entscheidungen der Käufer und Verkäufer so aufeinander ab, dass Angebot und Nachfrage zum Ausgleich kommen (**Ausgleichsfunktion** des Preises).
- Anbieter ziehen Geld und Arbeitskraft – freiwillig oder unfreiwillig – dort ab, wo es zu wenig zu verdienen gibt, und setzen sie dort ein, wo sie mehr Erfolg versprechen (**Lenkungsfunktion** des Preises).
- Die Orientierung am Preis leitet Anbieter und Nachfrager dazu an, jeweils die wirtschaftlichste Entscheidung zu treffen (**Erziehungsfunktion** des Preises).

Diese Wirkungen des Preises sind den Menschen bei ihren Alltagsgeschäften nicht bewusst. Die steuernde Kraft des Preises entfaltet sich quasi hinter ihrem Rücken, zumal sie sich gegen eine unendliche Zahl von Motiven durchzusetzen hat, die mit dem ökonomischen Prinzip nichts zu tun haben. Mit Recht hat der Nationalökonom Adam Smith die Leistung des Preismechanismus mit dem Wirken „einer unsichtbaren Hand" verglichen.

1 **Erklärt** am Beispiel des hier skizzierten Spargelverkaufes die Entstehung des Gleichgewichtspreises. Bezieht euch dafür auch auf die Grafik auf dieser Seite.

2 **Entwickelt** für ein Produkt aus eurer Nähe ein vergleichbares Beispiel und **stellt** es euren Mitschülerinnen und Mitschülern **vor**.

3 An einem Wochenmarkt im Mai ist ein extrem großes Angebot für wenig Nachfrager vorhanden, während dies im November genau andersherum ist. **Erläutert**, was in diesem Fall mit dem Gleichgewichtspreis passiert. **Recherchiert** wenn nötig auch im Internet dazu.

4 **Diskutiert** vor dem Hintergrund der verschiedenen Marktformen und eigener Erfahrungen, ob dieses Modell in der Praxis immer funktioniert.

5 Man hört zuweilen den Ausruf: „Das ist ja viel zu teuer!" **Schreibt** in Partnerarbeit Produkte **auf**, die eurer Ansicht nach zu teuer sind, und macht Preisvorschläge. **Begründet**, welchen Maßstab ihr bei eurer Einschätzung „zu hoher" Preise angelegt habt.

3.5 Die freie Marktwirtschaft

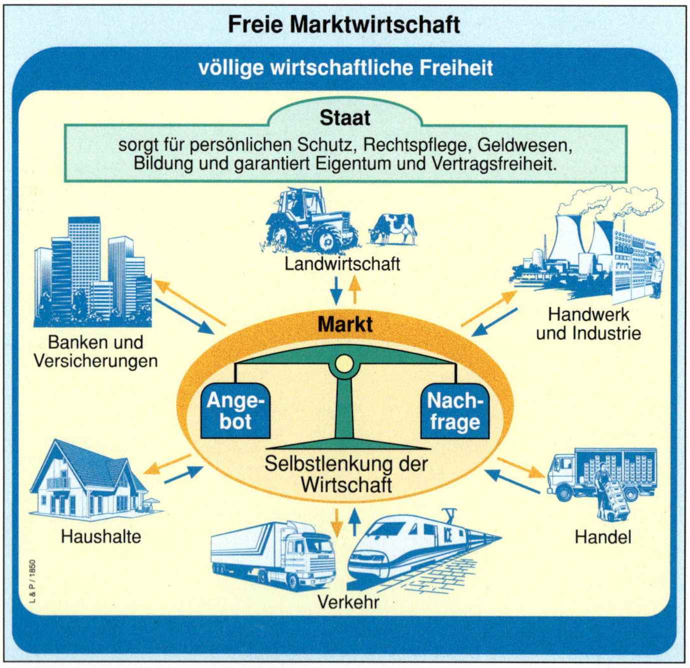

Funktionsweise der freien Marktwirtschaft

Die Organisation des Marktgeschehenes, d. h. des Aufeinandertreffens von Angebot und Nachfrage erfolgt in einer sogenannten Wirtschaftsordnung, die festlegt, welche Rolle der Staat und die Wirtschaft in diesem Geschehen einnehmen.

Die freie Marktwirtschaft beruht auf den Ideen des Liberalismus, wie sie auch der schottische Gelehrte Adam Smith vertrat. Im Jahr 1776 veröffentlichte er ein ökonomisches Konzept, das die freie Marktwirtschaft begründete. Smith war der Überzeugung, dass seine Wirtschaftsordnung Wohlstand für alle versprach. Doch konnte die freie Marktwirtschaft dieses Versprechen in der Umsetzung tatsächlich halten?

Adam Smith (1723–1790), schottischer Aufklärer und Nationalökonom

M1 Merkmale der freien Marktwirtschaft

Auf den Ideen und Gedanken des klassischen Liberalismus beruhende Wirtschaftsordnung, die jedem Einzelnen volle Selbstverantwortung und wirtschaftliche Entscheidungs- und Handlungsfreiheit gewährt. Der Staat hat lediglich die Aufgabe, Schutz, Sicherheit und Eigentum der Bürger zu gewährleisten, ein Zahlungsmittel bereitzustellen sowie das Rechtssystem zu erhalten („Nachtwächterstaat"). Der Staat enthält sich ansonsten der wirtschaftlichen Einflussnahme und überlässt die Steuerung der Wirtschaft alleine dem Markt, d. h. dem Gesetz von Angebot und Nachfrage. Kennzeichen der freien Marktwirtschaft sind z. B. Privateigentum an den Produktionsmitteln, freier Wettbewerb, freie Preisbildung, Gewerbefreiheit und Konsumfreiheit.

Freie Marktwirtschaft, in: https://www.bpb.de/kurz-knapp/lexika/lexikon-der-wirtschaft/19325/freie-marktwirtschaft/, 15.11.2022

QUERVERWEIS

Prinzipien eines freiheitlichen Staates S. 12 f.

M2 Adam Smith und die „unsichtbare Hand"

Adam Smith beschäftigte sich 1776 in seinem Buch „Der Wohlstand der Nationen" mit der Frage, wie die Wirtschaft zu seiner Zeit funktionierte. Dabei kam er zu der Schlussfolgerung, dass die Menschen nach ihren eigenen Zielen streben würden und es dabei zu einer Teilung der Gesellschaft käme: Die erfolgreichen Menschen würden sich durchsetzen und dadurch viel Besitz erwerben. Diese Güter würden sie – verleitet durch Egoismus – dafür nutzen, die weniger erfolgreicheren Menschen zu beschäftigen, denen sie so Arbeit und Lohn gaben und somit zugleich sicherstellten, dass alle Menschen Zugang zu den verschiedenen Waren hätten. In diesem Sinne wirkte für Smith eine „unsichtbare Hand" (invisible hand) des Marktes, die aufgrund des Eigensinns der Menschen dafür sorgte, dass der Wohlstand sich quasi automatisch (über Arbeit, Lohn und Produkte) von oben nach unten über alle Bevölkerungsschichten verteilte. Damit dies funktioniere, müsse der Markt frei von allen staatlichen Eingriffen und Beschränkungen bleiben, lediglich den Schutz des Privateigentums solle der Staat gewährleisten.

Autorentext

M3 Henry Ford – Autos vom Fließband

Zwischen 1915 und 1925 wurde das Modell T, auch „Tin Lizzy" genannt, nur in Schwarz produziert, da so nur eine Lackierstraße benötigt wurde und dieser Lack zudem am schnellsten trocknete.

In der freien Marktwirtschaft entstanden, wie das Beispiel Henry Ford verdeutlicht, neue Formen der Produktion: Durch die Fließbandarbeit konnten viel mehr Autos als früher produziert werden, was Ford nicht nur zu einem reichen Mann machte, sondern dazu führte, dass seine Autos – wie viele andere Güter – auch für Fords Arbeiter erschwinglich wurden. Der Preis des Modells T sank z. B. von 850 auf nur noch 300 US-Dollar. Anfangs hatte sich nur eine gut betuchte Minderheit das Vergnügen leisten können, mit einem Auto über die Straßen zu rollen. Mit dem Fließband wandelte sich das Auto in ein Massenprodukt.
Der freie Markt führte also zu einer Hebung des Wohlstandes für alle Menschen und ermöglichte zudem technische Innovationen.

Autorentext

INFO

Wirtschaftsordnung
Rechts- und Organisationsform der wirtschaftlichen Abläufe, bei der die Rolle des Staates und der Wirtschaft festgelegt werden

GLOSSAR

Marktwirtschaft

M4 Kinderarbeit und Armut im 19. Jahrhundert

Kinderarbeit in Aschaffenburg (Mitte des 19. Jh.)

Obdachlose in einem Berliner Arbeitshaus (Mitte des 19. Jh.)

1 **Benennt** wesentliche Merkmale der freien Marktwirtschaft (M 1, M 2).

2 **Erklärt** die Funktionsweise der freien Marktwirtschaft. **Geht** dabei auch auf das Konzept der „unsichtbaren Hand" **ein** (M 2).

3 **Diskutiert**, ob die freie Marktwirtschaft wirklich Wohlstand für alle brachte. **Erarbeitet** dafür Pro- und Kontra-Argumente (M 3, M 4).

4 **Bewertet** abschließend das Konzept der „unsichtbaren Hand" und **formuliert** einen Brief an Adam Smith, in dem ihr euch mit seiner These **auseinandersetzt**.

3.6 Die Zentralverwaltungswirtschaft

Funktionsweise der Zentralverwaltungswirtschaft

Vor dem Hintergrund der steigenden sozialen Ungleichheiten, die mit der freien Marktwirtschaft einhergingen, setzte sich u. a. der deutsche Philosoph und Ökonom Karl Marx (1818-1883) mit den hieraus resultierenden Problemen auseinander und forderte eine Umgestaltung der Wirtschaftsordnung. Auf der Grundlage seiner Ideen entwickelte man die Zentralverwaltungswirtschaft. Aber ist dieses auch Planwirtschaft genannte Wirtschaftssystem, das z. B. in der DDR umgesetzt wurde, tatsächlich eine Alternative?

GLOSSAR

Kapitalismus

Die Karikatur zeigt Karl Marx: „Tut mir leid Jungs! War halt nur so'ne Idee von mir …"

Zeichnung: Roland Beier

M1 Merkmale der Zentralverwaltungswirtschaft

Bereits das im Jahr 1848 gemeinsam von Karl Marx und Friedrich Engels veröffentlichte „Kommunistische Manifest" forderte eine Verstaatlichung aller „Produktionsinstrumente" und eine „Zentralisation" der Wirtschaft.

Wirtschaftsordnung, in der eine zentrale Planungsbehörde den gesamten Wirtschaftsprozess unter politischen und wirtschaftlichen Gesichtspunkten plant, lenkt und kontrolliert; wird häufig auch als Planwirtschaft bezeichnet. Kennzeichen sind z. B. Kollektiveigentum an den Produktionsmitteln, zentrale Wirtschaftsplanung, staatliche Preisfestlegung für Güter und Dienstleistungen oder staatliche Lenkung von Berufs- und Arbeitsplatzwahl.

Zentralverwaltungswirtschaft, in: https://www.bpb.de/kurz-knapp/lexika/lexikon-der-wirtschaft/21253/zentralverwaltungswirtschaft/, 15.11.2022

M2 Karl Marx: Kritik am Kapitalismus

Das selbsterarbeitete, sozusagen auf Verwachsung des einzelnen, unabhängigen Arbeitsindividuums mit seinen Arbeitsbedingungen beruhende Privateigentum wird verdrängt durch das kapitalistische Privateigentum, welches auf Exploitation fremder, aber formell freier Arbeit beruht. [...] Diese Expropriation vollzieht sich durch das Spiel der immanenten Gesetze der kapitalistischen Produktion selbst, durch die Zentralisation der Kapitale. Je ein Kapitalist schlägt viele tot. Hand in Hand mit dieser Zentralisation [...] entwickelt sich die planmäßige Ausbeutung der Erde [und] die Verschlingung aller Völker in das Netz des Weltmarktes [...]. Mit der beständigen Abnahme der Zahl der Kapitalmagnaten [...] wächst die Masse des Elends, des Drucks, der Knechtschaft, der Entartung, der Ausbeutung, aber auch die Empörung [...]. Das Kapitalmonopol wird zur Fessel der Produktionsweise, die mit und unter ihm aufgeblüht ist. Die Zentralisation der Produktionsmittel und die Vergesellschaftung der Arbeit erreichen einen Punkt, wo sie unverträglich werden mit ihrer kapitalistischen Hülle. Sie wird gesprengt. Die Stunde des kapitalistischen Privateigentums schlägt. Die Expropriateurs werden expropriiert.

Karl Marx, Das Kapital. Kritik der politischen Ökonomie, Bd. 1, Dietz: Berlin 1984, S. 790 f.

M3 Mieten

Ein Grund, froh zu sein

Ab 1. Juli erhielten Tausende Schwedter die neuen Mietverträge für ihre Neubauwohnungen. Besonders die älteren Bürger sind darüber sehr erfreut. Ich sprach mit einigen, und sie sagten mir, so viel Ermäßigung hätten sie nicht erwartet. Wenn man bedenkt, dass jetzt für eine Einraumwohnung mit Fernheizung, Warmwasser und schönem Balkon nur noch 40 Mark Miete gezahlt zu werden brauchen, hat man wirklich allen Grund, froh zu sein.

Herta Lingk, Schwedt (Oder)

Freie Presse, Karl-Marx-Stadt, August 1978

M4 Versorgung mit Gütern

Warteschlange vor einem Geschäft in Leipzig 1988

M5 Zur Wirtschaft der DDR

Anteil der staatlichen Subventionen für den Grundbedarf der DDR-Bevölkerung (Grundnahrungsmittel, Kinderkleidung, Tarife für Energie und Verkehr, Wohnungsmieten)		
1970	11,4 Mrd. M	18,6 % der um die Einnahmen der Sozialversicherung bereinigten Staatshaushaltsausgaben
1988	61,6 Mrd. M	24,6 % der um die Einnahmen der Sozialversicherung bereinigten Staatshaushaltsausgaben

Altersstruktur der Ausrüstungen in der Industrie im Jahr 1989 (Angaben in Prozent)		
Altersgruppe	**DDR**	**BRD**
bis 5 Jahre	27	40,2
5–10 Jahre	22,4	29,7
10–20 Jahre	29,2	24,7
über 20 Jahre	21,4	5,4

INFO

Exploitation
Ausbeutung

Expropriation
Enteignung

1. **Erläutert** die Kritik von Marx am Kapitalismus (M 2).
2. **Benennt** die Merkmale der Zentralverwaltungswirtschaft (M 1).
3. **Erklärt** die Funktionsweise der Zentralverwaltungswirtschaft.
4. **Beschreibt** die Karikatur zu Karl Marx und formuliert eine Deutungshypothese.
5. **Erörtert** Vor- und Nachteile der Wirtschaftsordnung (M 3–M 5). **Recherchiert** dafür auch nach weiteren Argumenten.
6. **Beurteilt** die These, dass die Zentralverwaltungswirtschaft eine Alternative zur Marktwirtschaft sei und bezieht euch dabei auch auf die Karikatur zu Karl Marx.

QUERVERWEIS

Diktatur – die DDR als Beispiel
S. 54 f.

METHODE Quellentexte verstehen
S. 114 f.

3.7 Die soziale Marktwirtschaft

Funktionsweise der sozialen Marktwirtschaft

Die soziale Marktwirtschaft beruht auf den Prinzipien der freien Marktwirtschaft, beschränkt allerdings die frei wirkenden Kräfte des Marktes. Die soziale Marktwirtschaft will die Vorteile eines freien Marktes mit den Vorteilen eines sozialpolitisch eingreifenden Staates verbinden. Das wirtschaftspolitische Konzept wurde unter dem Bundeswirtschaftsminister und späteren Bundeskanzler Ludwig Erhard (1897-1977) nach 1949 auch in der Bundesrepublik Deutschland umgesetzt wurde. Aber ist die soziale Marktwirtschaft wirklich der „perfekte dritte Weg" zwischen der freien Marktwirtschaft und der Zentralverwaltungswirtschaft?

M1 Groß- und Kleingedrucktes

„Meine Herren, beachten Sie bitte auch das Kleingedruckte!"

Zeichnung: JoBe

M2 Merkmale der sozialen Marktwirtschaft

Soziale Marktwirtschaft – so heißt die Wirtschaftsordnung der Bundesrepublik Deutschland. Der Inhalt des Begriffs ist allerdings nicht ganz eindeutig. Die einen betonen eher das Substantiv „Markt", die anderen das Adjektiv „sozial". Ungeachtet dieser Unterschiede besteht Einigkeit darüber, dass soziale Marktwirtschaft prinzipiell marktwirtschaftlich organisiert und daher durch folgende Merkmale gekennzeichnet ist: Privateigentum an Produktionsmitteln, Wettbewerbsfreiheit, Entscheidungsfreiheit von Unternehmern, Arbeitnehmern und Verbrauchern. Einigkeit besteht auch darin, dass der Staat vor allem für die Ordnungspolitik und die sozialen Sicherungssysteme Verantwortung trägt. Ob er darüber hinaus sozial und wirtschaftlich steuernd tätig werden soll, ist strittig.

Autorentext

Eigentum verpflichtet.
Sein Gebrauch soll zugleich dem Wohle der Allgemeinheit dienen.

Art. 14 Abs. 2 Grundgesetz

M3 Vermögensverteilung

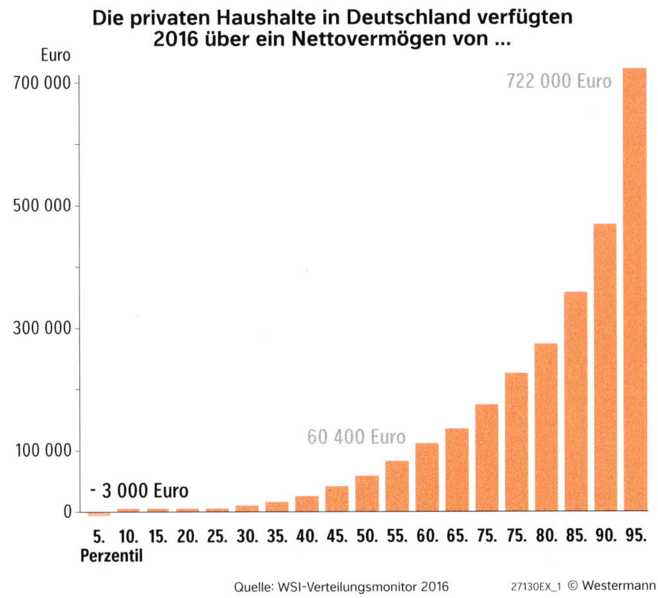

M4 Arbeitskosten in Europa

Arbeitskosten je geleistete Stunde im Jahr 2021	
Dänemark	48,30 €
Luxemburg	42,70 €
Frankreich	38,30 €
Deutschland	37,30 €
Niederlande	36,90 €
EU-Durchschnitt	28,60 €
Italien	28,50 €
Zypern	16,10 €
Polen	11,20 €
Tschechien	15,10 €
Rumänien	8,10 €
Bulgarien	6,80 €

Quelle: Statistisches Bundesamt

M5 Wie sozial ist die soziale Marktwirtschaft noch?

Die soziale Marktwirtschaft, die immer das Ziel verfolgte, den freien Markt und einen bei Bedarf regulierenden Staat in Einklang zu bringen, steht in den letzten Jahren immer stärker in der Kritik: Einerseits hat diese Wirtschaftsordnung nicht nur das „Wirtschaftswunder" der 1950er-Jahre begründet, sondern auch in den großen Krisen der letzten Jahre (wie der Corona-Krise) bewiesen, das besonders die sozial regulierenden Elemente wie die Kurzarbeit eine noch größere Krise verhindern können. Andererseits treten die Defizite immer deutlicher hervor: Zum einen gelingt es der sozialen Marktwirtschaft immer weniger, Markt und Staat in einen sinnvollen Zusammenhang zu bringen, um eine als ausreichend empfundene soziale Gerechtigkeit herzustellen. Dies misslingt nicht zuletzt deshalb, weil die Einkommens- und besonders die Vermögensschere immer weiter auseinandergehen. Dies wird auch dadurch erschwert, da mögliche Lösungen aus Angst vor einer Schwächung des Marktes von der Politik mehrheitlich abgelehnt werden (Beispiel Vermögensabgabe). Zum anderen trifft man auf das Problem, dass sich steigende Abgaben für die Finanzierung des Sozialstaates negativ auf die ökonomische Entwicklung auswirken (können) und z. B. Investitionen verhindern. Daneben steht die soziale Marktwirtschaft vor der Frage, wie die Wirtschaftsordnung mit einem zielgerichteten Klimaschutz verbunden werden kann. Hierbei bleibt bisher nicht nur unklar, wie das Ziel der Klimaneutralität (nachhaltig) finanziert werden kann, ohne zugleich die Wirtschaft zu stark zu belasten, sondern auch, wie man diesen Wandel sozial gerecht gestalten kann.

Autorentext

WEBCODE
WES-116803-303
Einfach erklärt: Der Staat in der sozialen Marktwirtschaft

1 **Erklärt** das Konzept der sozialen Marktwirtschaft (M 2) und **stellt** eure Ergebnisse in einem Schaubild, auf einem Lernplakat oder in einer strukturierten Mind-Map **dar.**
2 **Interpretiert** die Karikatur M 1. Bezieht dabei auch Art. 14 Abs. 2 GG mit ein.
3 **Analysiert** M 3 und M 4.
4 **Diskutiert** die These, dass die soziale Marktwirtschaft ein guter dritter Weg sei (M 3–M 5).

Quellentexte verstehen

Arbeit mit Quellentexten zu Wirtschaftsordnungen

- Kopiere dir den Text und halte verschiedene Textmarker bereit.
- Überfliege den Text zunächst, um dir einen groben Überblick über seinen Inhalt zu verschaffen.
- Kennzeichne dir unbekannte Begriffe, um sie dann in einem Lexikon nachzuschlagen.
- Lies jetzt den Text gründlich. Unterstreiche dabei Schlüsselbegriffe und Kernaussagen. Schwer verständliche Sätze oder Absätze kannst du mit einem Fragezeichen, besonders wichtige mit einem Ausrufezeichen kennzeichnen. Mit einem „Z“ am Rand signalisierst du, dass hier eine Zusammenfassung steht. Setze diese Markierungshilfen sparsam ein, damit der Text nicht unübersichtlich wird.
- Formuliere für die einzelnen Abschnitte Zwischenüberschriften und fasse die Kernaussagen mit eigenen Worten zusammen. Nutze dazu die markierten Schlüsselbegriffe.
- Ermittle mithilfe eines Lexikons oder einer Recherche im Internet zeitgeschichtliche, biografische und politische Hintergründe, um zu einem tieferen Textverständnis zu gelangen.
- Unter Umständen solltest du die Aussagen des Textes überprüfen: Ist die Argumentation schlüssig? Welche Grundannahmen werden vorausgesetzt? Gibt es vielleicht Gegentheorien?
- Prüfe, ob du den Text verstanden hast. Dazu gibt es mehrere Möglichkeiten: Du kannst z. B. aus den Schlüsselbegriffen eine Mind-Map oder ein Schema entwickeln. Oder du verfasst eine Stellungnahme zu dem Text. Wenn Fragen zu dem Text gestellt wurden, kannst du diese beantworten.

QUERVERWEIS

Die freie Marktwirtschaft S. 108 f.

Die Zentralverwaltungswirtschaft S. 110 f.

Die soziale Marktwirtschaft S. 112 f.

M 1 Der Wirtschaftsliberalismus nach Adam Smith

Der Einzelne ist stets darauf bedacht herauszufinden, wo er sein Kapital, über das er verfügen kann, so vorteilhaft wie nur irgend möglich einsetzen kann. Und tatsächlich hat er dabei den eigenen Vorteil im Auge und nicht etwa den der Volkswirtschaft. Aber gerade das Streben nach seinem eigenen Vorteil ist es, das ihn ganz von selbst oder vielmehr notwendigerweise dazu führt, sein Kapital dort einzusetzen, wo es auch dem Land den größten Nutzen bringt. [...] Und er wird in diesem wie auch in vielen anderen Fällen von einer unsichtbaren Hand geleitet, um einen Zweck zu fördern – den zu erfüllen er in keiner Weise beabsichtigt hat. Gibt man daher alle Systeme der Begünstigung und Beschränkung (insbesondere durch den Staat) auf, so stellt sich ganz von selbst das einsichtige und einfache System der natürlichen Freiheit her. Solange der Einzelne nicht die Gesetze verletzt, lässt man ihm völlige Freiheit, damit er das eigene Interesse auf seine Weise verfolgen kann [...].
Im System der natürlichen Freiheit hat der Souverän lediglich drei Aufgaben zu erfüllen [...]: erstens die Pflicht, das Land gegen Gewalttätigkeit und Angriff anderer unabhängiger Staaten zu schützen, zweitens die Aufgabe, [...] ein zuverlässiges Justizwesen einzurichten, und drittens die Pflicht, bestimmte öffentliche Anstalten und Einrichtungen zu gründen und zu unterhalten, die ein Einzelner oder eine kleine Gruppe aus eigenem Interesse nicht betreiben kann, weil der Gewinn ihre Kosten niemals decken könnte [...].

Adam Smith, Der Wohlstand der Nationen. Eine Untersuchung seiner Natur und seiner Ursachen, übersetzt von Horst Claus Recktenwald, dtv: München 1993, S. 369 ff. und 582 f.

INFO

Souverän Herrscher; hier: König, Monarch

1 **Fasst** einen der drei vorliegenden Quellentexte (M 1–M 3) in eigenen Worten **zusammen**, indem ihr das Lösungsmuster anwendet.

M2 Alfred Müller-Armack: Die soziale Marktwirtschaft

In den Leitmotiven Freiheit und sozialer Ausgleich fand die Auseinandersetzung [von Müller-Armack] mit dem Liberalismus und Marxismus ihren Ausdruck. Diese beiden Kernpunkte ergänzte Müller-Armack durch eine christliche Sozialethik [...].

Er trat [...] für eine Ordnung ein, in der die Mitglieder zwar frei und selbstverantwortlich handeln können, aber innerhalb eines rechtlichen und sittlichen Rahmens. Da wo die Freiheit des einen die Freiheit anderer einschränkt, dort sollte der Staat eingreifen. Dabei sollte die Freiheitsbeschränkung durch den Staat auf ein Minimum beschränkt bleiben. [...] Der zweite Grundpfeiler [...] ist der Begriff des sozialen Ausgleichs. Er soll zur Gerechtigkeit beitragen. Müller-Armack befürwortete das Prinzip der Leistungsgerechtigkeit. [...] Die Aufgabe der Sozialpolitik sah er darin, dafür zu sorgen, dass jeder die gleichen Startchancen realisieren kann. Zunächst ist jedem Gesellschaftsmitglied ein Mindesteinkommen zu garantieren. [...] Über diesen Mindeststandard hinaus soll umverteilt werden. Hierzu zählen u. a. der Einkommensausgleich bei großen Unterschieden in den Einkommens- und Besitzverhältnissen, der soziale Wohnungsbau, der Ausbau der Sozialversicherung [...]. Diese Umverteilung muss nach Müller-Armack aber unter marktkonformen Bedingungen erfolgen. Die Marktkonformität ist das regulative Prinzip des sozialen Ausgleichs. [...]

Der dritte Baustein [...] ist die soziale Aussöhnung. Müller-Armack versuchte, [...] die verschiedenen zentralen Weltanschauungen wie katholische Soziallehre, evangelische Sozialethik, sozialistische Theorie und liberale Sozialtheorie miteinander zu verbinden.

INFO

marktkonform
an den Markt und seine Spielregeln angepasst

Silvio Schmidt, Alfred Müller-Armack – Nationalökonom und Soziologe, S. 9 ff., www.wiwi.uni-frankfurt.de, 2015

M3 Bernard Mandeville: Das Laster als Quelle des Gemeinwohls

Vor [über] 300 Jahren, am 2. April 1705, erschien in London eine unscheinbare Sixpenny-Broschüre. Sie enthielt das Gedicht „Der unzufriedene Bienenstock" von Bernard Mandeville. Die Thesen des englischen Philosophen waren bemerkenswert: Nicht Tugenden der Menschen sind es, die dem Gemeinwohl dienen, sondern Laster – das Streben nach Bequemlichkeit, Vergnügen und Luxus. Wie die einzelnen Bienen im Bienenstock, jede auf den eigenen Nutzen bedacht, eine wohlgeordnete Gesellschaft formen, vermehren auch unter Menschen Eigennutz, Habgier und Betrug letztlich die gesellschaftliche Wohlfahrt. Die Broschüre wurde ein Erfolg, brachte Mandeville aber auch viele Anfeindungen. Um seine Aussagen zu rechtfertigen, erweiterte Mandeville in den folgenden Jahren sein Gedicht um Anmerkungen und Dialoge, nun unter dem auch heute noch bekannten Titel „Die Bienenfabel, oder Private Laster, öffentliche Vorteile". Viele Denker, darunter David Hume, Immanuel Kant, Jeremy Bentham, Adam Smith und Karl Marx setzten sich mit Mandevilles Gesellschaftskritik auseinander. Die Vorstellung, dass die rücksichtslose Verfolgung der eigenen Interessen dem Gemeinwohl mehr dient als öffentliche Moral, wie auch immer diese aussehen mag, ist in der Ökonomik seitdem als „Mandeville-Paradoxon" bekannt.

Gerold Blümle/Nils Goldschmidt, Ein Lob dem Laster, in: https://www.sueddeutsche.de/wirtschaft/ein-gedicht-und-die-moderne-oekonomie-ein-lob-dem-laster-1.824385, 31.03.2005

2 Findet euch nun in Dreiergruppen so zusammen, dass jeder Quellentext (M 1–M 3) vorhanden ist. **Stellt** euch eure Ergebnisse gegenseitig **vor.**

3 **Begründet** für jeden Quellentext (M 1–M 3), welcher Wirtschaftsordnung er jeweils zugeordnet werden kann.

3.8 Ziele der Wirtschaftspolitik

M1 Das magische Vieleck

INFO

StWG
Abkürzung für das 1967 beschlossene „Gesetz zur Förderung der Stabilität und des Wachstums der Wirtschaft". Die vier zentralen Ziele für die staatliche Wirtschaftspolitik waren: Preisniveaustabilität, Wirtschaftswachstum, ein hoher Beschäftigungsgrad und ein außenwirtschaftliches Gleichgewicht. Nachdem 1994 der Umweltschutz als Staatsziel im Grundgesetz verankert wurde (Art. 20a GG) erweiterte sich das sogenannte magische Viereck um weitere Ziele, die z. B. wie das Sozialstaatsgebot (Art. 20 Abs. 1 GG) ebenfalls aus der Verfassung abgeleitet wurden, sodass man heute vom magischen Vieleck spricht.

Bruttoinlandsprodukt
Das BIP umfasst den Gesamtwert aller Waren und Dienstleistungen, die innerhalb eines Jahres in einer Volkswirtschaft hergestellt wurden.

GLOSSAR

Bruttoinlandsprodukt

1967 legte der Bundestag vier zentrale Ziele für die Wirtschaftspolitik fest (StWG), die gleichzeitig zu erreichen sind. Später um weitere Ziele ergänzt wandelte sich das damalige magische Viereck zum magischen Vieleck.

1. Preisniveaustabilität: Der Durchschnitt aller Preise bleibt auf gleichem Niveau. Eine Preissteigerungsrate von bis zu 2 Prozent signalisiert Preisstabilität.

2. Wirtschaftswachstum: Als angemessenes und stetiges Wirtschaftswachstum gelten mehrjährig erreichte Wachstumswerte des realen – also um Preissteigerungen bereinigten – Bruttoinlandsprodukts von mehr als ca. 1,8 Prozent. Grund dafür ist, dass erfahrungsgemäß erst mit einem solchen Wachstumswert ein Zuwachs im Beschäftigungsniveau erreicht wird.

3. Hoher Beschäftigungsstand: Als Messgröße dient die Arbeitslosenquote. Sie stellt einen Quotienten dar, der die Anzahl der Arbeitslosen und das Arbeitskräftepotenzial einer Volkswirtschaft ins Verhältnis setzt: Zahl der registrierten Arbeitslosen mal 100 dividiert durch die Summe der Zahl der zivilen Erwerbstätigen und Zahl der Arbeitslosen. Als Vollbeschäftigung gilt eine Arbeitslosenquote von unter drei Prozent.

4. Außenwirtschaftliches Gleichgewicht: Ein außenwirtschaftliches Gleichgewicht liegt dann vor, wenn die Zahlungen aus dem Ausland (Waren, Dienstleistungen, Geldtransfers) den Zahlungen ins Ausland (Waren, Dienstleistungen, Geldtransfers) entsprechen. Deutschland hat seit vielen Jahrzehnten eine sehr exportorientierte Wirtschaft. Somit sind positive Werte des Quotienten (Exporte dividiert durch Importe) für die deutsche Volkswirtschaft typisch.

5. Umweltschutz: Im Sinne der Nachhaltigkeit sollen alle Reformen langfristig die Umwelt schonen und damit zu einem langfristigen Erhalt der Umwelt beitragen.

6. Ressourcenschonung: Da die natürlichen Ressourcen (Gas, Öl u. a.) endlich sind, muss die Wirtschaftspolitik versuchen, die Ressourcen zu schonen und auf erneuerbare Ressourcen (Wind, Wasser u. a.) zu setzen.

7. Humane Arbeitsbedingungen: Die Förderung einer zunehmenden Beschäftigung muss auch immer mit der Einhaltung von menschenwürdigen Arbeitsbedingungen einhergehen, die nicht von Ausbeutung gekennzeichnet sind. Dies geschieht u. a. über das Arbeitszeitgesetz.

8. Gerechte Einkommens- und Vermögensverteilung: Eine gelungene Wirtschaftspolitik muss auch versuchen, soziale Ungleichheiten z. B. durch eine gute Sozialpolitik zu bekämpfen.

Autorentext

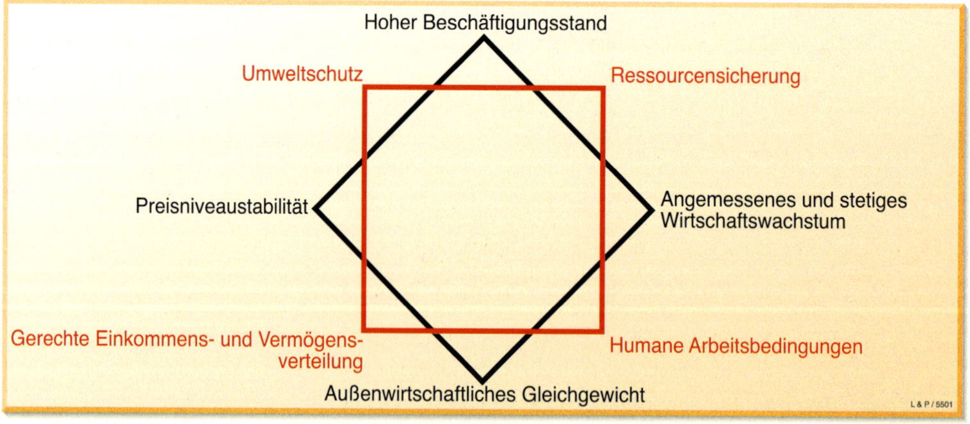

M2 Zielkonflikte – auch in Deutschland?

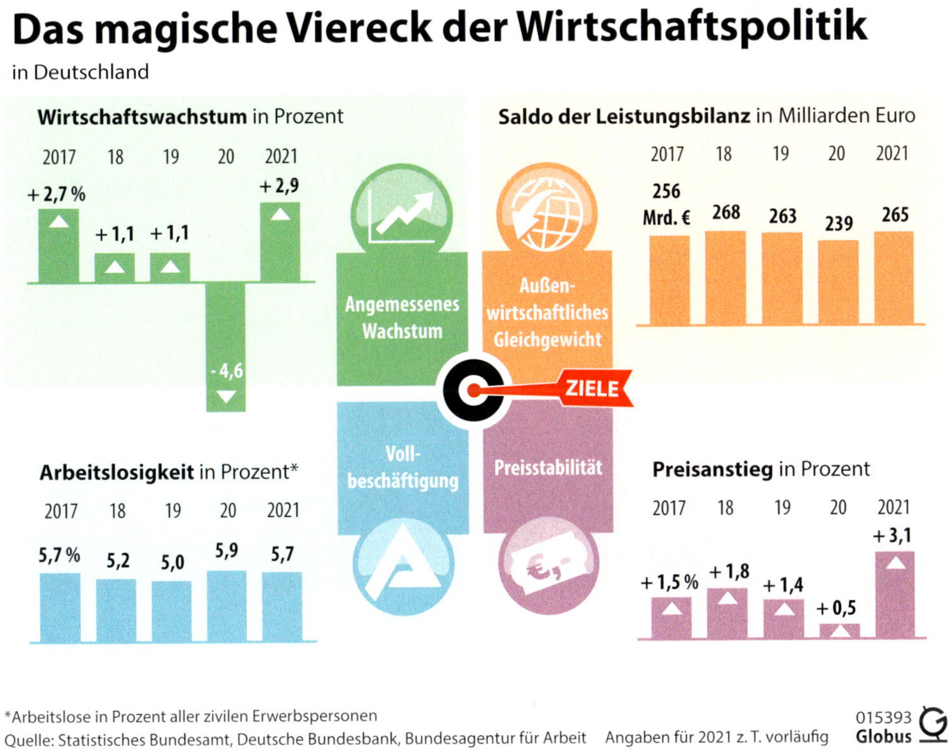

INFO

BUND
Bund für Umwelt und Naturschutz Deutschland, deutsche Umweltschutzorganisation

M3 Ist Wachstum alles oder ist alles ohne Wachstum nichts?

Zeichnung: Gerhard Mester

Lieber fünf Prozent Inflation als fünf Prozent Arbeitslosigkeit.

Helmut Schmidt (1918–2015), Bundeskanzler

Auf einer endlichen Erde kann es kein unendliches Wachstum geben.

Hubert Weiger, ehemaliger Vorsitzender des BUND

1. **Erklärt** die Bestandteile des klassischen magischen Vierecks (M 1).
2. **Erläutert**, weshalb man mittlerweile von einem magischen Vieleck spricht (M 1).
3. **Analysiert** M 2 unter der Fragestellung „Erfolg oder Misserfolg der Umsetzung des magischen Vielecks?“
4. **Diskutiert** Stärken und Schwächen des wirtschaftspolitischen Modells (M 3).
5. **Erörtert**, ob man das magische Vieleck noch stärker erweitern sollte.

3.9 Inflation – wie soll man reagieren?

M1 Inflation im Alltag

M2 Die Entwicklung der Verbraucherpreise in Deutschland

M3 Die Rolle der Zentralbank in der Theorie

Eine der wichtigsten Aufgaben einer Zentralbank ist klassischerweise die Bekämpfung der Inflation: In der modernen Geldtheorie soll diese, so wie es als Hauptaufgabe auch der Europäischen Zentralbank (EZB) zugeschrieben wird, die Inflation bekämpfen, in dem diese bei etwa zwei Prozent im Euroraum bleibt. Dafür hat die EZB zwei Instrumente: Einerseits kann sie den sogenannten Leitzins erhöhen. Für diesen Zins können sich Banken bei der EZB Geld leihen. Erhöht die EZB den Leitzins, geben die Banken dies als erhöhte Zinsen an ihre Kunden weiter, wodurch kreditfinanzierte Investitionen zurückgehen (weil diese mit steigenden Zinsen teurer werden) und so Geld vom Markt genommen wird. Andererseits kann die EZB Wertpapiere, die sie hält, verkaufen, um den Markt abzukühlen. Problematisch wird dies nur, wenn die EZB zugleich eine aktive Wirtschaftspolitik betreibt, für welche ihr eigentlich der politische Auftrag fehlt.

Autorentext

M4 Helfen höhere Zinsen gegen die Inflation?

Überall drehen Notenbanken in diesen Tagen an der Zinsschraube. Die meisten haben dabei ein Ziel: Die hohe Inflation bekämpfen. Doch je größer ein Zinsschritt, desto höher auch die Gefahr, dass das Wirtschaftswachstum einen Dämpfer bekommt. Menschen konsumieren dann weniger, Unternehmen halten sich mit Investitionen zurück, weil Kredite teurer werden. Der Chef der US-Notenbank FED, Jerome Powell, kennt die Probleme. Er wünschte sich, es gäbe einen schmerzlosen Weg, sagt er, Doch den gebe es nicht. Die Bekämpfung der Teuerung ist in den meisten Ländern ein Balance-Akt. Das Besondere dabei: Die Ursachen für die steigenden Preise sind nicht überall gleich. Hier in Deutschland sind es die hohen Energiepreise, die die Inflation nach oben treiben. Die Amerikaner haben ganz andere Sorgen: Öl und Gas sind so reichlich vorhanden, dass sie ihren Bedarf mit eigenen Ressourcen decken könnten. Ihr Problem ist die hohe Nachfrage nach Produkten und Dienstleistungen. Der Bedarf sei so groß, weshalb die Preise steigen, erklärt Chefökonom Michael Heise von HQ Trust. „Das bedeutet, dass eben Zinssteigerungen der Notenbank stärker durchwirken auf die Inflation und das Inflationstempo deutlich schneller bremsen können, als das möglicherweise hier in Europa der Fall ist", so Heise.

Constantin Röse, Zinsen rauf gegen die Inflation?, in: https://www.tagesschau.de/wirtschaft/weltwirtschaft/notenbanken-leitzinsen-zinsentscheide-101.html, 22.09.2022

INFO

FED
engl.: Federal Reserve System, US-Notenbank

M5 Droht ein Zinsschock?

Es sind zwei zentrale wirtschaftspolitische Fragen: Wie hoch müssen die Zinsen steigen, damit die Inflation abflaut? Und wie schmerzhaft wird dieser Prozess? Die Antworten lauten kurz gesagt: vermutlich viel höher als bislang gedacht. Und: Die negativen Auswirkungen werden weltweit spürbar sein. [...] Bislang nämlich ist von einem Abflauen der Inflation nichts zu sehen. Der Preisauftrieb in den USA beschleunigt sich immer noch weiter. [...] Dass diese „Kerninflation" immer noch weiter zulegt, sorgt für erhebliche Unruhe, auch bei den Notenbankern selbst. Denn es zeigt, dass die Preise keineswegs von kurzfristigen Schocks wie der russischen Invasion in der Ukraine und den folgenden Sanktionen und Embargos getrieben werden, sondern von heimischen Faktoren. Und deren Auftrieb im Rahmen zu halten, dafür hat letztlich die Notenbank die Verantwortung.

Die FED habe „keine Kontrolle" darüber, wie sich das Angebot von „Nahrungsmitteln, Essen, Energie, Arbeitskräften oder Computerchips" entwickle, hat [...] [das Mitglied der US-Notenbank] Lael Brainard kürzlich gesagt , aber man habe „die Fähigkeiten und die Aufgabe", für Preisstabilität zu sorgen. Sie klang grimmig entschlossen. „Wir machen so lange weiter wie nötig, um die Inflation herunterzukriegen."

Henrik Müller, Der kommende Zinsschock, in: DER SPIEGEL, https://www.spiegel.de/wirtschaft/soziales/inflation-die-fed-sitzung-und-der-kommende-zinsschock-a-943a50e3-dd14-4f2b-9b99-d5cc15342d85, 18.09.2022

1 **Benennt** anhand der Fotos in M 1, in welchen Lebenssituationen man Inflation erkennen kann.

2 **Erstellt** ein mediales Produkt eurer Wahl, in welchem ihr die Entwicklung der Inflation sowie die möglichen Gegenreaktionen (M 2–M 5) **darstellt.**

3 **Problematisiert** die Rolle der EZB in der Phase der Inflation (M 2–M 5).

3.10 Klimageld – eine geeignete klimapolitische Maßnahme?

M1 Eine gute Maßnahme … die in der „Rundablage“ landet?

Zeichnung: Harm Bengen

INFO

Christian Lindner
Der Politiker (FDP) ist seit 2021 Bundesminister der Finanzen.

Hubertus Heil
Der Politiker (SPD) ist seit 2018 Bundesminister für Arbeit und Soziales.

Rundablage
ironische Bezeichnung für Papierkorb

CO_2-Zertifikate
Wollen bzw. müssen Unternehmen, die Umwelt mit CO_2 belasten, dürfen sie dies nur im Gegenwert dafür gekaufter CO_2-Zertifikate, die ihnen dies erlauben.

M2 Was ist das Klimageld und wie soll es funktionieren?

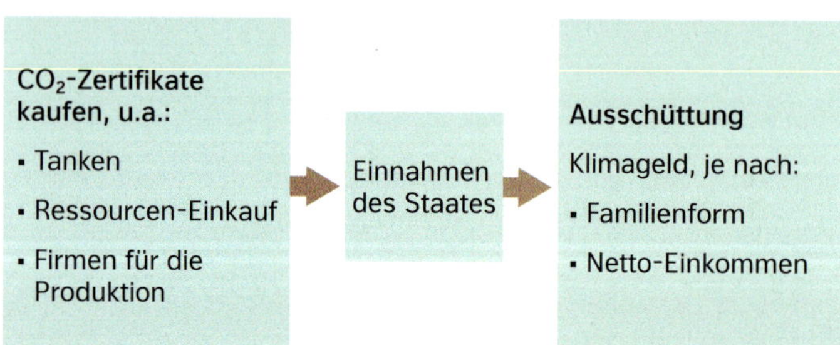

© Westermann 30085EX

Mit dem Klimageld, das bereits im Bundestagswahlkampf 2021 u. a. von den Grünen gefordert wurde, und in anderen Ländern (z. B. in der Schweiz) bereits umgesetzt wird, ist die Idee verbunden, die Kosten des Klimawandels sozial gerecht(er) zu verteilen. Aufgrund steigender Kosten beispielsweise für CO_2-Zertifikate oder kostenintensive Investitionen der Wirtschaft steigen auch die Preise für Strom oder für Lebensmittel an. Dies führt dazu, dass die Bewältigung des Klimawandels eine soziale Dimension bekommt, da nicht jeder Verbraucher die auftretenden Mehrkosten ohne Weiteres bezahlen kann. Insbesondere Arbeitslose, Arbeitnehmer im Niedriglohnbereich oder auch kinderreiche Familien sind davon betroffen. Hier soll das Klimageld zukünftig helfen, indem die Mehreinnahmen des Staates (durch höhere Klimasteuern) zumindest teilweise an die Bürger zurückgegeben werden. Auch wenn das konkrete Verfahren dafür in Deutschland weiter diskutiert wird, soll es je nach Einkommen und Familiengröße eine jährliche Rückzahlung in Höhe von etwa 300 bis 500 Euro geben.

Autorentext

1 **Beschreibt** und **erklärt** die Karikatur (M 1).

2 **Erklärt,** was das Klimageld ist und wie es funktionieren soll (M 2).

M3 Klimageld – ein geeignetes Instrument

Mit einem „sozialen Klimageld“ macht Bundesarbeitsminister Hubertus Heil (SPD) [...] Schlagzeilen. Er will damit Menschen entlasten, die ein Brutto-Monatseinkommen von weniger als 4 000 Euro haben. Das ist gut [...].

Richtig ist: Menschen mit Niedrigeinkommen sind überproportional belastet

In Folge des Ukraine-Kriegs sind die fossilen Energiepreise massiv gestiegen. So verteuern sich nicht nur Heizkosten und Mobilitätskosten, sondern alle Produkte und Güter des Lebens in Deutschland. Davon sind insbesondere Menschen mit niedrigem Einkommen überproportional belastet, wie eine aktuelle Studie des DIW Berlin belegt. Daher ist es sehr richtig, den Betroffenen zielgerichtet zu helfen. Benötigt würde allerdings ein deutlich höherer Betrag, nicht wie vorgeschlagen 200 Euro pro Jahr, sondern eher 100 Euro pro Monat. Auf jeden Fall ist eine Erhöhung des Einkommens sinnvoller als eine Senkung der Preise – wie etwa der Tankrabatt. Diese Subvention hilft nicht zielgerichtet denjenigen, die es dringend brauchen, sondern kommt per Gießkanne allen (also auch reichen CO_2-Schleudern) zugute. [...] So werden wertvolle Steuergelder verschwendet. Das ist bei einem konsequenten Klimageld anders.

Gut ist: Klimageld ist eine Investition in die Energiewende

Ein Klimageld ist sinnvoll im Zuge der Energiewende. Denn dieses zusätzliche Einkommen ermutigt die Menschen, in ihrem unmittelbaren Umfeld Energie zu sparen und in erneuerbare Energien zu investieren. Das von der Bundesregierung bereits beschlossene einmalige „Energiegeld“ von 300 Euro entlastet die Menschen und erhöht so die Akzeptanz gegenüber Maßnahmen, die uns aus der russischen Energie-Abhängigkeit befreien.

Claudia Kemfert, Pro: Klimageld ist gut, richtig – und auch falsch!, in: https://background.tagesspiegel.de/mobilitaet/pro-klimageld-ist-gut-richtig-und-auch-falsch, 03.06.2022

M4 Klimageld – kein geeignetes Instrument

Die Idee des Klimageldes mag auf dem ersten Blick sinnvoll erscheinen, denn dadurch werden die Lasten, die z. B. durch die deutlich höheren Energiepreise entstehen, sozial abgefedert. Aber wie soll das funktionieren? Während manche skandinavischen Länder die jeweilige Pauschale über die Rentenversicherung auszahlen, benutzt die Schweiz ein Modell, das die Prämierung über eine Steuerrückzahlung vorsieht. Beides ist in Deutschland aus Datenschutzgründen schon rechtlich nicht möglich. Auch die Idee, dass der Staat einfach Gelder über die Lohnzahlung verteilt, scheitert oft an Kompetenzstreitigkeiten. Daneben wird auch über die Höhe der Zahlung gestritten: Natürlich sind 300 bis 500 Euro eine gute Größe, um Kosten aufzufangen. Aber: Einerseits fallen Energiekosten jeden Monat an (und nicht nur einmalig) und anderseits ist die Höhe dennoch wohl zu gering, um beispielsweise Familien wirklich spürbar zu entlasten. Allein durch die höheren Gaspreise aufgrund des Russisch-Ukrainischen Krieges und der westlichen Sanktionen werden 2022 wohl die Verbraucherpreise um (mindestens) 10 Prozent ansteigen. Das würde für eine vierköpfige Familie Mehrkosten von rund 600 Euro im Jahr bedeuten – also viel mehr als was das in der politischen Diskussion befindliche Klimageld an Entlastung bringen würde.

Autorentext

3 **Erarbeitet** Argumente für oder gegen die These, dass das Klimageld eine geeignete klimapolitische Maßnahme sein kann (M 3, M 4).

4 **Verteidigt** eure Position in einer Pro-Kontra-Debatte (M 3, M 4).

5 **Beurteilt** die These „Das Klimageld ist eine geeignete klimapolitische Maßnahme“, indem ihr einen Kommentar für eine Tageszeitung eurer Wahl **formuliert.**

3.11 Wirtschaftspolitik in Berlin und Brandenburg

M1 Arbeitslose in Brandenburg

WEBCODE
WES-116803-304
Sozialbericht-erstattung (Land Brandenburg)

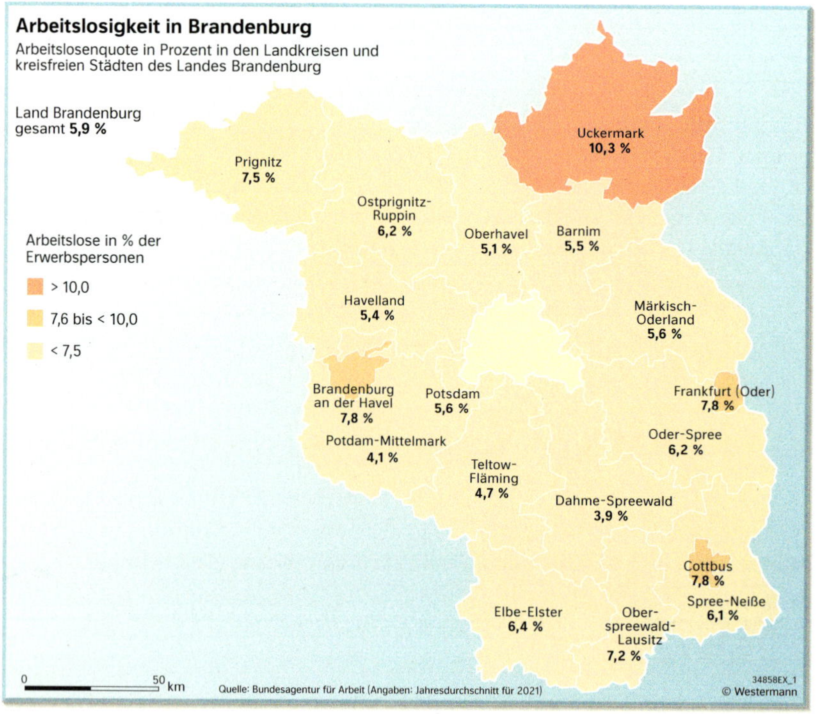

M2 Wirtschaftspolitik in Brandenburg

Die Wirtschaftspolitik im Land Brandenburg verfolgt mit ihrer regionalen und sektoralen Schwerpunktsetzung einen innovativen wirtschaftspolitischen Ansatz. Im gesamten Land werden Standorte mit besonderen wirtschaftlichen und wissenschaftlichen Potenzialen (Regionale Wachstumskerne) gezielt unterstützt. So können sich diese als wirtschaftliche Ankerpunkte bestmöglich entwickeln und hohe Ausstrahlungseffekte für ihr Umland erzeugen. Mit der regionalen Innovationsstrategie InnoBBplus werden neun Wachstumsbranchen (Cluster) im Land Brandenburg bedarfsgerecht unterstützt. Dies erfolgt im Rahmen einer umfassenden Clusterpolitik durch eine Vernetzung der Clusterakteure, den Ausbau der Wertschöpfungsketten und die Schaffung von Wachstum und Beschäftigung. [...] Neben den Förderangeboten spielen geeignete Rahmenbedingungen eine wichtige Rolle für erfolgreiche Wirtschaftsaktivitäten. Hierzu zählen beispielsweise die Gewährleistung einer funktionierenden Wirtschaftsordnung und eine gute Ausstattung mit öffentlicher Verkehrsinfrastruktur sowie eine leistungsfähige Breitbandinfrastruktur. All dies trägt zur Verbesserung der Wettbewerbsfähigkeit der Unternehmen und der Standortqualität bei. Dies zeigt sich in der Wirtschaftsstatistik auch im überdurchschnittlichen Wachstum der vergangenen Jahre und im Abbau der Arbeitslosigkeit.

Wirtschaft im Land Brandenburg, in: https://mwae.brandenburg.de/de/wirtschaft-im-land-brandenburg/bb1.c.478804.de, 15.11.2022

INFO

Cluster
hier: wirtschaftliche Netzwerke

M3 Arbeitslose in Berlin

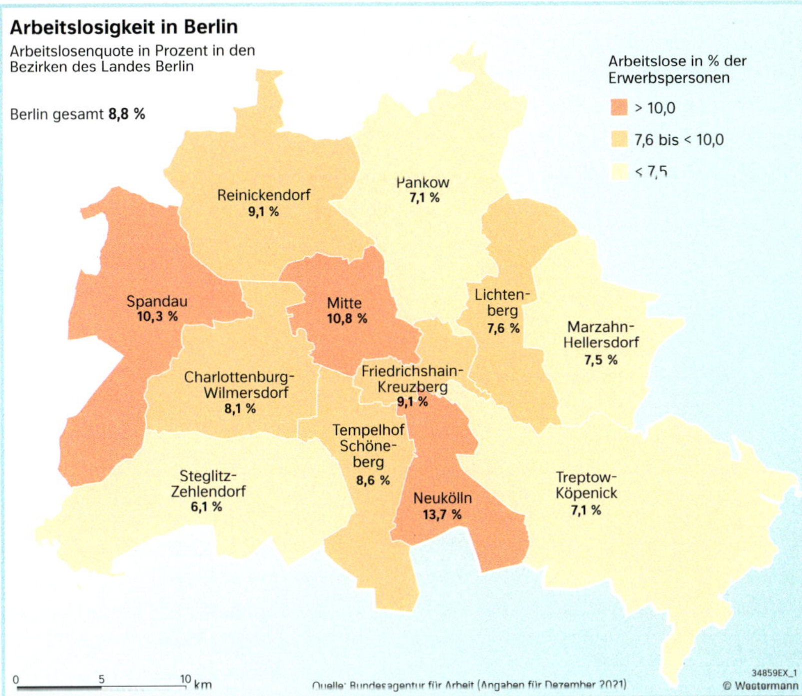

WEBCODE

WES-116803-305
Sozialstruktur (Land Berlin)

QUERVERWEIS

Ziele der Wirtschaftspolitik
S. 116 f.

METHODE Statistikanalyse
S. 185

M4 Wirtschaftspolitik in Berlin

Die Cluster in Berlin und Brandenburg, zentraler Baustein der Gemeinsamen Innovationsstrategie (innoBB 2025) der beiden Länder, sind wichtige Impulsgeber für die wirtschaftliche Entwicklung und neue Arbeitsplätze in der Hauptstadtregion. Die fünf gemeinsamen Cluster sind: Energietechnik; Gesundheitswirtschaft; IKT, Medien und Kreativwirtschaft; Optik und Photonik; Verkehr, Mobilität und Logistik. Schon der Blick auf wichtige Kernindikatoren zeigt die erfolgreiche Entwicklung in den Clustern. Von hoher Bedeutung sind hierbei die technologisch-innovativen und kreativen Kernbereiche der Cluster, auf denen ein besonderes Augenmerk der Innovationsstrategie liegt. In den Clusterkernen stehen die Zeichen klar auf Zuwachs.

Innovative, technologieorientierte Wirtschaft – Entwicklung und Bedeutung der Cluster für die Hauptstadtregion Berlin-Brandenburg, Berlin/Potsdam, Januar 2022, S. 2, https://www.berlin.de/sen/wirtschaft/innovation-und-qualifikation/cluster/kurzbericht_innobb_1_2022.pdf

INFO

IKT
Informations- und Kommunikationstechnik

1 **Beschreibt** die Verteilung der Arbeitslosigkeit im Land Brandenburg (M 1).

2 **Erklärt**, warum das an Berlin grenzende brandenburgische Umland als „Speckgürtel" bezeichnet wird (M 1). **Recherchiert** hierfür nach ökonomischen Kennzahlen für die einzelnen Landkreise und kreisfreien Städte.

3 **Vergleicht** die Arbeitsmarktsituation und die Wirtschaftspolitik in Berlin und Brandenburg (M 1 – M 4).

4 **Bewertet** die Wirtschaftspolitik in Berlin und Brandenburg (M 2, M 4). Bezieht in eure Überlegungen weitere Wirtschaftsdaten mit ein.

3.12 Der Konjunkturzyklus

INFO

Indikator
hier: wirtschaftliche Kennzahl

Die aktuelle Auslastung der Wirtschaft zeigt die Konjunktur an, also ob sich die Wirtschaft positiv oder negativ entwickelt. Neben Frühindikatoren (wie z. B. den Aktienmärkten) die eine (aktuelle oder zukünftige) Entwicklung anzeigen, wird die Konjunktur auch mit Präsensindikatoren (wie z. B. dem Bruttoinlandsprodukt) oder an Spätindikatoren (wie z. B. der Arbeitslosigkeit) gemessen. Aber macht diese Erfassung der wirtschaftlichen Situation in einem Land über verschiedene Konjunkturdaten überhaupt Sinn?

M1 Einst und Jetzt

Zeichnung: Mirco Szewczuk

M2 Konjunkturzyklen

Die wirtschaftliche Lage eines Landes verändert sich ununterbrochen. Es gibt Zeiten, in denen Produktion, Nachfrage und Beschäftigung ansteigen. Und es gibt demgegenüber Phasen, in denen Produktion und Nachfrage sinken und die Arbeitslosenzahlen steigen. Dieses Auf und Ab der Wirtschaft ergibt sich demzufolge aus den zyklischen Schwankungen im Auslastungsgrad des Produktionpotenzials und wird als Konjunktur bezeichnet. Untersuchungen haben ergeben, dass sich bestimmte Phasen des Wirtschaftsablaufs andauernd wiederholen. Der typische Konjunkturverlauf verläuft wellenförmig über eine Dauer von vier bis sechs Jahren.

Der Konjunkturzyklus umfasst vier Phasen:

- Aufschwung
- Hochkonjunktur
- Abschwung
- Tiefstand

Der Phase des Aufschwungs (Expansion) folgt die der Hochkonjunktur (Boom), daraufhin kommt es zu einem Abschwung (Rezession), der in einem Tiefstand (Depression) mündet.
Der Konjunkturzyklus hat Modellcharakter. In der Realität kann es zu Verschiebungen kommen. Messgrößen zur Bestimmung der konjunkturellen Situation, sogenannte Indikatoren, sind beispielsweise das Bruttoinlandprodukt, die Nachfrage der Konsumentinnen und Konsumenten, die Auslastung der Produktionskapazitäten, die Preisentwicklung, die Arbeitslosigkeit, Steuereinnahmen des Staates und der ifo-Geschäftsklimaindex.

Autorentext

M3 Aus dem 1. Buch Mose der Bibel

INFO

ifo
Institut für Wirtschaftsforschung an der Universität München; das ifo befragt regelmäßig Unternehmen über ihre Einschätzung der gegenwärtigen und zukünftigen geschäftlichen Lage

Sieben Jahre kommen, da wird großer Überfluss in ganz Ägypten sein.
Nach ihnen aber werden sieben Jahre Hungersnot heraufziehen: Da wird der ganze Überfluss in Ägypten vergessen sein und Hunger wird das Land auszehren.
Dann wird man nichts mehr vom Überfluss im Land merken wegen des Hungers, der danach kommt; denn er wird sehr drückend sein.

Genesis 41, 29–31
Einheitsübersetzung der Heiligen Schrift
© 1980 Katholische Bibelanstalt, Stuttgart

M4 Die vier Phasen des Konjunkturverlaufs

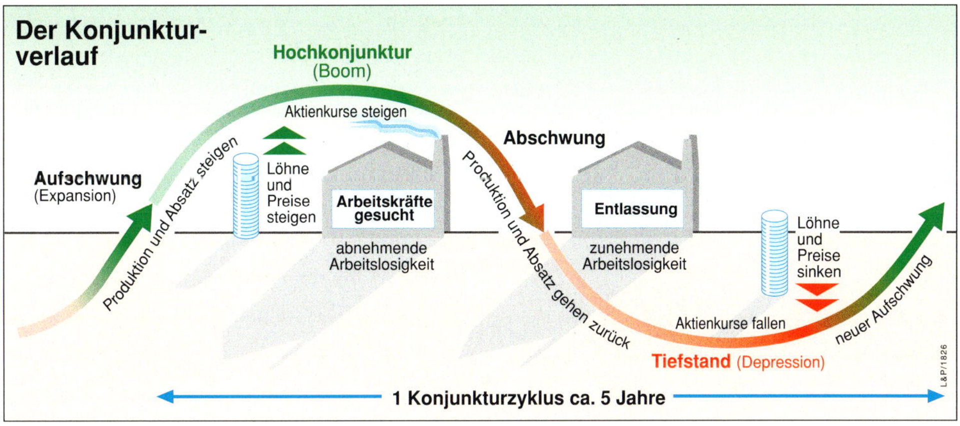

WEBCODE

WES-116803-306
Einfach erklärt: Der idealtypische Konjunkturverlauf

GLOSSAR

Konjunkturzyklus

M5 Die wirtschaftliche Entwicklung in Deutschland

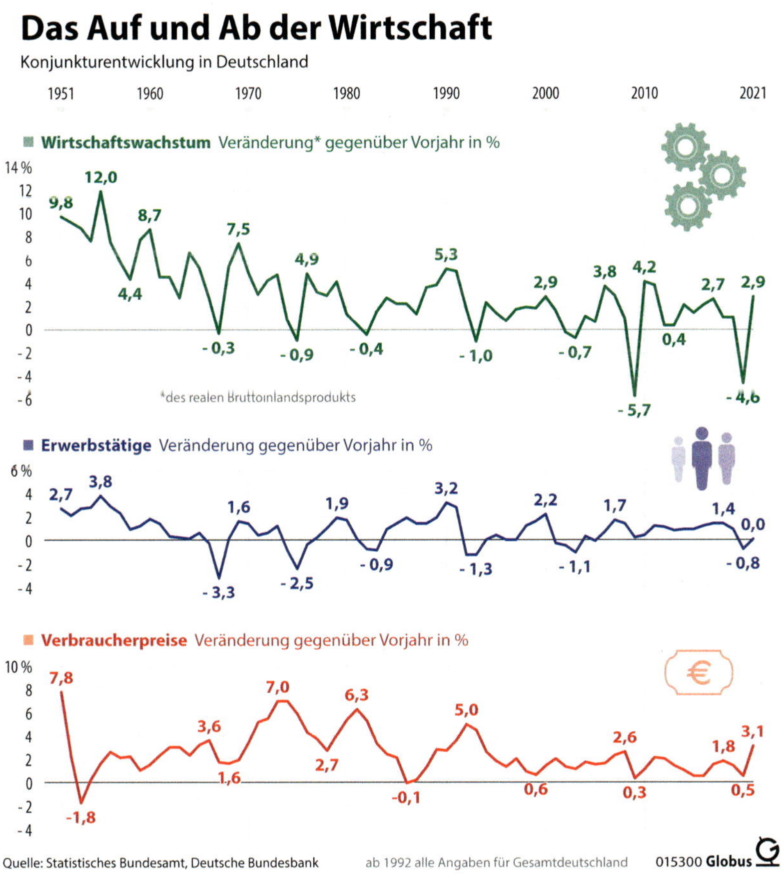

1 **Interpretiert** die Karikatur M 1 und **vergleicht** die Hauptaussage mit dem Zitat aus der Bibel (M 3).

2 **Erklärt** mithilfe von M 2 und M 4 die unterschiedlichen Konjunkturzyklen. Geht dabei auch auf die Konjunkturindikatoren ein.

3 **Analysiert** M 5.

4 **Beschreibt** die konjunkturelle Entwicklung in der Bundesrepublik auf Basis der Indikatoren Wirtschaftswachstum, Erwerbstätige und Verbraucherpreise (M 5). **Recherchiert** nach Gründen für mögliche Ausschläge nach oben oder unten.

5 **Erörtert**, ob das Modell des Konjunkturverlaufes in vier Phasen die Wirklichkeit abbildet und sich damit als ökonomisches Modell eignet (M 4, M 5).

3.13 Wie kann der Staat auf konjunkturelle Krisen reagieren?

Aus wirtschaftspolitischer Sicht ist vor allem die Rezession eine Phase, die dringend verlassen werden muss. Die Frage wie dies über eine zielgerichtete Konjunkturpolitik passieren kann, ist jedoch umstritten. Generell stehen sich die zwei Konzepte von John Maynard Keynes und Milton Friedman gegenüber, aber welches überzeugt mehr?

Der Kapitalismus basiert auf der merkwürdigen Überzeugung, dass widerwärtige Menschen aus widerwärtigen Motiven irgendwie für das allgemeine Wohl sorgen werden.

John Maynard Keynes

Wir haben ein System, das zunehmend Arbeit besteuert und Erwerbslosigkeit bezuschusst.

Milton Friedman

M1 Die Theorie von Keynes: Keynesianismus

John Maynard Keynes (1883–1946), britischer Ökonom

In seiner berühmten Theorie zeigte Keynes insbesondere, dass Angebot und Nachfrage auf den Märkten nicht automatisch zu einem gesamtwirtschaftlichen Gleichgewicht führen, bei dem auch Vollbeschäftigung herrscht. Danach gibt es also auch in marktwirtschaftlichen Wirtschaftsordnungen häufiger Arbeitslosigkeit, ohne dass die Marktkräfte allein einen Aufschwung bewirken können und z. B. über Lohnsenkungen die Arbeitslosigkeit beendet und Vollbeschäftigung erreicht wird. Nach Keynes liegt der Grund für konjunkturelle Einbrüche begleitet von Arbeitslosigkeit in einer zu geringen Nachfrage nach Gütern, vor allem nach Investitionsgütern. [...]

Um nun wieder Vollbeschäftigung zu erreichen, muss die gesamtwirtschaftliche Güternachfrage steigen. Insbesondere die Investitionsgüternachfrage muss zunehmen, denn steigende Investitionen schaffen Arbeitsplätze und damit Einkommen, was wiederum die Nachfrage nach Konsumgütern ankurbelt und weitere Investitionen zur Folge hat. [...]

In dieser Situation ist nach Ansicht von Keynes der Staat gefragt, der dafür sorgen muss, dass die fehlende private Nachfrage durch staatliche Nachfrage ersetzt und so die Wirtschaft aus der Krise (Unterbeschäftigungsgleichgewicht) herausgeführt wird. Indem der Staat die gesamtwirtschaftliche Nachfrage direkt durch Erhöhung seiner Ausgaben z. B. für öffentliche Aufträge wie den Bau von Straßen, Schienenwegen oder öffentlichen Gebäuden, oder indirekt, z. B. durch Steuervergünstigungen für Investitionen, steuert, trägt er zur Belebung der Wirtschaft bei.

Keynesianismus, in: https://www.bpb.de/kurz-knapp/lexika/lexikon-der-wirtschaft/19777/keynesianismus/, 15.11.2022

Milton Friedman (1912–2006), US-Ökonom

M2 Die Theorie von Friedman: Monetarismus

[Monetarismus ist eine] auf den amerikanischen Volkswirtschaftler Milton Friedman [...] zurückgehende volkswirtschaftliche Lehrauffassung, nach der die Geldmenge der wichtigste Faktor zur Steuerung des Wirtschaftsablaufs ist. Theoretische Grundlage des Monetarismus ist die Quantitätstheorie. Danach soll die Geldmenge durch die Zentralbanken so gesteuert werden, dass sie möglichst ohne Schwankungen mit dem Wachstum

der volkswirtschaftlichen Produktion (reales Sozialprodukt) ausgeweitet wird. Ausschläge der Konjunktur sollen damit verhindert und eine stetige Wirtschaftsentwicklung gesichert werden.
Staatliche Eingriffe in die Wirtschaft, z.B. antizyklische Maßnahmen der Wirtschaftspolitik zur Steuerung der Konjunktur, wie vom Keynesianismus gefordert, lehnen die Monetaristen grundsätzlich ab. Maßnahmen der antizyklischen Konjunkturpolitik wie Investitionszulagen im Abschwung oder Steuererhöhungen im Aufschwung verstärken die konjunkturellen Schwankungen weiter und wirken demnach nicht stabilisierend auf die Konjunktur. Je weniger der Staat also zur Steuerung der Konjunktur in die Wirtschaft eingreift, desto besser. Die Grundlage für eine stetige Aufwärtsentwicklung der Wirtschaft sehen die Monetaristen somit in der Selbstregelungskraft des Marktes über Angebot und Nachfrage und in der an der volkswirtschaftlichen Produktion orientierten Steuerung der Geldmenge durch die Zentralbank.

Monetarismus, in: https://www.bpb.de/kurz-knapp/lexika/lexikon-der-wirtschaft/20136/monetarismus/, 15.11.2022

INFO

Deregulierung
Reduzierung bzw. Abschaffung von staatlichen Vorgaben für die Wirtschaftsordnung im wirtschaftsliberalen Sinn

QUERVERWEIS

Die freie Marktwirtschaft
S. 108 f.

M3 Vor- und Nachteile beider Theorien

Die Konjunkturpolitik von Keynes, die in der Bundesrepublik Deutschland in den 1960er-Jahren nach der ersten größeren Wirtschaftskrise umgesetzt wurde, führte – ähnlich wie nach der weltweiten Wirtschafts- und Finanzkrise ab 2007 – zu einer schnellen wirtschaftlichen Erholung und einem rasanten Wirtschaftswachstum. Andererseits gelang es dem Staat in der Folge nicht, die erhöhten Staatsausgaben zu reduzieren, sodass er sich auch in Zeiten des wirtschaftlichen Booms weiter verschuldete. Zudem reagiert ein Staat, der Keynes Theorie folgt, oft zeitverzögert zur wirtschaftlichen Entwicklung (time lag), was eine wunschgemäße Wirkung teilweise behindert.
Der konjunkturelle Ansatz von Friedman, der ab Mitte der 1990er-Jahre in Deutschland und in den USA umgesetzt wurde, bewirkte zwar eine enorme Anzahl von Firmenneugründungen und eine Erholung der wirtschaftlichen Lage. Allerdings führte diese Deregulierung einerseits ab 2007 zu einer neuen Krise des marktwirtschaftlichen Ordnungsgefüges und andererseits verschärften sich die sozialen Unterschiede zwischen Reich und Arm, weshalb diese Art von Wirtschaftspolitik vielerorts als „Turbokapitalismus" kritisiert wird.

Autorentext

M4 Staatsverschuldung in Deutschland

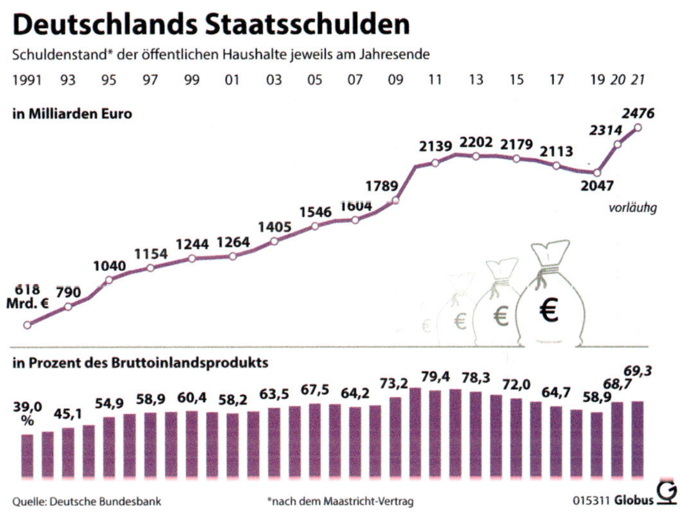

1. **Vergleicht** die Zitate von Keynes und Friedman.
2. **Erklärt** entweder die Theorie von Keynes (M 1) oder die Theorie von Friedman in Einzelarbeit (M 2). **Stellt** euch die Ergebnisse anschließend im Paar gegenseitig **vor** (Partnerpuzzle).
3. **Versetzt** euch in die Lage von Keynes und Friedman und **erarbeitet** Vor- und Nachteile der jeweiligen Theorien (M 1–M 3).
   Verteidigt eure Position in einem Partnergespräch.
4. **Formuliert** entweder einen Leserbrief, einen Artikel für einen Blog oder einen Podcast, in dem ihr euch für eine Theorie zur Bekämpfung der konjunkturellen Schwankungen aussprecht.
5. **Arbeitet** aus M 4 und M 5 auf Seite 125 mögliche Zusammenhänge zwischen Konjunkturverlauf und Staatsverschuldung **heraus.**

3.14 Die Corona-Krise – hat man wirtschaftspolitisch richtig reagiert?

M1 Davor und danach

Zeichnung: Gerhard Mester

M3 Konsum und Corona-Krise

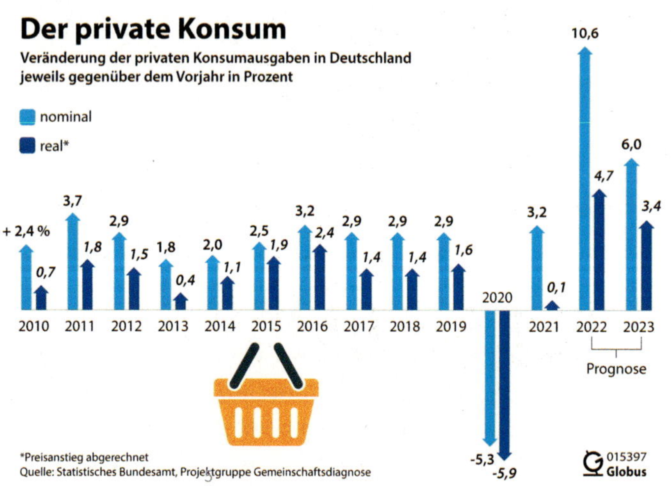

QUERVERWEIS

Wie kann der Staat auf konjunkturelle Krisen reagieren?
S. 126 f.

M2 Globale Folgen und nationale Maßnahmen

Die Corona-Krise legte ab März 2020 für Wochen und Monate die Weltwirtschaft lahm, da aufgrund der Eindämmungsmaßnahmen gegen die Pandemie Handelswege beschränkt und in sehr vielen Ländern Lockdowns verhängt wurden, wodurch Menschen nur noch beschränkt einkaufen konnten. Von heute auf morgen fiel die globale Wirtschaft in eine Rezession, die viele Branchen in ihrer Existenz bedrohte, da diese nun keine Aufträge mehr hatten (z.B. Messebauer). Die Bundesregierung reagierte auf die Corona-Krise mit verschiedenen Hilfspaketen im Umfang von insgesamt etwa 125 Milliarden Euro, bei denen sowohl bestimmte Bereiche gezielt gefördert (z.B. Selbstständige mit sogenannten Überbrückungshilfen) als auch Investitionshilfen bereitgestellt wurden. Das finanzielle Volumen der staatlichen Maßnahmen insgesamt erscheint dabei in dieser Höhe (bezogen auf Deutschland) bisher einmalig.

Autorentext

M4 War die staatliche Wirtschaftspolitik in der Corona-Krise erfolgreich?

In diesem Corona-Jahr 2020 immerhin können die Kritiker der Marktwirtschaft zufrieden sein. Der Staat hat das Regiment übernommen, er koordiniert und dirigiert und domestiziert die Maßnahmen gegen die Seuche und die Bewältigung der Folgen. Augenfällig ist das bei der Organisation des Shutdown und bei den beispiellos teuren Hilfspaketen für Unternehmen und Bürger.
Achtung Querdenker: Hier soll nicht behauptet werden, dass diese Rettungspolitik falsch ist. Im Gegenteil ist sie tendenziell richtig, und das sagt auch die Mehrheit der Bürger und übrigens auch der Ökonomen: Es gibt keinen besseren Weg, um Menschenleben und Wirtschaftskraft zu retten. Das zeigt auch der

internationale Vergleich mit Staaten, die der Krise weitgehend ihren freien Lauf gelassen haben, und das belegen auch erste wissenschaftliche Analysen, die die Wirtschaft in Regionen mit striktem Lockdown und solchen ohne vergleichen. […]
In Macher-Zeiten, also jetzt, wird eine grundlegende Erkenntnis ignoriert, die zu den brauchbarsten Lehren der Volkswirtschaftslehre überhaupt gehört: „Incentives matter“, Anreize sind wichtig. Das setzt aber voraus, dass Politik die Folgen ihres Handelns frühzeitig bis zum Ende hin denkt.
So verlor die Bundesregierung im Frühjahr [2020] viel Zeit, als sie die Beschaffung von Schutzmasken zentral organisieren wollte und Behörden damit beauftragte, die hoffnungslos überfordert waren. Hätte sie von Anfang an private Unternehmen motiviert, diese Aufgabe zu übernehmen, weil da ein Geschäft zu machen gewesen wäre, hätte das garantiert schneller und besser funktioniert. […]
Insbesondere in Krisenzeiten wird gerne vergessen, dass es Aufgabe der Politik ist, Anreizsysteme zu schaffen, damit der Einzelne nicht aus Zwang, sondern aus Eigeninteresse macht, was der Gesellschaft als Ganzes nützt. Ein bisschen mehr davon würde dem derzeitigen Dirigismus guttun. Abgesehen davon, dass eines Tages, wenn die Pandemie im Griff ist, wieder mehr Markt und weniger Staat gefordert ist, wenn das Land weiter prosperieren soll.

Marc Beise, Auf die Anreize kommt es an, in: https://www.sueddeutsche.de/wirtschaft/anreize-coronavirus-volkswirtschaft-1.5157305, 23.12.2020

INFO

Incentives matter
engl., übersetzt ins Deutsche „Anreize sind wichtig“

M5 Was sagen die ökonomischen Daten?

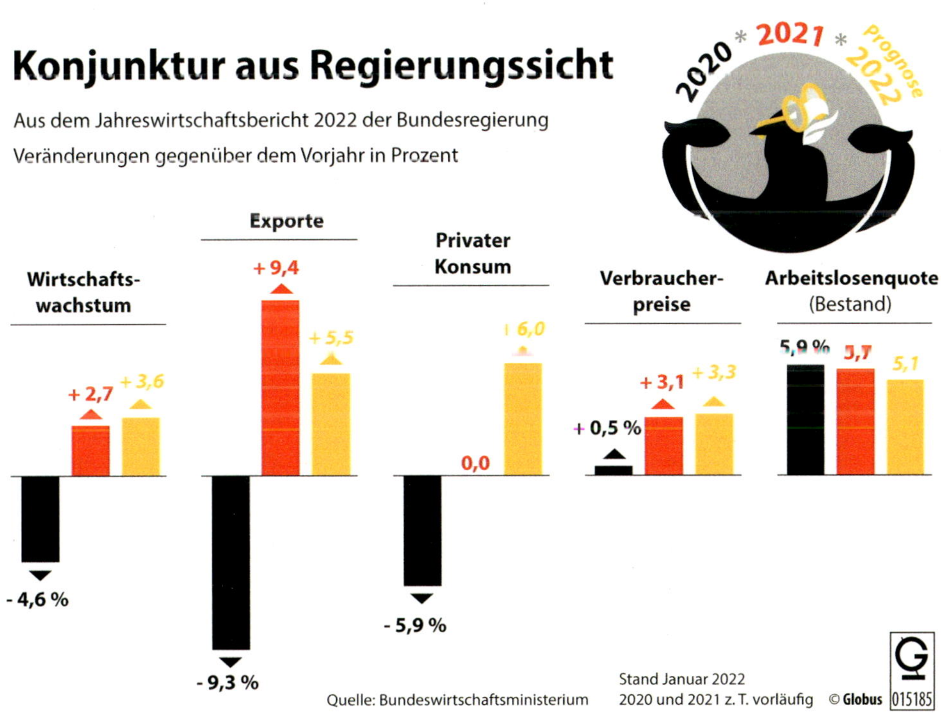

1 **Erklärt** und **beschreibt** die Karikatur (M 1).

2 **Erstellt** eine digitale Übersicht zum Verlauf der und den Reaktionen auf die Corona-Krise. **Analysiert** dafür M 2 und M 3. **Recherchiert** ggf. nach weiteren Informationen.

3 **Erarbeitet** auf Basis von M 4 und M 5 entweder Pro- oder Kontra-Argumente zur Problemfrage: „Hat man in der Corona-Krise richtig reagiert?“ **Verteidigt** eure Position in einer Amerikanischen Debatte.

3.15 Tarifpartner und Tarifverhandlungen

GLOSSAR

Gewerkschaften
Tarifvertrag

INFO

Tarifautonomie
Art. 9 Abs. 3 GG (Koalitionsfreiheit): „Das Recht, zur Wahrung und Förderung der Arbeits- und Wirtschaftsbedingungen Vereinigungen zu bilden, ist für jedermann und für alle Berufe gewährleistet. Abreden, die dieses Recht einschränken oder zu behindern suchen, sind nichtig, hierauf gerichtete Maßnahmen sind rechtswidrig."

Arbeitgeber und Arbeitnehmer vertreten die Produktionsfaktoren Kapital und Arbeit. Sie wirken im Betrieb zusammen, haben aber gleichwohl unterschiedliche Interessen. Der Arbeitgeber ist daran interessiert, alle Produktionsfaktoren, also auch die Arbeit (Lohn, Arbeitsbedingungen), günstig zu beschaffen, um Gewinn zu erwirtschaften. Der Arbeitnehmer will hingegen seine Arbeit möglichst gut bezahlt bekommen und die Arbeitsbelastung niedrig halten. In Deutschland setzte sich zu Beginn des 20. Jahrhundert eine Ordnung durch, in der Arbeiter das Recht erhielten, sich gegen die Macht der Arbeitgeber zu organisieren.

Das Grundgesetz weist in Artikel 9 Absatz 3 Arbeitgebern und Arbeitnehmern eine verantwortungsvolle Rolle zu. Sie schließen ohne Einmischung des Staates **(Tarifautonomie)** Tarifverträge, die die Arbeitsbedingungen sowie die Löhne und Gehälter regeln. Die entscheidende Organisationsform der Arbeitnehmer sind dabei die Gewerkschaften.

Sie vertreten die Ansprüche der Arbeitnehmer, z. B. für bessere Lohn- und Arbeitsbedingungen. Auch sichern sie die Mitbestimmungsrechte der Arbeiter in ihrem Betrieb.

Das wirksamste Mittel zur Durchsetzung ihrer Forderungen ist der Streik – die Arbeitsniederlegung in Betrieben oder ganzen Branchen.

Dabei sorgen die **Gewerkschaften** dafür, dass sich möglichst viele am Streik beteiligen. Sie ersetzen den Arbeitnehmern einen Teil des entgangenen Lohns aus der Streikkasse.

Eine Gegenmacht dazu bilden die **Arbeitgeberverbände**, die bei Konflikten mit den Gewerkschaften die Verhandlungsführer stellen. Die Verhandlungen über Entlohnung und Arbeitsbedingungen **(Tarifverhandlungen)** erfolgen nach bestimmten Spielregeln. Ihre Ergebnisse werden in **Tarifverträgen** verbindlich festgelegt.

M1 Der Weg zum Tarifvertrag

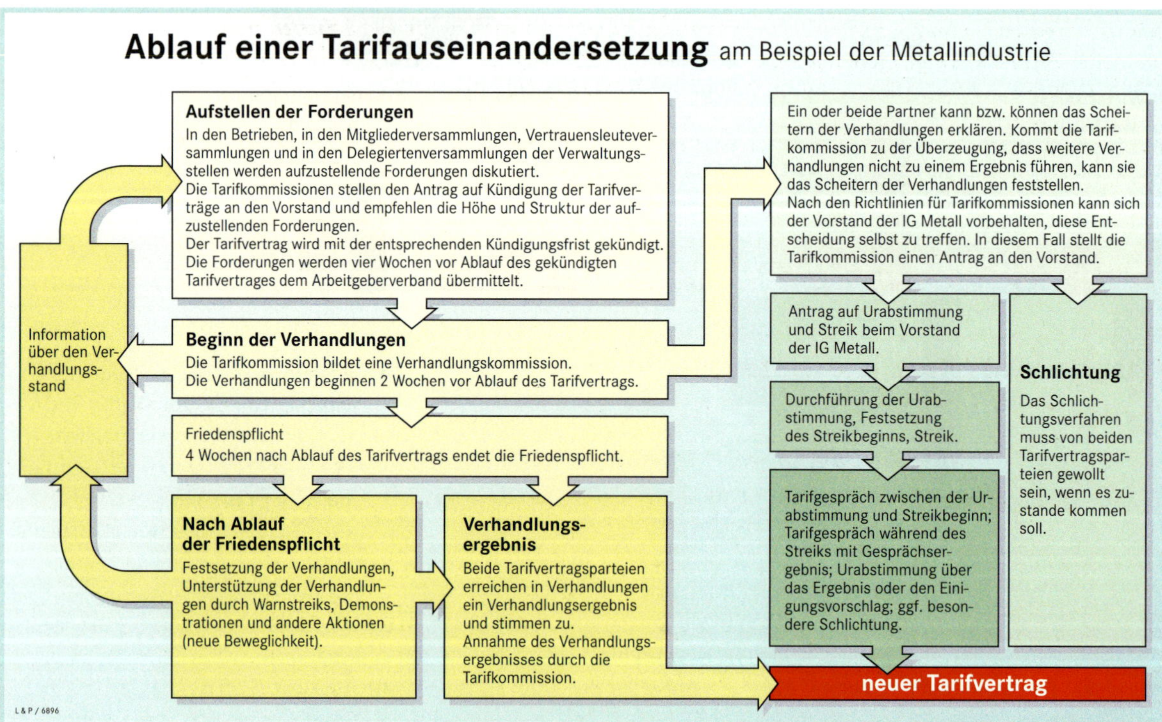

M2 Tarifkonflikt: Beispiel Beschäftigte an Uni-Kliniken in Nordrhein-Westfalen– Zeitpunkt 1

Die Gewerkschaft Verdi [kündigt] Streiks für die Uni-Kliniken an: An diesem Dienstag werden ganztägig Düsseldorf, Köln und Essen bestreikt. Am Mittwoch folgen Bonn und Münster, nächste Woche Aachen. Das werden auch Patienten zu spüren bekommen.
Wegen des Streiks würden weniger Betten zur Verfügung stehen, die stark reduzierte Anzahl an Operationssälen reiche nur für die Versorgung von Notfallpatienten aus, sagte der Sprecher der Uni-Klinik Düsseldorf. Behandlungen würden verschoben. Schon jetzt arbeitet die Klinik am Limit: Am Wochenende stoppte sie die stationäre Aufnahme von Intensivpatienten, am Montag konnte sie wieder wenige Patienten aufnehmen.

Antje Höning/Marlen Keß/Semiha Ünlü/Maximilian Plück, Unikliniken in NRW werden bestreikt – „Massive Gefährdung unserer Patienten“, in: https://rp-online.de/nrw/panorama/unikliniken-in-nrw-werden-bestreikt_aid-63942083, 08.11.2021

WEBCODE
WES-116803-307
Einfach erklärt: Tarifverhandlungen

M3 Tarifkonflikt: Beispiel Beschäftigte an Uni-Kliniken in Nordrhein-Westfalen – Zeitpunkt 2

Der Streik des Gesundheitspersonals an den sechs Universitätskliniken in Nordrhein-Westfalen ist für Patienten nicht zu übersehen. „8. Woche Streik (an) Uni-Kliniken“, verkündet das Plakat über dem Eingangstor des Universitätsklinikums Essen. Das Plakat muss nun wohl überholt werden: Der Streik wird laut Verdi in die neunte Woche gehen. Damit kündigt sich einer der längsten Streiks im Gesundheitsbereich der vergangenen Jahre an.
Zwar würden die Verhandlungen an diesem Freitag noch laufen. Eine Einigung im Laufe des Tages käme laut Verdi allerdings „einem Wunder gleich“. Die Verhandlungsparteien haben ob der schlechten Aussichten auf eine rasche Einigung deshalb weitere Verhandlungstage bis kommenden Donnerstag angesetzt. Verdi fordert von den Universitätskliniken einen Tarifvertrag für alle Gruppen und eine Entlastung der Pflegekräfte durch eine schichtgenaue Mindestbesetzung.

Jan Klauth/Andreas Macho, Kein Ende in Sicht – Warum an den Unikliniken weiter gestreikt wird, in: https://www.welt.de/wirtschaft/article239551117/Pflegestreiks-in-NRW-gehen-weiter-Tarifparteien-noch-uneins.html, 24.06.2022

M4 Pflege in Deutschland

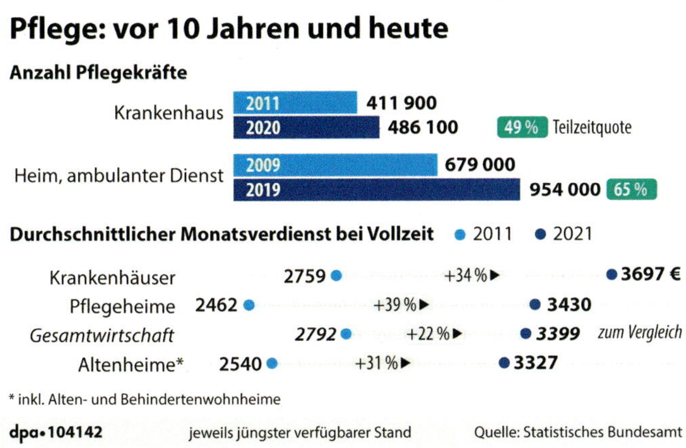

1 **Erstellt** ein mediales Produkt, in welchem ihr die beteiligten Personen, den Ablauf sowie mögliche Herausforderungen einer Tarifverhandlung **darstellt** (M 1).

2 **Ordnet** die vorliegenden Beispielfälle (M 2, M 3) in den Ablauf einer Tarifverhandlung **ein**.

3 **Analysiert** M 4 vor dem Hintergrund des dargestellten Falls (M 2, M 3).

4 **Diskutiert**, ob der Verlauf der dargestellten Tarifverhandlung gerechtfertigt erscheint (M 2–M 4).

3.16 Sozialpolitik in der sozialen Marktwirtschaft – mehr Eigenverantwortung oder mehr Solidarität wagen?

M1 Wie soll Sozialpolitik organisiert sein?

Die Sozialpolitik kann nur stärker auf die Selbstständigkeit und Eigenversorgung des Einzelnen ausgerichtet sein, um den Markt zu entlasten.

Die Antwort kann nur mehr Solidarität bedeuten, das heißt, mehr staatliche Unterstützung, auch wenn dies vielleicht den Markt belastet.

M2 Der Sozialstaat

Grundlage des Sozialstaats ist Artikel 20 des Grundgesetzes, ohne das hier die genaue Form näher beschrieben wird. Die staatlich organisierte soziale Absicherung steht dabei im Spannungsfeld von Subsidiaritätsprinzip und Solidaritätsprinzip. Das Subsidiaritätsprinzip setzt auf die Eigenverantwortung der Menschen. Erst wenn die bzw. der Einzelne hier an seine (finanziellen) Grenzen stößt, greift das Solidaritätsprinzip, bei dem die bzw. der Einzelne durch die Gemeinschaft unterstützt wird.

Autorentext

M3 Einnahmen

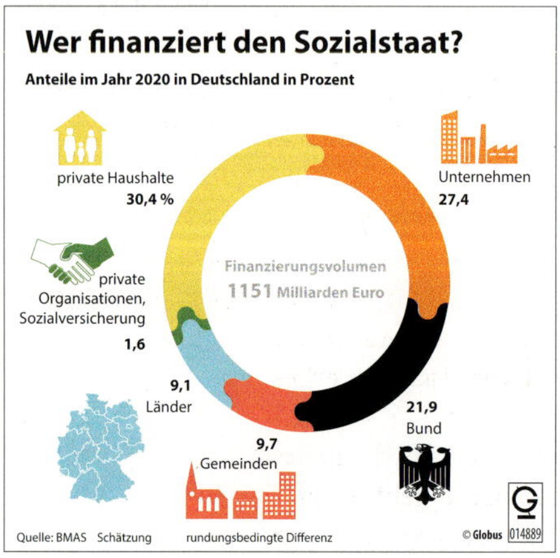

M4 Ausgaben

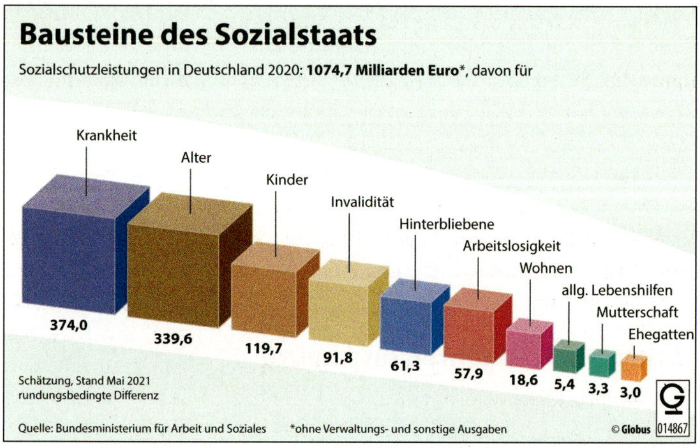

1. **Vergleicht** die Aussagen in M 1 und **benennt** die dargestellte Grundproblematik.
2. **Erarbeitet** einen Kurzvortrag zum Aufbau des Sozialstaats und **erklärt** in diesem das Subsidiaritäts- und Solidaritätsprinzip (M 2), die Finanzierung des Sozialstaats (M 3) sowie dessen Ausgaben (M 4).
3. **Übernehmt** die Position eines Befürworters einer Stärkung der Eigenverantwortung (M 5) oder der Solidarität (M 6). **Erarbeitet** entsprechende Argumente und führt ein Streitgespräch durch.
4. **Nehmt** selbstständig und kritisch zur Problemfrage „Sozialpolitik – mehr Eigenverantwortung oder mehr Solidarität wagen?“ (M 5, M 6) **Stellung**.

M5 Mehr Eigenverantwortung wagen?

Es gehört zu den Errungenschaften moderner Wohlfahrtsstaaten, dass sie breite Schichten der Bevölkerung vor wirtschaftlichen Risiken wie Einkommensverlust durch Arbeitslosigkeit oder Krankheit schützen. In der Corona-Krise wird diese Absicherung stark genutzt. Die erste Priorität liegt im Ausbau des Gesundheitswesens. Die Zahl der Betten in den Intensivstationen der Krankenhäuser wird stark erhöht, in Deutschland sogar verdoppelt, ausgehend von einem bereits hohen Niveau. Schutzkleidung, Atemmasken, Medikamente und Beatmungsgeräte werden in großen Mengen bestellt. [...]
In der Corona-Krise greift die Versicherungsfunktion des Sozialstaats: Unterschiedliche Sektoren und Beschäftigte sind von der Krise sehr unterschiedlich betroffen. Die Corona-Krise ist aber mehr als ein Schock für einen Teil der Wirtschaft, der durch den Rest gut aufgefangen werden kann. Die Verluste sind für die gesamte Volkswirtschaft so erheblich, dass sich die Frage aufdrängt, ob sie die Solidargemeinschaft des Sozialstaats überfordern. [...]
Das Prinzip der Selbstbeteiligung bedeutet, dass der Sozialstaat keine Vollkasko-Mentalität entstehen lässt. Beispielsweise ersetzt das Arbeitslosengeld nicht das gesamte entgangene Einkommen, sondern nur einen Teil. Diese Selbstbeteiligung gibt es bei vielen Versicherungen in privaten Märkten. Sie hat eine wichtige Funktion. Selbstbeteiligung sorgt dafür, dass die Versicherten ein Interesse daran behalten, Schaden zu vermeiden.
Die vierte Leitplanke ist das Subsidiaritätsprinzip. Es besagt, dass jeder Bürger zunächst selbst für seine wirtschaftliche Existenz verantwortlich ist. Erst wenn das scheitert, springt der Sozialstaat ein. Zur Eigenverantwortung gehört, dass die Bürger sich gegen absehbare Risiken absichern.

Clemens Fuest, Der Staat kann nicht alle retten, in: https://www.ifo.de/medienbeitrag/2020-07-12/der-staat-kann-nicht-alle-retten, 12.07.2020

M6 Mehr Solidarität wagen?

Kaum hatte das als SARS-CoV-2 bezeichnete Virus im Frühjahr 2020 die Bundesrepublik erreicht, ertönten deutschlandweit die Rufe nach dem Sozialstaat. Seit der Jahrtausendwende im Rahmen der „Agenda 2010“ und der Hartz-Gesetze mittels neoliberaler Reformen „um-“ bzw. abgebaut, hielt man ihn für „systemrelevant“ und seine Leistungen für unverzichtbar, als zahlreiche Menschen durch die Pandemie und die Infektionsschutzmaßnahmen an den Rand des wirtschaftlichen Ruins gerieten. [...] Längerfristig geht es um die Schaffung eines inklusiven Sozialstaates, der auf einer solidarischen Bürgerversicherung und einer bedarfsgerechten, armutsfesten und repressionsfreien Grundsicherung als geeigneter Alternative zum bedingungslosen Grundeinkommen basiert. [...] Kreative, Künstler:innen und Kneipiers gehörten nicht bloß zu den existenziell von der Pandemie und ihren wirtschaftlichen Verwerfungen mit am stärksten Betroffenen, sondern auch zu den vulnerablen Gruppen, die der bestehende Sozialstaat kaum zu schützen vermochte. [...]
Die wichtigste Lehre aus der Covid-19-Pandemie lautet, nicht länger neoliberalen Verlockungen wie „Privat geht vor Staat“ zu erliegen und dort nicht mehr prioritär auf den Markt zu setzen, wo es um die öffentliche Daseins- und Gesundheitsvorsorge geht. Es gibt einen solidarischen Weg aus der Corona-Krise: Wenn der Wohlfahrtsstaat künftig umfassender für einen Ausbau der sozialen, Bildungs- und Betreuungsinfrastruktur sorgt und genügend öffentliche Investitionen tätigt, kann die Gesellschaft sogar im Falle einer Pandemie oder einer anderen nationalen Katastrophe funktionsfähig bleiben.

Christoph Butterwegge, Solidarität statt Grundeinkommen, in: https://www.kontextwochenzeitung.de/debatte/581/solidaritaet-statt-grundeinkommen-8192.html, 18.05.2022

INFO

Sozialstaat
bezeichnet ein soziales Sicherungssystem, das die Bürgerinnen und Bürger vor den großen Lebensrisiken wie Krankheit, Unfall, Arbeitslosigkeit und Alter absichern soll. Das Kernstück des Sozialstaats stellt die gesetzliche Sozialversicherung dar.
Art. 20 Abs. 1 GG: „Die Bundesrepublik Deutschland ist ein demokratischer und sozialer Bundesstaat.“

Subsidiarität
der Begriff entstammt der katholischen Soziallehre und betont die Eigenverantwortung der Menschen

Clemens Fuest
Der Ökonom ist Präsident des ifo Instituts für Wirtschaftsforschung in München.

Christoph Butterwegge
Der Politikwissenschaftler und Armutsforscher kandidierte 2017 auf Vorschlag der Linken für das Amt des Bundespräsidenten.

3.17 Die Zukunft des Sozialstaats – Probleme und Lösungen

M1 Armut

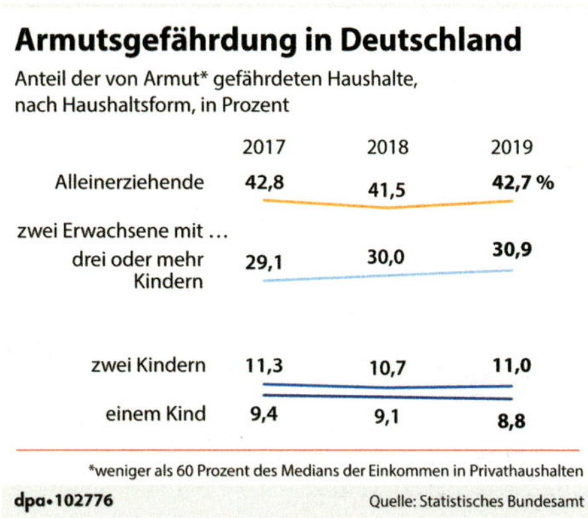

M2 Demografie

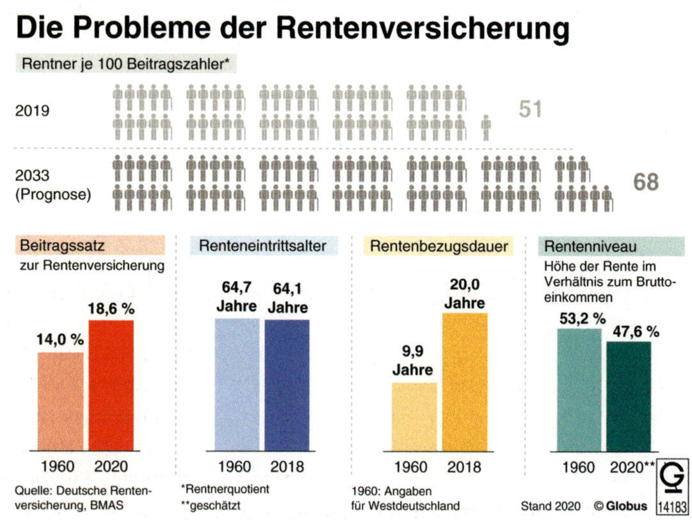

M3 Sozialstaat

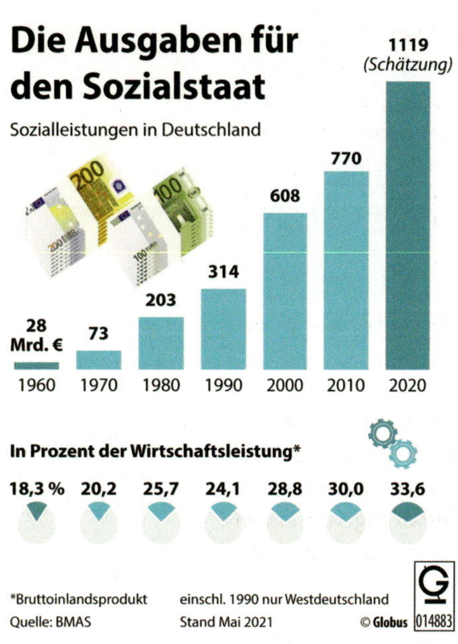

M4 Migration

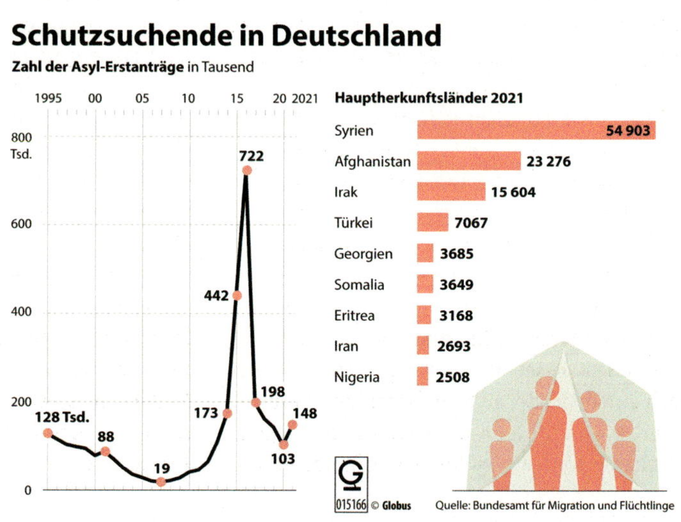

M5 Einwanderung als Chance?

Der Arbeitsmarktforscher Herbert Brücker sieht den Sozialstaat von Migration profitieren.

Der Sozialstaat ist verblüffenderweise der große Gewinner der Zuwanderung. Migranten zahlen zwar weniger Steuern, beziehen häufiger Hartz-IV-Leistungen und sind stärker von Arbeitslosigkeit betroffen als Menschen ohne Migrationshintergrund. Trotzdem leisten sie einen positiven Nettobeitrag zum Finanzierungssaldo der öffentlichen Haushalte und Sozialversicherungssysteme. Der entscheidende Punkt sind die Renten. Migranten sind sehr viel jünger als der Bevölkerungsdurchschnitt – und wer heute jung ist, wird im Alter generell weniger ausgezahlt bekommen, als er über den Lebenszyklus eingezahlt hat. Deshalb profitieren die Rentenversicherungssysteme massiv. Eine Studie von Holger Bonin aus dem Jahr 2006 kam auf ein jährliches Plus für die Sozialversicherungssysteme von 2.000 Euro pro Kopf der ausländischen Bevölkerung. Die Gewinne durch die gegenwärtige Zuwanderung werden wahrscheinlich noch sehr viel höher ausfallen. [...] Ohne Zuwanderung würde das Erwerbspersonenpotenzial in Deutschland, das derzeit mit 45 Millionen Menschen auf seinem historischen Höchststand steht, bis zum Jahr 2050 um etwa 40 Prozent sinken.

„Der Sozialstaat ist der große Gewinner". Interview mit Herbert Brücker, in: https://www.boeckler.de/de/magazin-mitbestimmung-2744-der-sozialstaat-ist-der-grosse-gewinner-5219.htm, 2013

M 6 Das bedingungslose Grundeinkommen als Lösung?

Der Ökonom Marcel Fratzscher leitet seit 2013 das Deutsche Institut für Wirtschaftsforschung (DIW) in Berlin.

Kaum ein Thema wird in Deutschland derzeit so kontrovers diskutiert wie das bedingungslose Grundeinkommen (BGE). Wenig überraschend passiert dies gerade in einer Krise, in der Millionen Menschen um ihre wirtschaftliche und soziale Existenz bangen. Die soziale Polarisierung war bereits vor der Pandemie groß und verstärkt sich nun drastisch. Gerade jetzt wächst das Bedürfnis nach einer grundlegenden Reform der sozialen Sicherungssysteme – und die Pandemie gibt uns die Chance, viele Dinge neu zu denken. So könnte die soziale Sicherung nicht nur darauf angelegt sein, existenzielle Löcher zu stopfen, sondern jedem und jeder Einzelnen in unserer Gesellschaft neben einem Minimum an Sicherheit auch mehr Eigenverantwortung zu geben. [...]
Angesichts dieser Verwerfungen rufen viele nach einem größeren Sozialstaat, der mehr finanzielle Ressourcen umverteilt, damit aber letztlich die Abgehängten und Chancenlosen nur ruhigstellt. Dies kann keine Lösung sein und war es auch nie. In Deutschland hat sich ja gezeigt, dass trotz eines wachsenden Sozialstaats die Ungleichheit von Arbeitsmarktchancen, Einkommen und Vermögen zugenommen hat. Der Grund für die soziale Polarisierung liegt nicht darin, dass der Sozialstaat in Deutschland nicht groß genug wäre. Ein Mehr an Sozialleistungen wird daher die soziale und wirtschaftliche Polarisierung auch nicht stoppen, geschweige denn reduzieren. [...] Es ist ein Sozialstaat, der die Menschen ermutigt und befähigt, ihr eigenes Leben zu gestalten, Autonomie zu erlangen und nicht in einer anhaltenden Abhängigkeit vom Sozialstaat zu verbleiben.
Genau dies ist die grundlegende Idee des bedingungslosen Grundeinkommens – die intrinsische Motivation in jedem Einzelnen zu stärken und zu unterstützen, sein eigenes Potenzial zu nutzen und einen Beitrag zur Gesellschaft zu leisten. In anderen Worten: Erforderlich ist eine Umgestaltung von einem ruhigstellenden hin zu einem aktivierenden Sozialstaat.

Marcel Fratzscher, Zeit für soziale Experimente, in: https://www.zeit.de/wirtschaft/2021-02/grundeinkommen-bge-sozialstaat-wandel-initiative, 26.02.2021

INFO

intrinsische Motivation
etwas (nur) aus einem eigenen, inneren Antrieb tun

1 **Analysiert** M 1–M 4 zunächst arbeitsteilig, **stellt** diese dann in Expertengruppen **vor** und **diskutiert** anschließend in Stammgruppen (Gruppenpuzzle), welches Problem des Sozialstaats als erstes politisch gelöst werden sollte.

2 **Gestaltet** einen Podcast, in welchem ihr ausgehend von den Problemen des Sozialstaats die möglichen Lösungsvarianten (M 5, M 6) **erklärt** und **bewertet**.

3 **Diskutiert** die These, dass der deutsche Sozialstaat vor dem Hintergrund der Probleme und Lösungsvarianten keine Zukunft habe.

QUERVERWEIS

METHODE Gruppenpuzzle
S. 182

Wirtschaftswachstum und Nachhaltigkeit – geht das überhaupt zusammen?

Seit über 50 Jahren steigt in der Gesellschaft das Bewusstsein dafür, dass wir durch unsere wirtschaftlichen Tätigkeiten endliche Ressourcen verbrauchen oder nutzen. Dabei entwickelte sich der Begriff der Nachhaltigkeit, unter der man eine stabile und langfristige Nutzung von Ressourcen aller Art versteht, zur allgemeinen Zielgröße. In der Praxis unserer Konsumgesellschaft scheint die Nachhaltigkeit aber oft mit dem Ziel des Wirtschaftswachstums zu kollidieren. Können die beiden Zielgrößen überhaupt zusammen umgesetzt werden?

M1 Wohlstand heute – und morgen?

Zeichnung: Gerhard Mester

M3 Nachhaltig?

(Stand: 2021)

M2 Und das Klima?

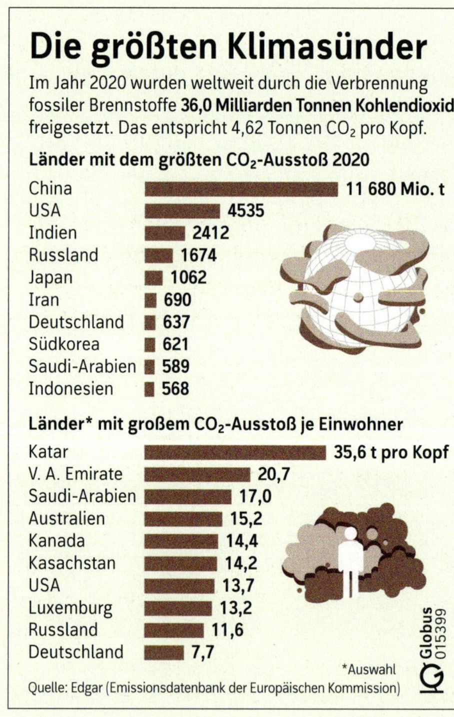

M4 Umweltverschmutzung durch Industrialisierung

Ein massives Umweltproblem, das nicht erst mit der Industrialisierung aufkam, war die Luftverschmutzung. Sogenanntes Rauchgas, das bei der Arbeit in Eisen-, Metall- oder Kupferhütten ausgestoßen wurde, rief Schäden an den umliegenden Bäumen hervor. Zudem belasteten die Emissionen die Atemluft in Hüttennähe. [...]

Mit der Industrialisierung stieg der Energieverbrauch besonders ab Anfang des 19. Jahrhunderts sprunghaft an. Die erhöhte Produktion von Eisen und Stahl sowie der Bau von Maschinen erforderte enorme Mengen an Kohle, deren Verbrennung die Luft stark belastete. Vor allem in den Ballungszentren konnte man kaum mehr atmen, die Luft war voller Rauch, giftige Schwefeldioxidverbindungen führten zu einem Waldsterben größeren Ausmaßes. Auch Gewässern und Böden wurden während der Industrialisierung dauerhafte Schäden zugefügt. Klärwasser, giftige Chemikalien, Düngemittel und andere industrielle Abwässer landeten in den Flüssen und verseuchten sie so stark, dass das oft gefärbte Wasser ungenießbar wurde. Rund um Industrieansiedlungen herum wurden die Böden mit Blei, Cadmium, Quecksilber und anderen Giften verseucht, Altlasten aus den Betrieben taten ein Übriges.

Mit der Industrialisierung einher ging ein enormes Bevölkerungswachstum, das dazu führte, dass vor allem die Städte rasant anwuchsen. Neue Wohnsiedlungen mussten gebaut werden, immer größere Bodenflächen wurden versiegelt, was zum Absinken des Grundwasserspiegels beitrug.

Melanie Wieland, Industrielle Revolution und Umweltverschmutzung, in: https://www.planet-wissen.de/natur/umwelt/umweltverschmutzung/pwieindustriellerevolutionundumweltverschmutzung100.html, 06.02.2020

QUERVERWEIS
Ziele der Wirtschaftspolitik
S. 116 f.

M5 Eine globale CO_2-Steuer als Lösung?

Die CO_2-Steuer soll für Menschen und Unternehmen einen Anreiz schaffen, auf klimafreundlichere Alternativen umzusteigen – sei es bei der Stromversorgung, beim Heizen oder bei der Mobilität. Heißt: Wer CO_2 produziert, soll im Rahmen dieser Steuer auch dafür bezahlen – und zwar nach einem festgelegten Preis je Tonne erzeugtes Kohlenstoffdioxid. Die CO_2-Steuer würde sowohl für Privatpersonen, kleines Gewerbe (z.B. Bäckereien) und große Industrieunternehmen gelten. Es würde dann einen allgemein gültigen CO_2-Preis auf Benzin, Diesel, Erdgas und Heizöl geben. [...] Schon auf dem Weltklimagipfel im polnischen Kattowitz Ende 2018 wurde die Steuer immer wieder diskutiert. Das Thema an sich ist also nicht neu. Aber es hat an Fahrt aufgenommen: Nun kommt auch der Sachverständigenrat zur Begutachtung der gesamtwirtschaftlichen Entwicklung zu dem Ergebnis, dass ein Preis für den Ausstoß von Klimagasen das beste Mittel sei, um die Klimaziele zu erreichen. [...] Auch [...] [andere Wissenschaftler] sagen: Mit einer festen Steuer, die auf jede emittierte Tonne CO_2 erhoben wird, könnten wir unsere Klimaziele erreichen – und das 2-Grad-Ziel als Maximalwert für die Erderwärmung. Auf diesen Wert hatte sich die Weltgemeinschaft auf der Klimakonferenz in Paris 2015 geeinigt.

In der EU gibt es bereits ein Instrument, mit dem die Treibhausgasemissionen reduziert werden sollen: den Europäischen Emissionshandel (EU-ETS).

Annika Franck, Kann eine CO2-Steuer dem Klima helfen?, in: https://www.quarks.de/umwelt/klimawandel/kann-eine-co2-steuer-dem-klima-helfen/, 20.04.2022

1. **Interpretiert** die Karikatur M 1.
2. **Analysiert** M 2 und M 3.
3. **Begründet**, warum die Industrialisierung aus historischer Sicht den Beginn einer umweltschädlichen Wirtschaft darstellt (M 4).
4. **Erörtert**, ob die CO_2-Abgabe ein sinnvolles Instrument ist, um Wirtschaftswachstum und Nachhaltigkeit zu verbinden (M 5). **Recherchiert** ggf. nach weiteren Argumenten.

QUERVERWEIS
METHODE Karikaturenanalyse
S. 183

Menschen müssen ständig wirtschaften, da wir in einer Umgebung leben, in der die Ressourcen **begrenzt** sind, sodass wir mit diesem **Knappheitsproblem** umgehen müssen. Dabei wirken zwei grundsätzliche Prinzipien bei den wirtschaftlichen Handlungen.

Maximalprinzip
mit gegebenen Mitteln (Input) größten Ertrag (Output) erwirtschaften

Minimalprinzip
gegebenes Ziel (Output) mit geringsten Mitteln (Input) erwirtschaften

Diese wirtschaftlichen Handlungen werden dabei auf einem Markt vollzogen, bei dem Nachfrage und Angebot zusammentreffen. Der Austausch der Ware wird über Geld vollzogen, wobei sich der Preis über ein festes System bildet.

Zeichnung: Klaus Stuttmann

Über Preise spricht man nicht…

Die Organisation des Marktes (d.h. der Wirtschaft) wird über eine Wirtschaftsordnung vollzogen, die u.a. das Verhältnis von Staat und Markt festlegt.

	freie Marktwirtschaft	Zentralverwaltungswirtschaft	soziale Marktwirtschaft
Rolle des Staates	„Nachtwächterstaat“	umfassende Rolle; Kontrolle von Produktion und Marktgeschehen	schafft Rahmenbedingungen, kontrolliert das Marktgeschehen (Kartellamt) und wirkt über die Sozialpolitik auf die Gesellschaft
Rolle des Marktes	Aufeinandertreffen von Angebot und Nachfrage ohne Beschränkungen	kein freier Markt; staatlich reguliert	freier Markt, aber staatlich kontrolliert und z. T. eingeschränkt (Mindestlohn)

In der sozialen Marktwirtschaft nimmt der Staat über eine staatliche Konjunktur- und Wirtschaftspolitik aktiv Einfluss auf das wirtschaftliche Geschehen: umgangssprachlich das magische Vieleck (Seite 116, M 1). Vier Ziele sind hierbei elementar.

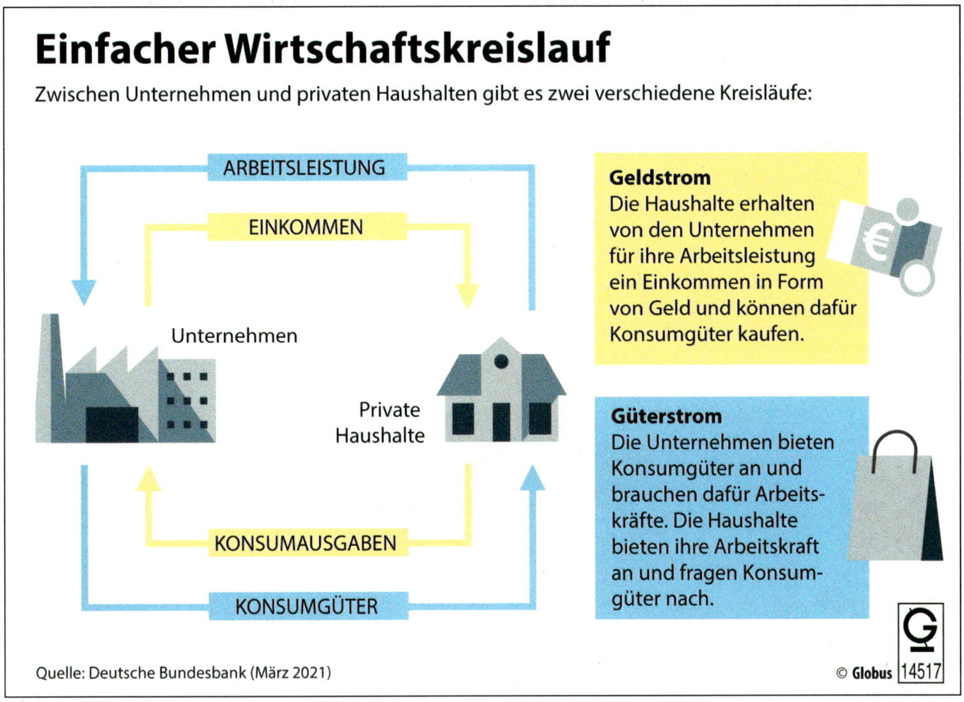

In der sozialen Marktwirtschaft vollzieht der Staat auch eine aktive Sozialpolitik, die über den Sozialstaat organisiert wird, der zwischen Subsidiaritätsprinzip und Solidaritätsprinzip agiert und vor mehreren Herausforderungen steht.

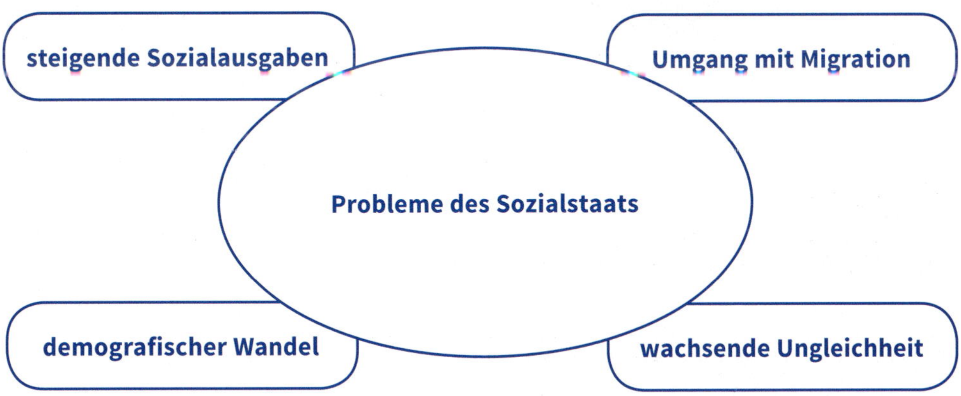

1 **Erläutert** an einem selbst gewählten Beispiel, warum wir wirtschaften und welche Prinzipien dabei wirken.
2 **Interpretiert** die Karikatur und geht auf die unterschiedlichen Marktformen ein.
3 **Erklärt** mithilfe des Modells des einfachen Wirtschaftskreislaufes den Ablauf des wirtschaftlichen Prozesses.
4 **Beschreibt** ausgehend von der letzten Abbildung die Prinzipien des Sozialstaats, Probleme und mögliche Lösungsansätze.

4.

Europa in der Welt

Mit seinem ganzen Herzen ist Deutschland bei dem Gedanken eines Vereinten Europas. Mehr als jedes andere Land muss Deutschland im ureigenen Interesse nach enger wirtschaftlicher und politischer Zusammenarbeit streben.

Konrad Adenauer (1876–1967), Bundeskanzler

Die EU war eine Geburt der Gehirne. Jetzt muss sie in die Herzen hineinwachsen.

Erhard Busek (1941–2022), österreichischer Politiker

Mit den Europa-Verhandlungen ist es wie mit dem Liebesspiel der Elefanten: Alles spielt sich auf hoher Ebene ab, wirbelt viel Staub auf – und es dauert sehr lange, bis etwas dabei herauskommt.

Willy Brandt (1913–1992), Bundeskanzler

4.1 Vom Mythos zum Fundament eines geeinten Europas

INFO

Mythos
Überlieferung aus alter Zeit; Sagen und Legenden zur Entstehung der Welt, über Götter und Helden werden als Mythen bezeichnet

Der Weg zu einem geeinten Europa in Form der Europäischen Union war angesichts der jahrhundertelangen kriegerischen Auseinandersetzungen in Europa, die in der ersten Hälfte des 20. Jahrhunderts mit dem Ersten und Zweiten Weltkrieg neue mörderische Dimensionen erreichten, der scheinbar einzige Weg, dauerhaft Frieden auf dem Kontinent zu erreichen.
Die Schwierigkeit bestand und besteht nach wie vor im Aushandeln von gemeinsamen Politiken. In Anbetracht der vielen nationalen und regionalen Einzelinteressen ist das bisher Erreichte beachtlich, jedoch auf keinen Fall als gesichert zu betrachten. Ereignisse wie die Flüchtlingskrise, der Austritt Großbritanniens aus der EU (Brexit) oder der Russisch-Ukrainische Krieg und die damit verknüpfte Energiekrise stellen diese immer wieder vor neue Herausforderungen und werden auch maßgeblich das zukünftige Gesicht Europas bestimmen.

INFO

Phönizien
Bezeichnung eines schmalen Landstreifens an der östlichen Mittelmeerküste auf dem Gebiet der heutigen Staaten Israel, Libanon und Syrien. Die Phönizier waren ein Handels- und Seefahrervolk, das seine Blütezeit zwischen 1000 und 600 v. Chr. hatte.

M1 Mythos Europa

„Von Europa weiß kein Mensch, weder ob es vom Meer umflossen ist, noch wonach es benannt ist, noch wer es war, der ihm den Namen ‚Europa' gegeben hat", wunderte sich der griechische Geschichtsschreiber Herodot 430 v. Chr.
Noch heute streiten sich die Gelehrten, woher der Name tatsächlich kommt und was er bedeuten soll. Möglicherweise ist er aus dem phönizischen Wort „ereb" entstanden, das so viel wie „Abend", „dunkel" und „untergehen" heißt.
Angeblich benannten die Bewohner der Nordostküste Afrikas so das Land, über dem sie die Sonne untergehen sahen. Wir nennen Europa noch heute „Abendland".
Die Griechen kannten das Wort „erebos". Es bedeutet Finsternis und Schattenreich. Auch dies ist ein Vorläufer unseres Begriffes Abendland. Romantischer freilich ist eine altgriechische Sage, die für den Namen des Kontinents Pate stand: Nach ihr verliebte sich Zeus in die wunderschöne Europa, eine Tochter des phönizischen Königs Agenor, die der Göttervater verführen wollte. Als Europa eines Tages beim Blumenpflücken war, nahm Zeus die Gestalt eines prächtigen weißen Stieres an und lockte die von ihm so Begehrte an den Meeresstrand. Europa näherte sich dem Tier, um es zu streicheln. Der Stier überredete das Mädchen, sich auf seinen Rücken zu setzen. Kaum hatte es das getan, sprang Zeus auf, jagte mit dem schönen Kind davon und schwamm mit Europa übers Meer. Auf Kreta setzte er sie ab und nahm wieder seine Göttergestalt an. Zeus zeugte auf der Insel mit der entführten Geliebten drei Kinder, darunter Kretas späteren König Minos. Und weil Europa so schön war, wurde schließlich der Kontinent nach ihr benannt.

Christine Schulz-Reiss, Nachgefragt: Europa, Loewe: Bindlach 2007

Europa auf dem Stier, dem verwandelten griechischen Gott Zeus,
Vasenmalerei, Italien, 4. Jh. v. Chr.

M2 Die Mitgliedstaaten der EU

Die Europäische Union

	Beitrittsjahr	Einwohner 2019[1] in Mio.	BIP[1,2] 2018 pro Kopf in Tausend Euro
Belgien	1958	11,5 Mio.	35,7 Tsd. €
Deutschland	1958	83,0	36,9
Frankreich	1958	67,0	31,4
Italien	1958	60,4	29,1
Luxemburg	1958	0,6	78,7
Niederlande	1958	17,3	39,2
Dänemark	1973	5,8	38,7
Irland	1973	4,9	57,8
Griechenland	1981	10,7	20,6
Portugal	1986	10,3	23,2
Spanien	1986	46,9	27,6
Finnland	1995	5,5	33,7
Österreich	1995	8,9	38,6
Schweden	1995	10,2	37,0
Estland	2004	1,3	25,0
Lettland	2004	1,9	21,0
Litauen	2004	2,8	24,6
Malta	2004	0,5	29,6
Polen	2004	38,0	21,5
Slowakei	2004	5,5	23,5
Slowenien	2004	2,1	26,4
Tschechien	2004	10,6	27,6
Ungarn	2004	9,8	21,6
Zypern	2004	0,9	26,8
Bulgarien	2007	7,0	15,5
Rumänien	2007	19,4	19,8
Kroatien	2013	4,1	19,2

Gründungsmitglieder

[1]zum Teil vorläufig oder geschätzt [2]kaufkraftbereinigt Quelle: Eurostat 13794 © Globus Stand März 2020

GLOSSAR

Europäische Union

QUERVERWEIS

METHODE Kartenanalyse
S. 183

M3 Mythos Europa

Zeichnung: Agostino Natale

1 **Erläutert**, warum man vom Mythos Europa (M 1) spricht.

2 **Analysiert** die Karikatur (M 3).

3 **Benennt** mögliche Interessen, die einzelne europäische Länder aufgrund ihrer Lage und den Informationen in der Karte (M 2) haben könnten. **Überprüft** eure Ideen mithilfe einer Kurzrecherche.

4.2 Der Weg der europäischen Einigung

WEBCODE
WES-116803-401
Geschichte der EU

Im Jahr 2012 erhielt die Europäische Union den Friedensnobelpreis. Das norwegische Preiskomitee begründete seine Entscheidung damit, dass die EU und ihre Vorgänger über sechs Jahrzehnte zur Förderung von Frieden und Versöhnung beigetragen hätten. Nach über 70 Jahren deutsch-französischer Feindschaft und zwei Weltkriegen habe die Union eine enge Partnerschaft zwischen den beiden Staaten ermöglicht. Den Staaten Südeuropas habe sie den Weg in die Demokratie gewiesen und nach dem Fall der Berliner Mauer, durch die Aufnahme mehrerer zentral- und osteuropäischer Staaten, die Versöhnung auf große Teile des Kontinents ausgeweitet.

Europäische Geschichte nach 1945

Nach Ende des Zweiten Weltkrieges verschärft der Kalte Krieg den Gegensatz zwischen Ost und West. Die Sowjetunion dehnt ihren Macht- und Einflussbereich in Europa bis zur Elbe und zur Adria aus, die USA sichern ihren Einflussbereich in Westeuropa ab.
Die Bundesrepublik will in den 1950er-Jahren ihre Souveränität wiedergewinnen, die das Deutsche Reich durch die Kapitulation 1945 verloren hat. Das war ihr nur möglich in einem Bündnis mit den demokratischen Nachbarn, vor allem mit dem „Erbfeind“ Frankreich.

Der Weg zur Europäischen Union

ab 1945: Durch ein Zusammengehen und durch enge Kooperation mit den USA erhoffen sich die westeuropäischen Staaten einen größeren Schutz vor einer möglichen Bedrohung durch die Sowjetunion. Ideen für eine engere Zusammenarbeit entstehen.

Frankreich will wiederum Deutschland in gemeinsame Einrichtungen einbinden, um eine neuerliche deutsche Aggression auszuschließen. Besonders die kriegswichtige Kohle- und Stahlindustrie sollte unter eine gemeinsame Aufsicht gestellt werden.
Das gute Funktionieren der Montanunion zeigt den Mitgliedstaaten und Nachbarstaaten die Möglichkeiten der engeren wirtschaftlichen Zusammenarbeit. Insbesondere der Bundesrepublik ist am großen europäischen Absatzmarkt gelegen, der den Export erleichtert.

Im Interesse Frankreichs mit seiner stark landwirtschaftlich geprägten Struktur ist eine stärkere Förderung des Agrarsektors. Italien hofft vor allem sein enormes wirtschaftliches Nord-Süd-Gefälle mithilfe der europäischen Partner beseitigen zu können.

1951: Gründung der Europäischen Gemeinschaft für Kohle und Stahl (EGKS), auch Montanunion genannt, durch Deutschland, Frankreich, Italien, Belgien, Niederlande und Luxemburg.
Die Gründung einer Europäischen Verteidigungsgemeinschaft mit europäischer Armee scheitert am französischen Parlament.

1981: EG-Beitritt Griechenlands.
1986: EG-Beitritt Spaniens und Portugals; erste umfassende Änderung der Gründungsverträge (Einheitliche Europäische Akte)

In den frühen 1980er-Jahren liegen die noch bis weit in die zweite Hälfte des 20. Jahrhunderts hinein diktatorisch regierten Länder Südeuropas wirtschaftlich stark hinter der EG zurück. Eine Mitgliedschaft verspräche wirtschaftlichen Aufschwung und Stabilisierung der jungen Demokratien.

1957: Römische Verträge: Gründung der Europäischen Wirtschaftsgemeinschaft (EWG) und der Europäischen Atomgemeinschaft (Euratom); schrittweise Einführung des gemeinsamen Agrarmarktes und der gemeinsamen Regionalpolitik.
1967: Zusammenlegung von EGKS, EWG und Euratom zur Europäischen Gemeinschaft (EG).
1968: Zollunion und Einführung eines gemeinsamen EG-Außenzolls.
1973: EG-Beitritt Dänemarks, Großbritanniens und Irlands.
1979: Erste Direktwahl des Europäischen Parlaments.

Nach dem Fall der Berliner Mauer und dem Ende des Kalten Krieges ist in den westeuropäischen Staaten die Motivation zur stärkeren Zusammenarbeit, auch auf nicht-wirtschaftlichen Gebieten, groß.
Nach dem Zusammenbruch der Sowjetunion sehen die mittel- und osteuropäischen Staaten in einer Mitgliedschaft in der Europäischen Union die Möglichkeit, ihre neu gewonnene Souveränität gegenüber Russland abzusichern und ihre jungen Demokratien – ähnlich wie die südeuropäischen Staaten in den 1980er-Jahren – zu stabilisieren. Der Zugang zum EU-Binnenmarkt wird mit der Hoffnung auf einen ähnlichen Wohlstand wie in den westeuropäischen Nachbarn verbunden.

1993: Vertrag über die Europäische Union (EU): Verstärkung der Zusammenarbeit in allen Politikbereichen (Vertrag von Maastricht); Verwirklichung des Binnenmarktes: offene Grenzen für Menschen, Waren, Dienstleistungen und Kapital; mittelfristiges Ziel einer gemeinsamen Währung.
1995: EU-Erweiterung um Österreich, Finnland und Schweden; Inkrafttreten des Schengener Abkommens an vielen Binnengrenzen der EU.
2002: Einführung des Euro als Bargeld.

Angesichts der steigenden Mitgliedszahl werden zunehmend Stimmen nach Reformen laut, welche eine Zusammenarbeit auch von 27 und mehr Staaten ermöglichen.

2003: Entwurf eines Verfassungsvertrages, der später allerdings u. a. durch die Ablehnung in Volksabstimmungen in Frankreich und den Niederlanden scheitert.
2004: EU-Beitritt von acht mittel- und osteuropäischen Staaten (Estland, Lettland, Litauen, Polen, Slowakei, Slowenien, Tschechien, Ungarn) sowie von Malta und Zypern.
2007: EU-Beitritt Rumäniens und Bulgariens.
2009: Vertrag von Lissabon.
2013: EU-Beitritt Kroatiens.
2020: Austritt Großbritanniens aus der EU (Brexit).

1 **Ermittelt**, welche Motive (z. B. wirtschaftliche) auf dem Weg der europäischen Integration eine Rolle spielten bzw. spielen.

4.3 Organe der Europäischen Union

WEBCODE
WES-116803-402
Einfach erklärt: Institutionen der EU

Wer entscheidet was in Europa? – Entscheidungen, die jede Bürgerin und jeden Bürger in Europa betreffen können, werden auf verschiedenen Ebenen getroffen. Beteiligt an den Entscheidungen sind die nationalen Parlamente und Regierungen ebenso wie die europäischen Institutionen. Diese werden entweder von den Bürgerinnen und Bürgern der Mitgliedstaaten direkt gewählt (Europäisches Parlament) oder die nationalen Parlamente und Regierungen entsenden Vertreter in die Gremien der Europäischen Union. Zwischen allen Beteiligten entsteht so ein kompliziertes Beziehungsgeflecht.

M1 Wichtige Organe der Europäischen Union

Der Europäische Rat – Weichensteller Europas

Zusammensetzung: Der Europäische Rat setzt sich aus den 27 Staats- und Regierungschefs der Mitgliedstaaten, seinem Präsidenten und dem Präsidenten der Europäischen Kommission zusammen. Der Hohe Vertreter der Union für Außen- und Sicherheitspolitik (HV) nimmt an seinen Sitzungen teil. Das Amt des Präsidenten des Europäischen Rats gibt es seit dem Inkrafttreten des Vertrags von Lissabon. Der auf 2 ½ Jahre gewählte Präsident, der kein einzelstaatliches Amt ausüben darf, führt u. a. den Vorsitz des Europäischen Rats; er hat kein Stimmrecht.

Aufgaben: Der Europäische Rat ist Impulsgeber der Union, er legt ihre allgemeinen politischen Ziele fest; gesetzgeberisch wird er nicht tätig (Artikel 15, 1 EUV; Vertrag über die Europäische Union). Er tritt zweimal im Halbjahr zusammen; sofern erforderlich, kann der Präsident darüber hinaus Tagungen einberufen. Entscheidungen trifft er einstimmig.

Der Rat der Europäischen Union – Europas Länderkammer

Zusammensetzung: Im Rat der Europäischen Union (im Vertragstext nur „Rat“, nicht-amtlich oft auch Ministerrat) sind die nationalen Regierungen mit einem Fachminister vertreten. Je nach anstehendem Thema tagt er z. B. als Rat der Außen-, Agrar-, Verkehrs- oder Umweltminister. Die meisten Entscheidungen trifft der Rat mit einer sogenannten qualifizierten Mehrheit. Um diese qualifizierte Mehrheit zu garantieren wird seit 2017 konsequent das Prinzip der doppelten Mehrheit umgesetzt. Nach diesem Prinzip müssen mindestens 55 Prozent der Mitgliedstaaten einer Entscheidung zustimmen (somit aktuell 15 Staaten) und gleichzeitig müssen diese zustimmenden Staaten 65 Prozent der EU-Bevölkerung repräsentieren (Artikel 16, 4 EUV). Weiterhin gibt es eine Sperrminorität, die Beschlüsse verhindern kann. Die Sperrminorität ist erreicht, wenn Mitgliedstaaten, die mehr als 35 Prozent der EU-Bevölkerung repräsentieren und ein zusätzlicher Mitgliedstaat gegen einen Beschluss votieren. In der Praxis müssten aktuell somit vier Mitgliedstaaten gegen einen Beschluss stimmen. Den Vorsitz im Rat führt der Vertreter des Mitgliedstaats, der die halbjährlich wechselnde Präsidentschaft innehat. Eine Ausnahme bildet der Rat für Auswärtige Angelegenheiten, den der HV leitet.

Aufgaben: Der Rat ist zusammen mit dem Europäischen Parlament der „Gesetzgeber“ der EU (Rechtsakte der EU sind vor allem Richtlinien, Verordnungen und Beschlüsse) und genehmigt mit diesem zusammen den Haushalt.

Die Europäische Kommission – Motor der europäischen Integration

Zusammensetzung: Die Europäische Kommission besteht aus 27 Mitgliedern, darunter der Präsident und der HV. Das Vorschlagsrecht für den Präsidenten, der die Kommission leitet, liegt beim Europäischen Rat; das Europäische Parlament (EP) muss den mit qualifizierter Mehrheit vorgeschlagenen Kandidaten mit einfacher Mehrheit wählen. In Absprache mit ihm legt der Rat eine Liste der von den Mitgliedsländern vorgeschlagenen Kommissare (pro Land ein Kommissar) vor. Diese sind, wie nationale Minister auch, jeweils für einen Politikbereich

INFO

Hoher Vertreter der Union für Außen- und Sicherheitspolitik (HV)
mit dem Vertrag von Lissabon geschaffenes Amt, das die Funktionen des früheren Hohen Vertreters für die Gemeinsame Außen- und Sicherheitspolitik (GASP) und des früheren EU-Außenkommissars bündelt. Der HV wird vom Europäischen Rat mit qualifizierter Mehrheit und im Einvernehmen mit dem Kommissionspräsidenten ernannt; er ist Vizepräsident und ordentliches Mitglied der Europäischen Kommission.

zuständig. Das EP muss die gesamte Kommission bestätigen, erst dann wird sie vom Europäischen Rat mit qualifizierter Mehrheit ernannt und kann ihre Arbeit aufnehmen. Ihre Amtszeit beträgt fünf Jahre.

Aufgaben: Der Präsident ist Bindeglied zwischen EU-Parlament und Ministerrat. Er nimmt an deren wichtigen Sitzungen ebenso teil wie an allen Tagungen des Europäischen Rates. Die Kommission gilt als „Motor der Integration". Ihr übergeordnetes Ziel ist es, „die allgemeinen Interessen der Union" zu fördern und „geeignete Initiativen zu diesem Zweck" zu ergreifen (Artikel 17, 1 EUV). Als „Hüterin der Verträge" überwacht sie die Einhaltung des europäischen Rechts, sie setzt den EU-Haushalt um und ist für die korrekte Umsetzung der EU-Programme verantwortlich. Im Bereich der EU-Gesetzgebung besitzt sie alleiniges Vorschlagsrecht.

Das Europäische Parlament – Bürgervertretung und Gesetzgebung

Zusammensetzung: Seit 1979 wählen die Bürgerinnen und Bürger der Mitgliedstaaten alle fünf Jahre das EP. 2019 zogen 705 Abgeordnete, die etwa 450 Millionen Menschen repräsentieren, in die Volksvertretung auf EU-Ebene ein. Nach dem Vertrag von Lissabon (Artikel 14, 2 EUV) darf ihre Zahl 750 nicht überschreiten (zuzüglich des Präsidenten: 751). Dabei ist es egal, wie viele Staaten die EU künftig noch aufnehmen wird. Ein Mitgliedstaat erhält mindestens sechs, aber höchstens 96 Sitze. Für die Wahl gelten die gleichen Wahlgrundsätze wie in der Bundesrepublik. Die Amtszeit dauert fünf Jahre. Die Plenarsitzungen finden in Straßburg statt; die Ausschüsse tagen in Brüssel.

Aufgaben: Das EP teilt sich mit dem Ministerrat in den allermeisten Politikbereichen die gesetzgebende Gewalt. Ohne seine Zustimmung kann der EU-Haushalt nicht verabschiedet werden. Das Parlament kann zudem die vom Rat vorgeschlagenen Kommissionsmitglieder ablehnen sowie die Kommission durch einen Misstrauensantrag zum Rücktritt zwingen.

Plenarsaal des Europäischen Parlaments in Straßburg

Gerichtshof der Europäischen Union – Hüter des Rechts

Zusammensetzung: Das Recht sprechende Organ der EU setzt sich aus Europäischem Gerichtshof (EuGH), Gericht und Fachgerichten zusammen. Der EuGH besteht aus einem Richter pro Mitgliedstaat, er wird von Generalanwälten unterstützt, das Gericht setzt sich aus mindestens einem Richter pro Mitgliedstaat zusammen, Generalanwälte können berufen werden.

Aufgaben: Hat ein nationales Gericht Zweifel über Auslegung oder Gültigkeit einer Rechtsvorschrift der EU oder die Vereinbarkeit von nationalem Recht mit EU-Recht, wendet es sich an den Gerichtshof. EU-Organe, Mitgliedstaaten, Unternehmen und Privatpersonen können dort klagen, wenn sie der Ansicht sind, dass in einem Land gegen EU-Recht verstoßen wird. Die Urteile des Gerichtshof gelten in allen Ländern der EU und können von keinem nationalen Gericht angetastet werden.

Autorentext

INFO

Sitzverteilung im Europäischen Parlament nach der Europawahl 2019 und dem Brexit 2020 (nach Mitgliedsländern)
Deutschland 96; Frankreich 79; Italien 76; Spanien 59; Polen 52; Rumänien 33; Niederlande 29; Belgien, Griechenland, Portugal, Schweden, Tschechien und Ungarn je 21; Österreich 19; Bulgarien 17; Dänemark, Finnland und Slowakei je 14; Irland 13; Kroatien 12; Litauen 11; Lettland und Slowenien je 8; Estland 7; Luxemburg, Malta und Zypern je 6

WEBCODE

WES 116003 103
Offizielle Website der der EU

1 Teilt euch in fünf Gruppen auf und **recherchiert** zu je einem der in M 1 aufgeführten EU-Organe aktuelle Daten und Informationen.

2 **Gestaltet** in euren Gruppen ein informatives Schaubild zu eurem EU-Organ zu folgenden Punkten: Zusammensetzung und Aufgaben, Interessenvertretung sowie Konflikte. **Präsentiert** euer Ergebnis in gemischten Kleingruppen (Gruppenpuzzle).

QUERVERWEIS

METHODE Gruppenpuzzle
S. 182

4.4 Arbeitsweise und Prinzipien der Europäischen Union

INFO

Supranationalität
Überstaatlichkeit, überstaatliche Einheit, wie z. B. die EU

Eine Gemeinschaft bestehend aus 27 Staaten, die sich in vielem unterscheiden, muss klar definierte Prinzipien als Fundament haben. So wird in der Europäischen Union versucht, Probleme nur dann auf EU-Ebene zu regeln, wenn dies dort sinnvoll erscheint (Subsidiarität) und ansonsten den Mitgliedstaaten überlassen eigene Regelungen zu finden. Auf europäische Ebene werden Entscheidungen gemeinsam getroffen (Supranationalität) und die stärkeren unterstützen die schwächeren Staaten um die Lebensqualität in den EU-Ländern anzugleichen (Solidarität). Die Einhaltung der Verträge und Regularien (Rechtstreue) ist genauso wichtig wie die Bereitschaft zum Kompromiss zwischen den oft unterschiedlichen Interessen der 27 EU-Mitgliedsländer.

M1 Das Zusammenspiel von nationaler und europäischer Ebene sowie der EU-Organe untereinander

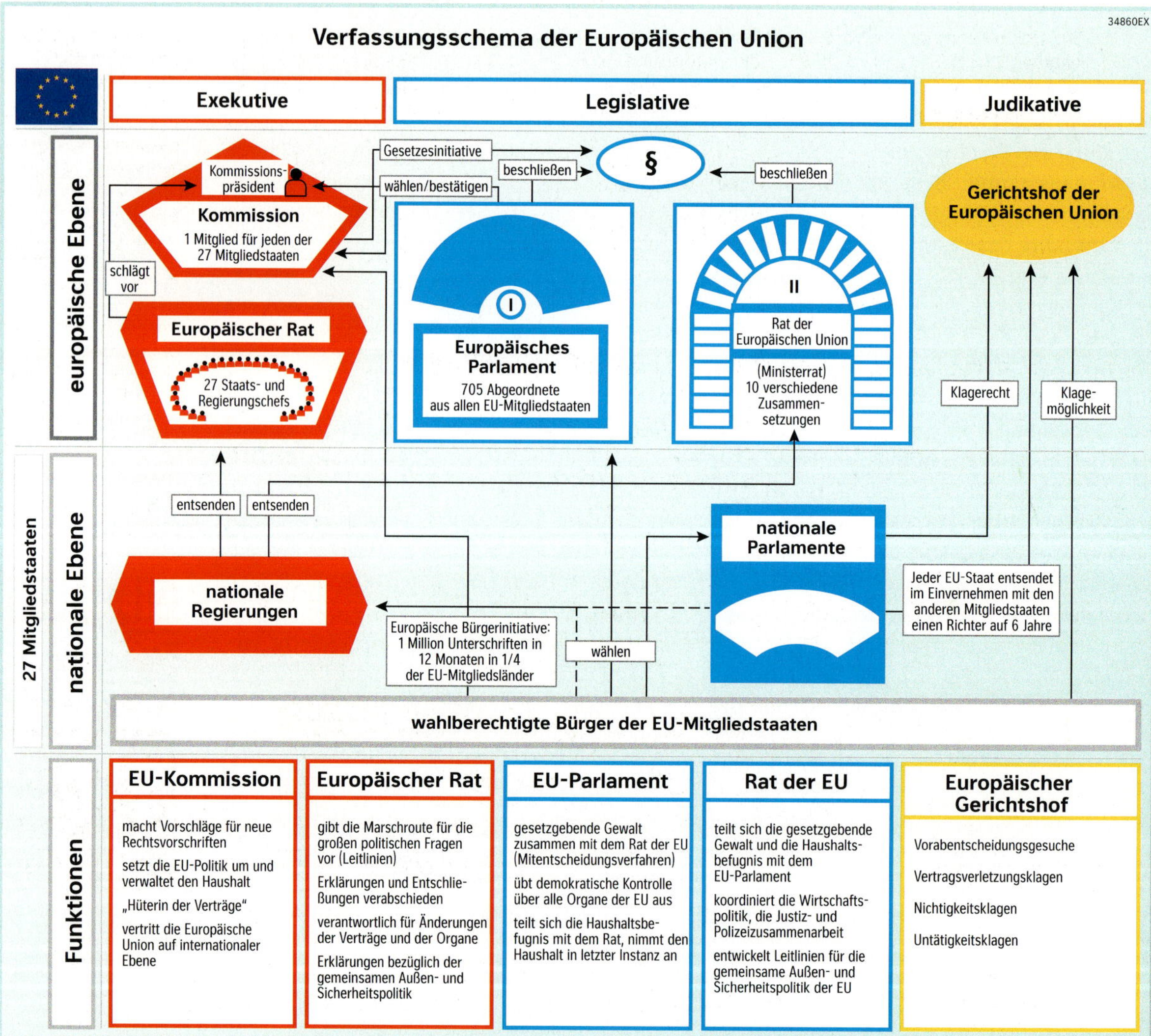

M2 Grundsatz der Subsidiarität

Nach Artikel 5 EUV verpflichten sich die EU und alle Mitgliedsländer darauf, dass alles, was sinnvollerweise in der Region geregelt werden kann, auch dort entschieden werden soll. Der Zentralstaat bzw. die Europäische Union sollen nur eingreifen, wenn eine einheitliche Regelung für den gesamten Staat bzw. für die ganze Union besser ist.

Autorentext

M3 Mitentscheidungsverfahren nach Artikel 294 AEUV

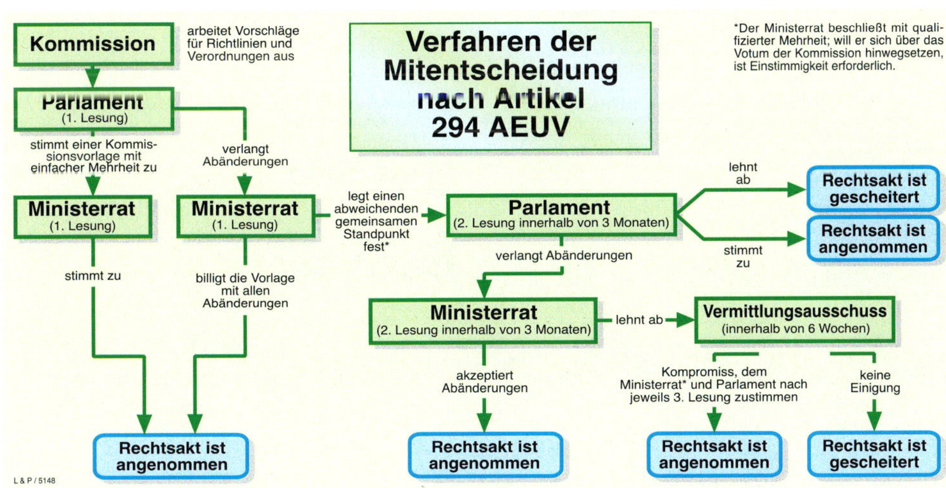

1 **Erläutert** unter Verwendung von M 1 das Zusammenspiel der EU-Organe.

2 **Diskutiert**, welche politische Ebene für die Umweltpolitik (z. B. CO_2-Richtlinie) und für die Bildungspolitik (z. B. Schulformen) verantwortlich sein sollte (M 2).

3 **Beschreibt** und **bewertet** den Ablauf des Mitentscheidungsverfahrens (M 3).

INFO

Rechtsakte der EU
Verordnungen sind Rechtsakte der EU, die für alle Mitgliedstaaten in all ihren Teilen unmittelbar verbindlich sind. Sie gelten wie nationale Gesetze. Richtlinien sind ebenfalls für alle Mitgliedstaaten verbindlich. Sie gelten aber nicht unmittelbar, sondern verpflichten die Mitgliedstaaten, die nationale Gesetzgebung in einem gewissen Zeitraum im Hinblick auf ein bestimmtes Ziel, das die Richtlinie vorgibt, anzupassen. In der konkreten Umsetzung der Zielvorgabe besteht mithin oft ein gewisser Spielraum.

AEUV
Abkürzung für Vertrag über die Arbeitsweise der Europäischen Union; zusammen mit dem Vertrag über die Europäische Union (EUV) bildet er das Primärrecht, also das ranghöchste Recht, der Union. Der Vertrag von Lissabon bietet gleichsam den Rahmen für diese beiden Verträge.

WEBCODE

WES-116803-404
Einfach erklärt: Die EU-Gesetzgebung

4.5 Mehr Einfluss für das Europäische Parlament?

Das Europäische Parlament (EP) ist das einzige direkt von den Bürgerinnen und Bürgern Europas gewählte Organ. Die Europaabgeordneten werden für fünf Jahre direkt in allgemeinen, freien und geheimen Wahlen gewählt. Sie vertreten die Interessen der etwa 450 Millionen Bürger Europas. Dem aktuellen Parlament gehören 705 Abgeordnete aus den 27 Mitgliedstaaten sowie ein Präsident an. Die Zahl der Parlamentarier, die jedes Land entsenden darf, richtet sich vor allem nach der Einwohnerzahl des jeweiligen Landes. Damit auch die Interessen der kleineren Staaten berücksichtigt werden, erhalten sie überproportional viele Abgeordnete. Diese spezielle Verteilung der Anzahl von Sitzen im Europäischen Parlament wird degressive Progression genannt. Bei den Europawahlen 2014 ernannten die Fraktionen bzw. Parteien auf europäischer Ebene zum ersten Mal Spitzenkandidaten, welche gleichzeitig die Kandidaten für das Amt des Kommissionspräsidenten waren.

M1 Sitzverteilung im Europaparlament

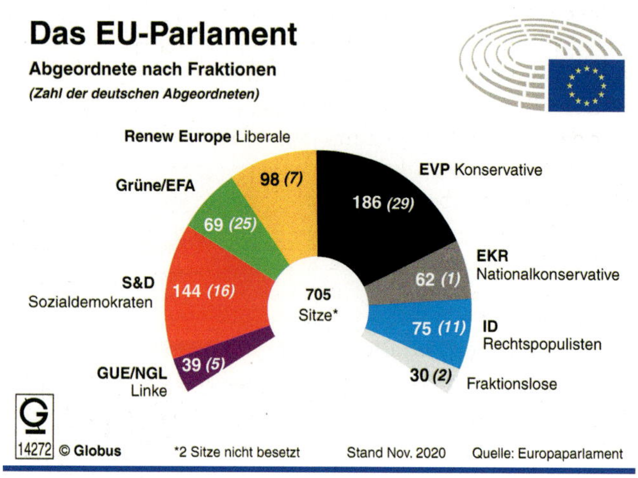

M2 Wer nicht selbst wählt, lässt andere entscheiden

Zeichnung: Kostas Koufogiorgos

M3 Wahlbeteiligung bei Europawahlen

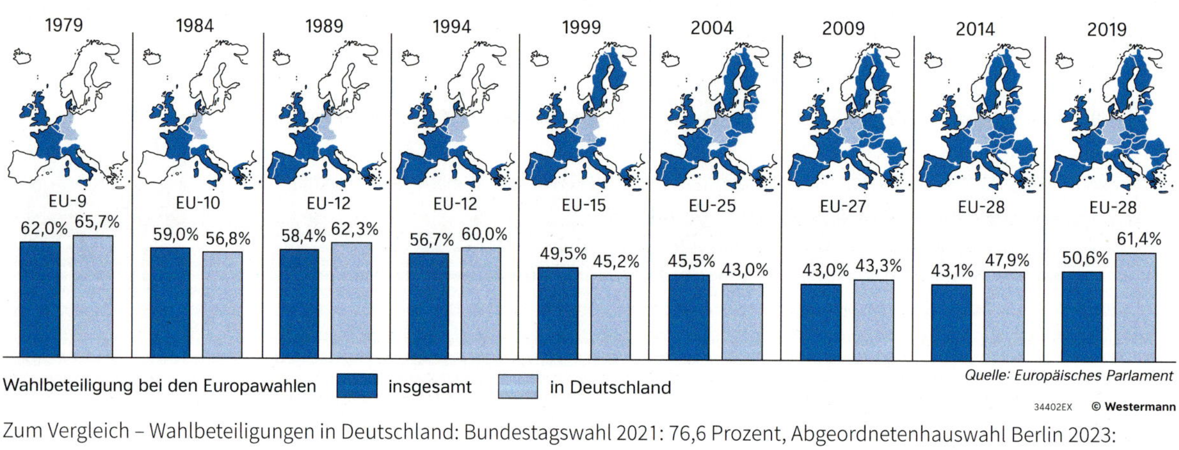

Zum Vergleich – Wahlbeteiligungen in Deutschland: Bundestagswahl 2021: 76,6 Prozent, Abgeordnetenhauswahl Berlin 2023: 62,9 Prozent, Landtagswahl Brandenburg 2019: 61,3 Prozent

M4 Das Europäische Parlament stimmt für Wahlreform

Das Europäische Parlament möchte den Wählerinnen und Wählern bei Europawahlen eine Zweitstimme geben, um die europäische Demokratie und das Spitzenkandidatenprinzip zu stärken. In Straßburg stimmten 323 Abgeordnete für den Vorschlag des spanischen Sozialdemokraten Domènec Ruiz Devesa, 262 lehnten ihn ab und 48 enthielten sich. Die Reform sieht vor, das passive Wahlalter auf 18 zu senken, überall Briefwahl zu ermöglichen und den 9. Mai zum festen Wahltag und europaweiten Feiertag zu machen. Menschen mit Behinderungen sollen gleichen Zugang zu Wahlen erhalten.
Für Deutschland relevant ist die Einführung einer Sperrklausel von 3,5 Prozent; damit dürften Freie Wähler, die Tierschutzpartei, die ÖDP oder die Satirepartei „Die Partei" anders als bisher wohl niemand mehr nach Straßburg und Brüssel schicken können. Zudem soll es möglich sein, das Wahlalter auf 16 Jahre zu senken. Um den Anteil weiblicher Abgeordnete zu erhöhen, sollen die Listen nach dem Prinzip „abwechselnd ein Mann, eine Frau" oder mit einer selbst gesetzten Frauenquote aufgestellt werden. [...]
Der Vorschlag des Parlaments, dem noch alle 27 Mitgliedstaaten zustimmen müssen, sieht die Einführung eines EU-weiten Wahlkreises mit 28 weiteren Sitzen vor. Darin sollen die europäischen Parteienfamilien antreten, die jeweils eine Person nominieren, die künftig die EU-Kommission leiten soll. Die Namen der Spitzenkandidaten sowie die Logos der Parteifamilien stünden folglich in 27 Ländern auf allen Wahlzetteln, was deren Bekanntheit und Sichtbarkeit steigern soll.
Dadurch, so die Hoffnung, soll das Szenario von 2019 vermieden werden: Damals entschied der Europäische Rat, das Gremium der Staats- und Regierungschefs, weder den Spitzenkandidaten der größten Fraktion, den CSU-Mann Manfred Weber, noch den Sozialdemokraten Frans Timmermans als Chef der der EU-Kommission zu nominieren, sondern kürte Ursula von der Leyen. Zwar würde das neue Wahlrecht eine solche Missachtung des Europaparlaments nicht unmöglich machen, wie CDU-Mann Simon zugibt. Er sagt aber: „Wenn Millionen von Menschen mit ihrer Zweitstimmen auf einem europäischen Wahlschein die gleiche europäische Partei mit der gleichen Person an der Spitze gewählt haben, dann wird es dem Europäischen Rat verdammt schwer gemacht, diese Person eben nicht zu nehmen."
[...] [Kritisch] äußerten sich Abgeordnete der kleinen Parteien. „Diese schamlose Selbstbedienung ist ein Affront gegen das Bundesverfassungsgericht und ein Anschlag auf unsere Demokratie", sagt etwa Patrick Breyer von den Piraten. Er verweist darauf, dass mit der geplanten Sperrklausel von 3,5 Prozent „bei der letzten Europawahl 3,1 Millionen Wählerstimmen für sechs kleine Parteien" verfallen und „an das politische Establishment" gegangen wären.

Matthias Kolb, EU-Parlament stimmt für Wahlreform, in: https://www.sueddeutsche.de/politik/eu-wahlreform-kleinparteien-1.5578440, 04.05.2022

INFO

Wahlreform
Für die Umsetzung der Wahlreform müssen die nationalen Parlamente aller 27 Mitgliedstaaten zustimmen. Dies kann unter Umständen einen längeren Zeitraum in Anspruch nehmen. Weiterhin ist auch nicht sicher, dass alle nationalen Parlamente zustimmen. Es ist daher unwahrscheinlich, dass bis zur nächsten Europawahl 2024 eine Änderung des Wahlrechts auf EU-Ebene erfolgt.

WEBCODE

WES-116803-405
Einfach erklärt: Die Wahl zum EU-Parlament

1. **Beschreibt** mithilfe von M 1 die parteipolitische Zusammensetzung des Europäischen Parlaments.
2. **Analysiert** die Karikatur (M 2) vor dem Hintergrund der Informationen aus der Statistik zur Wahlbeteiligung bei den Europawahlen (M 3).
3. **Vergleicht** die Angaben zur Wahlbeteiligung in Deutschland mit der bei den Europawahlen (M 3) und **diskutiert** mögliche Gründe für die unterschiedliche Höhe der Wahlbeteiligung.
4. **Benennt** die im Parlament beschlossenen Veränderungen des Wahlrechts und **diskutiert**, ob diese geeignet sind, die Wahlbeteiligung bei den Europawahlen zu erhöhen (M 4).

4.6 Partizipationsmöglichkeiten in der EU

M1 Bürgerbeteiligung

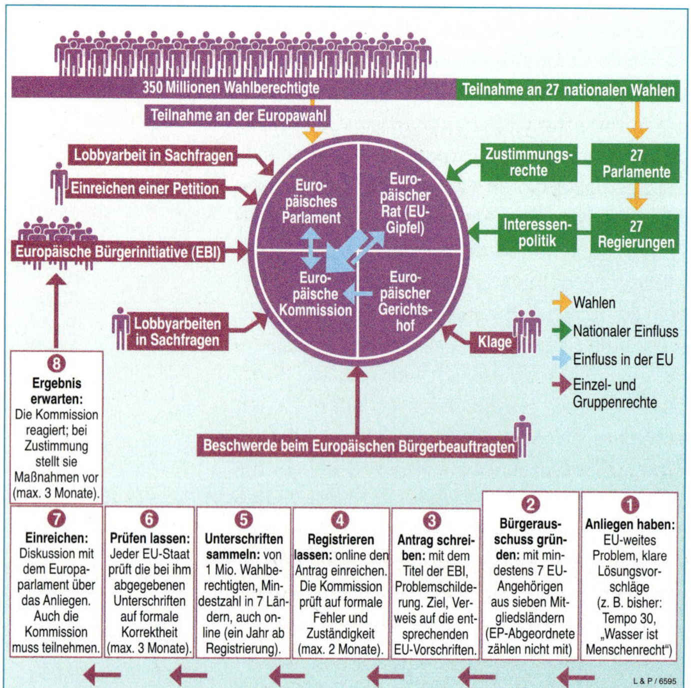

Quelle: Europa-Atlas 2014 (aktualisiert)

M2 Die Europäische Bürgerinitiative

Seit dem 1. April 2012 haben die Bürgerinnen und Bürger der EU die Möglichkeit, der EU-Kommission mittels eines Bürgerbegehrens eigene Vorschläge zu machen, z.B. einen bestimmten Gesetzentwurf einzubringen. Das Bürgerbegehren setzt eine Europäische Bürgerinitiative (EBI) voraus. Diese läuft nach einem festgelegten Verfahren ab:

- 7 Bürger aus 7 EU-Mitgliedstaaten legen einen Vorschlag vor;
- innerhalb eines Jahres müssen mindestens 1 Million Unterschriften aus mindestens einem Viertel der EU-Mitgliedstaaten gesammelt werden;
- Anhörung im Europäischen Parlament und Diskussion mit der EU-Kommission;
- Entscheidung der EU-Kommission.

Autorentext

M3 Die Reform der EBI

QUERVERWEIS

Formen politischer Partizipation
S. 14 f.

WEBCODE

WES-116803-406
Europäische Bürgerinitiative

Praktisch blieb das Instrument [der Europäischen Bürgerinitiative] bisher hinter den Erwartungen zurück. Die EU-Kommission hat 52 Initiativen zugelassen, 22 wurde die Zulassung verweigert – und nur fünf Initiativen haben die Unterschriftenhürde übersprungen, darunter „Stop TTIP" - gegen das Freihandelsabkommen der EU mit den USA oder „Ban Glyphosate" – zum Verbot von Glyphosat und Schutz von Menschen und Umwelt vor Pestiziden. Unterm Strich bedeutet das: Reformbedarf. [...] Und tatsächlich: Nach einer breiten Konsultation der Öffentlichkeit hat die Kommission im Frühherbst 2017 einen Reformentwurf auf den Tisch gelegt. [...] Der Befreiungsschlag für die EBI ist allerdings ausgeblieben. Erleichterungen gibt es auf der logistischen Ebene: Der Starttermin für die Sammlung kann nun flexibel bestimmt und mit der Initiative abgesprochen werden. Eine Plattform soll die Beratung für Initiatoren ausweiten, sodass eine EBI nicht an formalen Anforderungen scheitern muss. Auch eine verbesserter Übersetzungsdienst ist Teil der Reform. Schließlich will die EU bereits 16-jährigen ermöglichen, eine EBI zu unterschreiben. Denken wir beispielsweise an „Fridays for Future", könnten Jugendliche, die derzeit ihren Protest auf die Straße tragen, diesen demnächst direkt an die EU richten. Dennoch: Die Reform wagt sich nicht an wesentliche Mängel der EBI. So bleibt auch weiterhin die Möglichkeit verbaut, eine Änderung der Europäischen Verträge zu verlangen. Die Grundlagen der EU, wie sie organisiert oder demokratisiert werden könnte, bleiben für die Bürger tabu. Enttäuschend ist auch, dass nicht festgeschrieben wurde, wie mit erfolgreichen EBI zu verfahren ist. Bislang haben die Organisatoren nur das Recht auf eine öffentliche Anhörung im Parlament im Beisein der Kommission.

Ralf-Uwe Beck/Nicola Quarz, Zu kurz gesprungen, in: https://www.cicero.de/aussenpolitik/europaische-burgerinitiative-eu-fridaysforfuture-buergerbewegung, 14.03.2019

M4 Fehlt der EU eine funktionierende Infrastruktur für die politische Beteiligung der Bürger?

Wie für jede Demokratie ist es auch für die Europäische Union (EU) von grundlegender Bedeutung, dass sich Bürger:innen auf unterschiedliche Weise an der politischen Entscheidungsfindung beteiligen können. Allerdings sind die Voraussetzungen dafür auf europäischer Ebene nicht gut [...]. Die Studie „Under Construction. Citizen Participation in the EU“ [...] zeigt, dass die EU ein Flickenteppich der Bürger:innenbeteiligung ist. Die europäischen Bürger:innen wissen über die Instrumente kaum Bescheid. Nur 15 Prozent finden es einfach, sich an EU-Politik zu beteiligen. Es fehlt an einer umfassenden Partizipationsinfrastruktur. [...] Auf Basis der Analyse von sieben EU-Beteiligungsinstrumenten kommt die Studie zu dem Schluss, dass eine kohärente EU-Beteiligungsinfrastruktur möglich ist. Um dies zu erreichen, gilt es drei Lücken im bestehenden EU-Beteiligungsflickenteppich zu schließen.

1. Die Bewusstseinslücke

Laut [...] eupinions-Umfrage, wollen vier von fünf EU-Bürger:innen ein größeres Mitspracherecht in der EU-Politik haben. Aber nur eine Minderheit (46 Prozent) glaubt, dass ihre Stimme in der europäischen Politik zählt. Die wichtigste Ebene der Beteiligung für die Bürger:innen ist weder die europäische noch die nationale, sondern mit Abstand die lokale Ebene. Die Analyse zeigt, dass dies nicht in erster Linie darauf zurückzuführen ist, dass die vorhandenen EU-Beteiligungsinstrumente schwierig zu handhaben sind; sie sind einfach nicht bekannt unter den europäischen Bürger:innen. Ausnahme sind die Wahlen zum Europäischen Parlament.

2. Die Performancelücke

Bei den meisten Instrumenten gibt es erheblichen Raum für Verbesserungen. Sie sind nicht nur unbekannt, sondern ihr politischer Einfluss auf die europäische Politikgestaltung ist relativ gering. Nur ein Viertel der für die Studie befragten europäischen Demokratieexpert:innen sagt, dass die Instrumente adäquat funktionieren. Die Bürger:innen werden oft im Unklaren darüber gelassen, was mit ihren Beiträgen geschieht. Es überrascht daher nicht, dass die Europäer:innen das Gefühl haben, dass sie wenig Einfluss auf die Entscheidungen der EU nehmen können.

3. Die politische Willenslücke

Nicht einmal jeder fünfte (17 Prozent) der für die Studie befragten EU-Demokratieexpert:innen findet, dass die EU erfolgreich darin ist Bürgerbeteiligung auf europäischer Ebene effektiv voranzutreiben. Es besteht eine Kluft zwischen der EU-Rhetorik eines „Europas der Bürger:innen“, und der tatsächlichen Praxis von EU-Bürger: innenbeteiligung. Verständnis und Wissen über bestehende Beteiligungsinstrumente sind wenig ausgeprägt – nicht nur unter Bürger:innen, auch unter politischen Insidern. Vorstöße zu mehr Partizipation beschränken sich oft nur auf einen kleinen Kreis von Beteiligungsbegeisterten innerhalb der EU-Institutionen und finden kaum Gehör im politischen Establishment.

Dominik Hierlemann/Stefan Roch, Europa fehlt eine funktionierende Infrastruktur für die politische Beteiligung der Bürger:innen, in: https://www.bertelsmann-stiftung.de/de/themen/aktuelle-meldungen/2022/mai/europa-fehlt-eine-funktionierende-infrastruktur-fuer-die-politische-beteiligung-der-buergerinnen, 05.05.2022

1 **Beschreibt**, welche direkten und indirekten Möglichkeiten der politischen Partizipation den EU-Bürgerinnen und EU-Bürgern zur Verfügung stehen (M 1).

2 **Nennt** die Bedingungen, die für eine Bürgerinitiative auf EU-Ebene erfüllt sein müssen (M 2).

3 **Erläutert** die Kritik an der Reform der EBI und **nehmt Stellung** zur Position der Autoren (M 3).

4 **Erörtert**, ob die Vorschläge in M 4 zu einer besser funktionierenden Infrastruktur für die politische Beteiligung der Bürgerinnen und Bürger in der EU führen können.

5 **Beurteilt**, ob die Partizipationsmöglichkeiten für Bürgerinnen und Bürger auf EU-Ebene ausreichend sind (M 1–M 4).

4.7 Europäische Union: Quo vadis?

M1 Welches Ziel hat die Europäische Union?

INFO

Quo vadis
lat.: Wohin gehst du?

Seit Beginn des europäischen Einigungsprozesses gibt es verschiedene Auffassungen, was das Ziel eines geeinten Europas sein soll. Die Geschwindigkeit mit der man dabei voranschreitet und der Weg dahin sind ebenfalls in der Diskussion. Es gibt drei zentrale Vorstellungen, wie die Europäische Union aussehen kann und wie man dorthin gelangt:

- Das föderale Europa in Form eines Bundesstaates wie die Bundesrepublik Deutschland oder die Vereinigten Staaten von Amerika (Föderalismus).
- Ein europäischer Staatenbund bei dem die Regierungen über Verträge und Abkommen ihre Zusammenarbeit regeln (Intergouvernementalismus).
- Eine sich aus der erfolgreichen wirtschaftlichen Zusammenarbeit entwickelnde politische Einheit in Europa (Neofunktionalismus).

Autorentext

M2 Integrationstheorien

	Föderalismus	**Intergouvernementalismus**	**Neofunktionalismus**
Motive (Warum?)	■ Frieden ■ Demokratie ■ Idealismus	■ Frieden ■ Demokratie ■ Idealismus	■ Wohlstand und Frieden ■ Überwindung der Nationalstaaten
Prozess (Wie?)	einmaliger Verfassungssprung oder schrittweise Föderalisierung	Gipfeltreffen und Regierungskonferenzen als Instrumente, kleinster gemeinsamer Nenner der Nationalstaaten bestimmt Stand der Integration	Zusammenarbeit beginnt in technisch-ökonomischen Bereichen, dann Spill-over in benachbarte Politikfelder
Akteure (Wer?)	Nationalstaaten, aber auch andere gesellschaftliche Gruppen	Nationalstaaten bzw. nationale Regierungen	nationale politische und wirtschaftliche Eliten sowie supranationale Institutionen
Ziele (Wohin?)	Bundesstaat (Vereinigte Staaten von Europa) mit Subsidiaritätsprinzip	Staatenbund, EU als Verbund von internationalen Regimen	über die Vollendung des Binnenmarktes zu einer politischen Union

Quelle: Werner Weidenfeld, Die Europäische Union, Paderborn [2]2011

M3 Wenn doch nur nicht die vielen Regeln wären

Die EU liebt Regeln. [...] Ob Rechtsstaatlichkeit, Fiskalpolitik oder Beitrittsprozess – die EU braucht die Zehntausenden Seiten, um sagen zu können: Wir müssen euch gar nicht überzeugen, wir müssen nicht um Mehrheiten werben, hier steht doch, wie es zu laufen hat! Genau dieses Prinzip aber wird ihr nun gefährlich. Bei dem, was die EU sich jetzt vorgenommen hat, steht ihr ihre Verregelung im Weg. Die EU will politischer werden, [sie] will die Ukraine und Moldau aufnehmen, weil sie sich dazu moralisch und politisch verpflichtet sieht, aber wegen des ausufernden Regelwerks und der Verfahren könnte das ewig dauern oder am Ende gar ganz scheitern. Die EU will sich auch deshalb selbst reformieren, um „erweiterungsfähig" zu werden [...].
Das heißt: weg mit dem Vetorecht für Mitgliedstaaten in der Außen- und Sicherheitspolitik, eine schlankere Kommission, und überhaupt eine handlungsfähigere Union. Die EU muss eine andere werden, um überleben zu können, darin scheinen sich die tonangebenden Politikerinnen und Politiker einig mit vielen professionellen Beobachtern [...].
Warum kommt die EU in diesen Fragen nicht voran, obwohl es doch jetzt nötiger wäre denn je? Die naheliegende Antwort ist: weil einzelne Regierungschefs und Länder das blockieren. Die tiefergehende Antwort ist: weil die EU

dazu ihr Wesen ändern müsste. Sie müsste von einem Apparat zur Herstellung und Überprüfung von Regeln zu einem echten Forum des politischen Streits um demokratische Mehrheiten werden. Denn darauf laufen alle Reformversuche hinaus: Minderheiten auch mal zu überstimmen, mehr dem freien Spiel der Kräfte zu überlassen, statt nur auf die Zehntausenden Seiten zu pochen, die bisher doch die europäische Integration ausgemacht haben. Die EU müsste ihre Liebe zu Regeln aufgeben.

Lenz Jacobsen, Aber die Regeln!, in: https://www.zeit.de/politik/ausland/2022-06/eu-reform-eu-gipfel-konvent, 25.06.2022

M4 Lektionen für die EU

Seit vielen Jahren werden Euroskeptizismus und Populismus mit einem Virus verglichen, das epidemische Ausmaße angenommen hat. [...] Zweifellos bedarf es eines gewaltigen Wiederaufbauplans, um den europäischen Nationalstaaten nach der [...] [Corona-Krise] wieder auf die Beine zu helfen. [...] Wer Unterstützung für den Wiederaufbaufonds gewinnen möchte, muss zunächst einmal die Bedenken skeptischer Länder verstehen: Nicht nur scheinen sie die Einrichtung dauerhafter Transferzahlungen von reichen an arme Länder zu befürchten; auch besteht die Sorge, dass sie eine nicht nachhaltige Wirtschaftsstruktur begünstigen, statt den Weg für eine neue Wirtschaftsform zu ebnen. Um die Menschen dazu zu bewegen, einen Wiederaufbauplan zu befürworten, wird es wichtig sein, nicht mit den Begriffen Solidarität und Föderalismus zu argumentieren, sondern mit Eigeninteresse und Modernisierung. [...] Da viele Länder auf der ganzen Welt zunehmend bestrebt sind, ihre Binnenmärkte zu stärken, werden EU-Mitglieder zu dem Schluss kommen, dass der einzige wirtschaftlich tragfähige Binnenmarkt eher europäisch als national ist. [...] Die Gründe, die für den Wiederaufbaufonds sprechen, sind daher eher von Eigeninteresse als von Solidarität geprägt. [...] [Eine weitere] vordringliche Lektion [...] ist, dass Europas Führungskräfte [...] von einer grünen Zukunft sprechen sollten. Wie aus den Daten der Eurobarometer-Umfrage des Jahres 2019 hervorgeht, nimmt der Klima-Notstand im öffentlichen Meinungsbild aller sparsameren Länder einen enorm hohen Stellenwert ein. [...] Wenn die europäischen Staats- und Regierungschefs diese beiden Lektionen berücksichtigen, könnten sie aus dieser Situation tatsächlich einen europäischen Impuls entwickeln. Wenn sie weiterhin mit Solidarität [...] argumentieren, laufen wir hingegen Gefahr, eine neue Welle des Euroskeptizismus anzuheizen und genau die Vorstellungen zu bekräftigen, denen die europäischen Bürger misstrauisch gegenüberstehen.

Mark Leonhard, Nach Corona grassiert EU-Skepsis: 2 Lektionen muss Europa beim Wiederaufbau lernen, in: https://www.focus.de/perspektiven/gesellschaft-gestalten/gastbeitrag-von-mark-leonard-eu-nach-der-krise-2-lektionen-muss-europa-beim-wiederaufbau-lernen_id_12179368.html, 10.07.2020

INFO

Intergouvernementalismus
Zusammenarbeit von Regierungen einzelner Staaten innerhalb einer internationalen Organisation

Neofunktionalismus
zwischenstaatliche Zusammenarbeit in bestimmten Bereichen, die eine Eigendynamik entwickelt und sich auf weitere Bereiche ausdehnt

M5 Rückkehr des Nationalismus?

Zeichnung: Gerhard Mester

1 **Beschreibt** die vorgestellten Integrationstheorien zur Europäischen Union (M 1, M 2).

2 **Gebt** die Kernaussage aus M 3 **wieder** und **ordnet** diesen Ansatz **begründet** einer der Integrationstheorien (M 2) **zu**.

3 **Problematisiert** die Aussage: „Um die Menschen dazu zu bewegen, einen Wiederaufbauplan zu befürworten, wird es wichtig sein, nicht mit den Begriffen Solidarität und Föderalismus zu argumentieren, sondern mit Eigeninteresse und Modernisierung" (M 4).

4 **Analysiert** die Karikatur (M 5) im Hinblick auf mögliche Gefahren für die zukünftige Zusammenarbeit innerhalb der Europäischen Union.

5 **Diskutiert**, in welche Richtung sich die Europäische Union eurer Meinung nach bewegen sollte.

4.8 Erweiterung und Grenzen Europas

Die Idee eines geeinten Europas ist über die Jahre gewachsen und entwickelte sich in einem längeren Prozess zu einer politischen Union. Das geeinte Europa begann 1952 mit den sechs Mitgliedern Belgien, Deutschland, Frankreich, Italien, Luxemburg sowie den Niederlanden und umfasst in der heutigen Europäischen Union 27 Mitgliedstaaten, den Großteil Europas. Die Erweiterung der Europäischen Union gehört zu deren Geschichte wie auch die Herausforderungen, die mit dem Miteinander der Staaten sowie der Integration neuer Staaten nach deren Beitritt in die EU einhergehen.

M1 Grundsätzlich offen für jedes europäische Land

Aus dem Vertrag über die Europäische Union in der Fassung von 2010.

Artikel 2
Die Werte, auf die sich die Union gründet, sind die Achtung der Menschenwürde, Freiheit, Demokratie, Gleichheit, Rechtsstaatlichkeit und die Wahrung der Menschenrechte einschließlich der Rechte der Personen, die Minderheiten angehören. Diese Werte sind allen Mitgliedstaaten in einer Gesellschaft gemeinsam, die sich durch Pluralismus, Nichtdiskriminierung, Toleranz, Gerechtigkeit, Solidarität und die Gleichheit von Frauen und Männern auszeichnet.

Artikel 49
Jeder europäische Staat, der die in Artikel 2 genannten Werte achtet und sich für ihre Förderung einsetzt, kann beantragen, Mitglied der Union zu werden. Das Europäische Parlament und die nationalen Parlamente werden über diesen Antrag unterrichtet. Der antragstellende Staat richtet seinen Antrag an den Rat; dieser beschließt einstimmig nach Anhörung der Kommission und nach Zustimmung des Europäischen Parlaments, das mit der Mehrheit seiner Mitglieder beschließt. [...] Die Aufnahmebedingungen und die durch eine Aufnahme erforderlich werdenden Anpassungen der Verträge, auf denen die Union beruht, werden durch ein Abkommen zwischen den Mitgliedstaaten und dem antragstellenden Staat geregelt. Das Abkommen bedarf der Ratifikation durch alle Vertragsstaaten gemäß ihren verfassungsrechtlichen Vorschriften.

Vertrag von Lissabon 2007: Unterschriften der europäischen Regierungschefs

M2 Die Kopenhagener Kriterien

Voraussetzungen für den EU-Beitritt

Die Mitgliedschaft in der EU erfordert ...

... eine institutionelle Stabilität als Garantie für die demokratische und rechtsstaatliche Ordnung, für die Wahrung der Menschenrechte sowie die Achtung und den Schutz von Minderheiten.
= politisches Kriterium

... eine funktionsfähige Marktwirtschaft sowie die Fähigkeit, dem Wettbewerbsdruck und den Marktkräften innerhalb der Union standzuhalten.
= wirtschaftliches Kriterium

... die Übernahme, Anwendung und Durchsetzung des EU-Gemeinschaftsrechts, des sog. „Acquis Communautaire“. Er umfasst die gesamte Gesetzgebung, die im Laufe der letzten 40 Jahre in der Europäischen Gemeinschaft erlassen wurde.
= gemeinschaftliches Kriterium

L & P / 1384

M3 Das Beitrittsverfahren

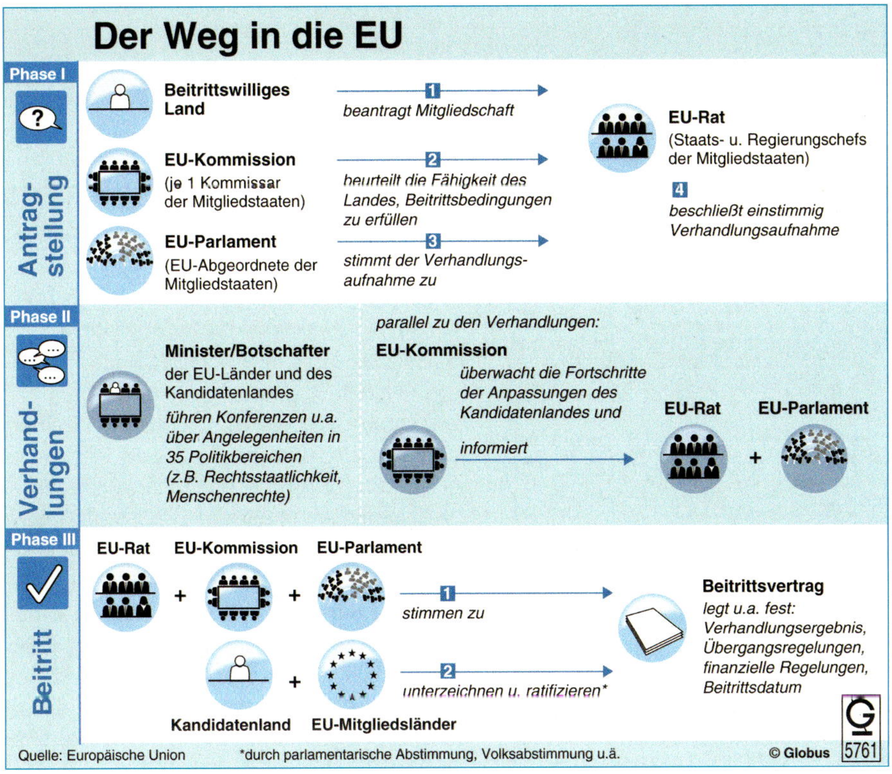

INFO

ratifizieren
völkerrechtlich verbindliche Anerkennung eines Vertrags

M4 Der Erweiterungsprozess

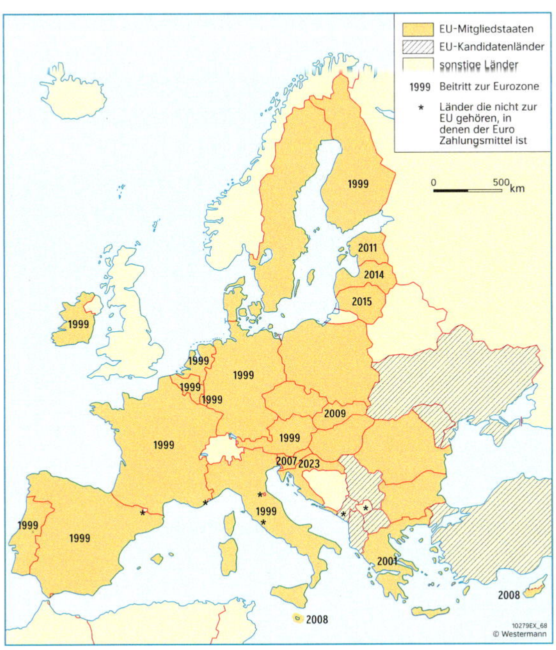

1 **Nennt** die Bedingungen, die ein Land für den Beitritt zur Europäischen Union erfüllen muss (M 1, M 2).

2 **Beschreibt** den Ablauf eines Beitrittsverfahren (M 3).

3 **Recherchiert** in Gruppen, welche Kernpunkte bei den Kandidatenländern Montenegro, Serbien und der Türkei verhandelt werden (M 4).

4.9 Die EU im Alltag

M1 Bürgerinnen und Bürger Europas

Dass die Europäische Union unseren Alltag bestimmt, scheint zunächst ein abwegiger Gedanke zu sein. Durch die Mitgliedschaft in der EU gibt aber jeder Staat Entscheidungshoheit an die europäischen Institutionen ab, die nun z. B. Vorgaben zum Verbraucherschutz regeln.

Julia ist heute extra früh aufgestanden, obwohl Sonntag ist und die Uhr auf Sommerzeit umgestellt wurde. Sie will ihrer Austauschschülerin Marie noch Frühstück machen. Marie ist schon im Bad und macht gerade lustige Gurgelgeräusche, als sich Julia in die Küche schleicht. Das war eine Bedingung ihrer Eltern, als sie von der Möglichkeit dieses europäischen Schüleraustausches gehört hatten: Julia müsse sich um Programmpunkte an freien Tagen kümmern. Heute wollen die beiden mit Julias Freundinnen schwimmen gehen. Das Freibad im Ort wird gerade renoviert, also ab an den Badesee, ist eh viel schöner da.

Es gibt Cornflakes: eine Art Kompromiss, denn am Anfang hat Marie ganz schön gelitten, als sie das dunkle und aus ihrer Sicht harte und saure Bio-Bauernbrot essen musste, das bei Julias Mama immer auf den Tisch kommt. An den ersten Abenden hat Marie dann immer gefühlte Stunden per Handy mit zu Hause telefoniert. Es war wohl eine Art Kulturschock für sie, in Deutschland zu sein. Als Julia dann einmal Baguette holte, um Marie etwas Gutes zu tun, wollte Julias Vater das Brot wenigstens auftoasten und schon ging der Toaster halb in Flammen auf, obwohl sie ihn doch erst letzten Sommer für ein paar Euro aus dem Spanienurlaub mitgebracht hatten. Schuld war natürlich das Baguette.

Marie freut sich sichtlich, als sie in die Küche kommt. Seit sie in Deutschland ist, hat sie sich in die tolle Kirschmarmelade vom Hofladen aus Julias Ort verliebt, daher nimmt sie heute auch einen Löffel in die Cornflakes-Schale. Das findet Julia ja eher ekelhaft, aber gut: Dafür „rächt" sie sich mit dunklem Brot, das sie mit zum See nehmen will. Dazu noch Käse, eine Gurke und ein paar Tomaten; das Wetter wird sonnig: Es verheißt, ein super Tag zu werden.

Autorentext

- Bereits in den 1970er-Jahren beschlossen die Länder der EG eine Regelung der Sommerzeit. Sie war zunächst befristet, dies änderte die aktuell gültige Richtlinie 2 000/84/EG.
- Die Verringerung der Schadstoffe im Trinkwasser sieht die Richtlinie 98/83/EG vor.
- Aufträge von Kommunen müssen EU-weit ausgeschrieben werden (bei Bauaufträgen wie dem Freibad ab ca. 5 Mio. €; bei Lieferaufträgen ab ca. 200 000 €).
- Genveränderte Lebensmittel (z. B. Mais) sind zwar nicht verboten, müssen aber laut Richtlinie 2003/1830/EG gekennzeichnet werden.
- Ein EU-weit vorgeschriebenes Siegel soll garantieren, dass die gültigen Ökostandards eingehalten werden.
- Seit 2022 kostet Telefonieren, Nachrichten verschicken oder im Internet surfen im EU-Ausland genauso viel wie zu Hause (Verordnung 2022/612).
- Durch die Richtlinie 1999/44/EG wurde die Garantiezeit für Konsumgüter auf zwei Jahre festgesetzt.
- Laut der Richtlinie zur Angleichung der Rechtsvorschriften der Mitgliedstaaten über Konfitüren, Gelees, Marmeladen und Maronenkrem (79/693/EWG) darf der Begriff „Marmelade" nur für Produkte aus Zitrusfrüchten verwendet werden, um Missverständnisse im englischsprachigen Raum zu vermeiden. Eine Ausnahme gilt nur für Produkte, die auf lokalen Märkten oder direkt vom Bauern an den Endkunden verkauft werden.
- Von 1988 bis 2009 gab es die Verordnung 1677/88 über die Krümmung von Gurken.

M2 Die vier Freiheiten im Binnenmarkt

GLOSSAR

Europäischer Binnenmarkt

QUERVERWEIS

Vom Binnenmarkt zur Währungsunion
S. 162 f.

M3 Verbraucherschutz erfordert Regeln – oder?

Der Verbraucherschutz ist eines der großen europapolitischen Themen. Die EU hat viele Regelungen erlassen, um Verlässlichkeit und Transparenz für Verbraucher zu schaffen. So wurde z. B. mit 1,2 bzw. 0,9 mm eine Mindestschriftgröße auf Verpackungen von Lebensmitteln vorgeschrieben. Auch die Nennung von Auslösern von Allergien und die Aufführung von Kalorien- und Nährwertangaben auf je 100 ml bzw. 100 g auf den Verpackungen von Lebensmitteln wurden zur Pflicht. Während viele Regelungen nachvollziehbar sind, scheinen einige eher von zweifelhaftem Nutzen zu sein. Zwei Beispiele:

Die Pizza-Verordnung

Es gibt nur wenige Menschen, die noch nie eine Pizza gegessen haben. Dabei ist es der EU zu verdanken, dass wir überhaupt wissen, was eine Pizza ist. Bevor in Brüssel im Jahr 2006 die Verordnung 97/2010 beschlossen wurde, schien dies völlig unklar gewesen zu sein. Die Verordnung bezieht sich auf die „traditionelle Spezialität" Pizza Napoletana. Laut EU-Verordnung muss die Pizza rund sein und einen Durchmesser von maximal 35 Zentimetern aufweisen. In der Mitte darf sie nur 0,4 cm hoch sein, der Teigrand 1-2 cm dick. Um auch dem Ideal von mediterranem Lifestyle gerecht zu werden, zeigte sich die EU-Kommission aber gnädig und ließ bei den Maßen eine Toleranz von 10 Prozent zu. […]

Die Richtlinie für Tabakerzeugnisse

Seit Mai 2016 gilt innerhalb der EU die Richtlinie für Tabakerzeugnisse (2014/40/EU). Mit der Richtlinie wurden die umstrittenen Warnhinweise auf Zigarettenschachteln eingeführt. Statt des Markennamens blicken Kunden nun auf Raucherlungen und vergilbte oder ausgefallene Zähne, die uns aus den Regalen anlächeln. Ob die Warnungen den Tabakkonsum verringert haben, ist umstritten.

Aaron Clamann, Gurke, Pizza, Tageslicht – die sechs schrägsten EU-Regeln, in: https://www.morgenpost.de/vermischtes/article210040297/Gurke-Pizza-Tageslicht-die-sechs-schraegsten-EU-Regeln.html, 24.03.2017

1. **Beschreibt**, wie die EU den Alltag bestimmt (M 1).
2. **Erklärt** die Bedeutung der vier Freiheiten für den Europäischen Binnenmarkt (M 2).
3. **Diskutiert**, ob die Pizza-Verordnung und die Tabakrichtlinie der EU vorteilhafte Regelungen im Sinne des Verbraucherschutzes sind (M 3).
4. **Beurteilt**, welche Bedeutung die Regelungen der EU für euch haben (M 1–M 3).

4.10 Europäische Identität

INFO

Identität
Übereinstimmung, Wesenseinheit

Symbol
Sinnbild, Wahrzeichen

Auch die Europäische Union verfügt, ähnlich wie jeder Staat, über Symbole, die sinnbildlich für ihren Gründungsgedanken, das heutige EU-Motto, stehen: „In Vielfalt geeint." Hierbei spielen insbesondere die Europaflagge und die Europäische Hymne eine wichtige Rolle. Die EU hat sogar einen eigenen Feiertag, den Europatag. Und innerhalb der Europäischen Union können die EU-Bürgerinnen und EU-Bürger ohne Kontrollen reisen.

M1 Die Flagge

Vor dem Hintergrund eines azurblauen Himmels bilden zwölf goldene fünfzackige Sterne einen Kreis. Dabei sind sie wie die Stunden auf dem Zifferblatt einer Uhr angeordnet. Die Zahl der Sterne hat nichts mit der Anzahl der Mitgliedstaaten zu tun, sie folgt vielmehr der Symbolik der Zahl Zwölf, die traditionell für Vollkommenheit, Vollständigkeit und Einheit steht. Die Flagge blieb folglich ungeachtet künftiger Erweiterungen der Union unverändert. Sie ist Sinnbild nicht nur für die Europäische Union, sondern auch für die Einheit Europas. Der Kreis der goldenen Sterne steht für die Solidarität und die Harmonie zwischen den europäischen Völkern.

Autorentext

WEBCODE

WES-116803-407
Die Europäische Hymne

M2 Die Hymne

Die Melodie ist der 9. Symphonie Ludwig van Beethovens von 1823 entnommen. Mit dem letzten Satz dieser Symphonie vertonte Beethoven das Gedicht Friedrich Schillers „Ode an die Freude" aus dem Jahr 1785. Dieses Gedicht entsprang Schillers idealistischer Vision der Menschen, die zu Brüdern werden – einer Vision, die der politisch engagierte Beethoven teilte. Um keine europäische Sprache zu bevorzugen, ist die offizielle Europahymne nicht die Chorfassung Beethovens mit dem deutschen Text („Freude, schöner Götterfunken"), sondern eine Instrumentalversion. Die Hymne soll die Nationalhymnen der Mitgliedstaaten nicht ersetzen.

Autorentext

M3 Der Pass

Bereits in den 1980er-Jahren formulierte die EU das Ziel, die Kontrollen an den Binnengrenzen der Union abzuschaffen. Der heutige Schengen-Raum (dessen Name auf das im Luxemburger Ort Schengen abgeschlossene und nach diesem benannte Schengener Abkommen zurückgeht) umfasst neben 22 EU-Mitgliedstaaten auch Island, Liechtenstein, Norwegen und die Schweiz. Innerhalb dieses Gebiets gibt es (außer in Notsituationen) keine Grenzkontrollen mehr, d. h. die Bürgerinnen und Bürger der Europäischen Union wie auch der beteiligten Länder können sich hier frei bewegen.

Autorentext

M4 Der Feiertag

Am 9. Mai 1950 unterbreitete Robert Schuman als damaliger französischer Außenminister seinen Vorschlag für ein Vereintes Europa als unerlässliche Voraussetzung für die Aufrechterhaltung friedlicher Beziehungen. Dieser Vorschlag, der als „Schuman-Erklärung" bekannt wurde, gilt als Grundstein der heutigen Europäischen Union. Heute ist der 9. Mai als Europatag zu einem europäischen Symbol geworden.

Autorentext

M5 Braucht die EU überhaupt eine Identität?

In der Debatte um die Krise der Europäischen Union tut sich ein generationeller Graben auf. Die ältere Generation macht sich Gedanken über die „Wurzeln Europas", preist die idiosynkratrische europäische Verbindung aus griechischer Philosophie, Römischem Recht und jüdisch-christlicher Offenbarung. Europa, so eine oft gehörte Forderung, müsse sich auf seine Kultur besinnen, sich der gemeinsamen Geschichte bewusst werden, die aus den Katastrophen des 20. Jahrhunderts gezogenen Lehren verteidigen und den Weg der weiteren politischen Integration beschreiten. Nur so sei der Schock des Brexit in einen Impuls zur weiteren Integration umzukehren. [...] Es ist vermutlich schwer vermittelbar, wie fremd und fern diese Denkungsart auf viele Menschen wirkt, die nach 1970 geboren wurden. Das Erstaunen, ja Kopfschütteln speist sich dabei nicht aus einer antieuropäischen Haltung oder einer nationalistischen Abneigung gegen das von Populisten in grellen Farben gemalte Schreckgespenst Brüssel. Im Gegenteil: Es sind die nüchterne Befürwortung der EU, die Einsicht in die Notwendigkeit gemeinsamer Strategien und Antworten, die den Identitätsdiskurs als aus der Zeit gefallen erscheinen lassen. Mit den Mitteln des 19. Jahrhunderts auf europäischer Ebene wiederholen zu wollen, was bei der Nationenbildung gelang, das kann aus dieser Perspektive nur scheitern. Schon der Begriff der Identität, der im Europa-Diskurs ständig bemüht wird, ist befremdlich genug. In manchen Reden oder Projekten ist auch von der Seele die Rede („a soulfor Europe") oder, etwas dezenter, vom „pulse for Europe". Dahinter scheint die Vorstellung zu stehen, politische Gemeinschaften hätten erst so etwas wie ein Wesen, einen Kern, eine Subjektivität, und müssten sich dann, in einem zweiten Schritt, dazu entscheiden, zu handeln. Idealerweise tun sie dies dann entsprechend ihrer Identität. Die Frage „Was ist zu tun?" ließe sich demzufolge nur beantworten, sofern man bereits eine Antwort auf die Frage „Wer sind wir?" parat hat. [...] Nun können eine klar definierte soziale Rolle oder ein eindeutiges Amtsverständnis dabei helfen, unter Zeitdruck und in unübersichtlichen Verhältnissen mittels eines cognitive shortcut die richtige Entscheidung zu treffen: Ich bin Polizist (Identität), und aus dieser Bestimmung folgt, dass ich das angebotene Bestechungsgeld nicht annehmen werde (Handlung) – und zwar ohne lange darüber nachdenken zu müssen. In dieser Komplexitätsreduktion besteht die Attraktivität von Identifikationsangeboten durch Religionen oder ethische Gemeinschaften. Aber will man dieses Schema wirklich politischen Gemeinschaften empfehlen? Kann aus der historisch gewachsenen Identität und Kultur Frankreichs logisch zwingend eine Antwort auf die Frage folgen, wie Frankreich auf die Herausforderungen der Globalisierung antworten will? [...] Die oft verwendete Formel „Zukunft braucht Herkunft" wird aus dieser Sicht erst in der Negation richtig: Zukunft wird dann gestaltbar, wenn man sich aus der Pfadabhängigkeit der Herkunft nach Kräften zu lösen versucht. Insofern gilt gerade: Zukunft braucht Überwindung von Herkunft. Vor diesem Hintergrund können die Versuche, „Europa" eine Identität unterzujubeln, aus der sich dann deduktiv die weiteren Schritte ergeben sollen, nur seltsam anmuten.

Felix Heidenreich, Die EU braucht keine Identität, in: Merkur. Deutsche Zeitschrift für europäisches Denken, Nr. 820, Heft 9/2017, S. 80 ff.

INFO

idiosynkratrisch
hier: eigentümlich, spezifisch

cognitive shortcut
engl.: hier in der Bedeutung „ohne zu überlegen"

deduktiv
etwas ableiten

1 **Beschreibt**, welche Bedeutung die Symbole der Europäischen Union für euch haben (M 1–M 4).

2 **Fasst** die Aussagen von M 5 **zusammen.**

3 **Nehmt Stellung** zu der in M 5 vertretenen These, die EU brauche keine Identität.

4 **Erörtert** das Motto der Europäischen Union: „In Vielfalt geeint."

4.11 Vom Binnenmarkt zur Währungsunion

Die wirtschaftliche Integration ist seit Beginn der Europäischen Einigung einer ihrer zentralen Bestandteile. 1993 vollzog die Europäische Union mit der Etablierung des gemeinsamen Binnenmarkts einen weiteren großen Schritt. Mit der Einführung des Euros als Bargeld im Jahr 2002 ist die wirtschaftliche Integration auch im Alltag der Bürgerinnen und Bürger greifbar geworden. Für viele Menschen ist der Euro heutzutage ein Symbol der europäischen Einigung und seine Stabilität ein Gradmesser für den Zustand der EU. Der Binnenmarkt kann seine Vorteile durch die einheitliche Währung und die dadurch wegfallenden Wechselkursschwankungen voll entfalten.

M1 Was Pizzas mit dem Binnenmarkt zu tun haben …

INFO

Preisstabilität
Bestreben das Preisniveau (die Inflationsrate) möglichst konstant zu halten

Zinssatz
Preis für geliehenes Kapital in Prozent

Wechselkurs
der Preis einer Währung im Verhältnis zu einer anderen Währung

1 000 Kilometer stecken in einer LKW-Ladung Tiefkühlpizzas, bevor diese in den Truhen der Supermärkte liegen. Fertiggestellt wird das Endprodukt in Bielefeld. Die Pappe für die Verpackung aber kommt aus Varel in Nordwestdeutschland – und der Leim für die Transportverpackung aus Düsseldorf. Die Inhaltsstoffe dieses Leims wiederum müssen zunächst aus Frankreich und den Niederlanden sowie aus Polen angeliefert werden. Aus Frankreich kommen zudem Kunststoffgranulate für die Plastikhüllen, aus den Niederlanden Tomaten und aus Polen Champignons für den Belag. Die Pizza ist also ein internationales Produkt.
Ihre Herstellung war vor einigen Jahren noch viel teurer. So klagte der belgische Unternehmer Andre Leysen 1988 noch über die europäischen Grenzstopps, wie z.B. Passkontrollen und Zollformalitäten. Ein LKW, der ganz Europa durchquere, komme auf eine Durchschnittsgeschwindigkeit von etwa 12 km/h. In den USA dagegen fahre derselbe Lastwagen mit etwa 60 km/h von einem Ende des Kontinents zum anderen. Die langen Transportzeiten belasteten die deutsche Wirtschaft mit zwei bis drei Prozent des Bruttoinlandsproduktes.
Die Ersparnisse durch den Wegfall der Grenzkontrollen waren auch für einen Stuttgarter Pizzahersteller enorm. Die Führung des Unternehmens beschloss, die Geschäfte ins Ausland auszuweiten – und zwar ins französische Straßburg, wo ein zweites Werk entstehen sollte. Mithilfe von zusätzlichen Krediten der dortigen Filiale einer führenden deutschen Bank brachte das Unternehmen die notwendigen 80 Millionen Euro auf. Dabei entstanden 180 neue Arbeitsplätze. Auf die Jobs in der Leitungsebene bewarben sich Manager und Betriebswirte aus mehreren europäischen Ländern. Max Beyrich aus Reutlingen hatte Glück und bekam einen der begehrten Arbeitsplätze. Ausschlaggebend waren seine Französisch- und Spanischkenntnisse.

Autorentext

M2 Der Weg zur gemeinsamen Währung

Bis zum Jahr 2022 haben bislang 19 EU-Mitgliedstaaten den Euro als Währung eingeführt: Belgien, Deutschland, Estland, Finnland, Frankreich, Griechenland, Irland, Italien, Lettland, Litauen, Luxemburg, Malta, Niederlande, Österreich, Portugal, Slowakei, Slowenien, Spanien und Zypern.

M3 Der Weg ins Euroland

Die EU-Staaten, die den Euro noch nicht eingeführt haben, sind grundsätzlich verpflichtet, der Währungsunion beizutreten, sobald sie die im EG-Vertrag festgelegten Konvergenzkriterien erfüllen. Eine Ausnahme bildet das Königreich Dänemark, das eine Sonderstellung ausgehandelt hat [...]. Es kann selbst entscheiden, ob es der Währungsunion beitritt, sofern es die Konvergenzkriterien erfüllt.

Damit ein EU-Staat der Währungsunion beitreten kann, muss er bestimmte Voraussetzungen erfüllen. Zur Beurteilung der „Stabilitätsreife" potenzieller Teilnehmerländer sind im EG-Vertrag die „Konvergenzkriterien" festgelegt worden, nach denen entschieden wird, ob ein Land den Euro einführen kann.

Preisstabilität: Die Inflationsrate darf nicht mehr als 1,5 Prozentpunkte über derjenigen der drei preisstabilsten Mitgliedsländer der Europäischen Union liegen.

Höhe der langfristigen Zinsen: Die langfristigen Nominalzinssätze dürfen nicht mehr als zwei Prozentpunkte über den entsprechenden Zinssätzen der drei preisstabilsten Mitgliedsländer der Europäischen Union liegen.

Haushaltsdisziplin: Das jährliche öffentliche Defizit sollte grundsätzlich nicht mehr als 3 Prozent, der öffentliche Schuldenstand nicht mehr als 60 Prozent des Bruttoinlandsprodukts betragen.

Wechselkursstabilität: Der Beitrittskandidat muss mindestens zwei Jahre am „Wechselkursmechanismus II" teilgenommen haben. Dabei darf der Wechselkurs der eigenen Währung nicht starken Schwankungen gegenüber dem Euro ausgesetzt gewesen sein.

Zeichnung: Pit Flick

Die Europäische Währungsunion, in: https://www.bundesbank.de/de/bundesbank/eurosystem/europaeische-waehrungsunion/die-europaeische-waehrungsunion-604386, 01.02.2020

M4 Gleich starke Partner?

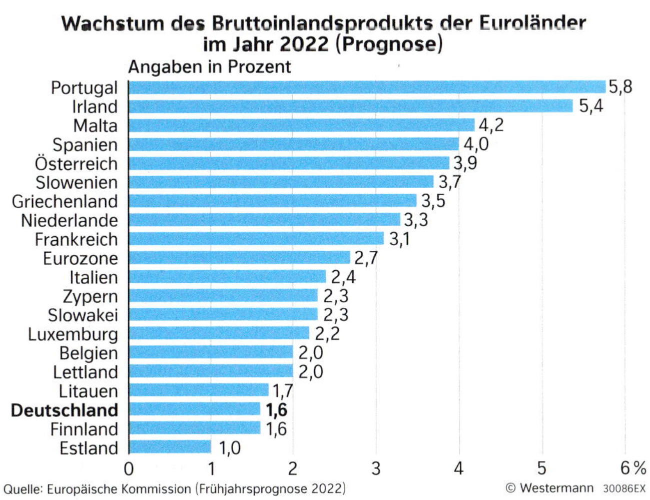

1 **Erläutert** die Bedeutung des Binnenmarktes aus Sicht der Verbraucher, der Arbeitnehmer, der Unternehmer und des Staates (M 1).

2 **Beschreibt** den Weg zur Währungsunion und erklärt die Bedeutung der Stabilitätskriterien für den Euro (M 2, M 3).

3 **Analysiert** die Karikatur in M 3.

4 **Begründet,** warum eine gemeinsame Währungspolitik im Binnenmarkt sinnvoll ist.

5 **Problematisiert** das unterschiedliche Wachstum des Bruttoinlandsprodukts vor dem Hintergrund des gemeinsamen Binnenmarktes und der Währungsunion (M 4).

4.12 Eine klimaneutrale EU bis 2050?

Der Green Deal wurde 2019 von der Europäischen Kommission vorgestellt und hat zum Ziel, die EU bis 2050 klimaneutral zu machen und die Treibhausgasemissionen auf ein Minimum zu reduzieren. Gelingt das, könnte die EU zum klimapolitischen Vorbild werden.

M1 Der Green Deal

M2 Energieverbrauch

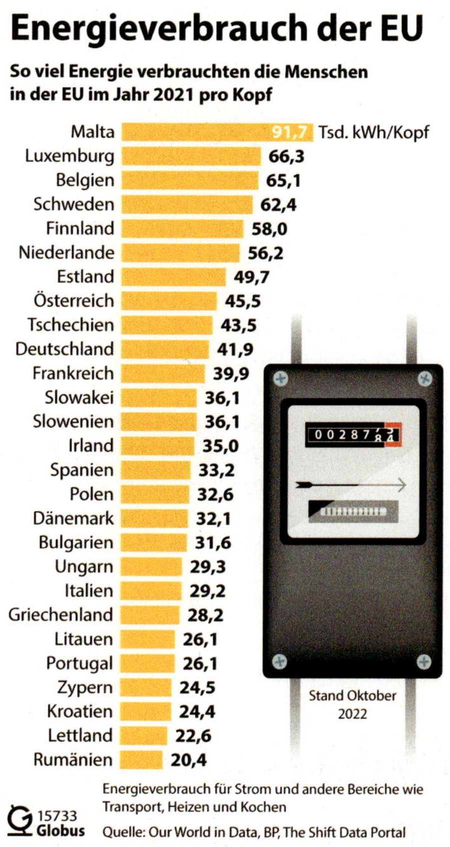

M3 Erneuerbare Energien

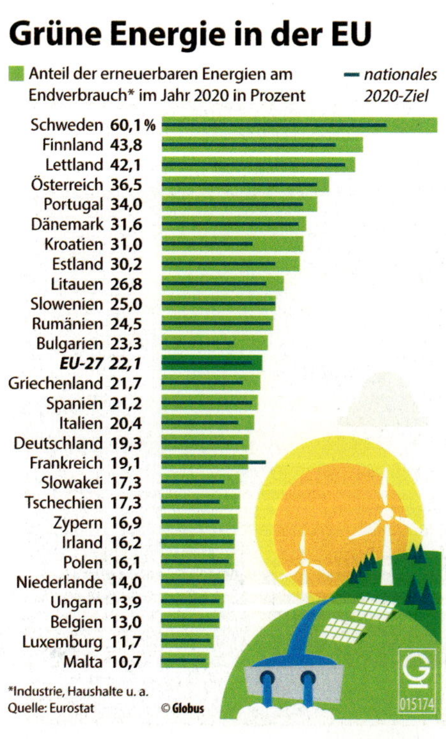

1 **Benennt** die Bereiche, in denen der Green Deal Vorteile bringen soll (M 1).

2 **Überprüft** mit einer Recherche, wie die EU-Vorgaben zum Green Deal in Deutschland umgesetzt werden (M 1).

3 **Problematisiert** die Aussagen von M 2 und M 3 sowie M 4 vor dem Hintergrund des Ziels des Green Deals.

4 **Interpretiert** die Karikatur M 5.

M4 Ein Weg mit vielen Hürden?

Der „European Green Deal" […] [der] EU-Kommission […] muss viele Hürden überwinden – hier die wichtigsten Knackpunkte.

Klimaneutralität bis 2050. Dies ist das zentrale Versprechen des „European Green Deal". Doch Polen, Ungarn und Tschechien sträuben sich. Die Osteuropäer wollen nur zustimmen, wenn sie Milliardenhilfen für den Umbau ihrer Energieversorgung bekommen. Ob die Mittel aus dem eigens geplanten „Just Transition Fund" ausreichen, ist offen.

Das künftige EU-Budget. Damit der „Green Deal" funktioniert, braucht die EU mehr Geld. Deutschland und andere Nettozahler wollen jedoch keine höheren Beiträge zahlen. In den laufenden Verhandlungen über das künftige EU-Budget bis 2027 rufen sie zum Sparen auf. Von der Leyen hat bereits Alarm geschlagen und mehr Mittel angefordert.

Der CO_2-Preis. Bisher wird der Preis für das Treibhausgasüber ein Emissionshandels-System festgelegt. Es hat sich jedoch als ineffizient erwiesen – der Preis war zunächst viel zu niedrig, ausgerechnet die größten Dreckschleudern bekamen ihre Zertifikate kostenlos. Die EU hat zwar Besserung gelobt – doch von einer funktionierenden Steuerung über den Preis ist sie weit entfernt.

Carbon Border Tax. Umstritten ist auch, wie sich verhindern ließe, dass die EU ihre Industrie mit riesigem Aufwand auf Klimaneutralität trimmt – während der Markt mit Billigimporten aus „schmutzigen" Drittländern überschwemmt wird. Letztlich werde sich dieses Problem nur mit einer Import-Steuer – der sogenannten „Carbon Border Tax" – lösen lassen, sagen Experten.

Doch in der Steuerpolitik gilt das **Einstimmigkeits-Prinzip;** ein einziger EU-Staat könnte den Plan mit seinem Veto durchkreuzen. Zudem ist unklar, ob eine solche Steuer mit den Regeln der Welthandelsorganisation WTO vereinbar wäre. In Brüssel hat daher schon die Suche nach Alternativen begonnen – es ist nur eine von vielen Hürden für einen „European Green Deal".

Eric Bonse, Die Knackpunkte beim „European Green Deal", in: https://lostineu.eu/die-knackpunkte-beim-european-green-deal/, 11.12.2019

M5 Wer kommt ins Schwitzen?

Zeichnung: Kostas Koufogiorgos

4.13 Die Migrationspolitik der Europäischen Union

M1 Alterndes Europa

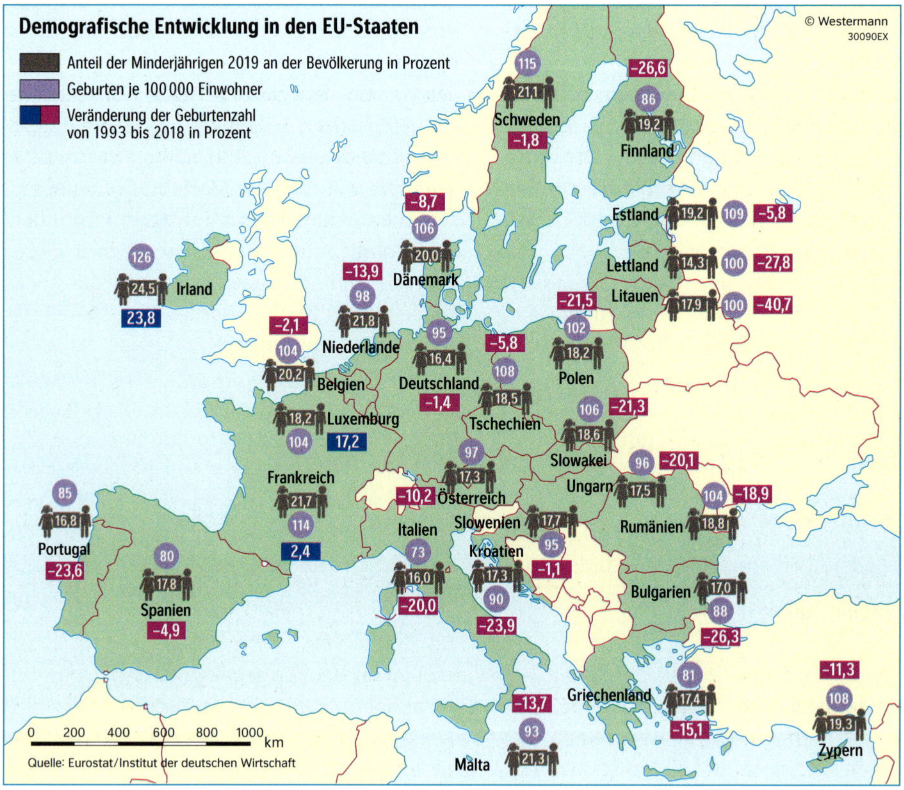

M2 Arbeitsmarkt und Zuwanderung

Die EU-Kommission will die Zuwanderung von Arbeitskräften aus Nicht-EU-Ländern erleichtern. [...] Der Arbeitskräftemangel ist ein akutes Problem in den meisten europäischen Ländern – und er betrifft nicht nur hochqualifizierte Jobs. Die Kommission geht davon aus, dass sich das Problem aufgrund der alternden Bevölkerung noch verschärfen wird. Allein im Pflegesektor werden ihrer Schätzung nach 2030 sieben Millionen Arbeitskräfte fehlen. [...] Natürlich bleibe es das Recht jedes Mitgliedstaates, die Höhe der jährlichen Zuwanderung selbst festzulegen. Dennoch wolle die Kommission das Verfahren für alle Beteiligten vereinfachen. Für die Arbeitgeber soll die Anwerbung im nicht europäischen Ausland erleichtert werden. Gleichzeitig sollen die Konditionen für die Einwanderer verbessert werden, damit ein Umzug in die EU attraktiver wird. Die Vorschläge müssen noch vom Europäischen Parlament und den Mitgliedstaaten abgesegnet werden. Konkret will die Kommission zwei Richtlinien zum Arbeits- und Aufenthaltsrecht ändern:

Die Arbeitserlaubnis für die EU soll nicht mehr an einen bestimmten Arbeitgeber gebunden sein. Stattdessen könnten Einwanderer künftig mit derselben Erlaubnis auch den Arbeitgeber wechseln. Das soll die Abhängigkeit vom Arbeitgeber verringern und Missbrauch vorbeugen. Wenn ein Einwanderer arbeitslos wird, soll künftig eine Schonfrist von mindestens drei Monaten gelten, bevor er seine Aufenthaltsgenehmigung verliert.

Auch die Regeln zur Erlangung einer langfristigen Aufenthaltserlaubnis sollen flexibler werden. So sollen Einwanderer nicht mehr fünf Jahre am Stück in einem Land leben müs-

sen, um den Status zu erhalten. Sie können die nötigen fünf Jahre auch in verschiedenen EU-Ländern verbringen. Außerdem dürfen sie die EU für bis zu zwei Jahre verlassen, ohne ihren bis dahin gesammelten Anspruch zu verlieren. Zudem will die EU bis Sommer 2023 ein Onlineportal zur Arbeitsvermittlung für Zuwanderer einrichten. [...]
[Der Kommissionsvize Margaritis Schinas] kündigte außerdem an, die bereits im vergangenen Jahr versprochenen „Fachkräfte-Partnerschaften" mit Ländern in Nordafrika bis zum Jahresende zu starten. Die Idee ist es, gezielt Fachkräfte für europäische Arbeitgeber zu finden. Die Gespräche mit Marokko, Tunesien und Ägypten seien weit fortgeschritten, sagte der Kommissionsvize. Noch sind allerdings nicht alle Bedenken in den drei Ländern ausgeräumt: Die Regierungen wollen nicht ihre besten Talente an die EU verlieren. Nichtsdestotrotz will die Kommission demnächst auch Gespräche mit Pakistan, Bangladesch, dem Senegal und Nigeria über solche Partnerschaften beginnen. [...] Derzeit kommen jährlich drei Millionen Menschen auf legalem Weg in die EU. Mehr als eine Million davon hat einen Arbeitsvertrag, der Rest sind Familienangehörige oder Studenten.

Carsten Volkery, Akuter Mangel an Arbeitskräften: EU will Zuwanderung vereinfachen, in: https://www.handelsblatt.com/politik/international/migration-akuter-mangel-an-arbeitskraeften-eu-will-zuwanderung-vereinfachen/28283722.html, 27.04.2022

M3 „Eine neue Form des Kolonialismus"?

Der Vorstandsvorsitzende der Arbeitsagentur, Detlef Scheele, forderte 2021 eine Zuwanderung von 400 000 Arbeitskräften – pro Jahr. In der „Süddeutschen Zeitung" äußerten sich daraufhin Leser dazu.

Ist das nicht eine neue Form des Kolonialismus? Früher haben die Europäer andere Kontinente besetzt, um günstig an deren Rohstoffe zu kommen, und deren Bevölkerung dort ausgebeutet oder gar versklavt, heute nützen wir die bedauerliche Not, die politische und/oder wirtschaftliche Lage in anderen Ländern aus, um unsere Probleme zu lösen. Klar ist, dass wir in beiderseitigem Interesse all die integrieren, beschäftigen, unterbringen und ernähren, die sowieso da sind oder aus Angst vor Unterdrückung, Krieg, Terror, Verfolgung et cetera sowieso kommen. Aber ggf. darüber hinaus noch weitere anwerben, sodass wir auf 400 000 pro Jahr kommen? Werden in diesen Ländern keine Arbeits- und Fachkräfte benötigt? Muss dort niemand als Kranker oder Gebrechlicher geheilt oder gepflegt werden? Wo wollen wir alle unterbringen, die letzten freien Flächen zubauen, die Städte mit Hochhäusern zustellen? Werden unsere Probleme damit wirklich gelöst – oder nur die Lösung verschoben? Auch die Zuwanderer werden irgendwann krank oder alt und wollen gepflegt werden und Rente bekommen. Was ist so schlimm daran, wenn die Bevölkerungszahl in Deutschland langfristig etwas abnimmt? Deutschland hat auch schon mit wesentlich weniger Bewohnern existiert. Wir müssen endlich davon wegkommen, den Arbeitgebern das Leben durch die Ausnutzung des Lohngefälles zu anderen Ländern zu erleichtern, und müssen auf allen Gebieten die Arbeitsbedingungen so gestalten, dass sich einigermaßen ein Gleichgewicht von Angebot und Nachfrage einstellt. Klar ist, dass das dann auch bezahlt werden muss, z. B. über höhere Beiträge zu Kranken- und Pflegeversicherungen oder höhere Preise bei Produkten. Das wiederum würde ausländische Anbieter stärken, die dann vielleicht Arbeitskräfte im Land halten können.

Andreas Renner, Arbeits-Kolonialismus, in: https://www.sueddeutsche.de/kolumne/fachkraeftemangel-und-zuwanderung-scheinloesung-mit-folgeproblemen-1.5400514, 03.09.2021

1. **Wertet** M 1 **aus.**
2. **Zählt** die Maßnahmen der EU zur Vereinfachung der Einwanderung **auf** (M 2).
3. **Erörtert** die Bewertung, dass es sich bei dem Lösungsvorschlag, den Arbeitskräftemangel in Deutschland bzw. in der EU durch Zuwanderung zu beheben, um „eine neue Form des Kolonialismus" handele (M 3).

4.14 Die Außen- und Sicherheitspolitik der EU

INFO

GASP
Gemeinsame Außen- und Sicherheitspolitik

EUV
EU-Vertrag bzw. Vertrag über die Europäische Union

GSVP
Gemeinsame Sicherheits- und Verteidigungspolitik

Bei der Gründung der Europäischen Gemeinschaften war eine gemeinsame Außen- und Sicherheitspolitik nicht vorgesehen. Die Außenpolitik gehörte in den Bereich der Politik der Nationalstaaten. Im Laufe der Zeit entstand jedoch das Bewusstsein, dass man durch gemeinsames Handeln mehr erreichen kann. Aus der Koordination der Außenpolitik entwickelte sich die Gemeinsame Außen- und Sicherheitspolitik (GASP), die 1993 mit dem Vertrag von Maastricht in Kraft trat. Durch den 2009 in Kraft getretenen Vertrag von Lissabon wurde das auswärtige Handeln der Europäischen Union gestärkt.

M1 Ziele der GASP der EU nach Art. 21 Abs. 2 EUV

Die Union legt die gemeinsame Politik sowie Maßnahmen fest, führt diese durch und setzt sich für ein hohes Maß an Zusammenarbeit auf allen Gebieten der internationalen Beziehungen ein, um

a) ihre Werte, ihre grundlegenden Interessen, ihre Sicherheit, ihre Unabhängigkeit und ihre Unversehrtheit zu wahren;

b) Demokratie, Rechtsstaatlichkeit, die Menschenrechte und die Grundsätze des Völkerrechts zu festigen und zu fördern;

c) nach Maßgabe der Ziele und Grundsätze der Charta der Vereinten Nationen sowie der Prinzipien der Schlussakte von Helsinki und der Ziele der Charta von Paris, einschließlich derjenigen, die die Außengrenzen betreffen, den Frieden zu erhalten, Konflikte zu verhüten und die internationale Sicherheit zu stärken;

d) die nachhaltige Entwicklung in Bezug auf Wirtschaft, Gesellschaft und Umwelt in den Entwicklungsländern zu fördern mit dem vorrangigen Ziel, die Armut zu beseitigen;

e) die Integration aller Länder in die Weltwirtschaft zu fördern, unter anderem auch durch den schrittweisen Abbau internationaler Handelshemmnisse;

f) zur Entwicklung von internationalen Maßnahmen zur Erhaltung und Verbesserung der Qualität der Umwelt und der nachhaltigen Bewirtschaftung der weltweiten natürlichen Ressourcen beizutragen, um eine nachhaltige Entwicklung sicherzustellen;

g) den Völkern, Ländern und Regionen, die von Naturkatastrophen oder von vom Menschen verursachten Katastrophen betroffen sind, zu helfen; und

h) eine Weltordnung zu fördern, die auf einer verstärkten multilateralen Zusammenarbeit und einer verantwortungsvollen Weltordnungspolitik beruht.

Konsolidierte Fassungen des Vertrags über die Europäische Union und des Vertrags über die Arbeitsweise der Europäischen Union, in: https://eur-lex.europa.eu/legal-content/DE/TXT/?uri=CELEX:12016ME/TXT, 07.06.2016

M2 Strukturen der GASP

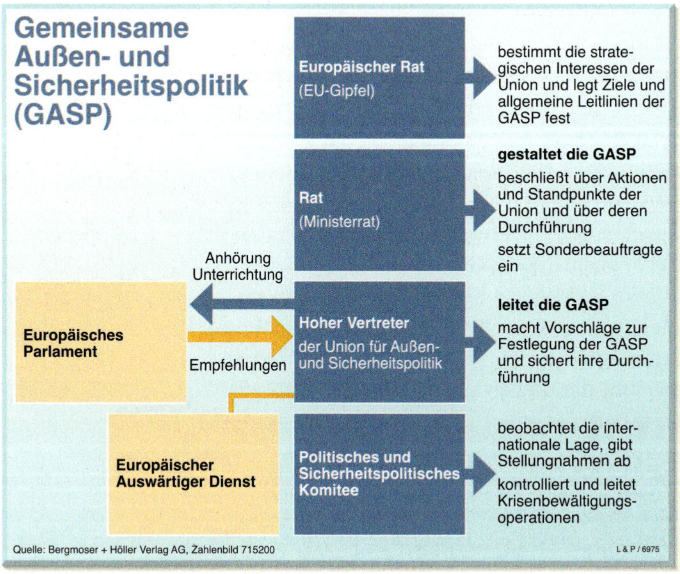

M3 Die EU im Einsatz

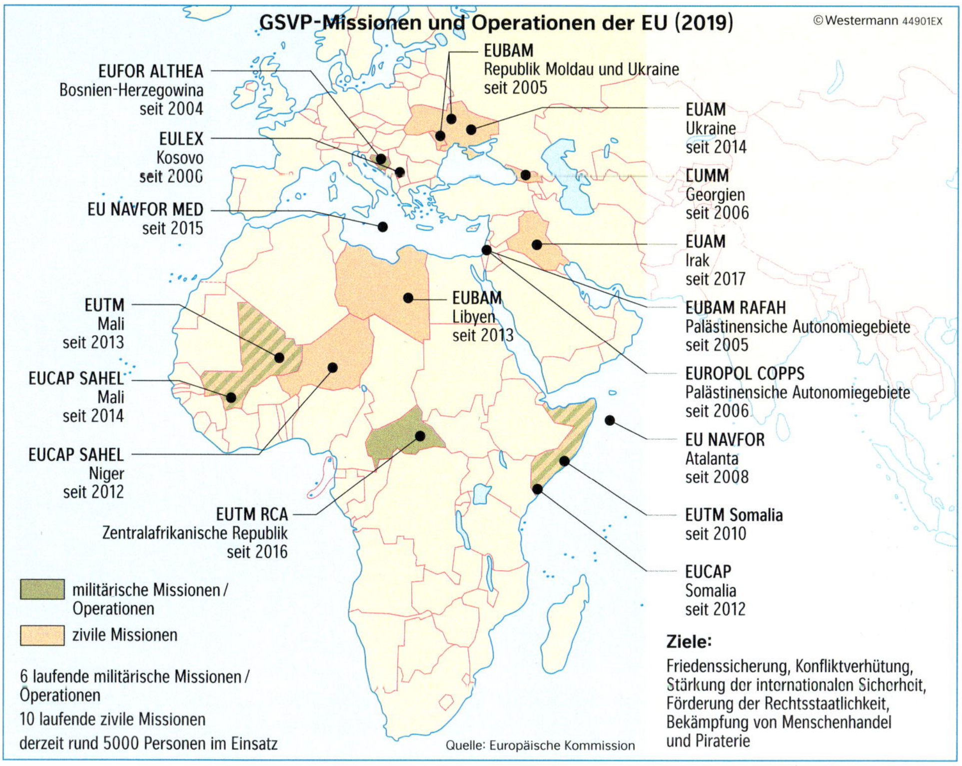

M4 Braucht die EU eine eigene Armee?

Der russische Angriff auf die Ukraine gilt für die Politik als eine „Zeitenwende". Der Versuch, Außenpolitik ohne militärische Stärke zu betreiben, scheint gescheitert. [...] Wenn die Anerkennung machtpolitischer (Sicherheits-)Ansprüche verweigert wird, können rein wirtschaftliche Beziehungen politisiert werden, wie es Russland gerade vorführt. Worauf die westlichen Staaten im Rahmen der Sanktionen ebenfalls mit einer Politisierung des wirtschaftlichen Austauschs reagieren. [...] Wir müssen uns klarmachen, dass eine faktische Orientierung am internationalen Recht – basierend auf dem Ethos der Menschenrechte – nicht möglich ist, ohne eine eindeutig und klar überlegene (Zentral-)Gewalt. [...] Wenn wir den europäischen Gedanken zugrunde legen, sollten sich die EU-Staaten als eine politische Einheit begreifen, die sich gemeinsam gegen äußere Feinde verteidigen können. [...] Wir brauchen [...] nicht mehr Geld für Rüstung in Europa, sondern eine Integration der europäischen Rüstung und Verteidigung. Konkret hieße das, nicht die einzelnen EU-Staaten hätten eine Armee, die sie unter ein EU-Kommando stellen, sondern die EU hätte eine Armee unter einer eigenen Führung.

Gesa Lindemann, Die Ordnungen der Gewalt, in: https://www.zeit.de/kultur/2022-04/europa-armee-ukraine-ruestungsausgaben-zeitenwende-10nach8, 20.04.2022

INFO

Zeitenwende
Diesen Begriff benutzte Bundeskanzler Olaf Scholz in seiner Rede vor dem Deutschen Bundestag am 27. Februar 2022, in der er die Sicht der Bundesregierung auf den russischen Angriff auf die Ukraine dargelegte.

1. **Nennt** die Aufgaben der GASP (M 1).
2. **Beschreibt** das Zusammenspiel der Akteure in der GASP (M 2).
3. **Analysiert** M 3 und **vergleicht** euer Ergebnis mit den Zielen der GASP (M 1).
4. **Bewertet** die Forderung in M 4, dass die EU eine Armee „eigener Führung" benötige.

4.15 Europas Rolle in der Welt

M1 Prognose zur Bevölkerungsentwicklung

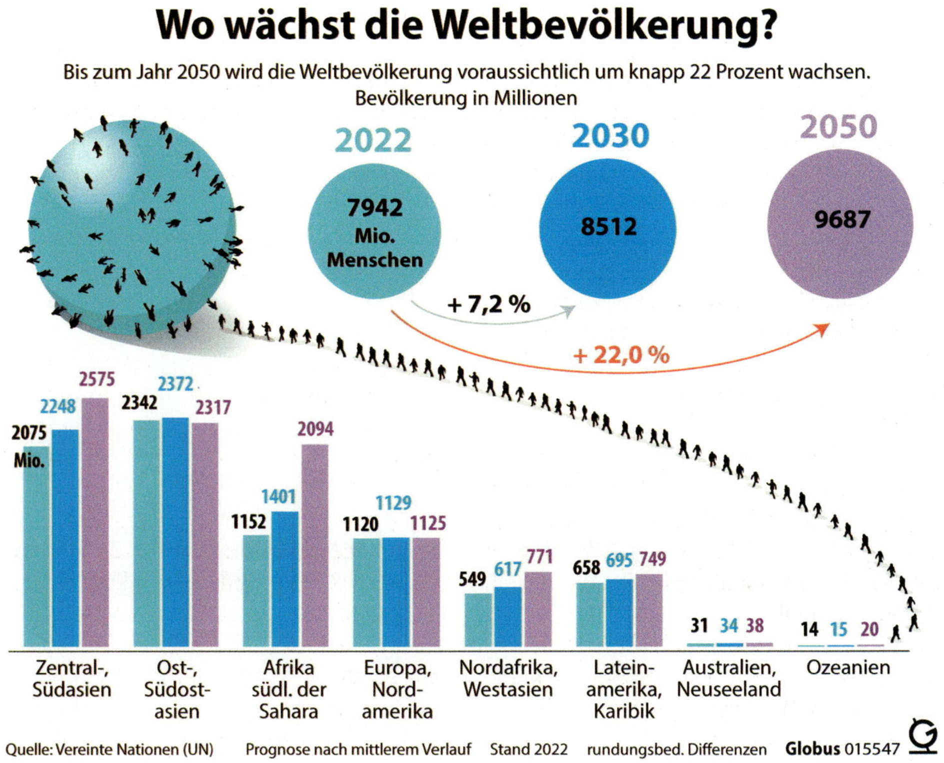

M2 Prognose zur Wirtschaftsleistung

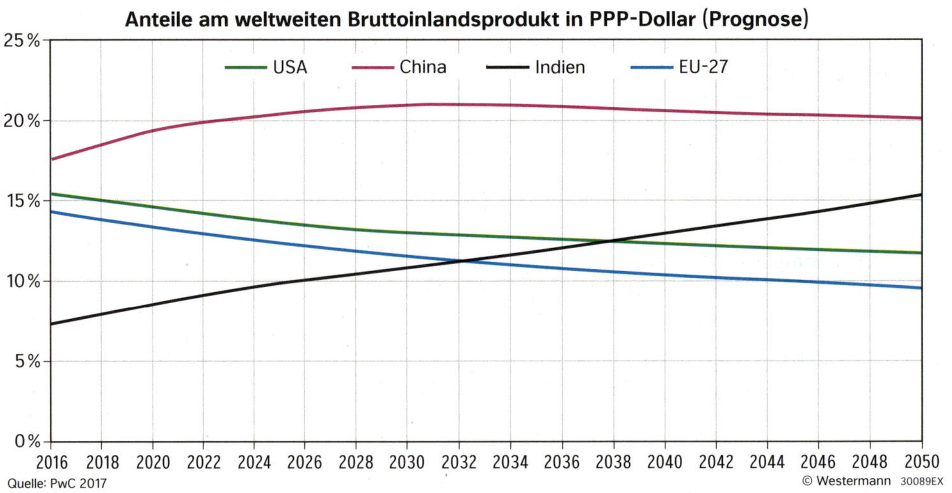

INFO

PPP-Dollar
Unter PPP-Dollars versteht man die Umrechnung des Bruttoinlandsprodukts einzelner Länder in eine einheitliche Währung („internationaler Dollar"), sodass die Wirtschaftskraft der einzelnen Länder besser vergleichbar wird.

M3 Ist die EU die vernünftigste Großmacht der Welt?

Schauen wir nüchtern auf EU und den Erdball: In einer Welt, in der immer öfter finstere Männer, Egomanen, Populisten, Scheindemokraten und [...] Komiker regieren – ist „Brüssel" da nicht ein Hort der Vernunft, der Berechenbarkeit? Bevor Sie protestieren: Die Kritik an Brüssel ist gerechtfertigt, genauso wie das Pathos. Ich werbe nur für eine dritte Sicht, die wichtiger wird. In einer „Welt in Aufruhr" und Unordnung ist Brüssel ein erfolgreicher Rahmen für Ordnung. Lassen Sie mich vier Argumente nennen.

Erstens, die EU ist nicht inhärent korrupt, regiert nicht nepotistisch oder eigennützig. Natürlich gibt es Amtsmissbrauch und Betrug, aber nicht systemisch. [...] Das Problem ist doch: Wir erleben überall auf der Welt, dass Systeme und demokratische Institutionen gekapert, ausgehöhlt oder dysfunktional werden. [...] Europa oder „Brüssel" würde das nie tun, auch wenn einzelne Mitglieder danach streben. Europa kennt Lähmung, ist in weiten Teilen aber intakt.

Zweitens, die EU regiert nicht willkürlich oder populistisch, betreibt keine kurzfristige Klientelpolitik, um Wählergruppen ruhigzustellen. Sie ist berechenbar, verfolgt keine launigen Kurswechsel, die auf Stimmenfang abzielen. Kuhhandel und faule Kompromisse gibt es auch, sind aber meist Interventionen von Ländern geschuldet und nicht fauler als die in Koalitionsverträgen. Was wir von der EU eher nicht erleben werden: Den „Showdown der starken Männer", dieses neue emotionale, so destruktive Element der Weltpolitik, das den Globus im Zusammenprall zweier oder dreier „starker Männer" in Atem hält, weil es keine Kompromisse, sondern nur Stärke kennt. [...]

Drittens, die EU tritt unerschütterlich für zentrale Prinzipien wie Freihandel, Wettbewerb, Gleichberechtigung und Klimaschutz ein. Und viertens, sehr wichtig: Sie ist effektiv und wirksam, sie kann Ressourcen bereitstellen sowie Ziele erreichen und durchsetzen. Das tut sie seit Jahren – was auch zu dem Gefühl beiträgt, dass dauernd Regeln aus Brüssel oktroyiert werden. Was natürlich Unsinn ist, weil sie meist vorher auf einem Treffen der EU-Mitglieder beschlossen wurden. Die Durchsetzungsfähigkeit erleben wir laufend: Man vergegenwärtige sich nur, wie Brüssel mit IT-Konzernen wie Apple und Google in Steuerfragen umspringt oder Wettbewerbsstrafen verhängt. [...]

Wir sind Zeugen der Wirkungsmacht bei Verhandlungen, sei es beim Freihandelsabkommen mit Kanada und Japan oder auch beim Brexit, wo Brüssel erstaunlich erfolgreich verhandelt hat. Der schockstarrende Stillstand, das schallende „No"-Stakkato aus London ist die Kehrseite dieses Erfolges, weil Europa sich nicht hat spalten lassen. Und wir erleben Europas Macht beim Klimaschutz. Die Grenzwerte mögen abenteuerlich erscheinen – aber auch hier setzt Brüssel nur um, was beschlossen wurde. [...] Die EU steht bei all ihrer Unvollkommenheit für Vernunft, Ordnung, Macht und Erfolg. Das müssen wir nur wieder sehen, entdecken und schätzen lernen.

Horst von Buttlar, Die EU, die vernünftigste Großmacht der Welt, in: https://www.capital.de/wirtschaft-politik/die-eu-die-vernuenftigste-grossmacht-der-welt, 24.05.2019

INFO

Egomane
eine krankhaft nur auf sich selbst bezogene Person

Populist
nutzt einfache und populäre Aussagen, die wenig geeignet sind, die Realität in ihrer Komplexität akkurat zu beschreiben

Pathos
leidenschaftliches Gefühl

Klientelpolitik
hier: eine Politik, die nur einem kleinen Teil (Klientel) einer Bevölkerung nützt

oktroyiert
aufgezwungen

1. **Analysiert** M 1 und M 2 und **vergleicht** deren Aussagen.
2. **Fasst** die Kernaussagen in M 3 **zusammen**.
3. **Erörtert** vor dem Hintergrund von M 1–M 3 die Rolle, die der Europäischen Union in der Welt zukommen kann.
4. **Problematisiert** die Aussagekraft der Prognose in M 2.

4.16 Herausforderungen für die Europäische Union

M1 Russland

INFO

Gazprom
Der russische Konzern ist das größte Erdgasförderunternehmen der Welt.

Zeichnung: Roland Grundheber

M2 Klimawandel

QUERVERWEIS

Eine klimaneutrale EU bis 2050?
S. 164 f.

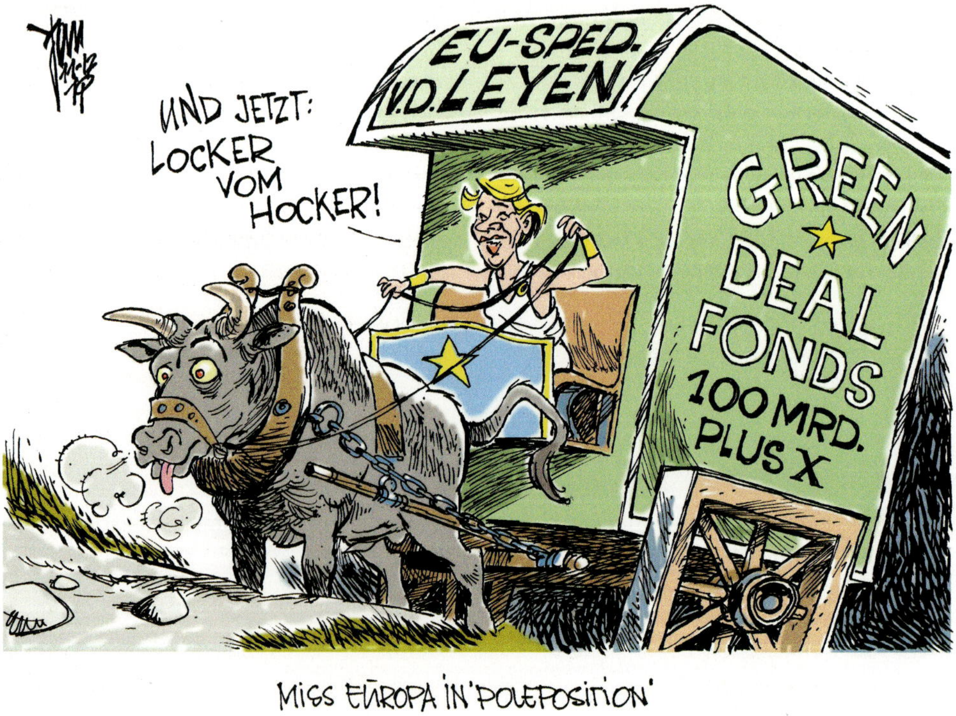

Zeichnung: Jürgen Janson

M3 Rechtsstaatlichkeit

Der Konflikt der EU mit einigen Mitgliedstaaten über die Rechtsstaatlichkeit ist zu einem medialen Dauerbrenner geworden. Streitpunkte sind die politische Einflussnahme auf die Besetzung von Richterstellen, Korruption auf höchster Ebene oder die Einschränkung von Grundrechten in Polen und Ungarn. Fast täglich wird über die weitere Eskalation berichtet. So verurteilte der Europäische Gerichtshof im Herbst 2021 die Republik Polen zur Zahlung eines täglichen Zwangsgeldes von einer Million Euro, da sie seinem Urteil zur nationalen Justizreform nicht nachgekommen war. Zudem scheint die EU-Kommission nun zum ersten Mal zu erwägen, die Auszahlung von EU-Mitteln an Polen und Ungarn zu stoppen. Diese Möglichkeit wurde 2020 mit einer Verordnung eröffnet, die den sogenannten EU-Rechtsstaatsmechanismus etablierte. Werden dadurch die Konflikte befriedet?
Rechtsstaatlichkeit wird in Artikel 2 des EU-Vertrags als einer der Grundwerte der Union genannt. Die Europäische Kommission und die Mehrheit im EU-Parlament sehen die Rechtsstaatlichkeit insbesondere in Polen und Ungarn in Gefahr. Auch in der Fachliteratur finden sich Hinweise auf Justizreformen, mit denen Prüfkompetenzen von Gerichten beschnitten und neue Verfahren für die personelle Besetzung der Verfassungsgerichte eingeführt und genutzt wurden, um vakante Stellen mit regierungsnahen Richterinnen und Richtern zu besetzen. Zudem wurde die Arbeit unabhängiger Medien und einiger zivilgesellschaftlicher Organisationen erschwert und Rechte von Minderheiten beschnitten. [...] Die Regierungen in Warschau und Budapest verwehren sich gegen die Mahnungen und Entscheidungen aus Brüssel. Sie verweisen darauf, dass es keine allgemeingültige Definition von Rechtsstaatlichkeit gebe und betonen den verfassungsrechtlichen Pluralismus in Europa, der auch in den EU-Verträgen geschützt werde. Ferner heben sie hervor, dass die EU die nationale Organisation von Rechtsstaatsfragen nicht zu entscheiden habe und werfen der EU-Kommission vor, in der Auseinandersetzung über die Rechtsstaatlichkeit mit zweierlei Maß zu messen, indem sie politisch unliebsame Regierungen strenger behandele als andere. Tatsächlich ist die in der öffentlichen Diskussion einstmals laute Kritik an Korruption etwa in Rumänien oder in Italien in Anbetracht der Besorgnis über die Entwicklungen in Warschau und Budapest deutlich in den Hintergrund gerückt. [...]
Problematisch kann eine fehlende Festschreibung dann werden, wenn unter den Rechtsadressaten Streit über die Bedeutung einer Norm entbrennt und keine politische Einigung über die konkreten Maßstäbe oder alternativ über das Verfahren der Benennung der Maßstäbe möglich ist. Dies ist in der EU gegenwärtig der Fall. Um Rechtsstaatlichkeit verbindlich in den EU-Verträgen zu definieren, müssten sich alle 27 Staats- und Regierungschefs auf ein gemeinsames Verständnis einigen. Dies ist auch deshalb ein äußerst schwieriges Unterfangen, weil es unterschiedliche Traditionen von Rechtsstaatlichkeit gibt.

Astrid Lorenz/Lisa H. Anders, Zankapfel Rechtsstaatlichkeit: Wie befriedet sich die Europäische Union?, in: https://recentglobe.uni-leipzig.de/zentrum/detailansicht/artikel/zankapfel-rechtsstaatlichkeit-wie-befriedet-sich-die-europaeische-union-2022-01-12, 12.01.2022

INFO

Rechtsstaatlichkeit bedeutet, dass es ein allgemeines für alle gültiges Recht gibt und dass alle Organe zur Ausübung der staatlichen Gewalt ebenfalls an dieses Recht gebunden sind

QUERVERWEIS

Prinzipien eines freiheitlichen Staates
S. 12 f.

1 **Analysiert** in Partnerarbeit die Karikaturen M 1 und M 2 und **stellt** eine Hypothese zum jeweiligen dargestellten Kernproblem **auf. Tauscht** eure Ergebnisse **aus** und **bewertet** die Hypothesen.

2 **Fasst** die Aussagen aus M 3 **zusammen**.

3 **Erklärt**, welche Bedeutung die Einhaltung der Rechtsstaatlichkeit für die EU hat (M 3).

4.17 Großbritannien nach dem Brexit

M1 Die EU ist schuld – an allem?

Zeichnung: Chappatte

M2 Brexit – eine gewählte Lügengeschichte?

INFO

Bullshit
Quatsch

Boris Johnson
Der konservative Politiker war von 2019 bis 2022 britischer Premierminister und ein starker Befürworter des Brexit. Unter Johnson trat Großbritannien aus der EU aus.

Let's take back Control
wurde zum emotional geladenen Hauptslogan der Brexit-Befürworter; einige ihrer Behauptungen stellten sich bald als falsch heraus

Brexiteer
Brexit-Befürworter

Der US-amerikanische Denker Harry Frankfurt hat den Begriff „Bullshit" als philosophische Kategorie eingeführt. Das Nichtwahre breite sich aus und erfasse immer größere Teile der Öffentlichkeit, schrieb er in seinem Essay „On Bullshit". Frankfurt macht eine interessante Unterscheidung – zwischen Bullshit und Lüge. Der Unterschied sei beträchtlich: Der Lügner habe immerhin noch soviel Respekt vor der Wahrheit, dass er sie bewusst und vorsätzlich hintertreibe. Dem Bullshitter hingegen sei die Wahrheit schlicht egal. Er verdrehe die Wirklichkeit, wie es ihm gerade nützlich erscheine. [...] Mit der gleichen Masche setzte sich Johnson [...] an die Spitze der Brexit-Bewegung, eines der folgenreichsten Bullshit-Projekte der jüngeren Geschichte. Ohne Johnson als Frontmann wäre die Kampagne für den EU-Ausstieg Großbritanniens wohl gescheitert. Er trägt, so gesehen, die Hauptverantwortung an diesem Desaster. Aus „Boris'" Mund klang der Slogan „Let's take back Control" nur halb so bedrohlich, eher wie lustiger Zynismus. Die Brexiteers versprachen nicht nur jede Menge Geld fürs staatliche Gesundheitssystem NHS, das künftig zur Verfügung stehe, weil man ja die Überweisungen nach Brüssel spare, sondern, dank Johnson, auch noch die bessere Polit-Show. All die drögen Experten und Bedenkenträger, die vor dem EU-Ausstieg warnten, indem sie in komplizierten Modellrechnungen die drohenden Wohlstandsverluste präsentierten, wirkten dagegen noch blasser. „Die Leute in diesem Land haben genug von Experten", konstatierte Michael Gove, einer von Johnsons Mitstreitern, kurz vor dem Referendum im Sommer 2016. Die Brexiteers gewannen dann ganz knapp bei niedriger Wahlbeteiligung. [...] [Inzwischen] musste der Premier selbst seinen Rücktritt ankündigen, weil ihm das eigene Kabinett die Gefolgschaft versagt hatte – bezeichnenderweise nicht wegen seines schlingernden politischen Kurses, sondern wegen der sich aufsummierenden Fehltritte und Skandale, aus denen sich Johnson immer wieder mittels Bullshitting versuchte herauszuwinden. Während seine Regierungszeit zu Ende geht, ist es Zeit für eine vorläufige Bilanz seines Hauptwerks, des Brexits. Und die zeigt zweierlei: Erstens, all die Sorgen über Britanniens Wohlergehen außerhalb der EU waren absolut berechtigt. Zweitens, eine Politik, die auf Bullshit beruht und in der Realität nur lose verankert ist, muss scheitern. Bis den Bürgern dies bewusst wird, können allerdings Jahre vergehen. [...] Britannien ist ärmer und unsicherer geworden. Die inneren Spannungen könnten ein Disunited Kingdom hinterlassen, mit einem unabhängigen Schottland und einem wiedervereinigten Irland. [...] Demokratien sind auf Vernunft gegründet. Wähler sollten rationale Entscheidungen treffen, für sich selbst und für die Gesellschaft. Sie sollten Regierungen, Parteien und Institutionen zur Rechenschaft ziehen. Demokratie basiert auf Fakten. Wenn sich die Fakten ändern, haben die Bürger die Möglichkeit, sich neu zu entscheiden: Neue Themen und neue Probleme bringen neue Mehrheiten hervor. Genau deshalb ist die Demokratie ein enorm erfolgreiches Herrschaftssystem. Es kann flexibel auf veränderte Bedingungen und neue Informationen reagieren, sodass sich Fehlentwicklungen pragmatisch korrigieren lassen. Die Dauerhaftigkeit demokratischer Regierungssysteme ist bemerkenswert. Und Großbritannien galt in dieser Hinsicht lange Zeit als vorbildlich. Dann folgten sie Boris

Johnson in den Brexit, wählten ihn schließlich zum Premier und bekamen, was zu erwarten war: Bullshit. Doch die Wahrheit ist eben nicht nebensächlich. Eine Politik, die nicht auf eine solide Faktenbasis gegründet ist, richtet zwangsläufig gravierende Schäden an.

Henrik Müller, Boris Johnson und der Brexit-Bullshit, in: DER SPIEGEL, https://www.spiegel.de/wirtschaft/boris-johnson-und-der-brexit-bullshit-kolumne-a-535bdcbd-c626-4fde-9740-ee4a7caeb785, 10.07.2022

M 3 „Global Britain“ und Souveränität

Der britische Premier [Boris Johnson] war am 24. Dezember 2020 vor die Presse getreten, um die Einigung mit der EU auf ein Freihandelsabkommen zu verkünden. Es sei ein Deal, sagte Johnson, der Arbeitsplätze schützen werde, und „ein Deal, der unseren Unternehmen und Exporteuren ermöglichen wird, noch mehr Geschäfte mit unseren europäischen Freunden zu machen“. Das Gegenteil ist eingetroffen.

Natürlich ist 2021 von der Corona-Krise überschattet worden. Aber der Think Tank „Centre for European Reform“ (CER) hat untersucht, welche Einbußen allein auf den Brexit zurückgehen. Der Studie zufolge ist Großbritanniens Warenhandel durch den EU-Austritt deutlich geschrumpft: Er war im Oktober 2021 um knapp 16 Prozent geringer, als er es ohne Brexit gewesen wäre, und auch in den meisten Monaten davor lag der Einbruch im zweistelligen Prozentbereich. Zu diesem Ergebnis passt auch die Aussage von James Sibley von der „Federation of Small Businesses“ – einer Organisation, die kleine und mittlere Unternehmen vertritt. Sibley sagt über seine Mitglieder: „Von unserer Forschung wissen wir, dass ein Viertel der Exporteure den Export seit dem Ende der Übergangsphase eingestellt hat.“ [...]

Der Brexit hat Großbritannien [andererseits] die Möglichkeit eröffnet, eigenständig Handelsverträge mit anderen Ländern zu schließen – ein zentrales Element des neuen Selbstverständnisses, das gern als „Global Britain“ bezeichnet wird. Allerdings hat die britische Regierung diese Freiheit bisher wenig genutzt oder nutzen können. Von den rund 70 Handelsverträgen, die sie geschlossen hat, unterscheiden sich die meisten kaum von den EU-Verträgen mit den jeweiligen Ländern.

Ein Abkommen mit den USA ist noch in weiter Ferne, und das frisch unterzeichnete Abkommen mit Australien, das als historisch gilt, fällt ökonomisch kaum ins Gewicht. Analysten waren ursprünglich von einem Zuwachs des britischen Bruttoinlandsprodukts um 0,01 bis 0,02 Prozent ausgegangen, das britische Handelsministerium schätzt das Wachstum nun auf 0,08 Prozent, aber das auch erst ab 2035. Den Verlust, der beim Handel mit der EU entstanden ist, kann Großbritannien mit seinen neuen Verträgen nicht kompensieren.

Großbritannien hat durch den Brexit Souveränität zurückgewonnen, aber es zahlt auch einen hohen Preis dafür. Das OBR – eine unabhängige britische Aufsichtsbehörde – geht davon aus, dass der Brexit das Potenzial des britischen Bruttoinlandsprodukts langfristig um vier Prozentpunkte drücken wird. Das Land wird demzufolge weniger Wohlstand haben als es hätte, wenn es in der EU geblieben wäre.

Imke Köhler, Der Brexit hat einen hohen Preis, in: https://www.tagesschau.de/wirtschaft/weltwirtschaft/brexit-zwischenbilanz-wirtschaft-101.html, 31.12.2021

1. **Analysiert** die Karikatur M 1.
2. **Fasst** die Kernaussagen von M 2 **zusammen**.
3. **Erläutert**, welche Hoffnungen mit einem souveränen „Global Britain“ verbunden sind (M 3).
4. **Erörtert** vor dem Hintergrund von M 1–M 3, welche Verantwortung die Wähler für die Entwicklungen in Großbritannien nach dem Brexit tragen.
5. **Beurteilt**, inwieweit die Missachtung von Fakten („Bullshitting“) für politische Prozesse in der Europäischen Union eine Bedrohung darstellt.

Szenarien entwickeln

Bei der **Szenario-Methode** geht es um die Beschreibung von zukünftigen Situationen und Wegen, die aus der Gegenwart in die Zukunft führen. In der Regel sollten zwei sich deutlich unterscheidende und in sich stimmige Szenarien entwickelt werden. Aus der Fragestellung „Was könnte mit Blick auf die Entwicklung der EU bestenfalls passieren?" resultiert das „Best-Case-Szenario" und aus der Fragestellung „Was könnte mit Blick auf die Entwicklung der EU schlimmstenfalls passieren?" das „Worst-Case-Szenario". Spekulative Elemente sollen einbezogen, jedoch sollten die Szenarien nicht völlig unrealistisch werden.

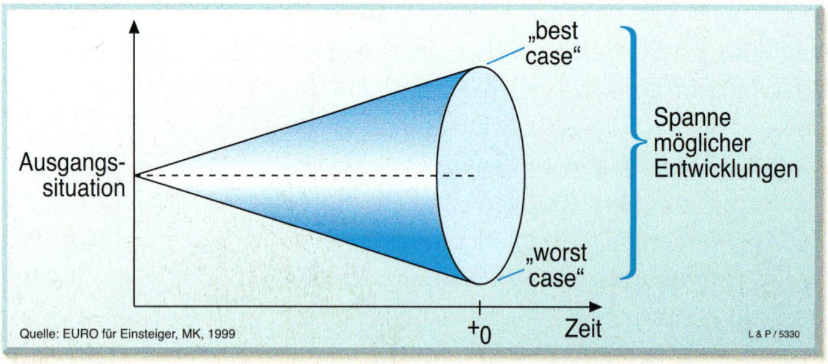

Der **Szenario-Trichter** symbolisiert die Ungewissheit als Merkmal der Zukunft. Je weiter man von der heutigen Situation in die Zukunft geht, desto größer wird die Unsicherheit und desto vielfältiger werden die Möglichkeiten. Auf der Schnittfläche des Trichters an einem beliebigen Zeitpunkt liegen alle denkbaren, theoretisch möglichen Zukunftssituationen.
Auf dem Weg von der gegenwärtigen Situation zu den Zukunftsszenarien muss Spielraum für die Fantasie gelassen werden. Zugleich muss man Möglichkeiten zur Zusammenfassung und zum Austausch der erzielten Ergebnisse schaffen. Ein Mittelweg zwischen diesen Polen wird mit der **„Sechs-Schritte-Struktur"** beschritten.

Schritt 1: In der ersten, gemeinsamen Phase – der *Problemanalyse* – muss die Ausgangssituation abgeklärt werden: Der Gegenstand in seiner gegenwärtigen Situation wird analysiert, und das Problem wird bestimmt und erläutert.
Schritt 2: In der *Einflussanalyse* – werden die Einflussbereiche, die auf das Problem entscheidend einwirken, festgelegt und die Einflussfaktoren innerhalb dieser Bereiche ermittelt und zugeordnet. Ratsam ist es, die Lerngruppe anschließend in „Expertenteams" einzuteilen, die sich jeweils einem Einflussbereich widmen. Dabei ist Zeit für ausführliche Informationen (z. B. mithilfe des Internets) einzuplanen.
Schritt 3: In der dritten Phase – der *Entwicklungsprojektion* – werden die Einflussfaktoren nach der Beschreibung des Ist-Zustandes in ihren möglichen zukünftigen Zuständen skizziert. Festzuhalten ist, was im Rahmen der einzelnen Faktoren besten- bzw. schlimmstenfalls passieren könnte.
Schritt 4: Die sich aus dem vorangegangenen Schritt ergebenden Möglichkeiten werden in der vierten Phase – der *Alternativenbündelung* – der Klasse vorgestelltund erläutert, bevor sie anschließend (inder Lerngruppe gemeinsam) zu zwei stimmigen, aber kontrastierenden Szenario-Grundstrukturen gebündelt werden. Reflektiert werden sollte dabei auch, welche Entwicklungen zueinander passen, sich eventuell sogar gegenseitig verstärken oder füreinander Voraussetzung sind.
Schritt 5: In der fünften Phase – der *Szenarienausgestaltung* – werden die Grundstrukturen I und II in den beiden Arbeitsgruppen zu ausführlichen Szenarien ausgestaltet, indem neben der Beschreibung der Zielqualität und des Zieljahres auch die Wege in die Zukunftssituation auf der Basis der Einflussfaktoren aufgezeigt werden.
Schritt 6: Im Rahmen der sechsten Phase – der *Strategieentwicklung* – werden nachder Vorstellung der Szenarien I und II unter der Fragestellung, wie die Entwicklung der Einflussfaktoren in die gewünschte Richtung beeinflusst werden kann, Strategien zur Problemlösung gesucht und diskutiert.

Die EU – Turmbau zu Babel?

Zeichnung: Wieslaw Smetek

1 **Führt** die Szenario-Methode arbeitsteilig zu folgenden im Kapitel angesprochenen Themen **durch**:
- Europäische Union: Quo vadis?
- Erweiterung und Grenzen Europas
- Europäische Identität
- Europas Rolle in der Welt

2 Es ist das Jahr 2026: Europa gedenkt des 75. Jahrestages der Gründung der Europäischen Gemeinschaft für Kohle und Stahl, der Vorgängerorganisation der EU. Ihr seid inzwischen Redenschreiber des deutschen Bundeskanzlers, der eine kurze Rede zur Entwicklung der EU seit der Jahrtausendwende halten soll. **Gestaltet** diese Rede.

3 **Analysiert** die Karikatur. **Zeichnet** eine neue, die sich auf ein mögliches Zukunftsszenario der EU bezieht.

QUERVERWEIS

METHODE Politische Rede
S. 184

Die Europäische Union – ein Bündnis unter vielen

Die Europäische Union ist in ihrer derzeitigen Form sicher einzigartig auf der Welt. Ein Blick über die Grenzen Europas macht jedoch schnell deutlich, dass es eine ganze Reihe von mehr oder weniger engen Bündnissen auf der Welt gibt. Einige Staaten, wie auch die EU selbst, gehören zum Teil auch noch weiteren Bündnissen an.

M1 Regionale Wirtschaftsbündnisse

INFO

WTO
engl.: World Trade Organization, Welthandelsorganisation

Wirtschaftsbündnisse weltweit

Die wichtigsten Freihandelsabkommen unter dem Dach der Welthandelsorganisation WTO

APEC
Asiatisch-Pazifische Wirtschaftsgemeinschaft
Australien, Brunei*, Chile, China, Hongkong, Indonesien*, Japan, Kanada, Malaysia*, Mexiko, Neuseeland, Papua-Neuguinea, Peru, Philippinen*, Russland, Singapur*, Südkorea, Taiwan, Thailand*, USA, Vietnam*

RCEP
Regionale, umfassende Wirtschaftspartnerschaft
Australien, Brunei*, China, Indonesien*, Japan, Kambodscha*, Laos*, Malaysia*, Myanmar*, Neuseeland, Philippinen*, Singapur*, Südkorea, Thailand*, Vietnam*

CAN
Andengemeinschaft
Bolivien, Ecuador, Kolumbien, Peru

CEFTA
Mitteleuropäisches Freihandelsabkommen
Albanien, Bosnien u. Herzegowina, Nordmazedonien, Moldau, Montenegro, Serbien

COMESA
Gemeinsamer Markt für das östliche und südliche Afrika
Ägypten, Äthiopien, Burundi, D. R. Kongo, Dschibuti, Eritrea, Eswatini, Kenia, Komoren, Libyen, Madagaskar, Malawi, Mauritius, Ruanda, Sambia, Seychellen, Simbabwe, Somalia, Sudan, Tunesien, Uganda

ECOWAS
Westafrikanische Wirtschaftsgemeinschaft
Benin, Burkina-Faso, Elfenbeinküste, Gambia, Ghana, Guinea, Guinea-Bissau, Kap Verde, Liberia, Mali, Niger, Nigeria, Senegal, Sierra Leone, Togo

EFTA
Europäische Freihandelszone
Island, Liechtenstein, Norwegen, Schweiz

EU
Europäische Union
Belgien, Bulgarien, Dänemark, Deutschland, Estland, Finnland, Frankreich, Griechenland, Irland, Italien, Kroatien, Lettland, Litauen, Luxemburg, Malta, Niederlande, Österreich, Polen, Portugal, Rumänien, Schweden, Slowakei, Slowenien, Spanien, Tschechien, Ungarn, Zypern

USMCA
US-Mexiko-Kanada-Abkommen
Kanada, Mexiko, USA

MERCOSUR
Gemeinsamer Markt Südamerikas
Argentinien, Brasilien, Paraguay, Uruguay, Venezuela**

SADC
Entwicklungsgemeinschaft des südlichen Afrika
Angola, Botswana, Dem. Rep. Kongo, Eswatini, Komoren, Lesotho, Madagaskar, Malawi, Mauritius, Mosambik, Namibia, Sambia, Seychellen, Simbabwe, Südafrika, Tansania

SACU
Zollunion des südlichen Afrika
Botswana, Eswatini, Lesotho, Namibia, Südafrika

*auch Teil der südostasiatischen Staatengemeinschaft (ASEAN)
**derzeit suspendiert

Auswahl Stand Dezember 2020
Quelle: Europäische Kommission, Bundesministerium für wirtschaftliche Zusammenarbeit und Entwicklung, WTO, Internetseiten der einzelnen Wirtschaftsbündnisse

M2 Das Militärbündnis FPDA

1967 beendete das Großbritannien die Verteidigungsgarantie für die ehemaligen Kolonien Malaysia und Singapur und zog das dort stationierte britische Militär ab. 1971 verbesserte Großbritannien seine Beziehungen zu Malaysia und Singapur über die Etablierung des Five Powers Defense Arrangement (FPDA) in dem Australien, das Großbritannien, Neuseeland, Singapur und Malaysia verabredeten, dass bei einer Bedrohung oder einem Angriff auf Singapur oder Malaysia sofort gemeinsame Maßnahmen erörtert werden. Im Rahmen des FPDA gibt es eine enge militärische Zusammenarbeit, die sich z.B. in gemeinsamen Manövern und Stützpunkten zeigt.

Autorentext

QUERVERWEIS

Die UNO – Frieden schaffen ohne Waffen?
S. 72 f.

M3 Die Vereinten Nationen – das Weltbündnis

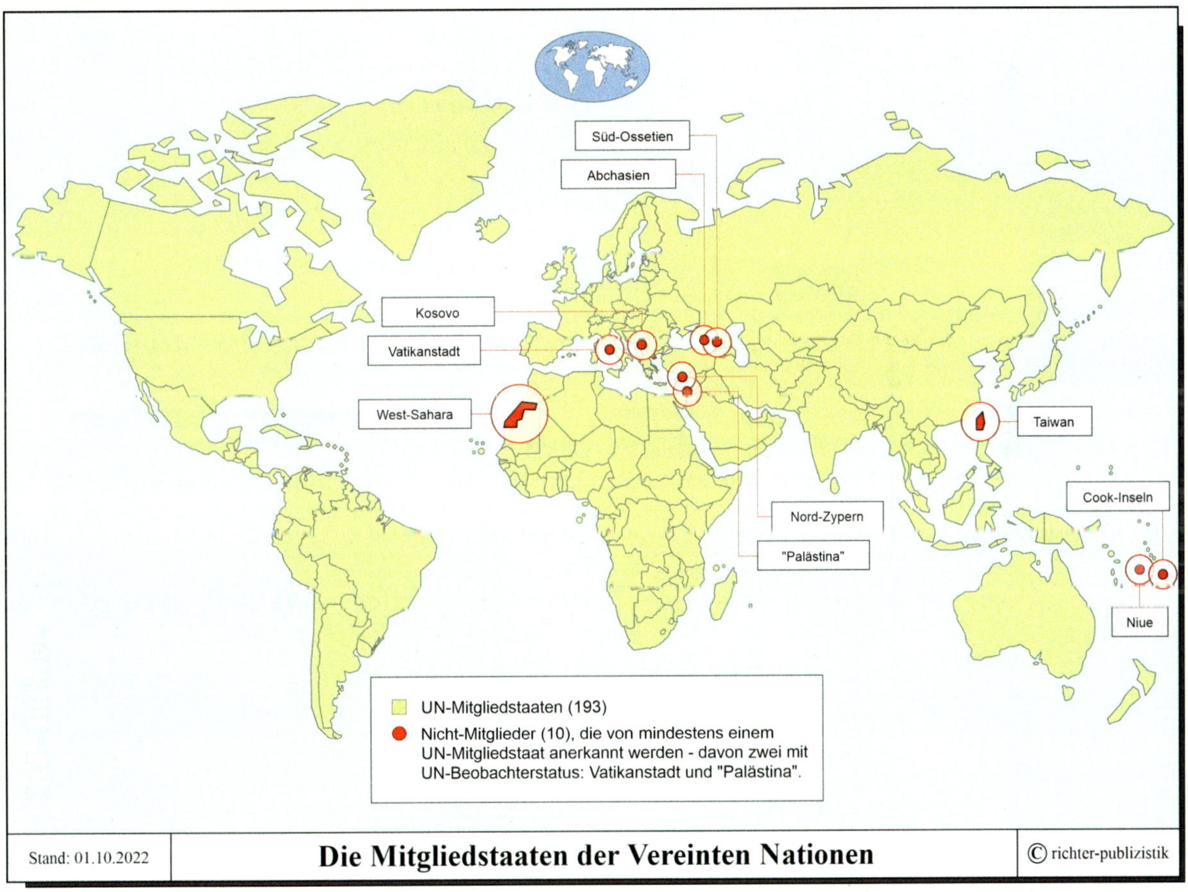

1 **Wertet** die Übersicht der Wirtschaftsbündnissen (M 1) **aus** und **erörtert** die Vor- und Nachteile vieler verschiedener regionaler Wirtschaftsbündnisse.

2 **Diskutiert** die Vor- und Nachteile, die sich für Großbritannien durch die gleichzeitige Mitgliedschaft in der NATO und der FPDA ergeben (M 1, M 2).

3 Die europäische Einigung hat in Europa für Frieden gesorgt. **Erörtert**, warum dies auf der Ebene des Weltbündnisses der UNO (M 3) bislang nicht funktioniert.

Alexander Herzen (1812–1870) war europaweit für sein Ideal einer Gesellschaft aktiv, die soziale Züge tragen sollte; er lehnte staatlichen Autoritarismus und Zentralismus ab

Michail Bakunin (1814–1876) war ein russischer Anarchist, der sich u. a. gegen Karl Marx' Kommunismus stellte

Die Organe der EU

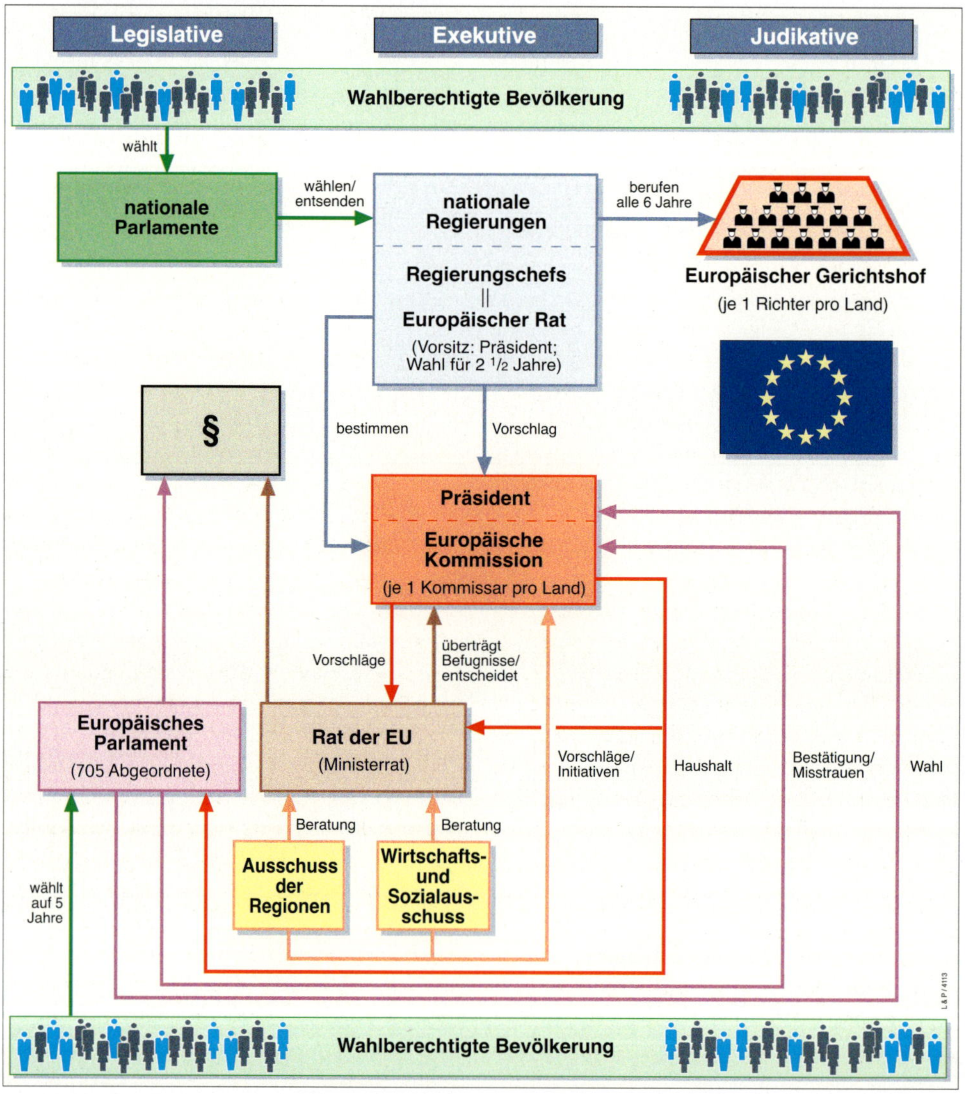

Glosse

Bewährter Rat: Nichts mit Europa! Bloß nicht im Titel, bloß nicht in der Überschrift. Bloß keine Veranstaltung, keine Diskussionsrunde zu Europa quo vadis. Unbedingt vermeiden. Kassengift, Quotenkiller. Europa, schon das Wort, löst immenses Gähnen aus, sofortiges Umblättern, Weglegen, Davonlaufen, vor allem, wenn noch „Brüssel" dazukommt und die „Europäische Union". Und doch ist es wieder da. Der Streit um das Geld, die Angst vor der finalen Pleite hat es geweckt. Wieder taucht es auf, dieses politische Vineta aus dem tiefen Meer Utopia: das Land Europa. Die Vereinigten Staaten von Europa – wie oft wurden sie beschworen? „Hoch! Dreimal hoch das konföderierte republikanische Europa!", rief Johann Georg August Wirth im Mai 1832 auf dem Hambacher Fest in der Pfalz. Und Victor Hugo 17 Jahre später in Paris: „Der Tag wird kommen, an dem die beiden großen Ländergruppen, die Vereinigten Staaten von Amerika und die Vereinigten Staaten von Europa, sich die Hände über die Meere reichen werden ..." 1867 dann in Genf der Kongress der Liga für Frieden und Freiheit. John Stuart Mill und Alexander Herzen unterstützen ihn, Hugo natürlich, Bakunin und Garibaldi. Wieder werden die Etats-Unis d'Europe ausgerufen, und wieder ist der Jubel der Abertausenden unbeschreiblich. So ging es weiter, immer weiter, nach jedem Krieg und jedem Völkerschlachten, nach jeder Pleite, jeder Katastrophe. Also. Nichts! Kein Wort mehr über Europa. Nicht noch mal 200 Jahre. Es sei denn: Man macht es, endlich.

Die Zeit, Nr. 37/2011, S. 25

Rede

Ein Tag wird kommen, wo die Waffen Euch aus den Händen fallen werden! Ein Tag wird kommen, wo ein Krieg zwischen Paris und London, zwischen Petersburg und Berlin, zwischen Wien und Turin ebenso absurd schiene wie zwischen Rouen und Amiens, zwischen Boston und Philadelphia. Ein Tag wird kommen, wo Ihr, Frankreich, Russland, Italien, England, Deutschland, all ihr Nationen des Kontinents ohne die besonderen Eigenheiten Eurer ruhmreichen Individualität einzubüßen, Euch eng zu einer höheren Gemeinschaft zusammenschließen und die große europäische Bruderschaft begründen werdet. [...] Ein Tag wird kommen, wo es keine anderen Schlachtfelder mehr geben wird als die Märkte, die sich dem Handel öffnen, und den Geist, der sich den Ideen öffnet. Ein Tag wird kommen, wo die Kugeln und Bomben durch Stimmzettel ersetzt werden, durch das allgemeine Wahlrecht der Völker, durch die Entscheidungen eines großen souveränen Senates, der für Europa das sein wird, was das Parlament für England und die Nationalversammlung für Frankreich ist. [...] Ein Tag wird kommen, wo zwei immense Gruppen, die Vereinigten Staaten von Amerika und die Vereinigten Staaten von Europa, die einen gegenüber den anderen, sich die Hand über das Meer reichen, ihre Produkte, ihren Handel, ihre Industrie, ihre Kunst und ihre Ideen austauschen. An diesem Tag wird man sehen, wie die Menschen die Erde urbar machen, [...] die Schöpfung unter den Augen des Schöpfers weiterentwickeln und wie sie zum Wohle aller diese beiden unendlichen Kräfte miteinander verbinden: die Brüderlichkeit der Menschen und die Wirkkraft Gottes.

Victor Hugo, Auszüge aus der Eröffnungsrede zum Pariser Friedenskongress am 21. August 1849

INFO

Vineta
sagenumwobene, in der Ostsee versunkenen Handelsmetropole aus mittelalterlicher Zeit; der Name der Stadt steht metaphorisch für unerfüllbares Wunschdenken

Utopia
von griech.: ou = kein und topos = der Ort, also „Nicht-Ort"; Titel eines philosophischen Dialogs von Thomas Morus (1478–1535) aus dem Jahr 1516. In Utopia schildert der Autor eine ferne und ideale Gesellschaft, eine perfekte Welt, die es aber nicht wirklich gibt.

Victor Hugo (1802–1885) war ein französischer Literat, der wortgewaltig Europas Einheit vordachte

1 **Erklärt** das Zusammenspiel der Organe der Europäischen Union und **problematisiert** deren demokratische Legitimation anhand des Schaubildes.

2 **Recherchiert** die Zeugen, die der Autor der Glosse für die „Vereinigten Staaten von Europa" heranzieht. **Stellt** deren individuellen Europa-Beitrag **heraus**.

3 **Schreibt** Victor Hugos Rede zu einem knappen Thesenpapier einer fiktiven „Pro Europa"-Partei **um** und **kommentiert** dieses Parteiprogramm.

Hier findet ihr zentrale Informationen für eine Auswahl wichtiger Methoden, die in „Mensch & Politik" für die 9./10. Klasse verwendet, aber bereits in „Mensch & Politik" für die 7./8. Klasse eingeführt und dort ausführlich vorgestellt wurden.

WEBCODE
WES-116803-501
Methode:
Gruppenpuzzle

Gruppenpuzzle

Eine bestimmte Form der Gruppenarbeit, die eine arbeitsteilige Erarbeitung von Inhalten ermöglicht.

Vorgehensweise:
- Arbeit in Expertengruppen an einem bestimmten Thema
- Besprechung der Ergebnisse aller Experten in einer neuen Stammgruppe

Internetrecherche

Eine Methode, die eine zielgerichtete Suche im Internet erfasst.

Vorgehensweise:
- Klärung des Arbeitsauftrags
- Nutzung von Suchmaschinen
- Filtern der Suchergebnisse
- „Überfliegen" einzelner Ergebnisse
- Sammeln/Notieren der zentralen Ergebnisse
- Bewertung der Ergebnisse: Was kann genutzt werden?

WEBCODE
WES-116803-502
Methode:
Internetrecherche

WEBCODE
WES-116803-503
Methode:
Karikaturenanalyse

Karikaturenanalyse

Eine Methode, die eine Beschreibung und Erklärung dieser oftmals komisch überzeichneten Darstellungen verlangt.

Vorgehensweise:
- Beschreibung der Karikatur (Vordergrund, Hintergrund, Symbole)
- Erklärung und Deutung der Karikatur
- Bewertung der Karikatur (Was fehlt? Was ist zu übertrieben?)

Kartenanalyse

Eine Methode, die die Erfassung der Inhalte und die Bewertung von thematischen Karten erfasst.

Vorgehensweise:
- Orientierung (Thema über Kartentitel erschließen)
- Beschreibung (räumliche Verteilung, dargestellte Merkmale, Entwicklungstendenzen)
- Erklärung (Ursachen für die Entwicklung, Zusammenhänge)
- Bewertung (Was ist kritisch zu betrachten? Fehlen bestimmte Angaben?)

WEBCODE
WES-116803-504
Methode:
Kartenanalyse

WEBCODE

WES-116803-505
Methode:
Concept-Map

Concept-Map

Es handelt sich um eine grafische Darstellung zur Verdeutlichung der Beziehung zwischen den Teilaspekten eines größeren thematischen Komplexes. Die Darstellung soll in ihrer finalen Aussage eine zuvor gestellte Grundfrage strukturiert beantworten helfen. Dabei folgt die Darstellung einem hierarchischen Prinzip (von links nach rechts oder von oben nach unten).

Vorgehensweise:
- Ausgangspunkt sind die wichtigsten Grundstrukturen, Ideen oder Konzepte, die oft in Kästen oder Ovale geschrieben werden
- Pfeile verbinden diese mit nachrangigen Strukturen, Ideen oder Konzepten
- dann werden die Pfeile beschriftet („führt zu", „verstärkt", „benötigt"), sodass eine Reihe von Grundaussagen entsteht

Politische Rede

Eine schriftliche oder mündliche Darstellungsform, in der eine Meinung/ein Urteil oder eine Kritik präsentiert wird.

Vorgehensweise:
- Begrüßung der Zuhörer
- motivierende Einleitung in das Thema
- Darstellung der Argumente oder Kritikpunkte nach eigener Gewichtung
- abschließende Beurteilung/Bewertung

WEBCODE

WES-116803-506
Methode:
Politische Rede

WEBCODE
WES-116803-507
Methode:
Rollenspiel

Rollenspiel

Eine Methode, die eine Rollenübernahme verlangt und oftmals eine bestimmte Handlung nachstellt.

Vorgehensweise:
- Beschreibung der Karikatur (Vordergrund, Hintergrund, Symbole)
- Erklärung und Deutung der Karikatur
- Bewertung der Karikatur (Was fehlt? Was ist zu übertrieben?)

Statistikanalyse

Eine Methode, die eine Beschreibung, Erklärung und Bewertung von Statistiken verlangt.

Vorgehensweise:
- Beschreibung der Statistik (Achsenbeschriftung, Datengröße, Extremwerte)
- Erklärung (Zusammenhänge, Gründe)
- Bewertung (fehlende Angaben, falsche Angaben)

WEBCODE
WES-116803-508
Methode:
Statistikanalyse

Abgeordnete
Abgeordnete sind von den → **Bürgern** gewählte Mitglieder eines → **Parlaments**. Man spricht auch von gewählten Vertretern oder Repräsentanten (→ **Wahlen**). Ein politisches System, in dem die grundlegenden Entscheidungen in Kommunen, Bundesländern und im Gesamtstaat von Abgeordneten getroffen werden, nennt man daher auch „repräsentative → **Demokratie**". Während Abgeordnete des → **Bundestages** oder der Landtage meist Mitglieder von → **Parteien** sind, gehören Mitglieder kommunaler Parlamente oft auch Wählergemeinschaften an.

Bruttoinlandsprodukt
Summe des Geldwertes aller Güter und Dienstleistungen, die eine Volkswirtschaft in einem Jahr erbringt. Maßstab für den Leistungsvergleich zwischen Ländern.

Bundeskanzler
Deutscher Regierungschef; von einer Mehrheit des Deutschen → **Bundestages** auf Vorschlag des → **Bundespräsidenten** gewählter, die Richtlinien der Politik bestimmender Chef der Exekutive (→ **Gewaltenteilung**).

Bundespräsident
Deutsches Staatsoberhaupt; von der Mehrheit der Bundesversammlung für fünf Jahre gewählt; eine einmalige Wiederwahl ist zulässig (Art. 54 GG). Seine Aufgaben sind die völkerrechtliche Vertretung Deutschlands und die Unterzeichnung von Verträgen des Bundes mit dem Ausland sowie die Verkündung und Ausfertigung der → **Gesetze**. Er hat das Recht, Begnadigungen auszusprechen. Außerdem besitzt er das Vorschlagsrecht für die Wahl des → **Bundeskanzlers** (Art. 63 GG). Er ernennt diesen und entlässt ihn auf Ersuchen des → **Bundestages**.

Bundesrat
Durch den Bundesrat wirken die 16 Bundesländer bei der → **Gesetzgebung** und Verwaltung des Bundes und in Angelegenheiten der → **Europäischen Union** mit (Art. 50 GG). Die Anzahl der den einzelnen Bundesländern zustehenden Stimmen variiert entsprechend ihrem Bevölkerungsanteil zwischen drei und sechs Stimmen pro Land. Die Stimmen jedes Landes können nur einheitlich abgegeben werden (→ **Föderalismus**, → **Gewaltenteilung**). Die einfache Mehrheit im Bundesrat beträgt 35 Stimmen, bei Verfassungsänderungen ist eine Zweidrittelmehrheit der insgesamt 69 Stimmen nötig.

Bundestag
Oberstes → **Parlament** in Deutschland; seine Mitglieder (→ **Abgeordnete**) werden in allgemeiner, unmittelbarer, freier, gleicher und geheimer Wahl (Art. 38 GG) gewählt. Zu seinen wichtigsten Aufgaben zählen:
a) Wahl (und ggf. Abwahl) des → **Bundeskanzlers**,
b) Kontrolle der Bundesregierung und der ihr unterstellten Verwaltung (Ministerien),
c) → **Gesetzgebung** des Bundes, Genehmigung des Bundeshaushalts,
d) Mitwirkung bei der Wahl des → **Bundespräsidenten** sowie
e) der Richter am → **Bundesverfassungsgericht** und
f) Feststellung des Spannungs- oder Verteidigungsfalles.

Bundesverfassungsgericht
Das Bundesverfassungsgericht ist oberster Hüter der Verfassung in Deutschland (Art. 93 GG). Es ist allen anderen Verfassungsorganen (→ **Bundestag**, Bundesregierung, → **Bundesrat**, → **Bundespräsident**) gegenüber selbstständig und unabhängig. Seine Kompetenzen erstrecken sich u. a. auf
a) Verfassungsstreitigkeiten zwischen obersten Bundesorganen,
b) Streitigkeiten zwischen Bund und Ländern und zwischen den Ländern,
c) Verfassungsbeschwerden von → **Bürgern** und den Gemeinden,
d) die Überprüfung von Rechtsvorschriften,
e) die Feststellung der Verfassungswidrigkeit politischer → **Parteien,**
f) die Wahlprüfverfahren.

Bürger
Bürger sind die Inhaber der grundlegenden demokratischen Rechte in einer → **Demokratie**. Dazu zählt an erster Stelle das Wahlrecht (→ **Wahlen**). In früheren Zeiten waren die Bürgerrechte an ein hohes Vermögen oder das Geschlecht gekoppelt (es durften nur Männer wählen). Seit der Französischen Revolution von 1789 hat sich nach und nach der Gedanke durchgesetzt, dass alle (erwachsenen) Staatsangehörigen die gleichen Rechte und Pflichten als Bürger haben sollen. Einwohner eines Landes, die dort nicht die Staatsangehörigkeit besitzen, weil sie z. B. eingewandert sind, sind keine Bürger.

Bürgerrechte
Die einem als → **Bürger** eines → **Staates** zustehenden Rechte, insbesondere das Wahlrecht, durch das der Bürger als Souverän u. a. über die Vergabe politischer Ämter entscheidet.

Demokratie
Der Begriff kommt aus dem Altgriechischen und bedeutet wörtlich „Herrschaft des Volkes" (Gegensatz: Aristokratie = Herrschaft der Adeligen; Monarchie = Königsherrschaft; Diktatur): Der Demokratie liegt die Erkenntnis zugrunde, dass jeder mündige Mensch in der Lage ist, über die Bedingungen seines Lebens mitzubestimmen. Während in anderen Herrschaftsformen wenige oder sogar nur einzelne Menschen über alle anderen bestimmen, werden in der Demokratie alle an den wichtigen politischen Entscheidungen beteiligt. In der Bundesrepublik Deutschland und den meisten anderen demokratischen Gesellschaften bzw. → **Staaten** geschieht dies über die Wahl von politischen Vertretern (Repräsentanten), den → **Abgeordneten** in den → **Parlamenten**.

Europäischer Binnenmarkt
Freier Personen-, Waren-, Dienstleistungs- und Kapitalverkehr zwischen allen Mitgliedsstaaten der EU.

Europäische Union
1993 von den 12 EG-Mitgliedern gegründete überstaatliche Organisation. Die EU

baut auf der Europäischen Gemeinschaft (EG) auf, deren Anfänge bis in das Jahr 1951 zurückreichen. Zurzeit zählt die EU 27 Mitgliedsstaaten; in 19 Ländern gilt der Euro.
Die EU bildet den Rahmen für:
- eine gemeinsame Außen- und Sicherheitspolitik (GASP)
- die Zusammenarbeit in der Justiz- und Innenpolitik
- die Europäischen Gemeinschaften (Europäische Wirtschaftsgemeinschaft, Europäische Gemeinschaft für Kohle und Stahl, Europäische Atomgemeinschaft).

Die fünf zentralen Organe der EU sind:
1. der Europäische Ministerrat (Rat der Europäischen Union),
2. das Europäische Parlament,
3. die Kommission der EU,
4. der Europäische Gerichtshof,
5. der Europäische Rechnungshof.

Das faktisch wichtigste politische Gremium, das den europäischen Einigungsprozess steuert (ohne selbst ein Organ der EU zu sein), ist der Europäische Rat, das halbjährliche Treffen der Regierungschefs der EU-Länder.

Föderalismus
(lat.: Bündnis, Vertrag) Föderalismus ist eine politische Ordnung, bei der die staatlichen Aufgaben zwischen der bundesstaatlichen Zentralinstanz und den einzelnen Bundesländern aufgeteilt werden, und zwar so, dass beide politische Ebenen für bestimmte (verfassungsgemäß festgelegte) Aufgaben alleinverantwortlich zuständig sind.

Geld
Tauschmittel, mit dessen Hilfe Güter getauscht werden können; in einer arbeitsteiligen und marktorientierten → **Wirtschaft** ist Geld als allgemein anerkanntes Zahlungsmittel unentbehrlich für die Vermittlung von Käufen und Verkäufen.
Weiterhin dient Geld als:
- Wertmesser und Recheneinheit (mit Geld sind Güterwerte messbar und vergleichbar),
- als Wertaufbewahrungsmittel (mit Geld können Werte aufbewahrt und gespart werden und bei Bedarf in Güter umgetauscht werden) und als
- Wertübertragungsmittel (mithilfe von Geld können Werte an andere Personen, z. B. durch Verkauf oder Schenkung, übertragen werden).

Gesellschaft
Unter Gesellschaft wird die Gesamtheit der in einem → **Staat** lebenden Menschen verstanden. Die Gesellschaft umfasst nicht nur die → **Bürger** eines Staates, sondern alle dort Lebenden. Dabei sind die wechselseitigen Beziehungen dieser Menschen von entscheidender Bedeutung. Im Unterschied zu zufälligen Zusammentreffen oder Gemeinschaften sind Menschen einer Gesellschaft dauerhaft aufeinander angewiesen, v. a. aufgrund der Arbeitsteilung in der → **Wirtschaft**.

Gesetz
Gesetze sind schriftliche, allgemeingültige Regeln in einem → **Staat**. An Gesetze müssen sich alle Menschen halten, die sich in dem betreffenden Staat aufhalten. In → **Demokratien** werden Gesetze von → **Parlamenten** beschlossen („verabschiedet“). In einem demokratischen → **Rechtsstaat** hat sich auch der Staat selbst verpflichtet, sich den Gesetzen unterzuordnen. Wer Gesetze nicht beachtet, wird bestraft. Ob ein Gesetzesverstoß vorliegt, ist Sache der Gerichtsbarkeit.

Gesetzgebung
Aufgabe des Parlaments in der → **Demokratie**. Die vom → **Parlament** beschlossenen → **Gesetze** werden von der Regierung und den zuständigen Verwaltungen ausgeführt und durch die Rechtsprechung kontrolliert.

Gewaltenteilung
Grundprinzip in der Organisation (demokratischer) staatlicher Gewalt; Ziel ist es, die Konzentration und den Missbrauch politischer Macht zu verhindern, die Ausübung politischer Herrschaft zu begrenzen und damit die bürgerlichen Freiheiten zu sichern. Es wird zwischen der gesetzgebenden Gewalt (Legislative), der ausführenden Gewalt (Exekutive) und der rechtsprechenden Gewalt (Judikative) unterschieden. Diese Funktionen werden unabhängigen Staatsorganen (in der Bundesrepublik Deutschland: → **Bundestag**, Bundesregierung, → **Bundespräsident**, → **Bundesrat**, → **Bundesverfassungsgericht**) zugewiesen. In der Praxis ergeben sich allerdings Abweichungen vom strikten Prinzip der → **Gewaltenteilung**. oder es sind sogar Abweichungen vorgesehen (z. B. Verordnungen der Exekutive, Gesetzesinitiativen der Regierung). Auch die Prinzipien des → **Föderalismus** gelten als Teil der Gewaltenteilung.

Gewerkschaften
Vereinigungen, in denen sich Arbeitnehmerinnen und Arbeitnehmer zusammenschließen, um gemeinsam ihre Interessen gegenüber den Arbeitgebern zu vertreten; die relative Schwäche der einzelnen Arbeitnehmer gegenüber ihren Arbeitgebern soll so ausgeglichen werden. Die Hauptziele der Gewerkschaften in Deutschland sind die Durchsetzung von Lohnforderungen, die soziale Absicherung der Arbeitenden sowie die Verbesserung der Arbeitsbedingungen. Auch der Ausbau der Mitbestimmung der Arbeitnehmer in den Betrieben gehört zu den Zielen gewerkschaftlicher Arbeit. Um diese Ziele zu erreichen, verhandeln die Gewerkschaften mit den Arbeitgeberverbänden. Der Streik ist das letzte Druckmittel der Gewerkschaften. Die meisten und größten deutschen Gewerkschaften sind im Deutschen Gewerkschaftsbund (DGB) zusammengeschlossen.

Grundgesetz
In seinen 146 Artikeln ist die politische und rechtliche Ordnung der Bundesrepublik Deutschland festgelegt. In den ersten Artikeln sind die an den allgemeinen Menschenrechten orientierten Grundrechte genannt, die innerhalb unserer Rechtsordnung im Grundgehalt nicht verändert werden dürfen. Das Grundgesetz legt die deutsche Gesellschaftsordnung auf die Prinzipien der → **Demokratie**, der Rechtsstaatlichkeit, des Privateigentums, der Gliederung in Bundesländer (→ **Föderalismus**) und des sozialen

Ausgleichs fest. Es darf (mit Ausnahme der Grundrechte) durch den → **Bundestag** mit Zweidrittelmehrheit geändert werden.

Kapitalismus
Ein Wirtschaftssystem auf der Grundlage von Privateigentum an Produktionsmitteln, in dem Warenanbieter zueinander im Wettbewerb stehen. Wichtigster Antrieb zum Wirtschaften ist privates Gewinnstreben, das durch das Wirtschaftssystem (Konkurrenz) selbst hervorgerufen wird.

Konjunkturzyklus
Der Verlauf eines Zyklus kann unterteilt werden in Tief (Depression, Stagnation), Aufschwung (Wiederbelebung, Expansion), Hoch (Boom) und Abschwung (Krise, Rezession).

Liberalismus
Politische Lehre bzw. Strömung, in deren Mittelpunkt die persönliche Freiheit des Einzelnen gegenüber dem → **Staat** steht (lat. liber: frei) und die daher eine freiheitliche Grundordnung von → **Gesellschaft**, Politik und → **Wirtschaft** anstrebt.

Marktwirtschaft
Wirtschaftsordnungen, in deren Mittelpunkt der Privatbesitz von Produktionsmitteln und die Koordinierung der → **Wirtschaft** über den Markt stehen. Kennzeichnende Züge der Marktwirtschaft sind: Konkurrenz, unbehindertes Gewinnstreben, freie Preisbildung und der weitgehende Verzicht auf zentrale wirtschaftliche Planung.

Nachhaltigkeit
Bezeichnung für das Prinzip, nach dem die wirtschaftliche Entwicklung so zu beeinflussen ist, dass zukünftige Generationen dieselben Chancen auf ein erfülltes Leben haben wie wir, die Welt in einem gewissen Gleichgewicht zwischen Generationen / Regionen bleibt.

NATO (Nordatlantikpakt)
(engl.: North Atlantic Treaty Organization). Die NATO (mit Sitz in Brüssel) wurde 1949 als internationale Organisation zur politischen und militärischen Verteidigung von den USA und Kanada sowie den europäischen Staaten Belgien, Dänemark, Frankreich, Großbritannien, Island, Italien, Luxemburg, den Niederlanden, Norwegen und Portugal gegründet. Weitere Beitrittsländer waren: Griechenland (1952), Türkei (1952), Bundesrepublik Deutschland (1955) und Spanien (1982). Wichtigstes Ziel war die Abwehr und Verteidigung gegenüber der Sowjetunion und dem Warschauer Vertrag (bis zu dessen Auflösung 1991). Wichtigstes Ziel heute ist der Einsatz für Friedenserhaltung, z. B. im Auftrag der → **Vereinten Nationen**. Die Mitglieder der NATO verpflichten sich untereinander zum friedlichen Interessenausgleich, zur Konsultation bei außenpolitischen und militärischen Bedrohungen und dazu, sich gegenseitig Beistand zu gewähren, worüber allerdings jedes Mitglied unabhängig in jedem Einzelfall (also ohne Automatismus) entscheidet. 1999 wurden Polen, Ungarn und die Tschechische Republik, 2004 Estland, Litauen, Bulgarien, Rumänien, die Slowakei und Slowenien, 2009 Kroatien und Albanien, 2017 Montenegro und 2020 Nordmazedonien in die NATO aufgenommen. Weitere Bewerbungen stehen an.

Ökonomie
→ **Wirtschaft**

Opposition
Minderheit im → **Parlament**; ständige Alternative zur Regierung, die entsprechend den konstitutionellen Regeln (→ **Wahlen**, konstruktives Misstrauensvotum) Mehrheit werden will und kann.

Parlament
Volksvertretung (→ **Demokratie**). Das oberste Parlament in Deutschland ist der Deutsche → **Bundestag**. Er setzt sich zusammen aus den von den Wahlberechtigten gewählten → **Abgeordneten**. Das oberste Parlament ist zuständig für die → **Gesetzgebung**, es übt aber auch noch andere Funktionen aus (z. B. Wahl der Regierung; in einigen Staaten – so auch in Deutschland – Mitwirkung bei der Wahl des Staatsoberhaupts). Die Parlamente bestehen aus einer oder zwei Kammern. Parlamente gibt es in Deutschland nicht nur auf Bundesebene (Bundestag), sondern auch auf Länderebene (Landtag), Kreisebene (Kreistag) und der kommunalen Ebene (Gemeinderat, Stadtrat).

Partei
Parteien sind auf Dauer angelegte Zusammenschlüsse von Menschen, um politische Ziele zu erreichen.
In Deutschland ist das Recht der → **Bürger**, Parteien zu gründen oder ihnen beizutreten, im → **Grundgesetz** verankert. Die Parteien benennen Kandidatinnen und Kandidaten für die Wahlen in Bund, Ländern und Gemeinden. In den → **Parlamenten** bilden die → **Abgeordneten** einer Partei sogenannte Fraktionen.

Partizipation
Beteiligung der → **Bürger** an der Willensbildung und Entscheidungsfindung im politischen Prozess, u. a. durch → **Wahlen**, Mitgliedschaft in → **Parteien**, → **Verbänden** bzw. Wahrnehmung der in der Verfassung verankerten Artikulations- und Mitwirkungsrechte.

Plebiszit
Abstimmung der → **Bürger** über ein politisches Vorhaben oder ein → **Gesetz** (z. B. Bürgerentscheid, Referendum, Volksentscheid).

Rechtsstaat
Ein → **Staat**, in dem jegliche staatliche Gewalt (→ **Gesetzgebung**, Regierung, Verwaltung, Rechtsprechung) umfassend und unmittelbar an Recht und → **Gesetz** gebunden ist. Die Bindung an das Recht bedeutet insbesondere die Respektierung der Menschenwürde und der aus ihr abgeleiteten Grundrechte. Sie setzen dem staatlichen Handeln Grenzen. Das Rechtsstaatsprinzip gehört zu den elementaren Prinzipien des → **Grundgesetz**es. Es ist in zahlreichen Vorschriften des Grundgesetzes näher konkretisiert.

Sozialstaat
Der Sozialstaat ist eines der vier Grundprinzipien des politischen Systems der Bundesrepublik Deutschland – neben → **Demokratie**, → **Rechtsstaat** und **Bundesstaat**. Das Prinzip bedeutet, dass der → **Staat** seine → **Bürger** gegen soziale Risiken abzusichern und soziale Ungleichheit abzumildern hilft.

Staat
Politische Organisation, unter der die Menschen einer → **Gesellschaft** leben. Nach gängiger Definition sind drei Aspekte für einen Staat notwendig: Er muss ein eindeutiges Territorium haben (Staatsgebiet), in dem Menschen wohnen, die zu diesem Staat gehören (Staatsvolk; → **Bürger**), und eine Regierung, die vom Staatsvolk anerkannt ist (Staatsgewalt). Ein Staat hat Außenbeziehungen zu anderen Staaten, die im Allgemeinen → **Völkerrecht** und durch zwischenstaatliche Vereinbarungen geregelt werden.

Tarifvertrag
Vertrag zwischen Parteien mit Tariffähigkeit zur Regelung ihrer Rechte und Pflichten und zur Festsetzung von arbeitsrechtlichen Normen.

UN/UNO
→ **Vereinte Nationen**

Verband
Verband nennt man den Zusammenschluss von gesellschaftlichen Gruppen und Unternehmen mit gemeinsamen Interessen zur Verfolgung bestimmter Ziele. Die Aufgabe von Verbänden ist es, die Interessen ihrer Mitglieder in den politischen Entscheidungsprozess einfließen zu lassen („Lobbyismus"). Adressaten der verbandspolitischen Arbeit sind neben → **Staat** und Politik auch die Öffentlichkeit und die Massenmedien sowie die eigene Mitgliederschaft (Werbung neuer Mitglieder, Mobilisierung von Unterstützung).

Vereinte Nationen
(engl.: United Nations, UN oder United Nations Organization, UNO). Die UNO wurde 1945 in San Francisco gegründet, ihr Hauptsitz ist New York (daneben: Genf und Wien), zurzeit gehören ihr 193 Staaten an. Laut der UN-Charta bestehen ihre Hauptaufgaben in der Sicherung des Friedens und in der Beseitigung von Friedensbedrohungen, der Verständigung der Völker untereinander, der internationalen Zusammenarbeit zur Lösung wirtschaftlicher, kultureller, sozialer und humanitärer Probleme u. a. – dies alles beruhend auf den Grundsätzen der Gerechtigkeit und des Völkerrechts (Art. 1). Die wichtigsten Organe der UN sind:

1. die jährliche Vollversammlung (jeder Mitgliedstaat hat eine Stimme) und deren Ausschüsse;
2. der UN-Sicherheitsrat der mit derzeit fünf ständigen Mitgliedern (China, Frankreich, Großbritannien, Russland und die USA, die über ein Vetorecht verfügen) und zehn jeweils für zwei Jahre gewählten Mitgliedern;
3. das Generalsekretariat mit einem Generalsekretär an der Spitze (auf fünf Jahre von der Vollversammlung gewählt);
4. der Wirtschafts- und Sozialrat mit 54 Mitgliedern (jährlich werden 18 Mitglieder für drei Jahre gewählt) und fünf regionalen Kommissionen;
5. der Internationale Gerichtshof (15 Richter, die von der Vollversammlung und dem UN-Sicherheitsrat für neun Jahre gewählt werden)

In jüngster Zeit wurden verstärkt Forderungen laut, durch eine Reform der UNO den ärmeren Staaten größere Einflussmöglichkeiten zu geben.

Völkerrecht
Jeder → **Staat** erlässt → **Gesetze**, um das Zusammenleben der Menschen zu regeln, und er achtet darauf, dass diese Regeln auch eingehalten werden. Sonst wäre ein Auskommen der Menschen untereinander nicht möglich. Auch die Staaten müssen miteinander auskommen. Ihre Beziehungen regelt das Völkerrecht. Aber im Unterschied zum innerstaatlichen Recht gibt es für das Völkerrecht keinen Gesetzgeber. Das Völkerrecht entsteht vielmehr durch internationale Vereinbarungen der souveränen Staaten. Mit ihrer Ratifizierung durch ihre nationalen Gesetzgeber verpflichten sie sich, die Vereinbarungen einzuhalten, z. B. die UN-Charta. Sie ist eine der wichtigsten Quellen des Völkerrechts.

Wahlen
In einem repräsentativen System werden Volksvertreter gewählt (→ **Abgeordnete**). Diese treffen dann die politischen Entscheidungen, die sie für richtig halten. Die Wahl zum Deutschen → **Bundestag** ist eine „personalisierte Verhältniswahl".

Wirtschaft
Gesamtheit aller menschlichen Tätigkeiten, die sich auf die Produktion und den Verbrauch von Gütern und Dienstleistungen beziehen. Da unsere → **Gesellschaft** arbeitsteilig arbeitet, können darunter auch Tätigkeiten fallen, die scheinbar mit der Güterproduktion gar nichts zu tun haben, wie z. B. Planungs- oder Kontrolltätigkeiten. Häufig werden unter „Wirtschaft" dabei nur die Teilbereiche von Arbeit verstanden, in denen Menschen gegen Bezahlung Tätig sind. Tatsächlich aber sind z. B. Arbeiten im Haushalt für eine Gesellschaft von großer Wichtigkeit. Die Art und Weise, in der die Wirtschaft in einem → **Staat** organisiert ist, nennt man Wirtschaftsordnung.

|akg-images GmbH, Berlin: 12.2, 108.2; Lessing, Erich 8.1, 142.1. |Baaske Cartoons, Müllheim: Bengen, Harm 120.1; Mester, Gerhard 7.1, 14.1, 24.1, 72.2, 100.1, 117.2, 128.1, 136.1, 155.1; Plassmann,Thomas 59.4; RABE (Ralf Böhme) 59.2. |Becker, Heinz-Joachim, Leuna: 112.2. |Beier, Roland, Berlin: 110.2. |bpk-Bildagentur, Berlin: 109.2; Scala 9.1. |BÜNDNIS 90/DIE GRÜNEN/gruene.de, Berlin: BÜNDNIS 90/DIE GRÜNEN/nteins 41.3. |CDU Deutschlands, Berlin: Schwarze, Markus 41.2. |DiG / PLUS GmbH, Berlin: 41.4. |dreamstime.com, Brentwood: Boggy 62.1. |FDP Freie Demokratische Partei, Berlin: 41.5. |Flick, Pit, Köln: 163.1. |fotolia.com, New York: Bammel, Giso 3.1, 6.1; Möller, Michael 160.3; nmann77 104.2; Patryk Kosmider 4.1, 96.2; poth, v. 104.1; Schmidtchen, Christian 160.2. |Globe Cartoon, Geneva: © Chappatte in Le Monde, France 74.1; © Chappatte in The International New York Times 70.1; © Chappatte in The International New York Times June 23, 2016 174.1. |Grundheber, Roland, Trier: 172.1. |Helga Lade Fotoagenturen GmbH, Frankfurt/M.: 62.2. |Imago, Berlin: imagebroker/Reuterswärd, Carl Fredrik © VG Bild-Kunst, Bonn 2022 72.1. |Interfoto, München: Friedrich 62.3; imagebroker 111.1. |iStockphoto.com, Calgary: IP Galanternik D.U. Titel. |Janson, Jürgen, Landau: 30.1, 59.3, 97.1, 172.2. |Kaiser, Egon, Waiblingen: 76.3. |Kartographie Michael Hermes, Hardegsen Hevensen: 52.1, 58.1. |laif, Köln: Faustino, Luis/4SEE 156.2. |Langner & Partner Werbeagentur GmbH, Hemmingen: 19.1, 20.1, 22.1, 34.1, 40.1, 46.1, 55.2, 56.1, 58.2, 73.2, 107.1, 108.1, 110.1, 112.1, 116.1, 125.1, 130.1, 149.1, 149.2, 152.1, 156.1, 159.1, 160.1, 162.1, 176.1, 180.2. |mauritius images GmbH, Mittenwald: Alamy Stock Photos/GK Images 95.1. |Picture-Alliance GmbH, Frankfurt a.M.: 69.3; AFP/Cerles 147.1; Alkharboutli, Anas 60.2; Baum, Stefanie/Westend61 100.2; dieKLEINERT.de/Koufogiorgos, Kostas 165.1; dieKLEINERT.de/Natale, A. 143.2; dieKLEINERT/Erl, Martin 82.1; dieKLEINERT/Essner, Timo 102.1; dieKLEINERT/Koufogiorgos, K. 150.2; dieKLEINERT/Struckmeyer, Bernd 61.1; Dittrich, Hauke-Christian 6.3; dpa-infografik 12.1, 25.1, 28.1, 31.1, 44.1, 44.2, 54.1, 69.1, 71.1, 76.1, 77.1; dpa-Infografik 80.1; dpa-infografik 83.1; dpa-Infografik 83.2; dpa-infografik 85.1, 86.1, 100.3, 117.1, 118.3; dpa-Infografik 125.2; dpa-infografik 127.1, 128.2, 129.1, 131.1, 132.1, 132.2, 134.1, 134.2, 134.3, 134.4, 136.2, 136.3, 139.1, 143.1, 150.1, 157.1, 164.1, 164.2, 164.3, 170.1, 178.1; dpa/Dittrich, Hauke-Christian 103.1; EPA-EFE/FELIPE TRUEBA 6.2; Hardt, Christoph/Geisler-Fotopres 118.2; imageBROKER/Schoening 118.1; Ingalls, Bill/Nasa 140.2; Lucas, Hans/Liponne, Nicolas 140.1; Mickan Palmqvist/DN/TT 15.1; Oberhäuser, Rupert 96.3; Revierfoto 96.1; Schultz, Adam/White House 60.3; Ssgt. Victor Mancilla/U.S. Marin 3.2, 60.1; Steinach, Sascha 74.2; STR 4.2, 140.3; United Archives 109.1. |Richter-Publizistik (www.crp-infotec.de), Bonn: 69.2, 179.1. |Roger Schmidt/cartoons.pub, Brunsbüttel: 14.2. |Römling, Ingo, Berlin: 11.1. |Sakurai, Heiko, Köln: 21.1, 21.3, 21.4, 32.1, 59.1. |Shell Deutschland GmbH, Hamburg: Quelle Shell Jugendstudie 2019 44.3. |Smetek, Wieslaw, Seevetal: 177.1. |SPD-Parteivorstand, Berlin: 41.1. |Stiftung Haus der Geschichte, Bonn: Jupp Wolter (Künstler) 76.2; Szewczuk, Mirco 124.1. |stock.adobe.com, Dublin: hobbitfoot Titel; Sergey, Figurniy Titel. |Stuttmann, Klaus, Berlin: 37.1, 138.1. |Süddeutsche Zeitung - Photo, München: Scherl 109.3, 126.1; SV-Bilderdienst 126.2. |Tonn, Dieter, Bovenden-Lenglern: 141.1. |ullstein bild, Berlin: The Granger Collection 180.1, 180.3; TopFoto 181.1. |vario images, Bonn: Wolter, J. 104.3. |VG WORT, München: 10.1. |Zahlenbilder, Bergmoser + Höller Verlag AG, Aachen: 21.2, 36.1, 55.1, 73.1; nach Zahlenbilder 715 200 168.1.

Operatoren und ihre Anforderungsbereiche

Operatoren und ihre Zuordnung zu den Anforderungsbereichen
Viele Operatoren können nicht nur einem Anforderungsbereich zugeteilt werden, da sie auch Leistungen eines zweiten oder dritten Anforderungsbereiches enthalten. In der folgenden Übersicht erhaltet ihr einen Überblick über die im Buch verwendeten Operatoren, deren Beschreiben und deren Zuordnung zu den Anforderungsbereichen.

Anforderungsbereich I umfasst vor allem Reproduktionsleistungen. Hier sollt ihr z. B. die Inhalte eines Textes wiedergeben, gelernte Methoden und Arbeitstechniken anwenden oder Fachwissen unter Verwendung von Fachbegriffen wiedergeben.

Anforderungsbereich II umfasst vor allem Reorganisations- und Transferleistungen. Hier sollt ihr z. B. Sachverhalte erklären können, Karikaturen analysieren können oder Gelerntes auf eine neue Situation anwenden.

Anforderungsbereich III umfasst vor allem Reflexion und Problemlösung. Hier sollt ihr z. B. Probleme / Sichtweisen bewerten, selbstständig und begründet urteilen oder Handlungsoptionen aufzeigen.

aufzählen nennen wiedergeben zusammenfassen	Kenntnisse (Fachbegriffe, Daten, Fakten, Modelle) und Aussagen in kurzer Form unkommentiert darstellen
benennen bezeichnen	Sachverhalte, Strukturen und Prozesse begrifflich genau aufführen
beschreiben darlegen darstellen	Zusammenhang unter Verwendung der Fachsprache wiedergeben
analysieren	Materialien oder Sachverhalte kriterienorientiert erschließen, in systematische Zusammenhänge einordnen und Hintergründe und Beziehungen herausarbeiten
auswerten	Daten oder Einzelergebnisse zu einer abschließenden Gesamtaussage zusammenführen
charakterisieren	Sachverhalte in ihren Eigenarten beschreiben und diese dann unter einem bestimmten Gesichtspunkt zusammenführen
einordnen	eine Position zuordnen oder einen Sachverhalt in einen Zusammenhang stellen
erklären	Sachverhalte durch Wissen und Einsichten in einen Zusammenhang (Theorie, Modell, Regel, Gesetz, Funktionszusammenhang) einordnen und deuten
erläutern	Sachverhalte durch Wissen und Einsichten in einen Zusammenhang (Theorie, Modell, Regel, Gesetz, Funktionszusammenhang) einordnen und deuten sowie zusätzlich Informationen und Beispiele zur Verdeutlichung anführen
herausarbeiten ermitteln erschließen	aus Materialien bestimmte Sachverhalte herausfinden, auch wenn sie nicht explizit genannt werden, und Zusammenhänge zwischen ihnen herstellen
interpretieren	Sinnzusammenhänge aus Materialien erschließen
vergleichen	Sachverhalte gegenüberstellen, um Gemeinsamkeiten, Ähnlichkeiten und Unterschiede herauszufinden
widerlegen	Argumente anführen, dass Daten, eine Behauptung, ein Konzept, oder eine Position nicht haltbar sind